AF522966

Janina Schneider-Tidigk

REAP MY SOUL

Geraubte Zeit

Drachenmond Verlag

Drachenmond Verlag GmbH
Auf der Weide 6
50354 Hürth
www.drachenmond.de
E-Mail: info@drachenmond.de

Lektorat: Julia Adrian
Korrektorat: Lillith Korn
Satz & Layout: Astrid Behrendt
Umschlag- und Farbschnittdesign: Alexander Kopainski

Bildmaterial: Shutterstock
Druck: Booksfactory

ISBN 978-3-95991-642-4

Für die Person,
die mir gezeigt hat,
dass manche
Freundschaften
geboren wurden,
um zu sterben.

PLAYLIST

Sucker for Pain ((with Wiz Khalifa, Imagine Dragons, Logic & Ty Dolla $ign feat. X Ambassadors) – Lil Wayne, Wiz Khalifa, Imagine Dragons, X Ambassadors, Logic, Ty Dolla $ign
Team – Lorde
Dusk Till Dawn (feat. Sia) – ZAYN
The Sound of Silence – Disturbed
Look What You Made Me Do – Taylor Swift
I WANNA BE YOUR SLAVE – Måneskin
Nightmares – Mathias.
Fear Nothing von Riverdale Cast (feat. Ashleigh Murray, Asha Bromfield & Hayley Law)
MACHINE – Neoni
Reaper (feat. Jordan Frye) – Silverberg
Twin Skeleton's (Hotel In NYC) – Fall Out Boy
Raise the Dead – RAIGN
Sail – AWOLNATION
Monster – The Girl and The Dreamcatcher
shut up – Greyson Chance
Supermassive Black Hole – Muse
Next Level – A$ton Wyld
Born To Die – Lana Del Rey
Hunger – The Score
Bad Blood – MAYCE & Benjamin Kheng
Zombie (Acoustic Version) – Clödie
The Outside – Alycia Marie
Trumpets (feat. Kestra) – JB Stark
In Your Eyes (Remix) (feat. Doja Cat) – The Weeknd
Run Away – Anna Smith & Vincent Lee
Nothing Else Matters (feat. WATT, Elton John, Yo-Yo Ma, Robert Trujillo & Chad Smith) – Miley Cyrus

Back from the Dead – Besomorph, AViVA & Neoni
Revenge – XXXTENTACION
LoveKills!!! – 9th Wonder
Made to Die – Dorothy
To the Grave (feat. Mike Stud) – Bea Miller
Insane – Kendra Dantes
UH OH – Neoni
hunger – remme
Reaper – Glaceo & RIELL
BURIED ALIVE – Our last night
Throne – Bring me the Horizon
11 Minutes (feat. Travis Barker) – YUNGBLUD & Halsey
Let It Die – Ellie Goulding
The Reaper – Lenee
Bury me Alive – Neoni
FUNERAL – Neoni
Pay – Felicia Lu
Don't Fear the Reaper – PI3RCE
Die 4 Me – Halsey
A Match Into Water – Pierce The Veil
I Know Places (Taylor's Version) – Taylor Swift
Never Know – Bad Omens
THE DEATH OF PEACE OF MIND – Bad Omens
Meet you at the Graveyard – Cleffy
Voices In My Head – Falling in Reverse
Never Let Me Go – Florence + The Machine
Work Song – Hozier
Shh I Won't Tell – Sabrina Carmen
Skeletons – KINGS & Drew Ryn

Ihr lieben Buchmenschen,

ich freue mich, dass ihr mit meinen Sensen dieses Abenteuer erleben möchtet. Doch bevor ihr euch in die Geschichte stürzt, möchte ich darauf aufmerksam machen, dass dieses Buch ein wenig anders ist als meine bisherigen. Wie genau meine ich das? Es ist an einigen Stellen sehr viel brutaler, sehr plastisch und ausführlich beschrieben. Ebenso ist der Erotikanteil expliziter. Einige Triggerthemen könnten sein:

Trauer, Tod, Blut, Erbrechen, Tierleid, detaillierte Gewalt …

Falls ihr euch unwohl dabei fühlt, dann ist dieses Buch vielleicht nichts für euch. Ich möchte euch das bestmögliche Leseerlebnis bieten und dazu gehört auch, dass ich euch diese Information vorab gebe. Allen anderen: die Sensenwelt erwartet euch.

Und wer jetzt beginnt, dem wünsche ich viel Freude mit Kenna und den Sensen.

Sensentastische Grüße,
Janina

Prolog

Wir wurden geboren, um zu sterben. Das war der Lauf des Lebens. Doch ich hatte keine Ahnung, was noch dahintersteckte. Und wenn ich daran zurückdachte, würde ich alles dafür geben, niemals in die Welt der Sensen gestolpert zu sein. Denn am Ende war es meine eigene Seele, die geerntet werden würde …

Leugnung

Kenna

Ich verstand den Tod nicht. Wie funktionierte er? Wonach suchte er sich die Menschen aus, um sie sich einzuverleiben? Hatte er ein Glücksrad, an dem er drehte und der Auserwählte musste sterben? Führte er Buch über seine Opfer? War der Tod männlich? Oder weiblich? Divers? Hatte er überhaupt ein Geschlecht?

Das Bild von Dads Sarg tauchte vor meinem inneren Auge auf und ein Schauder lief meinen Rücken hinab.

»Kenna?« Mom berührte mich am Arm.

Ich schreckte zusammen. Mein Blick zuckte zurück zum düsteren Wald, der sich hinter meinem Fenster erstreckte und mir vor Augen führte, wie es in meinem Herzen aussah.

»Mein Schatz, wie geht es dir heute?«, fragte Mom und strich mir über die ungewaschenen Haare. Seit Tagen war ich nicht mehr duschen gewesen und roch dementsprechend.

»Okay«, brachte ich hervor, mehr ein Krächzen als ein Wort.

»Wollte Liz dich nicht abholen? Zum Kuchenessen bei Granny?«

Ich dachte an das Date, das Liz und ich verabredet hatten. Nach Dads Beerdigung war das gewesen. Wie lange war das jetzt her? Drei Monate?

Ich hatte es vergessen.

»Ist heute etwa Mittwoch?«, fragte ich und blinzelte träge.

»Ja. Es ist gleich drei.«

Ich brauchte ein wenig, bis die Information mein Gehirn erreichte und ich realisierte, was meine Mom da sagte. Liz würde mich jeden Moment abholen und ich war nicht ansatzweise fertig.

»Scheiße«, flüsterte ich.

Mom tätschelte meinen Arm und lächelte mich liebevoll an. »Ich habe dir ein paar Sachen rausgelegt.« Sie deutete auf mein Bett. Dort lag eine Auswahl an Jeans, Tops und Flanellhemden.

»Danke, Mom.« Ich drückte sie flüchtig.

»Gerne. Mach dich in Ruhe fertig und ich beschäftige sie noch ein wenig, sollte sie viel zu früh kommen, so wie immer.«

Ich brummte zustimmend und Mom ging. Ich hörte sie die Treppe hinabsteigen. Schnell schlüpfte ich in ein paar frische Sachen und bändigte meine ekligen Haare mit Trockenshampoo. Es würde gehen. Hoffte ich jedenfalls. Unten hörte ich, wie die Tür geöffnet wurde, und beeilte mich mit meinem Make-up. Obwohl ich in letzter Zeit viel mit dem Tod zu tun gehabt hatte, musste ich ja noch lange nicht so aussehen.

Behutsam lief ich die Treppe hinunter, an deren Geländer ich mich festklammerte, um nicht umzukippen. Ich hatte heute noch nichts gegessen. Doch das durfte Mom nicht erfahren, sonst würde sie sich nur noch mehr Sorgen machen als ohnehin schon. Ich hatte es einfach vergessen, weil ich … Ja, was hatte ich gemacht?

Aus dem Fenster gestarrt? An nichts gedacht?

Oder vielleicht doch an zu viel?

Liz streckte den Kopf aus der Küche. »Kenna, du siehst gut aus.« Sie strahlte mich an und zwinkerte.

Ich musste lächeln. Das mochte ich an ihr so gerne. Sie brauchte nicht viel machen, damit es mir besser ging. Wahrscheinlich wusste sie noch nicht einmal von ihrem Talent. Vielleicht wirkte es auch nur bei mir.

»Witzig«, erwiderte ich und verdrehte die Augen.

»Na ja, viel besser als letzte Woche, also lass mich nicht als Lügnerin dastehen.« Sie deutete mit einem ihrer langen Finger auf mich.

»Ist ja gut«, wiegelte ich ab.

Mom trug ein Lächeln auf den Lippen. »Es ist so schön, euch zusammen zu sehen.« Sie kam besser mit Dads Tod klar als ich. Die beiden hatten sich getrennt, als ich gerade zwei Jahre alt gewesen war. Wir hatten kaum Kontakt gehabt, zu Geburtstagen war eine Karte mit ein wenig Geld darin per Post gekommen. Eine richtige Beziehung hatten wir erst vor drei Jahren begonnen. Es war schön gewesen, einen Vater zu haben, wenn auch nur für kurze Zeit. Die Trauer um ihn war mein stetiger Begleiter, den ich nie loswerden würde. Wie eine dunkle Wolke, die über mir kreiste und mich verfolgte.

»Komm, lass uns fahren. Granny hat gebacken.« Liz packte meinem Arm und zog mich mit sich. »Bis dann, Laurena!«

Mom winkte und ich war froh, dass sie mich mit einem Lächeln verabschiedete.

Liz öffnete die Autotür, die sie niemals absperrte, verfrachtete mich auf den Beifahrersitz, gab Gas und fuhr mit einer so bahnbrechenden Geschwindigkeit durch die kleinen Straßen, dass sie aller Wahrscheinlichkeit nach ihren Schein würde abgeben müssen, sollte sie erwischt werden. Sie warf mir einen Pullover zu, der zwischen unseren Sitzen seinen Platz hatte. »Hier, nimm den, du zitterst wie ein Vogel zur Brunftzeit.«

»Ein Vogel zur Brunftzeit?«

Sie nickte. »Genau so.«

Ich bezweifelte, dass Vögel dabei wirklich zitterten, jedoch hatte ich die Temperaturen in der Tat vollkommen unterschätzt. Unser Atem stieg dampfend auf, während glitzernder Raureif das Gras krönte. »Danke. Für den Pullover und das Abholen.«

»Natürlich. Das ist doch klar. Wie gesagt, ich bin nur einen Anruf entfernt.« Sie warf mir einen Seitenblick zu, den ich auffing.

Wir hielten vor Grannys Haus und ich stieß die angehaltene Luft aus. Es wirkte wie eine Hexenhütte. Ich erwartete jedes Mal, dass gleich ein Besen um die Ecke geschossen kam, der mich abholte und an den Tisch flog. Doch leider kam er nie, wenn ich da war.

Liz schloss die Haustür auf. Es roch bereits nach Gebäck und ich schloss die Augen, um tief einzuatmen und innezuhalten.

»Ich liebe den Duft.«

Liz lächelte und betrat das große Wohnzimmer, in dem der Tisch bereits gedeckt war. »Ich auch.«

Granny kam aus der Küche und breitete die Arme aus, kaum dass sie uns sah. Ihr Haar war zu einem grauen Dutt zusammengefasst, aus dem lose Strähnen hingen, über ihrem Kleid trug sie eine geblümte Schürze und auf den Wangen Mehlspuren. Sie zog uns in eine feste Umarmung. »Wie lange ich euch nicht mehr gesehen habe. Ihr zwei Hübschen.« Sie war nicht meine Granny, sondern Liz'. Aber irgendwie gehörte sie auch zu mir. »Kommt, setzt euch, ich habe alles hergerichtet.«

»Danke, Granny!« Liz drückte ihr einen Kuss auf die Wange.

»Das sieht toll aus«, sagte ich und bestaunte den dekorierten Kuchen und den reich gedeckten Tisch. Granny belud unsere Teller und Tassen, noch ehe unsere Pos die Stühle berührt hatten. Sie konnte verdammt gut backen.

Es war eine Wohltat, ihr und Liz dabei zuzuhören, wie sie über Belanglosigkeiten plauderten. Das Wetter, den Garten, Kuchen. Themen, die in meinem Leben gerade kaum eine Rolle spielten. Ich hätte nicht gedacht, dass ich sie derart vermissen würde.

Granny tätschelte meine Hand. »Ich verstehe zwar nicht, wie du so viel essen kannst, aber ich freue mich über deinen Appetit.« Sie lud mir ein drittes Stück von dem zuckergeladenen Kuchen auf, den sie extra für uns gebacken hatte. Ein glückseliger Ausdruck lag auf ihrem Gesicht, wobei sich ihre faltige Stirn straffte. »Der ist mir wirklich gelungen, oder?«

Da hatte sie recht, dieser Kuchen war ein Meisterwerk. Hausgemacht, mit ein bisschen Rum und angebrannten Mandelsplittern. Der pure Wahnsinn.

»Absolut«, erwiderte ich und schob mir eine Gabel voll in den Mund.

Liz lachte ungläubig auf und trank ihre Tasse leer.

»Schätzchen, möchtest du noch Kaffee?«, fragte Granny.

Liz nickte, sodass ihre blonden Haare durch die Luft schwebten. Sie wirbelten wie frisch gefallene Schneeflocken. Ich beneidete sie um diese natürliche, helle Farbe, denn ich war brünett. An manchen Tagen mochte ich mein Aussehen und an anderen verabscheute ich es wiederum. Aber ich sagte mir, dass niemand gänzlich zufrieden mit sich war, auch wenn es nach außen hin so wirkte.

Liz' zartes Lächeln ließ mein Herz schneller schlagen. Es war schön, wenn sie sich wohlfühlte. »Ja, gerne. Danke Granny.«

Granny stand auf. Ihr Blumenkleid hatte ein paar Falten, die beim Sitzen entstanden waren. Die dekorativ hängenden Porzellanteller an der Wand wackelten ein wenig, als Granny an ihnen vorbeiging. Sie hatten beinahe das gleiche Muster wie die geblümte Couch darunter. Granny mochte Blumen und Pflanzen so gerne, dass sie überall um sie herum vertreten waren. Die Geranien auf dem Tisch, an denen ich vorbeischielen musste, damit Liz' Kopf nicht vollkommen abgeschnitten war, blühten prächtig.

Granny wohnte außerhalb von Bone Hill, zwischen Wald und Wiese. Der Name der Stadt war zugegeben ziemlich düster.

Liz tippte mich an. »Hast du schon von dem Autounfall gehört?«

»Dem auf der Kreuzung?«

»Nein, den meine ich nicht.«

»Es gab noch einen?«

»Noch zwei! Hier.« Sie hielt mir ihr Handy unter die Nase.

Ich nahm es an mich und scrollte durch die Nachrichten.

»So wie du dich zu Hause eingeigelt hast, ist es kein Wunder, dass du nichts mitbekommst … Aktuell ist einiges los in der Stadt. Drei Unfälle allein diese Woche. Acht Tote.«

Ich blickte vom Bildschirm auf. »Acht?«

Liz verzog den Mund. »Der Letzte ist in ein Schaufenster gekracht und hat vier Leute unter sich begraben.«

Ich wusste nicht, was ich sagen sollte, und las die Schlagzeile eines weiteren Artikels.

Gefährliches Blitzeis –
drittes Auto verliert auf spiegelblanker Straße die Kontrolle.
Die Polizei warnt vor nächtlichem Spontanfrost.

Liz drückte meine Hand. »Entschuldige, ich habe gar nicht darüber nachgedacht, ob es dich vielleicht …«

»Alles gut«, log ich. »Das ist wahrscheinlich der Grund, warum Mom aktuell Überstunden im Krankenhaus macht. Wenn so viele

Leute verletzt werden oder ...«, ich schluckte, zwang mich aber, das Wort auszusprechen, »... sterben.«

»Deine Mom macht einen großartigen Job.«

Ich nickte.

»Hier, iss noch was!« Liz klatschte motiviert in die Hände und lud mir mit der Kuchengabel ein Stück auf.

Ich atmete tief ein und aus, ließ die Gedanken nicht zu mächtig werden und nahm die Zuckerdose. »Oh.«

»Was ist? Keiner mehr da?« Liz wandte sich zur Tür. »Granny, Zucker ist auch alle!«

Granny antwortete nicht.

»Ich weiß doch, dass sie nicht mehr so gut hört, warum rufe ich dann nach ihr?« Umständlich wollte sie aus der Eckbank herausrutschen.

»Ich geh schon«, sagte ich und stand auf.

»Nichts da, du bist der Gast!«

Ich zog eine Augenbraue hoch. »Ich dachte, sie sei auch meine Granny.«

»Nun ja ...«

»Ist sie? Oder ist sie nicht?«

Liz verdrehte die Augen. »Wie alt waren wir, als ich dir das angeboten habe? Fünf?«

»Sechs – aber wer zählt schon die Jahre?«

Liz lachte. »Ich weiß noch, wie du deinen Kuchen in den Teich hast fallen lassen und nicht mehr aufhören konntest zu weinen!«

»Woraufhin du Granny dazu gebracht hast, einen neuen zu backen. Wie könnte ich das jemals vergessen?« Der Geschmack des Sommers lag auf meiner Zunge, das Zwitschern der Vögel erklang in meinen Ohren und die Freude erfüllte mein Herz. Liz' Hand lag in meiner, während der Duft von Apfelkuchen durch das Haus schwebte. An diesem Tag hatte die kleine Liz mir ins Ohr geflüstert: »Wenn du willst, kann sie auch deine Granny sein. Ich teile sie mit dir, weil du keine hast. Jeder sollte eine so tolle Granny haben.«

Ich hatte eingewilligt und seitdem gehörte sie zu uns beiden. Ich hielt meinen Arm hoch und präsentierte Liz stolz das Armband, das wir beide von Granny zu Weihnachten geschenkt bekommen hatten.

Für ihre Enkelkinder, hatte sie gesagt.

Liz hob ihren Arm ebenfalls, sodass ihr Armband ein wenig herunterrutschte. »Alles klar, du hast gewonnen. Ab mit dir, geh unserer Granny helfen!«

Ich machte mich auf den Weg in die Küche.

»Du weißt, wenn ich irgendwann etwas von dir brauche, werde ich diese Geschichte vortragen!« Liz' Stimme folgte mir.

»Nichts anderes habe ich erwartet.«

Sie stimmte mit Gemurmel zu. Im Hintergrund erklang das Kratzen der Gabel auf dem Teller. Doch das glückliche Lächeln gefror mir auf den Lippen, als ich zur Küche kam. Noch bevor ich die Tür aufstieß, spürte ich den Temperatursturz. Mir wurde eiskalt. Trotz des Pullovers, den Liz mir gegeben hatte. Vor Kälte und Grauen.

Granny lag auf dem Boden, ihr Kleid hatte sich entfaltet wie die Flügel eines Schmetterlings. Sie war stocksteif, beinahe wie paralysiert, während ihre offenen Augen hervorquollen. Über sie gebeugt stand eine Person mit einer dunklen Kapuze über dem Kopf. Und es sah so aus, als würde dieser jemand etwas aus Granny … *aussaugen*. Ein leuchtendes Ding stieg aus ihrem Mund direkt zu der Person über ihr.

Blut umrahmte die Szene, die grauen Haare von Granny waren rot getränkt, genauso wie der helle Holzboden.

Ich schrie. Das Zerschellen der Zuckerdose, die ich fallen gelassen hatte, nahm ich nur am Rande wahr. Dafür brannte sich das Gesicht des jungen Mannes wie ätzende Säure in meine Augäpfel. Er starrte mich erschrocken an, als hätte er nicht erwartet, dass er entdeckt werden würde. Dann verschwand er. Einfach so. Er hatte sich praktisch in Luft aufgelöst, doch ich konnte mich nicht rühren. Blinzelnd starrte ich auf die Stelle, an der der Mann eben noch gestanden hatte und jetzt nicht mehr.

Dann vernahm ich die Stimme von Liz hinter mir.

»Kenna, was ist passiert?« Ihre Hände berührten mich, als sie mich zur Seite schob und ich somit ihre Granny nicht mehr verdeckte. Sie kreischte markerschütternd auf und fiel neben ihr auf die Knie. Direkt in die Blutlache. Augenblicklich haftete die rote Flüssigkeit an ihrer Kleidung.

Ich bekam zwar mit, was Liz tat, doch konnte mich nicht rühren.

»Ruf einen Notarzt!«, rief sie mit tränenüberströmten Wangen.

Stocksteif stand ich da. Wie gelähmt.

»Verdammt, Kenna! Ruf Hilfe!« Erst nachdem Liz mir einen Stoß versetzt hatte, kam ich in Bewegung. Mit zitternden Händen wählte ich den Notruf. Während es klingelte, sah ich nur Granny. Ihre Augen starrten an die Wand, während ihr Körper durch die Herz-Lungen-Massage erbebte und das Blut weiter von ihr forttrieb. Ich wusste, dass sie uns nie wieder Kuchen backen würde.

Kenna

Die Kollegin meiner Mutter, Susan, starb eine Woche darauf. Und der Chef meines Cousins folgte zwei Tage später. Auch der Besitzer der Tankstelle wurde tot aufgefunden. In der Zeitung wurde von einem jähen Temperaturabsturz in der Tankstelle berichtet, während Mom mir unter Tränen erzählte, dass es im Haus ihrer Freundin unfassbar frostig gewesen sei. Sie hatte sie gefunden, genauso wie ich meinen Dad vor drei Monaten. Auch dort war es eiskalt gewesen. Das ging nicht mit rechten Dingen zu, ganz davon abgesehen, dass ein Mann etwas aus Granny ausgesaugt hatte und sie daraufhin gestorben war.

Ich hatte niemandem von meinem Verdacht erzählt. Wobei *Verdacht* recht hoch gegriffen war. Viele fanden es zwar seltsam, dass sich die Todesfälle häuften – sie sprachen über das Wetter, eine Unglücksserie, sogar über einen Fluch, der auf der Stadt lag –, doch nur ich wusste, was dahintersteckte. Denn ich hatte ihn gesehen. Und er mich. Deshalb hielt ich es für besser, allein damit fertig zu werden. Ich wusste todsicher, dass ich ihn mir nicht eingebildet hatte. Aber vielleicht würden es meine Mom und Liz darauf schieben, dass mein Vater vor Kurzem verstorben war und ich jetzt durchdrehte. Doch ich wusste, was ich gesehen hatte. Da konnte mir niemand etwas erzählen.

Ich hatte ihn gesehen: den Mann.

Als ich nach dem Grund für Grannys Tod fragte, meinte der Arzt nur, dass es ein Herzstillstand gewesen sei. Das ganze Blut stamme von der Kopfwunde, die sie sich beim Sturz zugezogen habe. Wer's glaubt. Der Fremde hatte sie ermordet, aber weshalb?

Ich konnte keine Nacht ruhig schlafen. Regelmäßig wachte ich auf und sah ihn vor mir, so als wäre er wirklich hier. In meinem Zimmer. Wenn ich jedoch blinzelte, war er verschwunden. Wie auch jetzt.

Ich rieb mir über das Gesicht und sehnte den Schlaf herbei, doch es klappte nicht. Ich war hellwach. Wenn ich schon nicht schlafen konnte, würde ich wenigstens produktiv sein. Ich setzte mich an den Schreibtisch und zeichnete das Gesicht des Mannes. Wieder und wieder. Wenn ich die Augen schloss, stand er vor mir. Ich füllte mehrere Blätter mit seinen Zügen. Ebenso mit der Szene, die sich in der Küche abgespielt hatte. Dass die Sonne aufging, registrierte ich kaum, mein Blick war einzig und allein auf die Striche gerichtet, die einen jungen Mann beschrieben. Er hatte ausgeprägte Wangenknochen und eine breite Nase, die seinem Gesicht einen harten Ton verliehen. Ich konnte nicht lügen, er war attraktiv, jedoch erfasste mich jedes Mal eine Gänsehaut, wenn ich daran dachte, was er getan hatte. Seine Haare fielen ihm ins Gesicht und der Ausdruck in seinen Augen war voller Erstaunen.

Es war ein gutes Porträt. Ich hatte ihn von Bild zu Bild besser einfangen können. Die älteren Versionen warf ich in den Müll. Aber wer war er? Oder besser noch, *was* war er?

Ich strich mit meinen Fingern über das raue Papier und riss es schließlich aus dem Zeichenblock. Mit meinem Handy machte ich ein Foto von der Zeichnung. Bei der Erinnerung an ihn kam mir die Eiseskälte in den Sinn, die ich in Grannys Küche verspürt hatte. Es ließ mir keine Ruhe, so viele Gedanken kreisten in meinem Kopf wie die Geier über dem Aas. Ich würde es nicht vergessen und nicht ruhen lassen. Immerhin wollte ich als Phantombildzeichnerin zur Polizei, um Täter wie ihn zu fassen.

Es klingelte, schnell lief ich nach unten und öffnete, froh darüber aus meinem Kopf zu entkommen. Jackson stand vor der Tür. Liz' Bruder.

Er war blond, breit gebaut und hatte unverkennbar Liz' Grübchen, die kurz aufblitzten, als er mir ein schwaches Lächeln zuwarf. Doch seine Augen waren gerötet.

»Hey Kenny.«

»Jackson«, erwiderte ich ein wenig plump und brauchte einen Moment, bis ich mich gesammelt hatte. »Es tut mir ja so leid.«

Er seufzte. »Danke.«

»Wie geht es euch? Liz antwortet mir aktuell nicht.«

»Sie schläft viel.«

»Richte ihr aus, dass ich nur einen Anruf weit entfernt bin.«

»Danke, das werde ich ihr sagen. Wir sehen uns ja sowieso gleich bei der Beerdigung.« Jackson scheiterte an einem Lächeln.

Stimmt, die Beerdigung von Granny war ja heute. Die Tage vergingen so verdammt schnell, wenn jemand starb, der einem nahe stand. Alles verschwamm wie in einem Rausch, Zeit hatte keine Bedeutung mehr.

»Ich wollte Liz' Pullover abholen, sie hat gesagt, dass du ihn hast? In der ganzen Hektik hat sie nicht mehr daran gedacht.«

Ach ja, sie hatte ihn mir im Auto gegeben, als mir kalt gewesen war. Auf dem Weg zu Granny.

»Warte, ich hole ihn sofort«, sagte ich und tat etwas, das alles veränderte: Ich gab ihm mein Handy, auf dem noch die Zeichnung des Mannes zu sehen war.

Jackson warf einen Blick darauf, während ich den Pullover aus der Garderobe holte. Mom hatte ihn schon gewaschen und bereitgelegt.

»Warum hast du diesen Arsch gemalt?«, fragte er und griff blind nach dem Pullover.

»Welchen Arsch?«, fragte ich. »Warte, du kennst den Typen?«

Jackson lachte bitter auf. »Natürlich, das ist Asher Heriotza. Sohn eines schnöseligen Arbeitstiers, das die Hälfte unserer Gebäude weggerissen hat, nur um sein neues Immobilienbüro draufzubauen. Dafür hat er dann einen Park angelegt, als würde er denken, dass es als Wiedergutmachung ausreichen würde. Unsere Stadt sieht scheiße damit aus!«

In den letzten Wochen hatte ich nichts mitbekommen, der Bau dieses Gebäudes sowie der neue Park waren gänzlich an mir vorbeigegangen. Doch nun hatte ich einen Anhaltspunkt. Einen Namen.

»Okay …«, sagte ich.

»Zum Glück geben ihm meine Eltern nicht das Haus von Granny.«

»Das wäre auch wirklich schade.«

Er nickte, gab mir das Handy zurück und trat aus dem Türrahmen. »Danke für den Pulli. Ach, und wenn da nicht Asher drauf wäre, würde ich sagen, dass es eine verdammt gute Zeichnung ist.«

»Freut mich zu hören.«

Jackson schlenderte zum Auto und winkte mir noch mal zu, bevor er in einem genauso bahnbrechenden Tempo wie Liz losfuhr. Ich blieb kurz in der Tür stehen, während sich das Auto entfernte.

Auf meinem Handy war Asher.

Schnell rannte ich nach oben und setzte mich an den Laptop. Ich ging ins Internet. Der Name schoss von meinen Fingern auf die Tastatur und ich wartete gespannt darauf, was ich über ihn finden würde. Ein Bild ploppte auf und ich erstarrte. Eiskalt lief es mir den Rücken hinab und raubte mir die Luft. Ich fühlte mich in die Küche von Granny versetzt und schluckte den Kloß hinunter, der sich in meiner Kehle gebildet hatte.

Das war er.

Ich klickte auf das Bild. Es war mit einem Artikel verknüpft, der über die Familie berichtete. Der Titel lautete:

HERIOTZA-BRÜDER ÜBERLEBEN HORROR-CRASH.
Die Söhne von Dean Heriotza, Immobilienkönig, haben einen folgenschweren Unfall überlebt, bei dem der Fahrer des entgegenkommenden Fahrzeuges und eine junge Frau noch am Unfallort verstarben.

Das klang wirklich furchtbar. In einen Autounfall verwickelt zu sein, musste traumatische Folgen mit sich ziehen. Weiter unten entdeckte ich noch einen Artikel.

Trauerfall bei den Heriotzas –
Ehefrau des Immobilienmagnats plötzlich verstorben,
Umstände unklar.

Das Foto darunter zeigte die Familie: zwei junge Männer, eine noch jüngere Frau und einen älteren Herren. Sie waren alle schwarz gekleidet und trugen Sonnenbrillen, um die Trauer zu verdecken, die sie mit Sicherheit empfunden hatten. Einen von ihnen hatte ich gezeichnet. Asher. Der Mann mit dem Bart und den strengen Gesichtszügen musste Mr. Heriotza sein. Ich kannte ihn, doch von woher, konnte ich nicht sagen.

»Kenna?«, rief Mom von unten hoch. »Bist du fertig? Wir müssen los!«

Ich warf einen letzten Blick auf das Foto. Kam es mir nur so vor? Oder umgab Asher Heriotza der Tod, wohin auch immer er ging?

Erst seine Mom, dann der Autounfall, jetzt Granny.

»Kenna?«

»Komme!«, rief ich und klappte den Laptop zu.

Auf dem Friedhof standen bereits zahllose Leute in Schwarz, als Mom und ich aus dem Auto stiegen. Die Beerdigung von Liz' Granny – von meiner Granny – war gut besucht. Sämtliche Nachbarn, der Kirchenchor, sogar ihr Tee-Club war da.

Mom begleitete mich.

Ich strich das schwarze Kleid glatt und überprüfte meine Haare ein letztes Mal, bevor wir das Friedhofstor hinter uns ließen. Wir gingen Hand in Hand auf die Menge zu. Dabei fühlte sich jeder Schritt so Atem raubend an, als wäre es meine eigene Beerdigung. Zwischen all dem Schwarz stachen Liz' blonde Haare heraus. Sie war ungeschminkt. Ihre Wangen glänzten von den bereits vergossenen Tränen. Ein stechender Schmerz durchzog meinen Körper, als würde jemand eine Axt in meinen Brustkorb rammen und ihn spalten.

Mom drückte meine Hand, als würde sie spüren, dass es mir nicht gut ging.

Die Beerdigung bekam ich wie durch einen Schleier mit, weil ich mich fragte, ob es der Wirklichkeit entsprach, ob Granny tatsächlich in diesem Sarg lag, oder es nur ein schlechter Scherz war. Obwohl ich die Wahrheit kannte, wollte ich es nicht wahrhaben. So sehr, dass ich alles infrage stellte. Dass ich sogar überlegte, was gewesen wäre, wenn es statt Granny meine Mom erwischt hätte. Augenblicklich blieb mein Herz stehen. Es war nur eine Vorstellung und trotzdem war sie so beängstigend, dass ich nicht wusste, wie ich aus dieser gedanklichen Hölle entfliehen konnte.

»Mom?«, flüsterte ich und blickte zu ihr.

In ihren Augen spiegelten sich ebenfalls Tränen, auch wenn sie Granny nicht so gekannt hatte wie ich.

»Ich bin unendlich froh, dass ich dich habe.«

Sie verzog beinahe schmerzhaft das Gesicht. »Ich bin auch froh, dass du da bist, Kenna.« Sie legte einen Arm um mich.

Ich konnte sie nicht verlieren. Niemals.

Der geblümte Sarg, der Granny gefallen hätte, war bereits in die Erde hinabgelassen worden, die Gäste warfen Rosen obendrauf und verabschiedeten sich leise murmelnd von den Angehörigen, die in einer Reihe standen und die Beileidsbekundungen steif entgegennahmen.

Mit zitternden Händen umklammerte ich den Strauß, den ich für Granny mitgenommen hatte, und warf ihn auf den Sarg. Er rutschte rechts hinab und blieb neben den anderen Rosen liegen, die ihr alle Gesellschaft leisten würden.

Ich drückte die Hand von Liz' Mutter, die eiskalt in meiner lag, und erhielt ein Lächeln. Es war freundlich, aber sie musste sichtlich kämpfen, um es zustande zu bringen.

Jackson war der nächste. »Oh, Kenny …«

Ich umarmte ihn, ließ mein Kinn auf seine Schulter sinken und verharrte in der Position. Er löste sich und ich drückte seinen Arm, bevor ich mich seinem Vater zuwandte. Dessen Händedruck war fest und er wirkte im Gegensatz zum Rest der Familie gefasst. Ein knappes Nicken war sein Dank.

Liz wurde von ihm im Arm gehalten. Ihr Blick blieb bei mir hängen und sofort schluchzte sie auf. Sie löste sich von ihm. Ich nahm sie in die Arme, während sie ihr Gesicht an meine Schulter drückte.

»Schön, dass du hier bist«, sagte sie.

»Ich bin für dich da«, murmelte ich an ihr Ohr, strich über ihren Rücken und hielt sie fest. »So wie Granny. Auch sie ist noch bei dir. In deinem Herzen und in deinen Erinnerungen.«

Sie schniefte. »Danke, Kenny.« So standen wir weitere Minuten dort und versuchten, den Schmerz durch die Anwesenheit der jeweils anderen zu vertreiben. Es funktionierte nicht so wie erhofft.

Die Schlange hinter uns kam ins Stocken, aber ich konnte sie noch nicht loslassen. Meine Freundin brauchte mich. Und ich würde für sie da sein. »Ich muss jetzt tapfer sein«, raunte Liz mit brüchiger Stimme.

»Wenn du bereit dazu bist.«

Sie nickte und gab mich frei. Ihre Wangen glühten, als hätte sie sich einen Sonnenbrand zugezogen.

Ich trat beiseite. Alles fühlte sich so unsagbar seltsam an, dass ich nicht richtig zuordnen konnte, woher dieses Gefühl kam. Ich ließ die Trauergesellschaft hinter mir.

Die Gräber zu meiner Rechten zogen meine Aufmerksamkeit auf sich. Hinter ihnen ragte ein kahler Baum auf, dessen Äste so verzweigt waren, als stammte er aus einem alten Kindermärchen. Aber das war nicht das Einzige. Dort, halb verdeckt hinter dem Stamm, stand ein Mann in einen dunklen Mantel gehüllt.

Ich kam keinen weiteren Schritt voran, denn *er* war es.

Asher Heriotza.

Sein Blick traf den meinen und meine Atemwege zogen sich zusammen, als hätte er eine Schlinge herumgezurrt. Schnell blinzelte ich, um sicher zu gehen, dass ich mir das nicht einbildete. Doch hinter dem Baum stand niemand mehr. Mit ein paar unsicheren Schritten wagte ich mich vor, um mir sicher sein zu können, dass er wirklich nicht da war.

Tatsächlich. Kein Asher zu sehen.

Aber er war da gewesen. Gerade eben noch und dann war er genauso plötzlich verschwunden wie in Grannys Haus …

»Kenna?« Mom legte mir ihre Hand auf die Schulter. »Ich werde den hier kurz zu Susan bringen«, sagte sie und hob den Blumenstrauß in die Höhe, den sie für ihre Freundin mitgebracht hatte. Ich nickte ihr zu und Mom bog in einen Gang ab, den Strauß fest an sich gepresst. Susans Grab war mit Blumen überhäuft, als würden diese den schmerzvollen Tod freundlich, beinahe schön schmücken wollen. Doch die Blumen würden verenden, so wie es jedes Lebewesen tat. Die Schönheit würde verschwinden und nur die einst lebendigen Erinnerungen verbleiben. Und selbst die verblassten mit der Zeit.

Mom kniete sich hin, zupfte ein paar welke Blätter aus den Blumen und legte ihre eigenen dazu.

Dad hatte sich kein Grab gewünscht, sondern eine Bestattung in dem See, in dem er stets geangelt hatte. Das hatte er in seinem Testament festgehalten. Deshalb konnte ich ihn nicht besuchen. Der See war zu weit weg.

Ich schlenderte über den Friedhof, passierte Gräber und eine weitere Trauergesellschaft, um die ich einen großen Bogen machte. Die Masse an Schwarz war erdrückend. Hinter einer Eibenhecke standen drei Männer und rauchten.

»Ich freue mich schon auf meinen freien Tag«, sagte ein hochgewachsener Mann mit weißem Bart, offensichtlich ein Totengräber.

»Das ist schon die dritte Beerdigung diese Woche«, stimmte ihm einer seiner Kollegen zu, der sich müde über das Gesicht fuhr.

Drei Beerdigungen? Wir hatten erst Dienstag.

»Mein Rücken tut weh«, jammerte der Dritte.

Der Totengräber mit dem weißen Bart stieß den Rauch aus. »Echt heftig, wie viele gerade sterben.«

»Wie die Fliegen.«

Ich wollte mich unbemerkt davonstehlen, doch das Blätterrascheln ließ die Männer innehalten. Peinlich berührt verstummten sie, als sie mich bemerkten. Sie räusperten sich, traten schnell ihre Zigaretten aus und gingen. Ich schluckte und lief in die andere Richtung, während ich ihre Aussagen beiseiteschob. Aber sie hatten recht. Es starben ungewöhnlich viele Menschen. Und mittendrin: Asher Heriotza.

Im Artikel, den ich über ihn gefunden hatte, war erwähnt worden, dass die Heriotzas hier ihr Familien-Mausoleum erbaut hatten. Es war nicht schwer zu finden, da es alles auf dem Friedhof überragte. Von ein paar Büschen umrandet stand die dunkle, aus Stein erbaute Grabstätte auf einem Sockel, der mit Totenköpfen verziert worden war. Beinahe so, als würden die Särge von einem Berg aus Schädeln und Knochen getragen werden. Das Vordach wurde von Säulen gestützt, die kunstvoll ineinander verschlungen waren.

Die drei Stufen hinauf und die zwei Flügeltüren waren angsteinflößend. Von hier aus wirkten sie, als würde sich ein furchtbares Schicksal dahinter verbergen, mit dem ich keine Bekanntschaft machen wollte. Über dem Eingang stand etwas in einer anderen Sprache. Darunter ein weiterer Text, den ich nicht entziffern konnte.

Einzig »*Hier ruht die Familie Heriotza*« konnte ich lesen. Es war in die Türen der Stätte eingeschlagen worden. Die Buchstaben waren mit Schwarz ausgefüllt, sodass sie noch klarer hervorstachen.

Ich musste herausfinden, was Asher Heriotza mit den ganzen Todesfällen zu tun hatte, und ich würde erst ruhen, wenn ich es wusste.

Kenna

Zwei Wochen später …

Liz grinste, als ich die Plastiktüte aufriss und sich ein paar Chips auf meinen Beinen verteilten. »Ich dachte, wir wollten sie essen und sie nicht tragen.«

Augen verdrehend sammelte ich sie ein und steckte sie mir in den Mund.

Liz kruschelte in der Tüte und zog sich ebenfalls einige Chips heraus.

Ich hatte sie zu einem Film überredet. Na ja, eigentlich hatte sie eher mich dazu überreden müssen, denn wir guckten einen Horrorfilm. Während ich mich die meiste Zeit schreiend hinter meinen Händen versteckte, lachte Liz sich krumm und buckelig. Sie hatte überhaupt kein Problem mit Dämonen, Serienkillern oder anderen blutigen Geschehnissen. Wenn wir uns einen Film über Götter oder Superhelden angesehen hätten, in dem bis auf den Tod gekämpft wurde, wäre ich die Erste gewesen, die dabei war. Ich liebte gute Kampfszenen, wenn sie nicht mit einer gruseligen Hintergrundmusik und *Jump Scares* aufbereitet worden waren. Das machte ich nur für meine Freundin, die ein wenig Aufmunterung gebrauchen konnte. Auch wenn dies einen Herzinfarkt meinerseits beinhaltete. Aber das war ihr Ding – alles mit gruseligem Touch. Davon hatte Bone Hill in den letzten Wochen mehr gesehen, als wir benötigten. Von zwei weiteren Todesfällen war in der Zeitung berichtet worden und erneut stach die Eiseskälte ins Auge, die in den Artikeln erwähnt wurde.

»Liz, ich …«

»Mhh?«, fragte die, abgelenkt vom Film und mit Popcorn im Mund.

Ich zögerte, weil ich nicht genau wusste, wie ich anfangen sollte. »Hast du schon mal einen Film gesehen, in dem jemand einen anderen getötet hat, indem er etwas aus ihm … rausgesaugt hat?«

»Du meinst einen Vampir?«

»Nein, kein Blut. Etwas … anderes.«

»Gehirnmasse? Zombies essen das gerne. Aber saugen? Die schlürfen das eher wie einen Cocktail aus dem Schädel.«

Mir wurde schlecht, als sich das Bild vor meinem inneren Auge festigte. »Ich meine etwas Immaterielles …«

Liz hob die Braue. »Die Seele oder was?«

»Wie sieht die denn aus?«

»Kommt darauf an, was sich der Regisseur drunter vorstellt. Manchmal sind es Geister, manchmal ein Leuchten.«

»Ein Leuchten?«, fragte ich.

»Welchen Film meinst du denn?«

»Äh …«

Liz warf ein Popcorn nach mir, dass sich in meinen Haaren verfing. »Hau raus, vielleicht kenne ich ihn ja.«

Ich fischte das Popcorn hervor und schob es mir in den Mund. »Hab den Namen vergessen, deshalb frage ich ja nach der Seelen-Sache«, log ich hastig. »Was für Wesen gehören dazu?«

»Die Seelen aussaugen?«

»Ja.«

Liz' Grinsen wurde breiter, wobei ihr beinahe eines der Popcorns aus dem Mund fiel. Ihre Antwort war so unverständlich, dass ich erneut nachfragen musste.

»Was?«

»Der Sensenmann«, sagte Liz und trank einen Schluck Cola. »Oder Gevatter Tod. Gibt viele Namen für ihn. Den meinst du, der sammelt die Seelen der Toten ein.«

»Ein Sensenmann.«

»Es gibt hier in der Nähe sogar eine Kirche, in der eine Sensenmannfigur steht. Jedes Mal, wenn er mit seiner Sense mäht, so heißt es, wurde gerade eine Seele geholt, voll krass!«

Ich nickte, zu nachdenklich, um zu sprechen.

»Ich würde da zu gerne mal hin und mir den anschauen.« Liz lachte auf und ein warmes Gefühl legte sich über mein Herz. Es tat gut, dass sie wieder lachen konnte. Granny hätte nicht gewollt, dass sie ewig trauert. Und wenn ein Horrorfilm diesen Effekt auf sie hatte, war ich bereit, noch hunderte mit ihr zu gucken – auch wenn ich mich kaum auf den Film konzentrieren konnte, da meine Gedanken immer wieder zu Asher abdrifteten, der Liz' Granny getötet hatte. Vielleicht.

Ein Schauder lief mir den Rücken hinunter, als ich an seine Augen dachte, die mich panisch angestarrt hatten.

Liz rüttelte an mir. »Da, schau! Meinst du zufällig den Film?«

Der Bildschirm hatte zwei schwarze Balken am Rand, die mir augenblicklich verrieten, dass dieser Film uralt war. Ein Sensenmann näherte sich einem schreienden Mann und schlitze ihm mit seiner Sense die Kehle auf.

»Und jetzt holt er sich die Seele.«

Der Sensenmann fing das leuchtende Etwas mit der knochigen Hand ein, das aus der Brust des blutüberströmten Mannes aufgestiegen war, um es zu essen. Angewidert verzog ich das Gesicht. Das war die Seele?

»Bäh.«

War Asher ein Sensenmann?

Ich schaltete die Helligkeit meines Handys herunter und gab in der Suchleiste den Begriff *Sensenmann* ein. Unterschiedlichste Artikel, Websites und Kaufoptionen wurden mir vorgeschlagen. Nachdem ich mich durch den Großteil hindurchgeklickt hatte, kam ich zu dem Ergebnis, dass auf jeder dieser Seiten etwas anderes stand. Es gab kaum Gemeinsamkeiten und wenn, dann waren sie so absurd, dass sie für mich keinerlei Wert hatten. Google würde mir nicht verraten, ob es übernatürlich Wesen gab, die leuchtende

Sachen, wahrscheinlich Seelen, aus sterbenden Grannys saugten. Bestimmt nicht.

Also gab ich den Namen *Asher Heriotza* ein und scrollte durch die Zeitungsartikel über den Unfall und die Beerdigung. Der Instagram-Link zu seinem Profil sprang mich an und ich klickte darauf. Nach drei Bildern von sich selbst kam ein Post, der auf die Seite seines Unternehmens verwies.

Die Heriotzas luden die Öffentlichkeit am zwölften Oktober zur Eröffnungsgala ihres neuen Bürogebäudes ein. Es gab einen Dresscode und dazu ein paar Eckdaten, wann und wo das Ganze stattfinden sollte.

Ich scrollte zurück zu den Bildern von Asher und flüsterte seinen Namen. Spürte ihn auf der Zunge. Der Geschmack von Tod überkam mich.

»Was machst du da?« Liz' Frage kam so überraschend, dass ich beinahe mein Handy fallen gelassen hätte.

Ich presste mir die Handfläche auf die Brust und atmete hektisch ein und aus. »Das kannst du nicht machen, Liz. Ich sterbe doch sowieso bei diesem verdammten Film!«

Liz musterte mich mit hochgezogenen Augenbrauen. »Der ist doch mega. Ich verstehe dich nicht. Wie kannst du keine Horrorfilme mögen? Aber warte mal, ist das da Asher auf deinem Handy?«

Eine Ausrede musste her, ich konnte ja schlecht behaupten, der Typ hätte Granny die Seele ausgesaugt. »Also …« Ich machte eine lange Pause, die verriet, dass ich keine Ahnung hatte, was ich sagen sollte.

»Sag bloß, du findest den heiß?« Sie riss mir das Handy aus der Hand und scrollte durch die Beiträge. Bevor ich sie aufhalten konnte, likte sie einen nach dem anderen.

»Was tust du da?«, fragte ich entgeistert.

»Er ist süß. Zum Anbeißen.« Sie zuckte mit den Schultern und reichte mir das Handy zurück. Selbst wenn ich die Likes entfernen würde, bekäme er die Benachrichtigung, dass ich – oder in dem Fall Liz – sie verteilt hatte. Das war alles andere als unauffällig.

Egal. Ich hatte meine Wahl getroffen.

Ich würde auf diese Gala gehen und Asher Heriotza beobachten.

Ich stand vor dem Schrank und starrte hinein. War ich denn verrückt geworden? Was wollte ich da? Glaubte ich ernsthaft, dass Asher ein Mörder war? Nein, halt, ein Sensenmann. Der Tod höchstpersönlich!

Das war doch Quatsch …

Andererseits … er war da gewesen. In Grannys Küche. Blieb nur eine Lösung: Ich würde auf diese Gala gehen und sehen, wie er auf mich reagierte. *Ob* er auf mich reagierte. Erkannte er mich, war klar, dass ich mir sein Auftauchen in Grannys Küche nicht nur eingebildet hatte.

Ich brauchte etwas Passendes zum Anziehen, doch ich hatte nur ein Kleid, das dem Anlass gerecht war. Es hing ungetragen in einer Plastikumhüllung in der hintersten Ecke des Schrankes. Eigentlich war es für den Abschlussball gedacht gewesen. Dad und ich hatten es zusammen gekauft. Doch einen Tag, bevor er mir zum Bestehen der Schule hätte gratulieren können, war er gestorben. Den Ball hatte ich nie besucht.

Ein heftiges Gefühl zurrte meinen Brustkorb zusammen. Denn da hing es nun im Dämmerlicht und wartete darauf, dass ich eine Entscheidung traf. Ging ich zur Gala? Stellte ich mich Asher? Und wenn ja, würde ich es über mich bringen, das Kleid von Dad zu tragen? Das letzte, nein, das einzige Geschenk, das ich je von ihm bekommen hatte? Ich presste die Lippen zusammen und traf meine Entscheidung, indem ich es vom Haken nahm. Das Sonnenlicht ließ das Kleid funkeln, als wäre es lebendig. So, als würden sich die Glitzerpartikel selbstständig über das Kleid bewegen, hin und her fließen wie Wasser. Sanft strich ich über den Stoff und dachte an den Moment im Laden, als mein Dad mich darin gesehen hatte, das Strahlen in seinen Augen tausendmal schöner, als es das Kleid jemals zustande brächte.

Ich schlüpfte hinein, zog den Reißverschluss hoch und atmete aus. Es passte wie angegossen. Es fühlte sich vorherbestimmt an. Als ginge es hierbei nicht nur um Granny, sondern auch um Dad.

Nachdem ich alles Überlebenswichtige in die kleine Clutch gepackt und mir einen letzten prüfenden Blick im Spiegel zugeworfen hatte, verließ ich das Haus und schloss meinen Pick-up auf. Im Gegensatz zu Liz sperrte ich mein Auto ab, auch wenn sie sich regelmäßig darüber lustig machte, weil ihrer Meinung nach niemand ein so altes Auto stehlen würde. Der Lack war an einigen Stellen abgeblättert und ich musste ihn wirklich dringend waschen.

Ich zog an der Tür und achtete darauf, den Dreck vom Auto weder an das Abendkleid noch an die Boots zu kriegen, die ich darunter trug. Ich gab die Adresse des Veranstaltungsortes in mein Handy ein und startete den Motor. Die Temperaturen waren herrlich kühl, ich liebte den Herbst. Er hatte etwas Magisches an sich.

Ich fuhr durch ein Waldstück, in dem sich dichter Nebel über die Straße gelegt hatte. Die Bäume zogen an mir vorbei, während ich mich tiefer in den Sitz sinken ließ. Unser Haus lag relativ abseits. Ein typisch amerikanisches Haus aus Holz, zweistöckig und mit Kieseinfahrt, am Rande einer Straße, die durch einen Wald führte. Hier in den Hills, über der Stadt, gab es nur wenige Häuser. Die Besitzer blieben meist unter sich. Wir kannten und grüßten einander, aber das war es auch schon. Einsam, fand Liz. Idyllisch, sagte Mom. Mir war es recht, nicht von vielen Menschen und Trubel umgeben zu sein, so wie unten in der Stadt, wo mir beinahe kein Gesicht bekannt war.

Ich bog nach links ab und fand eine Parklücke in einer Seitenstraße, drei Blocks entfernt vom Tower der Heriotzas, der heute eingeweiht wurde und der trotz der Entfernung die gesamte Gegend in goldenes Licht tauchte. Er überragte alle Gebäude, funkelte und glitzerte in der Nacht.

Eilig raffte ich mein Kleid zusammen und sprang über die Pfützen hinweg, dankbar dafür, dass der Regen noch nicht wieder eingesetzt hatte, sodass ich trocken zur hell erleuchteten Glasfassade laufen konnte, hinter der bereits zahlreiche Menschen mit erhobenen Sektgläsern standen.

»Hallo und herzlich willkommen.«

Der Hosenanzug, den die Frau am Empfang trug, stand ihr verdammt gut und erinnerte mich an den Film *Men in Black*. Fehlte nur noch das Blitzdings.

»Danke schön«, sagte ich und trat unbehaglich auf die Tür zu. War es wirklich so einfach, hier reinzukommen?

»Entschuldige bitte.«

Ich hielt den Atem an.

Die Frau vom Empfang lächelte freundlich. »Ich glaube, du hast das hier verloren.« Sie hielt das Armband in der Hand, das Liz und ich von Granny geschenkt bekommen hatten. Der Verschluss musste sich geöffnet haben.

Ich nahm es eilig entgegen. »Oh! Vielen lieben Dank!«

Ich schenkte ihr noch ein letztes Lächeln, bevor ich das Armband rasch in meine Tasche packte und eintrat. Erleichtert atmete ich aus. Sie hatte mich nicht rausschmeißen wollen. Obwohl die Gala öffentlich war, hatte ich Bedenken gehabt.

Der Eingangsbereich des Gebäudes war hell und verdammt groß. Über mehrere Etagen hinweg erstreckte sich leerer Raum. Dort befanden sich keine Büros, sondern nur Fenster und ein paar riesige Lampen. Sie hatten die Form von Lilien. Einige hingen weiter unten, andere hoch oben, sodass es wie ein Blumenstrauß wirkte.

»Schön, Sie willkommen heißen zu dürfen.« Mister Heriotza kam auf mich zu. Ich wusste, dass er es war. Das Bild von ihm aus der Zeitung war mir im Gedächtnis geblieben.

Er reichte mir seine Hand, seine Haut war eiskalt und der Druck, den er um meine Finger legte, erschreckend fest. Als hätte ich sie freiwillig in einen Schraubstock gelegt und kräftig zugezogen.

Angstschweiß stand mir auf der Stirn. Dieser Mann besaß trotz des strahlend weißen Lächelns keinen Funken Freundlichkeit. Es wirkte aufgesetzt. Wie eine Maske, die mir ein unbehagliches Gefühl bereitete.

»Danke, ich freue mich, hier zu sein. Herzlichen Glückwunsch zu Ihrer Eröffnung.«

Er neigte den Kopf. »Vielen Dank. Einen angenehmen Aufenthalt wünsche ich.«

Bevor ich etwas erwidern konnte, nahm er neue Gäste in Empfang. Jetzt erinnerte ich mich auch, woher ich ihn kannte. Er war einmal bei Dad gewesen. Sie hatten vor der Haustür heftig diskutiert, als ich mit meinem Auto vorgefahren war. Mr. Heriotza war mit angespanntem Gesicht in seinen Sportwagen gestiegen und davongerast. Dad hatte mir damals nicht erzählen wollen, worum es in dem Streit gegangen war. Wahrscheinlich hatte Mr. Heriotza ihm das Haus abkaufen wollen.

Ich schüttelte mich so unauffällig wie möglich, um diese unangenehme Begegnung und die Erinnerung abzustreifen.

Vielleicht sollte ich Mom sicherheitshalber schreiben, wo ich war. Falls etwas passierte. Man wusste ja nie. Ein Schauder lief mir den Rücken hinab, wenn ich nur daran dachte, was alles geschehen konnte. Schnell tippte ich eine kurze Nachricht an Liz sowie an Mom und packte das Handy anschließend weg. Zumindest wussten sie nun, wo ich war, sollte ich nicht mehr auftauchen.

»Hier, bitte für dich«, sagte einer der Servicekräfte und reichte mir ein Glas Sekt. Bevor ich dankend ablehnen konnte, war er weg. Ich mochte keinen Sekt. Wo konnte ich den jetzt loswerden, ohne dass es irgendwem auffiel? Auf der Toilette.

Eilig lief ich auf den Gang zu, der mit einem kleinen Toilettensymbol gekennzeichnet war. An der Wand lehnte eine Person, die mich aufmerksam musterte. Ich blieb stehen. Er war es. Der Mann, der Granny getötet hatte. Asher Heriotza. Sein Blick blieb an mir hängen, verharrte kurz auf mir, bevor er weiter durch den Raum strich.

Hatte ich mich doch getäuscht? Oder war da ein Funken Erkenntnis in seinem Blick gewesen? Der Sekt in meiner Hand war vergessen, die Toilette auch. Alles war vergessen, außer die brennende Neugier.

Ich steuerte direkt auf ihn zu.

Er unterhielt sich mit einem anderen Mann, der, den Bildern im Internet zufolge, sein Bruder war. Erst als er den Kopf drehte, realisierte Asher, dass ich mich näherte. Seine Haltung versteifte sich. Dieses Mal flackert die Erkenntnis eindeutig auf.

Er *erkannte* mich.

Er *war* bei Granny gewesen!

Und auf dem Friedhof!

Seine Pupillen weiteten sich. War das Panik? War es Furcht?

»Entschuldige mich«, sagte er zu seinem Gesprächspartner und wollte doch tatsächlich entkommen. Mit großen Schritten holte ich ihn ein, gerade als er den Gang zu den Toiletten betrat.

»Hey, du!«

Er blieb stehen und wandte sich mir zu. Seine Kieferpartie war durchgehend angespannt, während eine Hand in seiner Anzughose steckte und die andere ebenso wie ich ein Sektglas hielt. Sein schwarzes Hemd war oben aufgeknöpft, wodurch ich den Ansatz seiner Brust erkennen konnte. Ein höfliches Lächeln zierte seinen Mund, aber es wirkte – wie bei seinem Vater – gefühlskalt.

»Ja?« Er senkte das Kinn ein wenig. Den Übergang von Pupille zur Iris konnte ich nicht ausmachen. Zu dem Fakt, dass er mich um gut zwei Köpfe überragte, war er auch noch ziemlich nah. Ich trat einen Schritt zurück und straffte die Schultern, wodurch der Stoff meines Kleides ein wenig spannte.

»Hallo.«

Ein Lächeln zupfte an seinem Mundwinkel. »Interessant, jemanden in meinem Alter hier zu sehen. Die anderen Gäste sind eher …«

»Alt?«, schlug ich vor und musste mir das angestrengte Schlucken verkneifen, das verraten würde, wie nervös ich war.

»Genau das.«

So charmant er auch war, ich durfte nicht vergessen, dass er Granny getötet hatte.

Anscheinend bemerkte er die Veränderung in meinem Gesicht, denn er trug einen verkniffenen Zug um den Mund. »Ist etwas nicht in Ordnung?«

Ich atmete tief ein. »Sag du es mir.«

Er zog die Augenbrauen zusammen. »Hab ich was verpasst? Kennen wir uns? Oder ist das nur die neuste Art, jemanden anzumachen? Falls ja, lass dir gesagt sein, das wirkt nicht.«

Ich verschränkte die Arme vor der Brust und fühlte mich nackt unter seinem Blick, als hätte ich keinen Schutz vor ihm. »Ich weiß, was du getan hast!« Fest blickte ich ihm in die Augen und stellte mir dabei vor, wie Dolche aus meinen herausschossen, direkt auf ihn zu.

Asher verzog missbilligend den Mund. »Lass uns draußen sprechen. Hier sind zu viele Leute.«

»Zu viele Zeugen, meinst du.«

Er schnaubte.

Ich reckte das Kinn. »Keine Chance, ich bin nicht so blöd und folge dir in irgendeine dunkle Gasse, wo du wer weiß was tun kannst …«

Er kniff sich in die Nasenwurzel. »Ich werde nichts tun.«

»Ach und das soll ich dir einfach so glauben?«

»Ja.«

»Dazu gibt es keinen Grund.«

»Was soll ich deiner Meinung nach denn verbrochen haben?«, fragte er belustigt. Provokant. »Ja, ich muss gestehen, dass ich gestern im Parkverbot stand und im Supermarkt beinahe etwas geklaut hätte. Aber als ich es gemerkt habe, bin ich zur Kasse zurück und habe bezahlt. Keine Ahnung also, was du meinst.«

Ich starrte ihn an. Er war ja so witzig …

»Hör zu«, sagte er. »Du bist hier, weil du Antworten willst, oder? Die kriegst du. Aber nicht hier drin.«

»Was nützen mir Antworten, wenn ich tot bin?« Mein Zischen vibrierte zwischen meinen Zähnen.

Er seufzte. »Meinst du, ich wäre so leichtsinnig? Hier ist überall Presse! Wir wurden mindestens von vier Journalisten fotografiert. Solltest du verschwinden, wäre ich der letzte, der dich gesehen hat.«

Beruhigte mich das? Als ich mich zu einer der Journalistinnen wandte, klickte und blitzte es. Sie hatte tatsächlich ein Bild von Asher und mir gemacht. Er hatte recht. Die Presse schien dieses überzogene Event hautnah einfangen zu wollen. Und dabei waren die Blicke eindeutig auf die Heriotzas gerichtet. Besonders auf die Söhne.

»Na schön, wir gehen raus.« Ich nickte und deutete vor mich, um ihm zu zeigen, dass er vorgehen sollte. Sein Rücken vor mir war mir lieber als sein Atem im Nacken.

Er nickte ebenfalls und schob sich an mir vorbei. Kaum hatten wir das Gebäude verlassen, redete ich drauf los.

»Du weißt genau, wovon ich spreche, das kann ich in deinen Augen sehen. Du hast die Großmutter meiner besten Freundin auf dem Gewissen!«

Er lachte leise. »Das ist aber nicht nett, wildfremde Menschen des Mordes zu beschuldigen.«

»Ich beschuldige ja nicht *irgendwen*, sondern *denjenigen*, der es getan hat. Du Mörder!«

Er lachte weiterhin. Nahm mich nicht ernst. »Sei froh, dass ich es amüsant finde.« Er nippte sparsam am Sekt.

»Ich finde nichts daran amüsant!« Ich brachte so viel Mut auf, wie ich hatte, und machte einen großen Schritt auf ihn zu, sodass wir uns näher standen als zuvor, und richtete meinen lila lackierten Nagel auf ihn. »Ich habe ganz genau gesehen, wie du etwas aus Granny ausgesaugt hast!«

Asher verzog angeekelt das Gesicht. »Etwas aus Großmüttern zu saugen ist nichts, was ich für gewöhnlich mache. Keine Ahnung, was du für Pillen genommen hast, aber ich kenne ein paar Freunde, die dir bestimmt welche abkaufen würden.«

Wie ein Reh im Scheinwerferlicht blinzelte ich hin an. »Ich nehme keine Pillen, meine Mom würde mir den Kopf abreißen. Aber du. Du warst in der Küche, ich habe dich gesehen. Dich und niemanden anderen. Dein Gesicht verfolgt mich bis in meine Albträume. Und auf dem Friedhof warst du auch!«

Asher kniff die Augen zusammen. Die Lockerheit hatte sich aus seinem Blick verabschiedet. Sie war einer Vorsicht gewichen, die mich ahnen ließ, dass ich auf der richtigen Fährte war. »Tut mir leid, dass mein Gesicht so unansehnlich für dich ist. Es wäre also besser, wenn du dich von mir fernhältst.«

»Ich weiß, was ich gesehen habe! Und du erkennst mich, weil du mich ebenso gesehen hast wie ich dich!«

»Du solltest dir genau überlegen, ob du weiterhin so viele Fragen zu Sachen stellen willst, die ich nicht getan habe.« Seine Stimme war so eisig, dass ich mich augenblicklich verspannte und die Luft anhielt. Die Eiseskälte von Grannys Küche legte sich über meinen Körper und ließ mich frösteln. Er betrachtete mich genauestens aus seinen dunklen Augen, so als wüsste er, dass mein Herzschlag dem eines Kolibris glich.

»Du meinst, ich soll dir nicht unterstellen, dass du ein Mörder bist?«

Er presste seine Kiefer hart aufeinander. »Ich würde nicht weitersprechen, sonst kann ich für nichts garantieren.«

»War das eine Drohung?«, fragte ich und blähte meine Nasenflügel auf.

»Interpretier es, wie du möchtest.«

»Weil du mir den Tod bringen wirst? Weil du der *Joe Black* von Bone Hill bist?«

Die Filmanspielung saß. Asher versteifte sich. Meine Vermutungen setzen ihm zu, ließen seine Augen funkeln.

Ich machte weiter. »Vielleicht sollte ich fragen, was für ein Wesen du bist?«

Er seufzte und kniff sich erneut in die Nasenwurzel, als würde ich ihm höllische Kopfschmerzen bereiten. »Ach, Kenna, warum kannst du es nicht gut sein lassen ...« Asher machte einen Schritt auf mich zu.

Woher kannte er meinen Namen? Panik überkam mich, als der Abstand zwischen uns kleiner wurde. Kalter Angstschweiß sammelte sich an meinen Handinnenflächen.

»Wieso weißt du, wie ich heiße?«

Er antwortete nicht.

»Meinen Namen! Woher kennst du ihn?« Die Härchen in meinem Nacken stellten sich auf und die Furcht sackte mir bis in den Magen. Sie wog schwerer als die Neugier. Ich wollte hier weg. Abrupt drehte ich mich um und eilte davon. Besser, ich verschwand von hier. Kaum hatte ich die Ecke der Seitenstraße erreicht, lief ich los, als sei der Teufel persönlich hinter mir her, was sich mit diesem bodenlangen Kleid als verdammt schwierig herausstellte. Einige

Male stolperte ich über den Saum, konnte mich jedoch fangen, bevor ich Bekanntschaft mit dem Teer machte. Zwei Straßen hatte ich erst hinter mich gebracht, fehlte noch eine bis zu meinem Auto. Das war eine ganz furchtbare Idee gewesen.

Wer oder was Asher auch war, er bedeutete Gefahr. Ich sollte schnellstmöglich von hier verschwinden! Mein Auto kam in Sichtweite und eine Welle der Erleichterung durchspülte mich. Mein Herz klopfte wild gegen meinen Torso und feuerte mich an, schneller zu werden.

Ein Luftzug rauschte an mir vorbei und ein unruhiges Gefühl machte sich in mir breit. Plötzlich griffen Hände nach mir und ich schrie auf.

Kenna

Mit einem heftigen Ruck wurde ich zurückgerissen und blieb mit meinen Füßen im Kleid hängen, stolperte und fiel tiefer in die Arme meines Angreifers, weshalb ich mit meinen Ellenbogen nach hinten hieb.

Ein Ächzen ertönte. Treffer.

Doch die fremden Arme schlangen sich fester um mich und zerrten mich von den Beinen.

»Lass mich runter!«, brüllte ich und trat um mich. Meine Arme waren bewegungsunfähig, weshalb ich die Füße nutzte. Allerdings wurde mein Kleid dadurch so hin und her gewirbelt, dass es mir die Sicht versperrte. »Hilfe!«

Einzig und allein die Arme meines Angreifers, die mich wie ein Schraubstock hielten, waren für mich ersichtlich. An einem der Finger prangte ein großer Ring mit einem Totenkopf. Ich hörte, wie eine Tür geöffnet wurde, und fünf Sekunden später kam ich unsanft auf der Rückbank eines Autos auf. Ich drehte mich herum. Dabei riss mein Kleid. Verdammte Scheiße, ich hatte einem Mörder gegenübergestanden, wurde entführt und nun war auch noch zu allem Überfluss das glitzernde Kleid von Dad kaputt. Wann hatte ich zuletzt so einen schlechten Tag gehabt? Aber die wichtigere Frage war: Wie kam ich hier wieder raus?

Ich drehte mich zur Tür und hoffte, dass der Mann, der mich hier hineingefrachtet hatte, verschwunden wäre und ich entkommen konnte.

Mit brennenden Armen rappelte ich mich auf.

Asher Heriotza stieg selbst in das Auto ein. Es hatte nicht nur eine Rückbank, sondern gleich zwei, die sich gegenüberstanden und viel Platz für Passagiere boten. Er setzte sich auf einen der Plätze, verriegelte die Tür mit der Fernbedienung und faltete die Hände zusammen. »Wir haben ein kleines Problem«, teilte er mir mit aggressionserregend ruhiger Stimme mit.

»Ach, wirklich?«, fragte ich gepresst und spürte, wie die Wut meinen Körper übermannte, sich rasend schnell in meinen Venen ausbreitete. »Vielleicht, dass du mich in ein Auto verschleppst und die Granny meiner besten Freundin auf dem Gewissen hast, aber sonst … sehe ich kein Problem!«

»Ich habe die Großmutter nicht getötet und dich habe ich … Na ja, wirkt vielleicht so, als würde ich dich entführen wollen, aber das habe ich nicht vor«, meinte er.

Ich lachte trocken auf. »Ach, wirklich nicht? Nein, du hast recht. Du willst mich sicher auch ermorden!« Die letzten Worte schrie ich ihm ins Gesicht. Er zeigte keinerlei Reaktion, sondern blieb verdammt ruhig. So ruhig, dass ich nur noch wütender wurde. Mit ausgestreckten Armen stürmte ich auf ihn zu und schubste ihn gegen die Sitzbank. Er ließ es mit sich machen und wehrte sich nicht, so wie ich es erwartet hätte.

Erneut schubste ich ihn.

»Ich werde heute nicht sterben!«, rief ich.

»Nein, das wirst du definitiv nicht«, versicherte er mir und richtete sich auf. Er strich sich die Haare aus dem Gesicht, die bei meiner Attacke aus ihrer perfekten Balance gekommen waren. »Da bin ich todsicher«, schob er hinterher. Dachte er etwa, das sei witzig? »Ich habe dich hierhergebracht, damit alles in Ordnung kommt.« Er wirkte ein wenig hilflos und seufzte.

»Das klingt für mich sehr nach Serienmörder, wenn ich ehrlich sein darf.« Erzürnt ließ ich mich auf der Sitzbank ihm gegenüber nieder und funkelte ihn abwartend an. »Okay, an welchem Punkt wirst du mich aus diesem Verhörauto rauslassen? Und das lebend?«

»Niemand darf von uns wissen.« Seine Stimme hatte eine Ernsthaftigkeit angenommen, die mich schlucken ließ.

»Uns?« Es gab noch mehr von seiner Sorte? Noch mehr … Ja, was eigentlich? War meine Theorie wirklich richtig?

»Deshalb musst du mich vergessen.«

»Keine Chance! Ich kenne deine Taten, wieso sollte ich dich damit davonkommen lassen?«

Er atmete tief ein und beugte sich vor. »Pass auf, Kenna. Und das meine ich genau so, wie ich es sage: Wenn du nicht vergisst, wirst du den nächsten Tag nicht mehr erleben.«

Ich schluckte angestrengt. Meine Stimme war zu einem Krächzen verkommen. »Du sagtest, dass ich nicht sterben würde!«

Er nickte.

»Dann hast du gelogen.« Enttäuschung und Angst schwappten über den Hoffnungsschimmer und ertränkten meine Aussicht auf ein Entkommen.

»Nein, das habe ich nicht, aber solltest du stur bleiben, liegt es nicht länger in meiner Verantwortung, das zu entscheiden.«

»Was soll ich denn vergessen? Dass es falsch ist, was du getan hast? Wie soll ich das einfach ignorieren können?« Obwohl mein Leben davon abhing, war es keine Entscheidung, die mir leichtfiel. Ich wollte zur Polizei. Wie konnte ich etwas akzeptieren, das allem entgegensprach, an das ich glaubte?

»Dein Leben hängt von der Entscheidung ab.« Ashers Stimme war nachdrücklich.

»Ich soll die Wahrheit also aufgeben«, sagte ich und fuhr mir über das Gesicht.

»Ja, alles, was du über mich weißt. Du warst viel zu nah dran.«

Ich seufzte. »Wenn ich dir zustimme, versprichst du dann, meine Mom, Liz' Familie und mich in Ruhe zu lassen?«

Ein trauriges Lächeln erschien auf seinen Lippen. »Ja.«

»Für immer«, setzte ich nach.

»Es gibt kein für immer. Nicht für euch.«

»Ach, aber für dich schon?«

Er schwieg, der Blick unergründlich. Ruhig und abwartend. Er wartete auf meine Entscheidung.

Die Wahrheit oder das Leben.

»Na schön.« Ich wählte das Leben.

»Sehr gut, Kenna.« Aus einer kleinen Box, die am Boden stand, zog er etwas heraus. Eine fliederfarbene Blume, die von dunkellila Glitzerpunkten überzogen war. So etwas konnte man unmöglich im Blumenladen kaufen, die musste in irgendeinem Labor gezüchtet worden sein. Was hatte das mit dem Vergessen zu tun?

»Du musst nur an der Blume riechen, dann kannst du gehen.«

Ich starrte Asher an. Es war so bizarr, dass ich ein wenig brauchte, bis ich verstand, dass es kein Scherz war. »Ich soll an dieser Blume schnuppern und schon kann ich gehen?«

Er nickte und war dabei so ernst, dass ich seine Aussage nicht infrage stellte.

»Na gut.« Misstrauisch beäugte ich ihn, wie er die Blume in der Hand hin und her wiegte.

»Zum Glück muss ich dich nicht töten«, murmelte er.

Ich hörte es trotzdem. Die große, glitzernde Blume kam auf mich zu und ich streckte meine Nase zwischen die weichen Blumenblätter, die meine Wangen streichelten. Den Blick hielt ich fest auf Asher gerichtet, der mich beobachtete, wie ich an der Blume roch. Die lila Blätter verfärbten sich dunkel, verdorrten und kratzen auf meiner Haut. Dunkle Rauschschlieren umgaben mein Gesicht. Etwas passierte in meinem Kopf. Ich tauchte in einen Nebel ein, mir wurde schwindelig. Schnell kniff ich die Augen zusammen und suchte nach Halt. Ich spürte einen Arm, der mich hielt und mir einen Anhaltspunkt gab, um nicht komplett verloren zu gehen.

»Du bist viel zu schön, um als Leiche zu enden. Vor allem in diesem Kleid.«

Ich hatte keine Ahnung, wer da sprach, doch ich hielt mich an diesem Satz fest. Es war, als stünde ich kurz davor, aus einem Traum in den Halbschlaf zu driften. Traum und Realität verschwammen miteinander, während der Traum mir zusehends entglitt und ins

Vergessen rutschte. Als hätte mir jemand ins Gesicht geschlagen, verflog der Nebel in meinem Geist, als wäre er niemals da gewesen.

Ich saß in meinem Auto. Mein Kopf brummte. Noch nie hatte ich solche Schmerzen verspürt, die mir das Gefühl gaben, dass sich eine Schar von Handwerkern in meinem Schädel befand und mit ihren Hämmern arbeitete.

Wieso war ich in meinem Auto, das vor meinem Haus stand? Verwirrt fuhr ich über den lila Stoff und fragte mich, ob ich mir mein Abschlussballkleid nur einbildete. Nein, es war hier.

Warum … trug ich es?

Ich hatte es zu meinem Abschlussball tragen wollen, auf den ich nicht gegangen war. Dad hatte es mir kurz vor seinem Tod gekauft. Wir waren gemeinsam im Kleiderladen gewesen, hatten uns durch die Kleiderstangen gewühlt, uns an Tüll, Pailletten und den Kleiderpuppen vorbeigekämpft. Er hatte es hervorgezogen und mir präsentiert, indem er sich den Bügel über den Kopf hängte und sich mit einem breiten Grinsen drehte. Da hatte ich gewusst, dass ich es haben wollte. Das war mein Kleid. Ich hatte mir ausgemalt, wie es sein würde, mit Dad auf der Tanzfläche herumzuwirbeln, während der Stoff des Kleides wie winzige Glühwürmchen funkelte.

Ich schmeckte Tränen auf meinen Lippen und wischte sie mit dem Handrücken weg. Bis heute dachte ich stets wehmütig über den Abend nach, der nie stattgefunden hatte. Der für immer eine Illusion bleiben würde. Ein Traum, der einem Schusskommando glich, jeder Gedanke daran durchdrang mich wie eine Kugel und mit jeder weiteren zerriss mein Körper mehr. Wurde von unbändigem Frust geflutet, der meine Tränen antrieb, sie schneller meine Wangen hinablaufen ließ, während der heisere Klang meines Schluchzens das Auto erfüllte.

Ich umklammerte das Lenkrad, wollte mich daran festhalten, mich vergewissern, dass ich nicht an meinen Gefühlen verenden würde, doch ich konnte mich nicht selbst überzeugen. Mehr Tränen, mehr Schluchzen. Meine Knöchel traten weiß hervor, je fester ich meine Finger verkrampfte. Meine Brust schmerzte wegen meines hektischen Atmens und dem Kloß in meinem Hals, der mit jeder verstreichenden Sekunde von meiner Kehle zu meinen Magen rutschte, bis sich mein Körper so anfühlte, als würde er kurz vorm Zerbersten stehen.

Ich biss die Zähne fest aufeinander, verbannte das Bild meines Dads, löste meine steifen Finger vom Lenkrad und strich über mein Kleid, den Stoff, in der Hoffnung auf Besänftigung oder Trost, aber es machte alles schlimmer.

Ich suchte nach meinem Handy, um Liz anzurufen – es war nicht da. Wo konnte es sein? Ich hatte es sonst immer bei mir.

Wieso hatte ich das Kleid an?

Es versetzte mich in rasende Trauer. Ich hatte mir geschworen, es im Schrank zu lassen und nie wieder herauszuholen. Mein Kopf schmerzte vor lauter Weinen und Schluchzen, alles tat weh. Aber am meisten mein Herz, das von regelmäßigen Stichen durchzuckt wurde. Als würde ich mir mit jedem Atemzug ein Messer durch den Brustkorb rammen.

Ich raffte den Stoff zusammen. Ich musste aus diesem Ding raus!

Verheult kletterte ich aus dem Auto, wobei sich meine Welt kurz gefährlich drehte, sodass ich mich an der Tür festhalten musste, um nicht umzufallen. Schnell lief ich ins Haus und riss, während ich die Treppe nach oben stürmte, am Kleid herum, in dem Versuch, es mir abzustreifen. Vor meinem Zimmer stülpte ich es mir über den Kopf und warf es zu Boden. So stand ich nur noch in Unterwäsche und schwarzen Boots dort und weinte stumm, während der lila Stoff als wildes Häufchen am Boden lag. Am liebsten hätte ich es unter mein Bett gestoßen, weggetreten, damit ich es nicht mehr sehen musste, doch das brachte ich nicht übers Herz.

Ich schreckte schweißgebadet von meinem Bett auf. Ein Luftstoß ließ den Schweiß auf meiner Stirn spürbar erkalten. Das Haus ächzte und knarrte im Wind. Mein Fenster stand offen.

Schnell rappelte ich mich aus meinen verhedderten Laken. Der Vorhang schlug mir ins Gesicht, ein Regenschleier wehte hinein und durchnässte mein Shirt. Rasch zog ich das Fenster hinunter und sperrte den Wind aus.

Wieso hatte ich es offen gelassen?

Hatte ich das überhaupt? Ich konnte mich nicht erinnern.

Mit zittrigen Fingern knipste ich das Licht an. Erschrocken verharrte ich mitten im Raum. Dort auf meinem Teppich waren nasse Schuhabdrücke. Waren das meine? Zögernd näherte ich mich und stellte mit stockendem Atem meinen eigenen Fuß daneben. Nein, es waren nicht meine. Der Abdruck war zu groß. Viel zu groß!

War jemand im Haus?

Panisch rannte ich zur Tür und riss sie auf. »Mom!« Hoffentlich war sie schon von ihrer Schicht zurück.

Sie kam wenige Sekunden nach meinem Ruf mit einem Baseballschläger aus ihrem Schlafzimmer gestürmt und schaltete das Licht im Flur an. »Kenna? Was ist passiert?«

»Ich glaube, hier ist jemand.«

»In deinem Zimmer?«

Ich nickte, während sie sich in mein Zimmer schob. Den Baseballschläger hoch erhoben.

»Hier ist niemand. Ich checke das Haus, okay? Du bleibst hier.« Bevor ich etwas sagen konnte, war sie nach unten verschwunden. Wenige Minuten später, in denen ich unsicher in meinem eigenen Zimmer gestanden hatte, kam sie zurück. »Hier ist niemand. Auch keine Einbruchsspuren.«

Ich schluckte und blickte auf die Schuhabdrücke, die verwischt und kaum noch als solche zu erkennen waren.

Hatte ich mir alles nur eingebildet?

Mom hob mein Kleid vom Boden auf und legte es gefaltet über die Lehne meines Stuhls. »Ach Kenna.« Mitgefühl stand in ihrem Gesicht. Wahrscheinlich dachte sie, dass ich wegen Dads Tod durchdrehte und das Kleid rausgeholt hatte, um mich in meinem Selbstmitleid zu suhlen.

Sie zog mich zum Bett und setzte sich mit mir darauf, während sie mir die feuchten Strähnen aus dem Gesicht strich. »Hast du schlecht geschlafen?«

Abermals nickte ich.

»Ich bin hier und halte dich fest, du bist nicht allein und niemand kann dir etwas tun.« Die Nähe zu meiner Mom tat mir gut, die Wärme, die sie meinem kühlen Körper zukommen ließ, war so vertraut und brachte meinen aufgewühlten Geist dazu, sich zu beruhigen. Wir saßen mindestens eine halbe Stunde eng umschlungen beisammen. »Pass auf, Kenna. Ich lass dich jetzt los und dann gucke ich in den Schrank und unter dein Bett, okay?«

Es war ein altes Kindheitsritual. Ich hatte schon immer eine lebhafte Fantasie gehabt und mich vor Monstern unter meinem Bett und im Schrank gefürchtet. Beide Orte prüfte Mom eingehend.

»Nichts da, hörst du?« Sie schloss die Schranktür und kniete sich vor mein Bett, direkt neben die nassen Spuren und runzelte die Stirn. »Merkwürdig …«, murmelte sie.

»Wa-Was ist da?«

»Nichts, es ist nur …« Sie musste dasselbe denken wie ich. Es war, als hätte jemand vor meinem Bett gestanden und mir beim Schlafen zugesehen. Doch niemand von uns sprach es aus, weil die Angst dann viel zu real geworden wäre. »Ich kann heute Nacht bei dir bleiben, wenn du möchtest.«

Mit einem hastigen Nicken stimmte ich zu und schlug die Decke beiseite, damit Mom und ich darunterrutschen konnten. Die Nachttischlampe ließen wir brennen.

Diese Nacht, da war ich mir sicher, war ich nicht die einzige, die von Monstern träumen würde.

Kenna

Es fehlte eine Zeichnung. An meiner Korkpinnwand hing jedes Bild, das nicht älter als ein Jahr war. Doch eines fehlte. Nur noch die rote Nadel und die Überreste des abgerissenen Blattes zeugten davon, dass es hier gewesen war. Doch wohin war es verschwunden? Und wer war darauf gewesen? Ich konnte den Gedanken nicht greifen. Ganz so, als würde mir die Erinnerung daran entgleiten. Ich konzentrierte mich zwar auf die Zeichnung, doch fiel mir nichts dazu ein. Merkwürdig.

Ich kniete mich hin und kroch unter den Schreibtisch, der direkt vor der Korkwand stand, doch hier lag das Bild auch nicht. Seltsam. Hatte ich es weggeworfen? Ich leerte den Mülleimer auf dem Teppich aus und wühlte mich durch den Papierhaufen. Doch es war keine Zeichnung dabei, nur alte Schnipsel und Süßigkeitentüten. Enttäuscht räumte ich alles wieder ein und stand auf. Unschlüssig stemmte ich die Hände in die Hüften. Mein Zimmer war … irgendwie ungemütlich. Das musste definitiv an letzter Nacht liegen. Das einzig Positive war, dass ich mein Handy wiedergefunden hatte. Hier im Zimmer. Direkt auf dem Schreibtisch, obwohl ich mir sicher war, dass ich überall danach geguckt hatte.

Mom war früh zur Arbeit aufgebrochen und ich fühlte mich merklich unwohl. Die letzte Nacht hatte ihre Spuren hinterlassen. Auf dem Teppich und in mir. Obwohl sie nicht mehr sichtbar waren, spürte ich sie trotzdem wie eine düstere Gewitterwolke, die über mir schwebte. Ständig kontrollierte ich das Fenster, als würde ich erwarten, dass es offen stand. Doch es war zu, nur das ungute Gefühl ging nicht weg.

Ich musste hier raus!

Schnell sammelte ich meine Malsachen ein, schlüpfte in meine Strickjacke und schnappte mir meine Autoschlüssel, um in mein Lieblingscafé zu fahren. Es war eine gute Möglichkeit, meine Malfertigkeiten zu üben. Wenn ich jemandem begegnete, den ich interessant fand, malte ich ihn. Danach schenkte ich die Zeichnung meist der gemalten Person. Das war eine gute Übung für Schnelligkeit und Genauigkeit, da ich nie wusste, wie lange der Gast bleiben würde.

Heute war es die perfekte Ablenkung.

Ich zog die braune Strickjacke zu, als ich aus der Haustür trat. Der Herbst entfaltete sich in seiner vollen Pracht, auch wenn es hier mehr Tannen als Laubbäume gab. Dennoch wusste jeder, dass der Nebel, der sich wie ein Laken über die Straßen gelegt hatte, durch die Veränderung der Jahreszeit kam. Die Abende wurden dunkler und die Nächte kälter. Und am Tag war es zumeist grau und bewölkt. Genau nach meinem Geschmack. Mein Auto blubberte vor sich hin, während ich durch den düsteren Wald fuhr. Das Radio spielte leise.

Ich hatte Glück, vor dem Café waren noch genügend Parkplätze frei. Mit einem guten Gefühl in der Brust stieg ich aus. Zwar hatte ich Liz gefragt, ob sie mich begleiten wollte, doch sie hatte abgelehnt und meinte, dass ihr nicht so nach Ausgehen sei. So war es bei mir zu Beginn auch gewesen, doch Liz hatte mich nach einigen Wochen herausgezogen. Das würde ich auch bei ihr tun, sollte sie sich nicht selbst dazu aufraffen können. Ein wenig Schonfrist hatte sie noch.

Die Rockmusik, die im Café gespielt wurde, erinnerte mich daran, dass ich noch Karten für ein Konzert hatte. Die Band hatten Dad und ich zusammen gehört, wenn ich bei ihm gewesen war. Dazu hatten wir gekocht, gelacht und laut mitgesungen. Das Konzert hatte ich mit Dad besuchen wollen. Ein Kribbeln durchzog meinen Körper und meine Augen brannten. Fast hätte ich auf der Stelle kehrtgemacht.

Nein, Kenna. Es ist alles gut.

Vielleicht würde Mom mitgehen. Oder Liz.

»Hey, herzlich willkommen im *Bones & Beans.*« Eine Frau, die eine Schürze umgebunden hatte, auf der ein Totenkopf mit einer dampfen Kaffeetasse abgebildet war, stand hinter dem Tresen. Sie trug die langen schwarzen Haare in einem hohen Pferdeschwanz und grinste mich an. Der Eyeliner war so präzise gezogen, dass ich mich fragte, ob es Aufklebetattoos waren. Als ihr Blick meinen traf, fiel ihr Lächeln ein wenig in sich zusammen.

Ich stockte. War mein Anblick so … demotivierend?

Verlegen suchte ich mir einen Platz in der letzten Ecke. Sie verfolgte jede meiner Bewegungen, kam auf meinen Tisch zu und holte einen Block aus ihrer Schürze hervor.

»Was kann ich dir bringen?«

»Das, was du mir empfehlen kannst.«

Einige Sekunden schien sie ratlos, brummte schließlich jedoch zustimmend. »Kann ich machen.« Sie wandte sich ab, wobei ihr Zopf mitschwang. Ich fragte mich, ob das schon als Rapunzelhaar durchging, denn selbst im Pferdeschwanz reichten ihr die Haare bis zum Gesäß.

Während sie meine Bestellung zubereitete, packte ich den Skizzenblock sowie Bleistifte und Fineliner aus. Alles legte ich auf den Tisch. Niemand sonst war im Café, außer der Barista und mir. Ich entschied mich dazu, sie zu zeichnen. Sie hantierte hinter dem Tresen herum und hatte eine versteinerte Miene aufgesetzt, die ich nicht wirklich deuten konnte. Ihr gesamter Look verlieh ihr einen harten Touch. Doch ich fand, es stand ihr. Kurz hielt ich inne. Es fehlten ziemlich viele Blätter in meinem Block. Ich würde bald einen neuen kaufen müssen, dabei war dieser hier erst ein paar Tage alt … komisch.

Ich kratzte mit dem Stift über das Papier. Die scheinbar wirren Linien ergaben langsam einen Sinn. Sie beschrieben die junge Frau.

»Hier bitte schön.«

Ich zuckte zusammen und verdeckte mit dem Unterarm den Block. Die Barista lächelte dezent. Erst jetzt bemerkte ich, dass sie mir einen Mohnkuchen und ein Heißgetränk gebracht hatte, das gemütlich vor sich hin dampfte.

»Danke«, sagte ich.

»Mohnkuchen und Chai Latte mit geröstetem Mohn«, erklärte sie kurz angebunden.

»Das riecht verdammt gut«, meinte ich. »Danke.«

Die Barista nickte bloß und verschwand mit einem gepressten Lächeln. Während ich den Kuchen probierte, gab ich mir Mühe, ihr Gesicht auf meinem Block so detailgetreu wie möglich einzufangen. Die schmale Nase, ihre feinen, eckigen Augenbrauen, die denselben Farbton wie ihre Haare besaßen. Die hohen Wangenknochen, die deutlich aus ihrem Gesicht hervorstachen, und die vollen Lippen, die einen leichten Glanz aufwiesen. Ich tippte auf durchsichtigen Lipgloss.

Das Geräusch der sich öffnenden Tür ließ mich von meinem Blatt aufsehen. Zwei junge Männer spazierten herein. Der vordere war größer und braungebrannter als der andere, obwohl hier in Bone Hill nur selten die Sonne schien. Die beiden sahen sich ähnlich, sodass ich davon ausging, dass sie Brüder waren. Der vordere trug einen langen schwarzen Mantel, in dessen Taschen er seine Hände vergraben hatte.

Ich kannte ihn. Irgendwie. Aber von wo?

Der hintere kam mir auch seltsam vertraut vor, aber woher? Ich zog an den Erinnerungen, die mir genau diese Informationen geben konnten, doch sie entwischten mir wie ein glitschiger Fisch. Immer wieder angelte ich nach ihnen, doch es fühlte sich an, als würde ich in Rauch fassen. Ich konnte nichts greifen, mich an nichts erinnern. Als würde etwas fehlen.

Dunkle Augen, ein markantes Kinn …

Es brauchte einen Moment, bis ich realisierte, dass der Mann mit dem schwarzen Mantel und ich uns anstarrten. Hastig fokussierte ich mich auf meinen Zeichenblock und machte einen unüberlegten Strich. Nur, um meine Finger zu beschäftigen. Vorsichtig checkte ich die Lage. Erleichtert stellte ich fest, dass die beiden mit der Barista redeten, die mir unauffällige Blicke zuwarf, die alles andere als ebendas waren. Doch meine Aufmerksamkeit wurde erneut von dem Mann im Mantel angezogen. Sein Seitenprofil war ansehnlich. Er war groß, viel größer als ich, und hatte breite Schultern, die annähernd an die von Jackson herankamen. Der Mann drehte sich um und sah mich an. Mich!

Warum zur Hölle sah *ich* ihn an?

O Gott, wie peinlich, beim Starren erwischt zu werden. Ich zwang mich, dem alten Ehepaar, das an dem Café vorbeilief, hinterherzusehen.

Nicht den Kopf drehen.

Nicht blinzeln.

Einfach atmen.

Eine Bewegung ließ mich unruhig werden, mein Kopf flog gegen meinen Willen herum. Der Mann im Mantel kam auf meinen Tisch zu und lächelte leicht. Verdammt, war er heiß. Und genau mein Typ. Und jetzt stand er auch noch vor mir und zog sich mit einer Selbstverständlichkeit den Stuhl raus, für den ich ihn beneidete.

Er ließ sich niedersinken.

»Hi«, brachte ich nach einigen Sekunden heraus. »Hast du dich verlaufen?« Ich war nicht auf den Mund gefallen. Da konnte er noch so heiß wie die Hölle selbst sein, das war noch lange kein Grund, sich einfach so an meinen Tisch zu setzten und mich schweigend anzustarren.

Er lachte lautlos auf und beugte sich zu mir, um mir seine Hand hinzuhalten. »Ich bin Asher.«

Ich kostete seinen Namen auf der Zunge.

Asher. Asher. Asher?

Irgendetwas machte der Name mit mir. Ich hatte das Gefühl eines Déjà-Vùs. Was stimmte denn nicht mit mir? Da war ein heißer Kerl, der mir seinen Namen verriet und sich zu mir setzte und ich machte mir Gedanken über … was?

»Und du bist?«, fragte er und streckte mir seine Hand ein wenig näher hin. Schnell ergriff ich sie und genoss es, wie sich seine langen Finger um meine schlossen.

»Kenna«, sagte ich und lächelte.

»Kenna«, wiederholte er. Es hatte etwas unfassbar Sinnliches an sich, wie er meinen Namen aussprach. Er ließ ihn langsam von seinen Lippen rollen, in einer Lautstärke, die ich beinahe nicht wahrnehmen konnte. Ein Kerl, der meinen Namen wisperte wie eine begehrliche Sünde. Was wollte ich mehr? »Ich mag den Namen«, stellte er fest, während sein Blick an mir auf und ab fuhr. Er scannte mich förmlich. Als hätte er ein wertvolles Goldstück in einem schlammigen Fluss gefunden.

»Danke. Ich auch.«

Er grinste und hielt meine Hand fest umklammert.

»Sag mal, kennen wir uns?«, fragte er mich.

Ich schüttelte den Kopf. Was für ein lahmer Anmachspruch. »Nein, ich wüsste nicht, woher.«

Asher verzog den Mund – und seine Hand zurück. Leider. »Schade. Ich dachte, du kämst mir irgendwie vertraut vor … Aber da habe ich mich wohl geirrt. Entschuldige die Unterbrechung.« Er schielte auf meinen Block, doch der lag so, dass er nichts zu Gesicht bekam. Musste er auch nicht unbedingt.

»Falls das ein Anmachspruch gewesen sein soll, war der wirklich … schlecht.«

Asher wollte sich erheben, verharrte nach meinen Worten jedoch. »Ich könnte dir ein bisschen Gesellschaft leisten – falls du nichts dagegen hast. Vielleicht bekommst du dann doch noch einen guten Spruch zu hören.«

Mein Herz schlug kräftig in meiner Brust. »Aber gerne.«

Er faltete die Hände auf dem Tisch und verengte die Augen. »Wie wäre es mit einer Phrase, die wohl jeder von uns kennt, aber nur selten ehrlich beantwortet. Ich möchte von dir, wenn du denn willst, die ausführliche und vor allem ehrliche Antwort hören.«

»Welche Phrase meinst du?«

»Wie geht es dir?« Er blickte mir ernst entgegen.

Sein ganzer Körper wurde locker, entspannt, offen. Ehrlich gesagt war ich ganz schön überrumpelt von der Mischung aus Ruhe,

Interesse und dem gewissen Funken Ernsthaftigkeit, der mir zeigte, dass er sich wirklich für die Antwort interessierte.

Irgendwie war er süß.

Also gab ich mir einen Ruck. »Ich … Ich kann nicht sagen, dass alles super ist. Gerade läuft mein Leben komplett neben der Spur und ich habe das Gefühl, ein wenig verloren zu sein, in all dem, was um mich herum geschieht. Und ich habe keine Ahnung, warum ich dir das erzähle«, gab ich zu und presste meine Finger fest gegen mein Bein, um mein aufgeregtes Plappern zu stoppen.

»Vielleicht, weil ich so ein vertrauenswürdiges Gesicht habe«, mutmaßte er. Er war charmant auf eine Art, die ich nicht genau einzuschätzen wusste. »Es tut mir leid, dass es dir aktuell nicht so prickelnd geht. Was bringt dich denn so aus der Bahn?«

Ich stieß die Luft aus und überlegte, ob ich es ihm wirklich erzählen sollte. Es fühlte sich schön an, etwas sagen zu können, solange es nur oberflächlich blieb.

»Mein Vater ist gestorben …« Ich verstummte und sammelte mich. »Erst vor ein paar Monaten. Keine Ahnung, ich denke nicht so gerne darüber nach. Und vor ein paar Wochen ist die Großmutter meiner besten Freundin ebenfalls gestorben.« Etwas an meinem eigenen Satz ließ mich stocken. Granny war gestorben. Ich hatte sie gefunden.

Ich hatte sie gefunden?

Ja, richtig. Aber da war noch etwas …

»Wow, das ist scheiße. Ich kenne das, wenn man jemanden verliert, der einem nahe steht.«

»Danke. Ich hoffe, dir geht es einigermaßen okay mit deinem Verlust?«

Ashers Züge verrutschten ein wenig. »Ja, das ist etwas länger her.« Er machte eine wegwerfende Handbewegung.

»Nur weil etwas länger her ist, heißt das nicht, dass es nicht mehr wehtun darf.«

Asher starrte mich an, ich starrte zurück. Seine düsteren Augen waren auf meine fokussiert. »Du hast recht«, wisperte er.

»Ich weiß, das habe ich meistens.«

Er grinste mich an, entblößte seine Zähne. Meine Mundwinkel wanderten nach oben.

»Gut zu wissen. Ich muss jetzt leider los, aber es war schön, dich kennenzulernen.« Er schob den Stuhl zurück an seinen Platz.

Sein Mantel schmiegte sich wie eine Wolke aus Dunkelheit um ihn und ließ ihn ein wenig Furcht erregend wirken. Keine Ahnung, warum ich das fühlte. Er war freundlich zu mir gewesen und ich hatte eine seltsame Verbindung zu ihm gespürt. Vielleicht, weil er selbst mit dem Tod zu tun hatte. Oder weil wir beide es kaum schafften, die Blicke voneinander zu lösen.

»Vielleicht bekomme ich beim nächsten Mal ja einen guten Spruch zu hören«, scherzte ich.

»Ja, vielleicht.« Er nahm sich einen To-go-Becher vom Tresen und verließ, gefolgt von seinem Begleiter, der mich äußerst genau beobachtete, das *Bones & Beans.*

Die Barista hatte mit Sicherheit alles mitangehört. Ich hatte nicht darauf geachtet, denn es war mir vollkommen egal gewesen. Ich fühlte mich auch im Nachhinein nicht schlecht, dass ich es ihm gesagt hatte, eher befreit. Ich inspizierte den Teller, auf dem sich einmal der Mohnkuchen befunden hatte.

»Entschuldigung, könnte ich noch ein Stück bekommen?«

»Klar.«

Ich hätte ihn nach seiner Nummer fragen sollen. Warum hatte ich das nicht getan? Blieb mir nur der Glaube daran, dass Menschen sich immer zweimal im Leben trafen. Vielleicht war es in diesem Fall ja auch so. Wer wusste das schon?

Das Bild der Barista hängte ich an die Korkpinnwand, wobei ich wieder darauf stieß, dass eines der Bilder fehlte. Wo war es? Hatte ich es aus Versehen weggeworfen? Ich durchwühlte meinen Mülleimer ein zweites Mal. Es konnte doch nicht sein, dass diese Zeichnung einfach verschwunden war. Mein Blick glitt zur Pinnwand und all den Gesichtern, die dort hingen. Ich wollte Phantombildzeichnerin werden. Dad war bei der Polizei gewesen und hatte auf die Menschen geachtet. Indem ich in seine Fußstapfen trat, konnte ich ihm nah sein, auch wenn ich dabei keine Waffe, sondern einen Stift hielt. Es war komisch, über ihn nachzudenken, denn vor ein paar Jahren noch war er mir wirklich egal gewesen, damals hatte es nur Mom und mich gegeben. Doch wir hatten zueinander gefunden. Und er hatte mein Potenzial erkannt. Jedes Mal, wenn ich ihm eine meiner Zeichnungen gezeigt hatte, war er so begeistert gewesen, dass ich letztlich genug Selbstvertrauen gewonnen hatte, um mir diesen Weg vorzustellen. Dass jetzt eine Zeichnung fehlte, frustrierte mich ungemein.

Ich suchte unter dem Schreibtisch, kroch zu meiner Kommode und weiter zum Fenster. Steckte die Hand in jeden Schlitz und jede Ecke des Zimmers, in der Hoffnung, fündig zu werden. Das Bett war mein nächstes Ziel. Mit angehaltenem Atem hob ich die Decke hoch, die den Spalt verdeckte, und linste darunter. Da hinten. Dort lag ein zusammengeknülltes Blatt!

Als ich es herausgefischt hatte, entfaltete ich es voller Hoffnung. Die Enttäuschung schlug mich mit einem Abrisshammer um. Es war nur eine Skizze, kein fertiges Bild. Es beschrieb einen jungen Mann, mit breiter Nase, kantigem Kiefer und weichen Haaren. Jedoch fehlte die Augenpartie, weshalb ich nicht wusste, wer das sein sollte. Aber etwas in mir glaubte, ihn zu kennen. Er erinnerte mich an Asher aus dem *Bones & Beans*, seine Gesichtszüge waren ähnlich, sogar sehr. Aber war er das wirklich? Verwirrt strich ich über die Linien, doch in meinem Kopf war nur dicker Nebel, der mich keinen Gedanken zu dieser Skizze greifen ließ. War das wirklich Asher? Weshalb hätte ich ihn zeichnen sollen? Vor heute hatte ich ihn noch nicht einmal gekannt.

Oder?

Kenna

Mein Herz wollte aus meinem Körper springen, als ich ein Poltern direkt neben meinem Bett hörte. Es war so dunkel in meinem Zimmer.

War da jemand?

Eine Silhouette wurde vom Mond angeleuchtet. Die Person stand vor meinem Bettende. Blitzschnell knipste ich das Licht an. Schwer atmend setzte ich mich auf, doch niemand war hier. Keiner stand an meinem Bett. Eisiger Wind wurde durch das geöffnete Fenster zu mir getragen und ließ mich frösteln. Ich hatte es zugemacht … und trotzdem stand es offen, das zweite Mal, dabei hatte ich es doch vor dem Schlafengehen überprüft. Mehrmals.

Mit lähmender Angst im Körper zwang ich mich dazu, ans Fenster zu treten. Zitternd verriegelte ich es. Der Mond erhellte die Wiese, doch dort unten war nichts Ungewöhnliches zu sehen. Der Puls hämmerte in meinen Ohren wie der Donner eines Gewitters und ließ mich nichts anderes hören. Dort war niemand. Oder?

Nervös stieß ich den Atem aus und flüchtete mich zurück ins warme Bett. Ich wälzte mich so lange von einer zur anderen Seite, bis ich irgendwann einschlief.

Die Sonne schien durch mein Fenster und ließ das lange, glitzernde Kleid auf meinem Stuhl erstrahlen, das Mom dorthin gelegt hatte. Ich starrte es an und wusste nicht, ob es schlimmer als der Albtraum der letzten Nacht war. Woher hatte es diesen verdammten Riss? Es wollte mir nicht einfallen. Und je mehr ich darüber nachdachte, desto stärker schmerzte mein Kopf. Ich rieb mir die Schläfen, um das Druckgefühl auszugleichen, doch ohne Erfolg. Ich strich über das Kleid und schluckte angestrengt. Es war ein langer Riss, der mir meine eigene Zerrissenheit aufzuzeigen schien.

Wieso war es hier?

Wieso war es kaputt?

Wieso hatte ich es angezogen?

Ein Stechen ließ mich innehalten, dann tauchte ein Bild in meinen Kopf auf. Ich saß im Auto. Die Erinnerungen an meinen Dad und das panische Gefühl, wie ich es mir vom Körper riss, vermischten sich. Es war kaputt, weil ich unvorsichtig gewesen war. Ich hatte einen Zusammenbruch erlitten. Obwohl Dads Tod schon drei Monate zurück lag, hatte ich meine Trauer nicht überwunden. Grannys Tod hatte alles wieder aufgewirbelt.

Warum hatte ich das Kleid angezogen?

Wohin war ich gefahren? Ich wusste es nicht.

Tief atmete ich ein und aus, während ich die feinen Glitzerpunkte unter meinen Fingerkuppen spürte. Bevor die Tränen meine Sicht vollkommen verwischten, beschloss ich, es reparieren zu lassen. Auch wenn es nichts gut machte, war so wenigstens das Kleid heile.

Das letzte Geschenk meines Dads.

Ich schloss die Augen und wandte mich vom Kleid ab, darum würde ich mich kümmern. Ich nahm meinen Geldbeutel. Wie gerne hätte ich ein Bild von uns beiden beim Abschlussball gehabt. Immerhin war er nicht bei meinem ersten Schultag gewesen, bei keinem der Feste und Veranstaltungen. Doch endlich beim Ball. Er wäre gekommen, ich wusste es. Aber als ich zu ihm gefahren war, damit wir unsere Outfits zusammen anprobieren konnten, hatte er nicht aufgemacht. Ich klingelte und rief an, solange, bis ich mir irgendwann solche Sorgen machte, dass ich mit dem Ersatzschlüssel, der unter dem Blumentopf klemmte, die Tür aufsperrte. Ich rief nach ihm, er antwortete nicht. Nachdem ich jeden Raum abgesucht hatte, blieb nur noch das Schlafzimmer übrig. Die Eiseskälte begrüßte mich als Allererstes. Kleine Atemwölkchen bildeten sich vor meinem Mund, während ich augenblicklich eine Gänsehaut bekam. Dad lag regungslos vor seinem Bett. Er trug den Anzug für den Ball. Ich rüttelte an ihm und flehte ihn an, die Augen aufzumachen, aber er blieb stumm. Wie genau ich den Krankenwagen gerufen hatte, wusste ich nicht mehr. Vielleicht hatte ich auch meine Mom zuerst angerufen, während ich die Herz-Lungen-Massage so machte, wie Mom sie mir beigebracht hatte. Ich wusste nur noch, dass sie vor den Sanitätern bei mir angekommen war. Der Rest verlor sich in einer schmerzvollen Dunkelheit.

Ich rieb mir die Schläfen und steckte das Kleid in eine Tüte. Mit schnellen Schritten rannte ich die Treppe nach unten und überlegte, wo Mom war. Hatte sie heute Schicht? Ich trat an den Kalender, an dem sie all ihre Arbeitszeiten und Überstunden notierte. Ja, tatsächlich. Heute den ganzen Tag und eventuell die Nachtschicht. Und die nächste Tagschicht? War das überhaupt erlaubt, so viel an einem Stück zu arbeiten?

Ich verließ das Haus und schrieb Liz, ob sie gerne Besuch hätte, dann fuhr ich in die Stadt. Meinen Wagen parkte ich in einer Querstraße und stieg aus. Das Gebäude, in dem sich die Schneiderin befand, war nicht weit entfernt. Hier um die Ecke war auch der Heriotza-Tower, das Hochhaus, das im goldenen Licht erstrahlte und jedem den Namen in Großbuchstaben präsentierte. Protzig – und trotzdem …

Irgendetwas ließ mich innehalten. War es das Graffiti an der Wand? Der Müllhaufen, der neben dem Mülleimer lag? Oder etwa doch ein Blütenblatt, das bereits verwelkt war? Es war rabenschwarz.

Ich kniff die Augen zusammen, verdrängte die aufsteigenden Kopfschmerzen und machte mich auf den Weg zur Schneiderin, um das letzte Geschenk meines Dads zu retten.

Ich konnte bereits die vielen schönen Kleider im Schaufenster erkennen und verspürte für einen Moment die Sehnsucht, sie – wie beim letzten Mal – allesamt anzuprobieren, während Dad im Sessel saß und auf mich wartete. Mit einem wehmütigen Lächeln betrat ich den Laden. Zehn Minuten später kam ich heraus und seufzte. Ich konnte das Kleid am nächsten Tag abholen. Und nun?

Unschlüssig stand ich auf dem Gehsteig und blickte in den wolkenlosen Himmel empor. Mom war auf der Arbeit, Liz hatte sich nicht gemeldet, allein daheim sitzen wollte ich nicht länger. Viel zu lange hatte ich mich verkrochen, während die Welt ihres Weges ging.

Ich hob einen nachlässig weggeworfenen To-go-Becher auf und entsorgte ihn im nächsten Mülleimer. Wenn ich schon mal in der Stadt war, konnte ich auch gleich einen Kaffee trinken. Vielleicht den verdammt guten Chai Latte mit geröstetem Mohn – und dazu ein Stück von dem Kuchen? Der hatte mich wirklich komplett überzeugt. Dafür würde ich meine Seele hergeben, um jeden Tag ein Stück davon essen zu können.

Eine Bewegung zu meiner Rechten ließ mich innehalten. War das …

»Asher?«, fragte ich und verharrte.

»Kenna?«

Er drehte sich zu mir um und ich blickte in die dunkelsten Augen, die mir jemals begegnet waren.

Asher stand mir direkt gegenüber und lächelte. Kleine Grübchen kamen zum Vorschein und ich konnte nicht anders, als sie anzustarren. Sofort musste ich an die unvollendete Skizze denken, die ich unter meinem Bett gefunden hatte. Sie war ihm wirklich sehr ähnlich. Ein Stechen zuckte durch meinen Kopf.

»Hey«, sagte ich und lächelte verkrampft zurück. »So schnell sieht man sich also wieder.«

Er musterte mich eingehend, beinahe forschend. Abwartend. Erst jetzt erkannte ich, dass hinter ihm der circa fünfundzwanzigjährige Mann von gestern und … die Barista aus dem Café standen.

Die Barista? War er ihr Freund?

Asher bemerkte meinen Blick und deutete hinter sich. »Das sind meine Geschwister. Blazon und Sesta.«

Der Mann – Blazon – sagte nichts und zeigte keinerlei Regung, als ich zur Begrüßung die Hand hob. Sesta lächelte reserviert.

»Was machst du hier?«, fragte Asher und deutete auf den Laden.

»Ich musste ein Kleid zur Reparatur bringen. Es hat einen riesigen Riss hinten.« Ich zuckte mit den Schultern.

Er verzog missmutig den Mund. »Wie ist das denn passiert?«

»Äh … also … ich«, stammelte ich hilflos herum, während ich mich anstrengte, mich zu erinnern. Wenigstens an irgendetwas. Doch mein Gehirn war wie leer gefegt. Der Schmerz krabbelte an meiner Wirbelsäule empor und besetzte meinen Schädel. Rammte mir tausende kleine Nadeln hinein und ließ mich die Augen zusammenpressen.

»Fuck«, murmelte ich.

Asher berührte mich am Oberarm. »Alles okay? Was hast du?«

»Mein Kopf. Seit zwei Tagen habe ich vermehrt Schmerzen«, murmelte ich und rieb mir über die Schläfe.

»Brauchst du etwas?«, fragte er.

Ich winkte ab. »Nein, nein, es geht.«

Er löste seine Hand von meinem Oberarm, auch wenn er mich gerne noch länger hätte halten können. Dagegen hatte ich nichts.

»Asher, komm jetzt. Lass gut sein«, forderte ihn sein Bruder auf, dessen kalte Stimme mir einen Schauder bescherte. Der Blick, den er mir zuwarf, verstärkte die Wirkung. Angst. Ich spürte sie in meinen Adern knistern. Doch weshalb? Ich kannte ihn nicht. Vielleicht war das ein Zeichen, dass ich es auch nicht tun sollte. Doch was sollte Asher gut sein lassen? Was ging es ihn überhaupt an, mit wem sein Bruder sprach?

»Ich wünsche dir noch einen schönen Tag«, murmelte Asher und schenkte mir ein entschuldigendes Lächeln, bevor er mit seinen Geschwistern weiterzog. Irgendetwas stimmte mit denen nicht. Doch was war es? Weshalb stresste es mich so, nicht zu wissen, was es war? Warum interessierte ich mich so dafür? Ich wusste es nicht. Mein Handy vibrierte. *Liz* stand auf dem Bildschirm. Sofort nahm ich ab.

»Hey«, sagte ich.

»Kenny! Endlich erreiche ich dich! Weißt du, was für Sorgen ich mir gemacht habe? Stellst du dein Handy einfach so aus …«

»Ich hatte es verlegt«, sagte ich.

»Oh. Ach so. Na ja, egal. Erzähl schon, wie war die Gala? Ich will alles wissen! Alles! Du hast mir gar nicht geschrieben, wie es war. Hast du ihn getroffen? Ist er so heiß wie auf den Fotos?«

Ich war verwirrt. »Warte – was? Wen?«

»Den Insta-Typen, braungebrannt, dunkle Augen, unverschämt hübsches Grinsen, plus Grübchen, schöner als meine eigenen …«

Sofort musste ich an Asher denken.

»Den du auf Insta gestalkt hast!«

»Warte kurz«, sagte ich, stellte den Anruf auf laut und scrollte durch mein Insta. Ich suchte alle gespeicherten und gelikten Beiträge durch. Tatsächlich, da war Asher. Ich hatte mir den Beitrag von einer Gala gespeichert und mehrere Bilder von ihm gelikt. Wie seltsam war das denn? Ich erinnerte mich nicht mehr, das getan zu haben. »Was sagtest du, wollte ich tun?«

Ein dumpfer Aufprall drang durch den Hörer. Liz hatte sich ganz offensichtlich aufs Bett fallen lassen. »Die Gala«, sagte sie. »Du warst also nicht da? Wegen dem Kleid, ja? Verstehe ich. Ich hab es auch nicht über mich gebracht, die Strickjacke meiner Granny anzuziehen …«

»Das … Das Kleid?«

»Du hast es rausgelegt. Das Abschlussballkleid. Erinnerst du dich nicht mehr? Wegen der Kleidervorschrift der Gala. Hast du … Jackson, verpiss dich! Nein … das ist Kenna … geh aus meinem Zimmer!«

Ich hörte nur ein paar Gesprächsfetzen und musste unwillkürlich grinsen. Es war diese typische Geschwisterliebe zwischen den beiden.

Es knackte an meinem Ohr. »Ja, scheiße, Kenny, stimmt das? Du warst auf der Gala von diesem Heriotza-Arsch? Ich war mit ihm in einem Jahrgang. Hast du mir denn nicht zugehört, als ich dir sagte, wie gefährlich diese Familie ist? Die gehen über Leichen!« Jackson klang alarmiert.

»Warte Jackson, ich komme nicht mit …«

Er grummelte. »Ich habs in dem Moment geahnt, als ich die Zeichnung auf deinem Handy gesehen habe. Der Typ ist nichts für dich, du bist zu gut für den …«

Gala? Eine Zeichnung von Asher? Wann sollte ich die angefertigt haben? Wer er das tatsächlich auf der Skizze, die ich gefunden hatte? Mein Kopf schmerzte. Es war ein stechender Schmerz. Ein warnender.

Was genau ging hier vor sich?

Und wieso zur Hölle konnte ich mich nicht erinnern?

»Jackson, ich habe absolut keine Ahnung, wovon du sprichst. Ich habe Asher Heriotza zwar getroffen, aber erst gestern. In einem Café. Vielleicht meinst du ja einen anderen?«

»Nein, ich meine den Heriotza-Arsch mit den dunklen Haaren und noch dunkleren Augen. Der immer mit seinen Geschwistern rumhängt.«

Ich rieb mir die Schläfe. »Du meinst Blazon und …«

Wie hieß die Barista noch gleich?

»Sesta«, antwortete Jackson für mich.

Ja, genau. »Und ich soll auf dieser … dieser Gala gewesen sein? Und ihn gemalt haben?« Ein Stich fuhr in mein Gehirn und ließ mich zurückweichen. Nein, ich würde mich erinnern! Ich lehnte mich gegen den Schmerz, drückte und drängte ihn zurück.

»Schau doch auf dein Handy, wenn du mir nicht glaubst. Du hast es fotografiert.« Er klang ein wenig verwirrt. Wahrscheinlich, weil ich das war und er nicht verstand, wieso. Er besaß Erinnerungen, die mir fehlten. Was war das nur? Und wie bekam ich sie zurück?

»Ich rate dir nur eines: Halte dich von ihm fern.«

Es rauschte und knackte.

Liz lachte. »Ich habe das Handy zurück.«

»Ich war aber noch nicht fertig!«, rief Jackson aus dem Hintergrund.

Die beiden diskutierten wild hin und her.

»Kenny, ich muss jetzt auflegen, Mom hat uns gerufen. Wir hören uns und dann musst du mir unbedingt von der Gala erzählen, ja?«

Sie legte auf. Okay …

Das … war seltsam.

Ich sah Asher und seinen Geschwistern hinterher. Sie waren schon drei Kreuzungen weiter. Ich würde ihnen folgen. Währenddessen durchkämmte ich die Galerie auf meinem Handy, doch ich fand kein Foto, das Jackson gemeint haben könnte. Verdammt. Ich scrollte zum Gelöscht-Ordner. Darauf klickte ich und fand … nichts. Blieb noch die Cloud. Schnell loggte ich mich ein und – dort war es: Ein Portrait von Asher, vollendet.

Keine Skizze, sondern ein fertiges Bild. Ich hatte es abfotografiert, wie Jackson gesagt hatte, doch es war von meinem Handy gelöscht worden, aber ich war das nicht gewesen. Nur wer dann?

Mein Blick zuckte zu Asher, während die Schmerzen in meinem Kopf explodierten. Jetzt wusste ich, dass etwas nicht stimmte.

So unauffällig wie möglich folgte ich den Geschwistern und blieb in einer Seitenstraße stehen, als sie sich verabschiedeten. Blazon und Sesta gingen geradeaus, während Asher über die Straße huschte und in Richtung Stadtmitte lief. Ich folgte ihm und achtete dabei darauf, nicht zu nah hinter ihm zu sein, aber auch nicht so weit entfernt, dass ich ihn verlieren konnte. Nach knappen zehn Minuten blieb er an einer Hausecke stehen und blickte wartend auf die Straße.

Jetzt oder nie!

Ein Scheppern ertönte. Ich hatte eine leere Dose weggetreten.

Asher fuhr herum und erstarrte. »Kenna.« Seine Stimme klang überrascht. Er warf einen kurzen Blick auf seine Uhr, die er am Handgelenk trug. »Was machst du hier?«

»Ich wollte mit dir reden«, meinte ich und versuchte herauszufinden, was mir entging. Den Fehler im Gesamtbild zu finden.

»Über was denn?« Sein Gesicht war angespannt.

Blitzte da Panik in seinen Augen auf?

Ich trat einen Schritt auf ihn zu. »Die Gala«, antwortete ich.

Er starrte mich an. Dann lachte er auf. »Welche Gala denn?«

»Auf der ich war. Auf der ich dich getroffen habe.« Ich sagte es, als wäre ich mir zu hundert Prozent sicher, dass es so gewesen war. Anders würde er mir diese ungefilterten Emotionen in seinen Augen nicht preisgeben.

»Da irrst du dich. Wir haben uns auf keiner …«

»Doch, das haben wir«, hielt ich dagegen und starrte ihn erbittert an. Etwas Glänzendes fiel mir ins Auge. Mein Blick glitt zu dem Ring an seiner Hand. Ich fasste ihn an. Asher ließ es zu. Der Blick aus seinen dunklen Augen ruhte auf meinem Gesicht. Es war ein Totenkopfring in Silber und ... *Totenkopfring.* Eine Erinnerung durchbrach die dicke Wand aus Schmerz und ich atmete erschrocken ein.

Hände, die nach mir griffen, die mich hielten.

Ein Totenkopfring am Finger. Der Totenkopfring von Asher.

Ich wurde in ein Auto gezerrt. Mein Kleid riss.

Eine leuchtende Blume, an der ich roch. Sie wurde schwarz.

Ich taumelte zurück, als sich der Nebel in meinem Gedanken lichtete und Erinnerungen durch den Riss des Schmerzes prasselten. Der Aufschlag war so hart wie das Schlagen eines Hammers auf Eisen. Alles kam zurück, alles, was ich gewusst hatte, alles, was mir genommen worden war. Von ihm.

Ich zwang mich, meine Augen zu öffnen, während ich Halt an der Hausmauer neben mir suchte. Ich wusste alles.

»Du«, murmelte ich und richtete meinen Blick auf Asher. »Du hast Granny getötet. Du hast mich entführt. Du wolltest mich töten. Du hast mir Drogen verabreicht. Du ...«

»Fuck«, sagte Asher.

Mein Schädel pochte, doch ich hatte das Gefühl, dass alles an seinem Platz saß. So wie es sein musste. »Du bist ein Mörder«, spie ich aus und richtete mich auf. Ich wusste nicht, ob ich Angst empfand oder pure Wut. Vielleicht war es etwas dazwischen.

»Dafür habe ich keine Zeit, Kenna.« Erneut warf er einen Blick auf die Uhr. Als würde er auf etwas warten. Doch auf was?

»Du hast mindestens einen Menschen ermordet!«

Er fuhr sich mit beiden Händen über das Gesicht. »Verdammt. Kenna, ich habe niemanden ermordet.«

»Doch, ich habe es mit eigenen Augen gesehen!«

Asher seufzte.

Ich ging auf ihn zu und schlug ihm ins Gesicht. Sein Kopf flog zur Seite und er blinzelte benommen, als er sich aufrichtete. Den Kinnhaken hatte ich von Dad gelernt.

»Das tat weh«, sagte er und rieb sich das Kinn.

»Gut. Sollte es auch.«

»Ich kann mir gerade keine Gedanken darüber machen, was ich mit dir anstelle.«

»Oh, du wirst gar nichts mit mir anstellen. Das Einzige, was du machen wirst, ist, in einer Gefängniszelle zu hocken und dort den Rest deines Lebens zu verbringen.«

»Du hast keine Beweise.«

Ich wusste, was er damit meinte.

Er hatte mein Handy geklaut und das Bild gelöscht. Doch das Handy hatte in meinem Zimmer gelegen. Und das hieß …

»Du warst in meinem Zimmer! Mitten in der Nacht, als ich geschlafen habe!« Kalter Schweiß bildete sich an meinen Händen.

»Und du lebst noch. Überraschung.« Er zuckte mit den Schultern.

»Du warst in meinem Zimmer! Meinem Zuhause! Ich schwöre es dir, wenn ich dich noch einmal dort sehe oder in der Nähe meiner Mutter, dann bringe ich dich um!« Mein Schrei hallte durch die Gasse.

»Und wer ist dann der Mörder von uns beiden?«

Versuchte er gerade wirklich, einen Witz zu machen?

Asher richtete sich auf und straffte seine Schultern, als würde er mich als echte Gefahr betrachten. »Ich hatte nie vor, dir oder deiner Mutter etwas zu tun«, erklärte er mir vollkommen ruhig. »Wie gesagt, sonst wäre das längst geschehen.«

»Du hast mich unter Drogen gesetzt. Du wolltest …«

»Ja, ich habe verstanden, was für ein schrecklicher Mensch ich bin. Das brauchst du mir nicht noch mal erklären.«

»Ich denke nicht, dass du ein Mensch bist. Auch wenn sich das vollkommen übergeschnappt anhört. Du bist etwas anderes. Nur weiß ich noch nicht, was.«

Ein kleines Lächeln zupfte an Ashers Mundwinkel. »Womöglich hast du recht. Doch jetzt habe ich keine Zeit für dieses Gespräch. Das können wir gerne in zwei Minuten und dreiundzwanzig Sekunden weiterführen. Ich würde vorschlagen, dass du hierbleibst und auf mich wartest.«

Ich lachte auf. »Glaubst du, ich bin blöd? Sicherlich nicht. Ich komme mit dir.«

»Das geht leider nicht. Dann müssen wir es anders machen.«

Ich wich zurück, als er auf mich zu kam. »Bleib mir bloß vom Leib!«

»Ich mache das zu deiner Sicherheit. Auf keinen Fall möchte ich dir wehtun.« Er legte seine warmen Hände auf meine Oberarme und ein Ruck durchfuhr mich, als hätte ich einen Energiestoß erhalten.

So ein Arsch. Auch wenn er mir Honig ums Maul schmierte, würde ich ihm nicht blind vertrauen. Meine Gliedmaßen kribbelten. »Was hast du gemacht?«, rief ich und schlug seine Hände von meinem Körper.

»Dich geschützt.«

»Vor was? Vor dir sicherlich nicht.« Ich lief ihm nach, bis er an der Hausecke, an der er eben noch gestanden hatte, anhielt und sich anlehnte, den Blick weiterhin auf die Uhr gerichtet. Ein Mann eilte an uns vorbei. Sein feiner Anzug war glattgebügelt, der Aktenkoffer in seiner Hand glänzte und seine Sonnenbrille ließ keinen Blick auf seine Augen zu.

Asher fixierte ihn.

Da wurde es mit einem Mal eiskalt. Auf der anderen Seitenstraße tauchte ein junger Mann auf, der eine Waffe in der Hand hielt und auf den Anzugmann zielte.

Und abdrückte.

Wieder.

Und wieder.

So oft, bis sich das strahlend weiße Hemd blutrot verfärbt hatte.

Kenna

»Wir müssen ihm helfen«, schrie ich aufgebracht und wehrte mich gegen Ashers Griff. Doch der war unerbittlich.

»Das bringt ihn auch nicht zurück: Seine Zeit ist gekommen«, sagte er rätselhaft. Die Eiseskälte kroch meine Wirbelsäule hinauf.

»Was ist denn das für ein Quacksalberscheiß?«, rief ich empört und beobachtete, wie die ersten Passanten zu dem sterbenden Mann eilten. Der Täter war verschwunden. In der Ferne erklangen bereits die Sirenen der Rettungskräfte. Doch sie würden zu spät kommen, das spürte ich. »Wir müssen doch etwas tun!«

»Da hast du recht, *ich* muss etwas tun.« Asher ließ mich so abrupt los, dass ich an die Wand knallte. Er rannte auf den Mann zu und ich erstarrte, als etwas aus dessen Mund drang. Etwas Helles, es leuchtete und schimmerte. Genau so hatte es bei Granny ausgesehen. Asher huschte an den herumstehenden Menschen vorbei und beugte sich über den Mann.

Er sog das schimmernde Etwas ein.

Blinzelnd stand ich dort. Ich hatte es gewusst! Ich hatte es mir nicht eingebildet. Doch nun stellte sich mir die Frage: Was zur Hölle war er? Und was war das Leuchtende, das er aufgesaugt hatte, als wäre es ein verdammter Jellyshot?

Kaum hatte Asher das Ding eingeatmet, kam er zu mir gelaufen. Er umschlang meine Hand. Ich war viel zu perplex, um sie ihm zu entziehen.

»Ich nehme dich jetzt mit und dann erkläre ich dir alles ganz in Ruhe.« Keine Ahnung, ob ich etwas oder was ich darauf erwiderte, aber ich ließ mich von Asher davonziehen. Ein erneuter Ruck durchzog meinen Körper. »Wir verschwinden jetzt von hier. Halt meine Hand fest.«

Mit einem Mal verschluckte uns ein Tornado. Heftiger Wind erwischte uns, schleuderte uns herum, riss an meinen Haaren. Ich kniff die Augen heftig zusammen und klammerte mich an Asher. Das laute Rauschen und der Wind waren mit einem Schlag verschwunden.

Ich blinzelte und erkannte, dass wir im Wald standen. Mein Herz wummerte gegen meinen Torso, während ich meine Finger fest in Ashers Arm gekrallt hatte.

»Was … Wie?«, stammelte ich und hasste es, dass ich mich wie ein kleines Kind anhörte.

Asher grinste. Er war ein Mörder, wieso war ich ihm überhaupt gefolgt? Das war so dumm gewesen! War er überhaupt ein Mörder? Getötet hatte er den Mann nicht. Sondern nur etwas … eingeatmet.

Das klang hochgradig scheiße.

»Alles okay bei dir?«, fragte er und berührte mich am Oberarm.

»Fass mich nicht an«, sagte ich lasch und wischte seine Hand fort. »Was ist passiert? Was war das? Was hast du gemacht? Wieso sind wir in einem Wald? Was waren das für Blumen, an denen ich riechen musste? Wieso warst du auf einmal verschwunden, nachdem du Grannys Ding eingeatmet hast? Und warum hast du das Bild geklaut, das ich von dir gezeichnet habe? Warum hast du mein Handy genommen? Warum warst du in meinem Zimmer?« Ich stellte all diese Fragen, während Asher geduldig den Schwall an Wörtern über sich ergehen ließ. »Du zahlst übrigens die Rechnung für mein Kleid, das hat einen besonderen Wert für mich!«, stellte ich klar und deutete mit dem Finger auf ihn.

Irgendwie war mir nun schlecht.

»Es ist ungewöhnlich, dass du dich erinnerst.« Er musterte mich.

»Das ist mir so was von egal! Ich werde das alles ans Licht bringen, damit …«

»Ich habe nichts getan, weswegen ich belangt werden könnte.«

»In mein verdammtes Zimmer einzusteigen, ist also vollkommen normal und legal?«

Er presste die Lippen aufeinander.

»Meine Granny, die ...«

»Ich nicht getötet habe!«, sagte er.

Traute ich seinem Wort? Keine Ahnung.

»Wie soll ich dir glauben? Du sagst mir nichts außer Nonsens!«

Er seufzte. »Fein! Ich werde dir deine Fragen beantworten. Mir bleibt sowieso keine Wahl, nachdem du dich erinnerst. Dazu musst du allerdings mit reinkommen.«

»Wo rein?«, fragte ich verwundert.

Asher zeigte hinter mich. Ein großes, dunkles Anwesen erstreckte sich zwischen den Baumstämmen und verschmolz regelrecht darin. Es hatte schwarze Dächer und die Fenster waren verspiegelt, sodass ich nicht hineinsehen konnte. Eine schaurige Kulisse, die solch eine gewaltige Energie aussandte, dass ich einige Sekunden von der Atmosphäre eingenommen wurde. »Mit in mein Haus.«

»Das ist, als würde die böse Hexe Hänsel und Gretel hereinbitten. Ich werde dort noch gebacken.«

»Gebraten gefällt mir besser. Mit Öl eingerieben ...« Er hörte auf, als ich ihm einen Todesblick zuwarf. »Das war ein Scherz.«

»Wir sind in keiner passenden Situation, um Späße zu machen«, teilte ich ihm mit.

»Du hast angefangen«, verteidigte er sich. Dann drehte er sich um und steuerte auf das düstere Haus zu.

»Hey, wohin gehst du?«

»Nach Hause. Ich habe gesagt, wenn du mitkommen möchtest, kannst du das tun, und wenn nicht, dann geh nach Hause.«

»Witzig! Wie komme ich aus diesem Wald bitte heraus?«

»Tja, den Weg musst du selbst finden. Aber du solltest lieber verschwunden sein, bevor ich Banshee freilasse.«

»Banshee?« Ich richtete mich hellhörig auf.

»Meine Dobermannhündin. Sie durchkämmt den Wald gerne, wenn es dunkel wird, um nach Eindringlingen zu suchen.« Die interessantere Frage war, was sie mit diesen Eindringlingen machte.

Asher entfernte sich. Sollte ich ihm folgen oder zusehen, dass ich so weit wie nur möglich von ihm wegkam? Der Mann hatte geschossen, nicht Asher. Und in der Zeit, in der diese komische Blumendroge gewirkt hatte, war er freundlich zu mir gewesen. Vielleicht hatte ich voreilige Schlüsse gezogen. Na ja, aber was blieb mir auch anderes übrig, als ihn zu verurteilen, da ich ihn das erste Mal getroffen hatte, als er das leuchtende Zeug aus Granny gesaugt hatte? Für mich hatte es durchaus den Anschein gemacht, dass er sie getötet hatte. Wenn ich jetzt so darüber nachdachte, stellte sich mir die Frage, wie er das geschafft hatte, ohne eine Waffe zu nutzen. Bloß mit dem Willen seiner Gedanken? Das wäre krass. Dann hätte er ja auch den Mann töten können.

»Aber mit deinen Gedanken kannst du nicht töten, oder?«, fragte ich.

»Nein«, folgte die einfache Antwort.

Verdammte Scheiße. Ich war viel zu neugierig, um ihm nicht zu folgen. Das war eines meiner Probleme, zu viel Neugierde, die mich schnell in irgendwelche unangenehmen Situationen verfrachtete. Und ich ahnte, dass es auch dieses Mal so sein würde. Trotzdem folgte ich ihm.

»Das ist Banshee«, stellte Asher seine Dobermannhündin vor, die mich aus ihrem schwarzen Lederkörbchen heraus aufmerksam musterte. Ihre aufgestellten Ohren sahen schärfer aus als die meisten Messer in unserer Küche.

»Hey Banshee«, sagte ich und winkte zögerlich. Der Hund legte den Kopf schief, wodurch die satten, walnussgroßen lila Steine am Halsband im Licht funkelten.

»Möchtest du etwas trinken?«, fragte Asher.

»Wenn keine Blumendrogen drinnen sind, dann ja.«

Asher lachte trocken auf und holte ein Glas aus einem der dunklen Marmorschränke.

»Heiß oder kalt? Ich kann dir auch beides machen. Kakao und Cola?« Komische Mischung, doch ich willigte mit einem Nicken ein. Er stellte zwei Tassen vor mir ab.

»Danke«, sagte ich und setzte mich auf den Barhocker.

Asher füllte sich selbst etwas Cola in eine Tasse und trank daraus. Keine Ahnung, warum jemand Cola aus einer Tasse trinken sollte, doch Asher tat es. Ich nun auch. Außerdem schnappte er sich einen Apfel aus der Obstschale und biss herzhaft hinein. Als er das Stück hinuntergeschluckt hatte, sprach er. »So, da ich mir nicht alle deine Fragen merken konnte, mir aber denken kann, was du alles wissen willst, erzähle ich einfach mal drauf los und du fragst, wenn dich etwas interessiert. Deal?«

Ich sollte schön die Klappe halten? Nicht mit mir!

»Was bist du?«, feuerte ich gleich drauf los.

Er lächelte mich verschmitzt an. »Was ich bin? Ein Sensenmann.«

Sensenmann? Das Skelettding, das mit einer Sense herumstreifte und Seelen erntete? Das, was Liz mir beim Filmeabend gezeigt hatte? Dafür war er viel zu gutaussehend.

»Du willst mich doch verarschen, oder?«

»Nein, ich meine es todernst.« Was ein Wortspiel das doch war.

Ich sah ihn prüfend an. »Das hilft nicht wirklich«, murmelte ich.

»Es ist so, wie ich sagte. Ob du es glaubst, ist deine Entscheidung.« Asher tippte mit seinen Fingerspitzen gegen die Tasse.

»Du bist ein Sensenmann«, wiederholte ich und runzelte im nächsten Moment die Stirn. Es klang verrückt. Das war es vermutlich auch, aber ich konnte ihm nicht *nicht* glauben. Dafür waren zu viele schräge Dinge passiert, die dafürsprachen.

»Genau.«

»Okay«, antwortete ich.

»Okay?«, hakte er nach.

»Es ist komplett verrückt und ich glaube, ich brauche noch ein bisschen, bis ich das realisiere, aber … okay.«

Asher lachte auf. »Du bist wirklich interessant.«

»Warum? Weil ich versucht habe, mich gegen einen Sensenmann zu wehren, der mich umbringen wollte?«

Asher seufzte. »Ich habs doch schon gesagt, ich wollte dich nicht umbringen, sondern …«

»Schützen«, vollendete ich seine Predigt. »Ich weiß.«

»Gut.« Asher grinste.

Meine Gedanken wanderten zu dem Mann, der erschossen worden war, und ein Schauder überkam mich. Schnell ballte ich meine Hände, um meine Emotionen zu kontrollieren. »Warum hast du ihn nicht gerettet? Den Mann, meine ich.«

Er wusste, von welchem Mann ich sprach. »Selbst wenn ich versucht hätte, ihn zu retten, wäre er dem Tod nicht entkommen. Jede Sense, also jeder Sensenmann, hat ein Auftragsbuch, in dem die Namen der Personen stehen, die wir ernten müssen.«

»Ernten?« Ich stellte mir einen Farmer auf dem Feld vor.

»Ja, so sagen wir das. Seelen ernten. Wenn ich sie nicht ernte, taucht der Name auf der Liste einer anderen Sense auf. Wer erntereif ist, stirbt so oder so.«

Dem Tod konnte also keiner entkommen?

»Und wer entscheidet, ob man stirbt?«, fragte ich. Irgendjemanden musste es ja geben, von dem der Auftrag kam.

»Das machen die Todbringer. Sie sind ebenfalls Sensenmänner, doch sie haben eine tiefergehende Beziehung zum Tod. Sie erhalten die Namen in Visionen.«

»Du meinst, wie es in Filmen gezeigt wird? Sie sehen die Namen? Oder die Personen in ihrem Kopf?«

»Ja, so ungefähr. Ich bin selbst kein Todbringer, deshalb kann ich dir das nicht zu hundert Prozent bestätigen, aber ich glaube, es passt, so wie du das beschrieben hast.«

»Also ihr bringt gar niemanden um? Du auch nicht?«

»Genau. Die Menschen sterben nicht durch uns.«

»Aber ihr holt sie ab, wenn es vorbei ist?«

»Ihre Seele steigt zum Zeitpunkt ihres Todes auf und wir sammeln sie ein. Die Seelen, die wir nicht einsammeln, finden keinen Frieden. Das ist zwar selten der Fall, doch leider schon ein paar Mal passiert. Deshalb ist es so wichtig, dass wir uns an unsere Ernte halten.«

Okay, also hatte er Granny nicht auf dem Gewissen, sondern sie davor bewahrt, niemals Frieden zu finden.

Als hätte er es an meinem Blick gesehen, schüttelte er leicht den Kopf. »Die Großmutter deiner Freundin ist vollkommen natürlich gestorben. Ich war nur dort, um ihre Seele zu ernten.« Aufrichtigkeit spiegelte sich in seinen dunklen Augen. Es ergab auf eine verquere Weise Sinn. Er war kein Mörder, das war mir nun klar. Doch ich hatte ihn als solchen tituliert. Augenblicklich fühlte ich mich schlecht.

»Es tut mir leid, dass ich dich … na ja, jetzt klingt das irgendwie total bescheuert …«

»Dass was?«

»Ich dich einen Mörder genannt habe, obwohl du keiner bist. Jetzt ergibt alles Sinn.« Ich mied seinen Blick, weil die Schuldgefühle an mir knabberten.

»Das ist okay. Ich bewundere deinen Mut, dass du dich trotz der Gefahr, die von mir ausging, in meine Nähe getraut hast.«

»Ja, ich wollte es wissen.« Wissen, ob ein Mörder sein Unwesen trieb, der vielleicht meinen Vater ermordet hatte. »Was waren das für Blumen, die du mir unter die Nase gehalten hast? Sie waren erst lila und dann schwarz.«

»Grabblumen. Sie lassen die Person, die daran riecht, alles vergessen, was mit uns Sensen zu tun hat. Es ist eine Schutzmaßnahme, damit unsere Existenz nicht bekannt wird. Allerdings funktioniert es nicht mehrmals bei einer Person. Ich hätte dir keine weitere Grabblume geben können.«

Interessante Wahl, sie Grabblumen zu nennen. Und dass sie nicht noch mal bei mir wirken würde, erzählte er mir, damit … ich nicht sterben musste? Ich schauderte und konzentrierte mich wieder auf die Blumen.

»Und wo wachsen die?«, fragte ich neugierig.

»Auf verstorbenen Sensenmännern. Aus deren Knochen.«

Ich starrte Asher an. Es war vollkommen verrückt, dass ich mir das Ganze auch noch anhörte. Aber so seltsam das auch war, ich glaubte ihm, auch wenn das alles *Twilight*-Vibes hatte. Nur mit Sensen statt Vampiren. Fehlte nur noch, dass er in der Sonne funkelte …

»Aus den Leichen kommen die Blumen? Das heißt, ich habe an einer verdammten Leiche geschnuppert?«

Asher grinste mich an, wodurch seine Grübchen hervorkamen. »Ja, so ungefähr.«

»Eklig«, murrte ich und nahm einen Schluck Cola. »Aber es hat gut gerochen.«

»Wie dachtest du denn, dass der Tod riecht? Nach Verwesung? Vielleicht bei euch Menschen, bei uns Sensenmännern nicht. Wir riechen gut.«

Ich schnaubte. »Und warum werden sie dann so kratzig und schwarz?«

»Sie verwelken nach der Benutzung, ihre Kraft ist mit einem Mal verbraucht und es bleibt nur noch die vertrocknete Blüte übrig.«

Ich erinnerte mich daran, wie das Lila zu Schwarz verblasst war. Sensenmänner starben also auch. Blieb nur die Frage, woher sie kamen. »Werdet ihr verwandelt? Oder werdet ihr so geboren, als … als Sensen?« Der Begriff auf meiner Zunge hatte eine gewisse Schwere, die ich nicht leugnen konnte.

»Zweiteres ist richtig. Mit dem achtzehnten Lebensjahr erhalten wir in der Nacht des Geburtstags – zur vollen Stunde – alle nötigen Fähigkeiten. Ab dann sind wir vollwertige Sensen. Das Training dafür beginnt allerdings viel früher.«

»Training? Was kannst du denn alles?«, fragte ich und beobachtete ihn misstrauisch. Auf noch einen Tornado konnte ich beileibe verzichten!

Asher grinste und war in der nächsten Sekunde verschwunden, verwundert drehte ich mich. Als mich jemand am Rücken berührte, quietschte ich auf und sprang vom Stuhl, direkt in seine Arme. Er bewahrte mich davor, mit dem Schädel auf die Theke zu knallen. Seine Hände schmiegten sich an meinen Rücken und meine Hüfte.

Ich wagte es nicht zu atmen.

Er grinste mich frech an, während er mir zurück auf den Stuhl half. »Teleportation. So ist es einfacher, zu unserer bevorstehenden Ernte zu gelangen.«

Ich war mehr als schockiert. Deswegen mochte ich keine Horrorfilme. Genau wegen solcher Jump-Scares.

»Wir heilen schnell bei Verletzungen und das Beste …« Er sprach nicht weiter, sondern verschwand erneut. »Nicht erschrecken,

Kenna«, wisperte es neben mir und ich spürte, wie mir die Haare aus dem Gesicht gestrichen wurden. Meine Haut kribbelte dort, wo Asher mich berührte. »Unsichtbar sein«, sagte er und tauchte wieder auf. Seine Finger lagen dabei auf meinen Haaren. »Was glaubst du, wie ich in dein Zimmer gekommen bin?«, meinte er halb im Scherz.

»Das wirst du nie wieder machen«, sagte ich ernst und vermisste zugleich seine Berührung.

»Ich weiß, aber Spaß gemacht hat es. Ich habe mich wie James Bond gefühlt.«

Ich starrte ihn böse an.

»Ja, ist gut. Ich habs verstanden, ich mache es nicht mehr ohne dein Einverständnis.« Asher hob abwehrend die Hände und wechselte auf die andere Seite des Tresens. Eine nasse Schnauze drückte sich an meinem Arm. Banshee wedelte mit dem Schwanz und setzte sich geduldig hin.

»Will sie gestreichelt werden?«, fragte ich Asher.

»Nein, sie will dich fressen.«

Ich beugte mich über den Tresen und schlug ihm gegen den Oberarm. »Hör auf, so einen Scheiß zu reden.«

Er grinste breit, als ich meine Hand nach der Dobermannhündin ausstreckte und sie kraulte. Sie rückte näher zu mir, damit ich auch ja an jede Stelle herankam. Ihr Halsband klimperte, als der dicke Eisenring, an dem die Leine befestigt werden konnte, auf einen der Steine knallte.

»Sie mag dich.« Ashers Stimme klang überrascht. So als hätte Banshee bereits mehrere Gäste zerpflückt, bis nichts mehr von ihnen übrig war.

»Das ist gut«, murmelte ich erleichtert und lächelte die Hündin an, ehe ich zurück zu unserem eigentlichen Thema kam. »Was passiert, wenn du die Seelen einatmest? Oder nennt ihr es anders?«

Asher zog die Augenbrauen nach oben. »Ernten. Wenn ich die Seele geerntet habe, bleibt sie in mir. Der hier lässt sie nicht raus.« Er hob seine Hand und zeigte mir den Totenkopfring, dessen Augen nun dunkel leuchteten. »Jede Sense trägt ein Schmuckstück, dass fest mit dem Körper verwoben ist. Es macht uns zu einem Gefäß, das die Seele transportieren kann. Wir können es nicht abnehmen, denn täten wir das, hätten wir keinen Zugriff auf unsere Fähigkeiten mehr. Es gehört zu uns. Die Seele bleibt so lange bei uns, bis wir sie abgeben.«

»Und wo gebt ihr sie ab?«

»Wir bringen sie zum Seelenstein, der die Seelen verschluckt. Die sogenannten Seelenfresser führen Buch darüber, ob die Seele korrekt geerntet wurde, und streichen sie von der Liste.«

»Das heißt, die Seelenfresser haben auch so ein Buch wie du?«

»Ihres umfasst das aller Menschen, für die wir zuständig sind. Auf der ganzen Welt gibt es Sensenmänner und die Seelenfresser sorgen dafür, dass jeder einzelne genug Seelen zum Ernten hat.«

»Aha, also wenn die Todbringer wissen, wer stirbt, geben sie das an die Seelenfresser, die es wiederum auf ihre und eure Sensen-Listen schreiben?«, fasste ich zusammen.

»Richtig«, sagte er.

Krasser Scheiß.

»Das ist also das Sensenmännersystem«, schlussfolgerte ich. Mein Kopf vibrierte, so viele Gedanken spukten darin umher. Ich wusste nicht, an was ich zuerst denken sollte. »Gibt es einen Grund, weshalb so viele Menschen in letzter Zeit sterben?«

»Wie meinst du das? Es sterben immer Menschen.«

»Ja, das ist mir bewusst, aber so viele im Umkreis? Das ist richtig auffällig. Also entweder läuft ein Serienmörder frei herum, was ich nicht glaube, ansonsten hätte die Polizei schön längst etwas dazu gesagt, oder es ist eine Sense außer Kontrolle geraten.«

»Wir verlieren niemals die Kontrolle.«

»Sag das den Toten in den News!«

»Wie viele sind denn gestorben?«

Müsste gerade er als Sense das nicht wissen?

»Hast du einen Laptop? Hier draußen in deinem großartigen Wald habe ich nämlich keinerlei Empfang.«

Asher stand auf und verschwand die Treppe nach oben.

Ich konzentrierte mich auf Banshee, die mich fröhlich anwedelte. »Findest du das auch ein wenig gruselig? Ich meine, Sensenmänner? Kann man so etwas überhaupt glauben?«

Banshee gab einen murrenden Laut von sich, wobei ich zuerst dachte, sie würde mich anknurren, doch sie war genauso umgänglich wie zuvor.

Asher kam die Treppe hinuntergejoggt und legte mir einen Laptop vor die Nase. »Hier.«

»Danke.« Ich klappte ihn auf und tippte in die Suchzeile: *Todesfälle Bone Hill.* Sofort kam ich auf eine Trauerseite, auf der die Todesanzeigen der letzten Woche zusammengefasst wurden. Vier Seiten voller Namen. Zu viele Seelen, die diese Erde verlassen hatten. Asher zog ein Buch hervor. Es war schwarz, vorne auf dem Cover hatte es einen Aufkleber mit einem Skelett, das eine Kapuze über dem Schädel trug, darunter der Schriftzug: *What a time to be alive.*

Ich schmunzelte. »Und das ist dein Erntebuch?« Es klang noch verrückt in meinen Ohren.

»Jup«, murmelte er und blätterte durch die Seiten. Namen erstreckten sich über die aufgeschlagenen Seiten, erst ein paar von ihnen waren durchgestrichen. Ich hielt die Luft an. Dort waren so viele Namen, die noch nicht geerntet worden waren. So viele Seelen, denen der Tod bevorstand.

»Da stehen nur diejenigen drin, die ich geerntet habe. Was nicht viel heißen muss. Wir sind keinem bestimmten Gebiet zugeteilt. Bei Naturkatastrophen oder Zugunglücken sind meist mehrere von uns im Einsatz. So wird es auch hier sein.« Asher verzog den Mund.

»Ich habe ihn gespürt. Um mich herum. Der Tod war so nah. Erst mein Dad, dann Granny, die Freundin meiner Mutter, der Chef meines Cousins, der Tankstellenbetreiber … Es mag sein, wie du sagst, Asher, aber so viele? Das hier ist keine Katastrophe, bei der viele gleichzeitig sterben. Das hier ist ein schleichender Verfall. Wann hast du das letzte Mal Nachrichten gesehen? Sie bringen es zur besten Sendezeit. Irgendetwas oder irgendjemand bringt die Leute hier zum Sterben. Und wenn du es nicht bist …«

Asher hatte eine nachdenkliche Miene aufgesetzt, die mich mitgrübeln ließ. Doch er war nicht wirklich überzeugt. »Ich werde mich umhören, okay? Ich glaube zwar nicht, dass es hier mit unrechten Dingen zugeht, aber wenn es dich beruhigt, kann ich das machen.«

Asher wartete offensichtlich auf meine Zustimmung, doch was sollte ich machen? Mich auf den Boden werfen und schreien, bis er nachgab und wir sofort der Sache auf den Grund gingen? Das würde bei ihm nicht funktionieren. Draußen dämmerte es zudem bereits und der Nebel schlängelte sich zwischen den Bäumen durch. Nicht mehr lang und Mom würde von ihrer Schicht heimkehren.

»Vielleicht hast du recht«, murmelte ich und leerte meine Tasse in einem Zug. »Ich sollte nach Hause gehen und schlafen.«

»Ich glaube, es war wirklich ein wenig viel für einen Tag«, antwortete er und lächelte mich an.

»Ja, total krass. Vielleicht können wir das irgendwann wiederholen?«

»Mit Sicherheit. Komm, ich fahre dich heim.« Asher legte das Notizbuch auf den Küchentresen und holte aus seiner Jeans einen Autoschlüssel. Ich folgte ihm. Wir verließen das Haus über eine erschreckend schöne Veranda, bedachte man die gruselige Grundatmosphäre des Hauses. Banshee verabschiedete sich von mir, indem sie uns schwanzwedelnd hinterherblickte.

Ich winkte ihr zu.

Asher sperrte den schwarzen Audi auf – natürlich war er schwarz, wie alles hier – und ich nahm schweigend auf dem Beifahrersitz Platz. Die ganze Fahrt hinweg dachte ich über die Dinge nach, die er mir erzählt hatte. Es war so seltsam, dass ich keinen Zweifel an ihm hegte, sondern ihm wirklich glaubte. Vielleicht, weil ich es gesehen hatte.

Asher hielt vor meinem Haus und ich wollte ihm schon die Frage stellen, woher er wusste, dass ich hier lebte, als mir klar wurde, dass er mich mehrere Male in der Nacht besucht hatte. Hoffentlich würde das nicht noch mal vorkommen. Und wenn, dann unter … anderen Umständen und vor allem: mit meiner Erlaubnis.

»Wir sind da«, riss Asher mich aus meinen Gedanken.

»Danke fürs Bringen. Jetzt bleibt nur die Frage, wie ich morgen zu meinem Auto komme?«

»Ich hol dich ab und fahre dich hin«, kam prompt die Antwort.

»Okay, danke.«

Er lächelte, als ich ausstieg, und wartete, bis ich die Haustür aufschloss, bevor er fuhr. Die einzige Frage, die ich nicht gestellt hatte, war die, was mit mir passierte, da ich nun wusste, dass die Sensenmänner existierten. Doch vielleicht war das auch etwas, das ich nicht wissen wollte …

Noch nicht.

Zorn

Kenna

Ich kratzte mit dem Bleistift auf dem Papier herum und hörte dabei Musik.

Asher hatte gesagt, dass er mich zu meinem Auto bringen würde, doch wir hatten keine Handynummern ausgetauscht, was eine Kontaktaufnahme meinerseits unnötig verkomplizierte. Dennoch war ich zuversichtlich, dass er irgendwann vor meiner Haustür stehen und klingeln würde. Währenddessen zeichnete ich ihn, so wie ich ihn in Erinnerung hatte, als wir in seinem Auto gewesen waren und er mir mit dem teuren Anzug und der Grabblume in der Hand gegenübergesessen hatte. Ich holte dieses Bild aus meinen Gedanken und übertrug es auf das Blatt. Die Proportionen waren gut. Auch die Grabblumen hatte ich meines Erachtens detailgetreu getroffen. Mir gefiel es. Ich hatte Asher gar nicht nach dem Bild gefragt, das er aus meinem Zimmer entwendet hatte. Vielleicht war das auch besser, da ich mich so nicht rechtfertigen musste, weshalb ich ihn gemalt hatte. Falls doch, könnte ich sagen, dass ich versucht hatte, herauszufinden, wer er war. Und letztendlich hatte es ja auch geklappt. Da sollte noch mal einer sagen, dass Kunst nicht die Welt rettete. Na ja, oder Sensenmänner ausfindig machte.

Sensenmänner. Allein bei dem Namen gingen mir die letzten Stunden durch den Kopf. Es würde noch dauern, bis ich alles davon verarbeitet und realisiert hatte. Denn es klang verdammt unwirklich in meinen Ohren.

Mein Stift fuhr unermüdlich über das Blatt und zeichnete Ashers Umrisse nach, bis …

»Hallo.«

Ich schrie auf und warf mich auf das Papier, mitten auf den Tisch, doch Asher hatte es bereits gesehen. Keine Ahnung, wie lange er schon hinter mir stand und mir über die Schulter blickte.

»Verdammte Scheiße! Sag mal, hast du sie noch alle?«, rief ich und stand so schwungvoll von meinem Stuhl auf, dass der umkippte. Das Blatt hatte ich dabei von ihm weggedreht.

Asher lachte herzlich und die Grübchen in seinen Wangen lenkten meine Aufmerksamkeit auf sich. »Was zeichnest du denn da Schönes?«

Dich, antwortete mein Kopf automatisch, doch es drang nichts über meine Lippen. Keine einzige Silbe.

Er wollte mir das Blatt abnehmen, doch ich hielt es über mich und wich zurück. Asher folgte mir quer durchs Zimmer. Irgendwann verschwand er vor meinen Augen. Ein leichtes Ziehen zwischen meinen Fingern, verriet mir, dass er mir das Blatt abnahm. Ich drehte mich um. Er hatte sich eiskalt hinter mich teleportiert.

»Das ist verdammt unfair. Ich habe nicht solche coolen Superkräfte, mit denen ich mithalten kann.«

»Ich weiß«, sagte er grinsend und drehte das Blatt. Er begutachtete es einige Momente stumm und ich stand blöd daneben.

Ich fühlte mich, als würde meine Kunstlehrerin es bewerten und das tat er mit Sicherheit auch. Ich konnte es an dem neckischen Glanz in seinen Augen erkennen. Der Schalk blitzte auf. Dann verschwand er.

»Das sieht verdammt gut aus.«

Ja, weil du verdammt gut aussiehst. Fest presste ich die Lippen aufeinander, damit ja nichts herausrutschte, was ich bereuen würde.

»Danke«, murmelte ich.

»Darf ich fragen, warum du mich zeichnest? Und meine Schwester?« Asher deutete auf das Portrait der Barista des *Bones & Beans.*

Ich holte tief Luft, um ihm zu erklären, wonach ich meine Vorlagen auswählte.

»Menschen, die ich attraktiv oder auffallend finde, versuche ich, auf einem Blatt einzufangen. Damit übe ich die Schnelligkeit und Genauigkeit meiner Fähigkeiten.«

Asher hob die Zeichnung, die er mir entwendet hatte. »Weshalb ausgerechnet dieser Moment?«

»Weil er ziemlich einprägsam war.«

»Was daran?«, hakte er nach und kam näher auf mich zu.

»Alles«, murmelte ich. »Du, die Blumen, die Situation. Das vergesse ich nicht so leicht.« Mein Hals war plötzlich ganz eng und trocken.

Ashers Duft stieg mir in die Nase. Süß und holzig. Warm. Wie eine gemütliche Waldhütte. Zum Glück roch er nicht nach Friedhofserde. Ich konnte dem Blick aus seinen dunklen Augen nicht entkommen, ließ mich vollkommen hineinziehen und genoss die Ruhe, die meinen Körper überkam, mir Sicherheit versprach, als sich Ashers Schatten über mich legte.

»Das glaube ich dir.« In seiner Stimme schwang Bedauern mit. »Es tut mir leid, dass ich dir Angst eingejagt habe.«

»Danke.« Ja, er hatte mir Angst gemacht und was für eine. So viel, dass ich gedacht hatte, ich müsste sterben. Seine Entschuldigung bedeutete mir viel. Sie zeigte mir, dass er aufrichtig war und sich darum kümmerte, wie es anderen ging. Wie es *mir* ging. Asher schluckte, während sein Gesicht sich dem meinen näherte. Sein Atem kitzelte auf meiner Wange, während mir das Schlagen meines Herzens in den Ohren dröhnte. Seine Lippen waren meinen so nah. Er hielt inne. Bändigte sich, überließ mir die Wahl, wie die Situation weitergehen sollte.

Ich entschied mich und küsste ihn. Drückte meine Lippen auf seine und schlang die Arme um seinen Hals. Er grinste in den Kuss hinein und legte ebenfalls seine Arme um meine Taille. Verdammt fühlte sich das gut an: Von ihm gehalten zu werden und dabei seinen Duft einzuatmen, der meine Sinne in Anspruch nahm.

Asher drängte mich an den Schreibtisch, legte nebenbei die Zeichnung ab und ließ seine Hände über meinen Rücken bis zu meinen Hüften gleiten. Ich hatte mich lange nicht mehr so … *lebendig* gefühlt und ihm schien es ähnlich zu gehen. Er löste sich von mir und blickte mich mit seinen schwarzen Augen an.

»Das war …« Er redete nicht weiter, weil ich ihn daran hinderte, indem ich ihn wieder und wieder küsste. Wir verfielen in einen derartigen Rausch, dass ich die Schritte auf der Treppe gar nicht wahrnahm.

Asher erstarrte und war im nächsten Augenblick verschwunden. Ich blinzelte und sah mich suchend nach ihm um, doch konnte ihn nirgends entdecken. Wo war er hin?

Meine Mom stieß die Tür auf. »Hey, ich wollte nach dir sehen. Alles klar bei dir?« Zwischen Hüfte und Arm klemmte ein Wäschekorb, den sie mir aufs Bett stellte.

»Ja, alles gut. Und bei dir?«, sagte ich ein wenig zu schnell.

»Ich gehe jetzt zur Arbeit.«

»Schön, dann wünsche ich dir einen wundervollen Arbeitstag.«

»Und was hast du noch vor?«, fragte sie mich.

»Vielleicht mache ich etwas mit Liz.«

»Apropos Liz, hast du dein Auto bei ihr stehen gelassen?«

Hups! »Ja. Ja, genau! Das hole ich später ab.«

»Ich könnte dich auch mitnehmen«, bot Mom an.

»Nein, danke. Liz und ich wollten uns sowieso sehen.«

»Na, dann viel Spaß. Bis später.«

Ich winkte ihr zum Abschied und atmete erst auf, als sie die Tür hinter sich zuzog und die Haustür unten ins Schloss fiel. Kurz darauf erwachte der Motor ihres Wagens und sie fuhr davon. Erleichtert ließ ich mich auf das Bett fallen und schloss die Augen.

Verdammt, das war so knapp gewesen.

»Gehts dir gut oder soll ich erste Hilfe leisten?« Ashers Flüstern neben meinem Ohr ließ mich die Lider öffnen. Er saß in der Hocke vor meinem Bett und betrachtete mich eingehend. Das freche Grinsen auf seinen Lippen stand ihm dabei ausgezeichnet.

»Nein, danke, das ist überhaupt nicht nötig«, sagte ich schnell und richtete mich auf.

Asher stand ebenfalls auf. »Gut, dann kann ich ja damit weiter machen, weshalb ich hierhergekommen bin.«

Würde er mich erneut küssen?

War er deswegen hergekommen?

»Ich habe über das nachgedacht, was du gestern gesagt hast.«

»Und das wäre? Weißt du, ich rede viel, wenn der Tag lang ist.«

»Damit habe ich noch keine Erfahrungen gemacht, aber ich glaube dir das einfach mal. Jedenfalls habe ich darüber nachgedacht, was du über die Todesfälle erzählt hast. Und du hast recht, in den letzten drei Monaten ist die Rate deutlich gestiegen. Deshalb dachte ich, wir überprüfen, ob die Namen auch im großen Buch eingetragen sind.«

»Im großen Buch?«, fragte ich verwirrt.

»Dort sind alle Personen vermerkt, die gestorben sind, zusätzlich steht dort, welche Sense die Seele geerntet hat.«

Ich nickte. »Das heißt also, du glaubst mir?«

Asher fuhr sich mit der Hand durch die weichen Haare. Der Kuss war total vergessen. Vielleicht konnte ich das später noch mal aufgreifen.

»Ja, das tue ich.«

Ich war erleichtert, das zu hören. »Und durch das große Buch haben wir die Möglichkeit, herauszufinden, ob diese Menschen wirklich geerntet werden sollten?«

»Richtig. Am besten machen wir uns gleich auf den Weg.«

»Und wie kommen wir dort hin?«, fragte ich.

»Teleportieren.« Er nahm meine Hände. Die Wärme, die er ausstrahlte, legte sich um meine eisigen Finger.

Ich lächelte. »Das klingt nach Spaß!«

»Halt dich gut fest.«

Ich wurde von dem wirbelnden Tornado fortgerissen. Der Wind zerrte an uns und ich hatte echte Probleme damit, die Augen offen zu halten, während Asher mich belustigt beobachtete. Wurden ihm die Augäpfel nicht aus den Höhlen gesaugt? Unmöglich. Der Wind war so stark, dass er Körperteile zerreißen könnte. Mit einem Mal verpuffte er jedoch und ich taumelte ein wenig, ehe ich meine Orientierung wiedererlangte. Asher strich mir die Haare aus dem Gesicht und hielt mich am Arm fest, bis ich sicher auf eigenen Beinen stand.

»Alles gut?«, fragte er mich und grinste.

»Ja, super. Mir gehts prima«, log ich, während ich mich aufrichtete und tief Luft holte. »Gewöhnt man sich daran?«

»Du meinst eher, ob du dich daran gewöhnst?«

Hatte ich vor, das öfter zu tun?

Mit ihm zu reisen, auf diese Art?

»Vielleicht.«

»Das hat bis jetzt jeder getan.«

»Gut«, murmelte ich und verdrängte das Übelkeitsgefühl, das sich in meinem Rachen entfaltete. Ein langer Gang erstreckte sich vor uns, der aus schwarzem Stein bestand und vor einer ebenso dunklen Steintür endete, über der ein Totenkopf hing. Darunter stand ein Satz, den ich nicht übersetzen konnte. Er war auch in das Gewölbe der Grabstätte der Heriotzas eingemeißelt gewesen.

Natus ad mortem.

»Wo sind wir eigentlich?«

Das Gestein, das uns umgab, war uneben und schimmerte beinahe feucht. Doch die Luft war trocken. Das andere Ende des Ganges endete in vollkommener Dunkelheit. Das einfallende Licht kam von einem höheren Punkt, den ich nicht ausfindig machen konnte, da die Decke einen Bogen machte und in die Höhe schoss. Wir standen in einer kleinen Höhle mitten in einem verdammten Berg. Ein Stück hinter uns befand sich eine Kante, die entweder ein Gefälle versteckte oder gar einen tiefen Abgrund. Ich tippte auf letzteres. Als ich einen Schritt machte, hallte dieser von den Wänden wider.

»Wir sind im Seelenschlund. Hier arbeiten die Seelenfresser an den Büchern. Jede Sense kann herkommen und nachschlagen, wenn er einen bestimmten Namen wissen muss.« Asher stand breitbeinig neben mir und hatte die Arme vor der Brust verschränkt. »Niemand darf erfahren, dass du keine Sense bist«, fügte er hinzu und holte etwas aus seiner Tasche. Ich sah auf den Ring, der in seiner Hand lag, und runzelte die Stirn.

»Machst du mir gerade einen Antrag?«, fragte ich.

Er grinste. »Würdest du Ja sagen?«

Mein Mund klappte auf.

»Keine Sorge, ich scherze nur.« Er tippte auf seinen eigenen Ring. »Ich habe dir doch erzählt, dass jeder Sensenmann ein Schmuckstück trägt, indem er oder sie die Seelen transportieren kann. Erinnerst du dich? Deshalb musst auch du eines tragen, damit du nicht auffällst.«

»Warum hast du ihn mir nicht gegeben, bevor wir uns in das Sensen-Hauptquartier teleportiert haben? Was, wenn du uns mitten in eine Sensen Gruppe gebracht hättest?«

»Hier ist fast nie jemand.«

»Und was, wenn doch?«

»Schau dich um, es ist keiner da.«

»Ja, aber was wäre, wenn?«

Asher zeigte auf den klaffenden Abgrund hinter uns. Er war so dunkel, dass ich nicht sagen konnte, wie tief er reichte. »Ich hätte dich fix da reingeschubst und später wieder rausgeholt, wenn die Luft rein gewesen wäre. Die meisten Sensen sind uralt und auch ein bisschen langsam, die hätten dich gar nicht bemerkt.«

Ich linste in den klaffenden Spalt und krallte mich an Asher fest. »Was zur Hölle …«

»Jep, genau da gehts hin.«

»Ohne Scheiß?«

Er zwinkerte mir zu. »Vielleicht.«

»Da müssen wir jetzt aber nicht runter, oder?«

Er drehte sich zur Tür. »Da gehts für uns lang. Aber bevor du eintrittst, hättest du die Güte, diesen Ring anzulegen?«

Grummelnd gab ich meine Zustimmung. In der Mitte des Rings thronte ein Totenkopf, der von Grabblumen umgeben war. »Er ist schön«, murmelte ich und ließ ihn mir von Asher auf den Finger schieben.

»Ich weiß.« Er wirkte auf einmal nachdenklich und ein wenig verletzt. Doch mir schien, dass nun nicht der richtige Zeitpunkt war, um nachzuhaken, was es damit auf sich hatte.

»Ich passe gut auf ihn auf«, versprach ich und drehte ihn hin und her. Er passte wie angegossen.

»Bevor wir reingehen, solltest du noch wissen, dass es manche Seelenfresser gibt, die … nun, die alt sind und sie sehen auch dementsprechend aus.«

»Du meinst wahrscheinlich nicht wie ein alter Opi im Altersheim, oder?«

»Nicht wirklich. Sie sehen so aus, wie die meisten Menschen sich einen Sensenmann vorstellen.«

»Also ein Skelett mit Umgang und Sense?«, hakte ich nach.

»Ohne die Sense, sonst ja. So ungefähr.«

Ich bereitete mich darauf vor, was ich gleich zu sehen bekommen würde. »Warum teleportierst du uns nicht gleich zum Buch?«

»Das funktioniert im Seelenschlund nicht. Das einzige Fortbewegungsmittel hier sind unsere Beine.«

»Wie unpraktisch.«

Er zuckte mit den Schultern.

Mein Blick glitt zu dem Spruch über dem Eingang. »Was steht da?«

Asher legte den Kopf in den Nacken und las vor: »*Natus ad mortem*. Es bedeutet: *zu Tode geboren*.« Es klang beängstigend, aber dennoch verdammt wahr. Denn wir wurden geboren, um zu sterben. Nach Jahren eines erfüllten Lebens. Oder auch davor.

»Lebt ihr eigentlich ewig?«, fragte ich.

Asher lachte. »Das muss ich dir bei einer ruhigen Gelegenheit erzählen. Jetzt müssen wir erst mal zusehen, dass wir erfahren, ob all diese Menschen rechtens starben, und abhauen, bevor jemand entdeckt, dass du ein normaler Mensch bist.«

»Warum? Was würden sie mit mir machen?« Misstrauisch kniff ich die Augen zusammen. Die Panik kletterte bereits an meiner Wirbelsäule empor und schlug ihre kleinen spitzen Krallen in mich, die mir einen Vorgeschmack darauf gaben, was passieren würde, wenn sie mich entdeckten.

»Lass uns zusehen, dass wir schnell rein- und schnell rauskommen.«

Mein Körper kribbelte vor Aufregung, doch ich nickte Asher entschlossen zu. Ich würde nicht mehr darüber nachdenken. Allein hier konnte ich herausfinden, ob es reiner Zufall war, dass so viele Menschen in den letzten Wochen und Monaten gestorben oder ob sie Opfer eines übernatürlichen Verbrechens geworden waren. Dazu gehörte auch mein Dad. Ich wollte wissen, welchen Platz er in dieser Geschichte einnahm.

War seine Zeit wirklich schon gekommen gewesen?

Oder war er ein Opfer gewesen?

Asher zog an der Tür, die sich mit einem quietschenden Geräusch öffnete. Die verschachtelten Gänge, die dahinter in sämtliche Richtungen abzweigten, machten den Anschein, als wären wir in einem Labyrinth aus Gestein gefangen.

»Sind wir etwa in einem Berg?«

Asher nickte.

»Wie komm ich hier rein oder raus, wenn ich mich nicht teleportieren kann?«, fragte ich.

»Gar nicht«, antwortete Asher und mir lief es kalt den Rücken hinab. Also sollte ich zusehen, dass ich ihn nicht verlor. Der kühle Ring um meinen Finger sprach mir Mut zu, den ich wirklich gut gebrauchen konnte. Ich tat das hier für Dad. Dafür, dass ich Gewissheit fand, was wirklich mit ihm gesehen war. Vielleicht war es mehr Segen als Fluch, in die Welt der Sensenmänner gestolpert zu sein. Wer wusste schon, was das Schicksal so für einen bereit hielt? Ich jedenfalls glaubte fest daran, dass alles im Leben einen Sinn hatte, auch wenn es auf den ersten Blick manchmal nicht so erschien.

»Komm, wir müssen hier entlang«, meinte Asher und zog mich nach rechts. An den Wänden knisterten kleine Fackeln, die dem Ganzen einen mittelalterlichen Touch verliehen. Nett.

Ich folgte ihm durch die Gänge und gab mir Mühe, keine unnötigen Geräusche von mir zu geben, die die Aufmerksamkeit von irgendwem oder irgendwas auf uns ziehen könnten.

Schnell rein, schnell raus.

Das klang beinahe wie bei einem Banküberfall.

Oder wie beim Sex.

Die kalte Luft drang in meine Lunge und kühlte meinen aufgeheizten Körper ein wenig hinunter, nachdem mein Puls bei jedem Schritt mehr in die Höhe schoss. Wir steuerten auf eine dunkle Tür zu, die genauso aussah wie die erste, die wir passiert hatten.

Asher überprüfte die Umgebung, bevor er auch diese öffnete. Dahinter erstreckte sich ein riesiger Raum mit meterhohen, hölzernen Regalen, in denen dicke Bücher gelagert wurden. Auf deren Rücken stand jeweils ein Jahresdatum. Asher steuerte auf eines der Regale zu, das noch Platz für ein paar Exemplare bot. Er zog ein Buch heraus und legte es auf einen Büchertisch. Staub wirbelte auf, als er es aufschlug, und ich wedelte mit der Hand vor unseren Gesichtern herum.

»Das sieht gut aus.« Er zog ein paar Papierzettel aus seiner Hosentasche und drückte sie mir in die Hand. »Ließ mir bitte die Namen und das dazugehörige Datum vor.«

»Okay.« Ich entfaltete die Zettel und überflog den ersten Namen. Asher hatte die letzten Todesanzeigen zusammengetragen.

»Lydia Morgan. 03.07.«

Asher fuhr mit dem Finger die Liste entlang. Schneller, als ich sie überhaupt lesen konnte, und blieb an einer Spalte hängen.

»Ist eingetragen.«

Ich nannte ihm den nächsten Namen und wartete. Die Falten auf seiner Stirn sagten mir, dass etwas nicht stimmte.

»Wie war noch mal das Datum?«

»06.07.«

Er murmelte etwas und blätterte um. »Der Name fehlt. Das kann doch nicht sein. *Jeder* ist hier eingetragen.« Er fuhr mit den Fingern über die Spalten und suchte angestrengt nach etwas, das nicht dort war. Diese Seele war nicht zur Ernte bestimmt gewesen.

In Ashers Augen blitze Erkenntnis auf.

»Scheiße, du hast recht«, flüsterte er emotionslos. »Warum?« Sein Blick fuhr wieder und wieder über all die Namen, die mit dunkler Tinte geschrieben worden waren. Doch er wurde nicht fündig.

»Gib mir einen anderen Namen«, forderte er mich auf.

Ich blickte auf das Blatt.

»Everest Garcia. 31.07.«

Wieder fuhr er mit dem Finger über die Spalten.

»Nein, neuer Name.«

Ich nannte ihm stetig andere. Manchmal waren sie aufgeführt, doch die meisten von ihnen nicht. Diese kreuzte ich mit einem Stift an, damit wir sie uns später noch mal genauer ansehen konnten. Etliche Minuten verbrachten wir so vor dem alten Buch, das schrecklich müffelte. Ich verstand die Menschen nicht, die sagten, dass sie den Geruch von Büchern so toll fanden. Für mich roch es … alt und staubig.

»Name«, forderte Asher erneut.

»David …« Ich stockte. Das war mein Dad.

»Und weiter?«

Ich öffnete den Mund, brachte jedoch keinen Ton heraus. Wenn ich den Namen nannte, würde ich endlich herausfinden, ob mein Vater hätte sterben sollen – oder nicht. Ich riss mich zusammen und zwang mich dazu, seinen Namen auszusprechen.

»David Allan«, krächzte ich. »01.08.«

Asher beobachtete mich. »Ist er dein …?« Er ließ die Frage offen, sprach es nicht aus.

»Ja«, hauchte ich.

Er suchte die Liste ab. Das Herz wollte mir fast aus dem Hals hüpfen. Ich schluckte die Aufregung hinunter und presste die Augen zusammen. Würde er ihn finden?

»Kenna?«

Ich nickte, hob die Lider.

Er sah mich ernst an. »Er steht nicht drauf.«

Er steht nicht drauf, er steht nicht drauf, er steht nicht drauf.

Seine Zeit war noch nicht gekommen gewesen! Er hätte noch Leben sollen. Das Ende seines Lebens … war über ihn gekommen, weil irgendjemand ihn vor seiner Zeit geerntet hatte! Doch weshalb nur? Und warum ausgerechnet meinen Dad?

Meine Augen brannten und ich realisierte erst, dass ich weinte, als Asher mir mit dem Daumen über die Wange fuhr und mich in den Arm nahm. Seine Hände glitten über meinen Rücken, während ich mich an ihn krallte und zusammenbrach. All die angestauten Gefühle formten sich zu einem riesigen Klumpen und durchbrachen meine Mauern. Ich schluchzte auf, ließ all die Trauer hinaus, die so lange in mir geschlummert hatte. Ich schrie sie hinaus. Die Wut und den Zorn, sie kochten in mir über und brachten mich beinahe zum Durchdrehen.

»Einer von deiner Sorte hat ihm das angetan. Hat *mir* das angetan! Er hätte noch Zeit gehabt! Er wäre noch am Leben! Das ist eure Schuld!« Die Anklage richtete sich nicht gegen Asher, trotzdem deutete ich auf ihn. Beschuldigte ihn. Obwohl er derjenige war, der mir half. Doch ich konnte ihn nicht bändigen, den lodernden Zorn, der sich durch mich hindurchfraß und mich blind werden ließ.

»Kenna«, sagte Asher.

Doch ich redete ihm dazwischen. »Euretwegen ist er tot! Er und ich, wir hatten uns gerade erst wieder gefunden, wir hätten noch Zeit zusammen gehabt! Um all die Dinge zu machen, zu denen wir nie gekommen sind. Wir hätten Zeit gehabt, uns so richtig kennenzulernen, um alles über den anderen zu erfahren, was wir verpasst haben. Doch stattdessen wurde er mir genommen!« Meine Stimme hallte von den Wänden wider und Asher blickte nervös zur Tür.

Ich biss die Zähne zusammen, doch die Wut brannte zu heiß. Sie tobte. Ich stürmte auf Asher zu. »Wieso tut ihr das? Wieso tut jemand das?« Ich ballte die Fäuste und wollte am liebsten auf etwas einschlagen, so geladen war ich.

»Kenna, es tut mir unfassbar leid, dass dein Vater zu den Opfern gehört. Ich kann es mir eben so wenig erklären wie du.« Asher nahm meine Fäuste zwischen seine Hände und strich mit den Daumen über die verkrampften Finger.

Seine dunklen Augen brachten mich zur Besinnung und erinnerten mich daran, wer vor mir stand. Mein tobender Sturm verebbte zu einer sanften Brise. Die Gefühle hallten schmerzvoll in mir nach, doch ich war klar. Konnte wieder denken.

»Atme bitte, Kenna. Wenn du hyperventilierst und ohnmächtig wirst, muss ich dich hier noch heraustragen oder reanimieren. Das war vorhin eigentlich nur ein Scherz …«

Ich hatte nicht einmal gemerkt, dass ich die Luft angehalten hatte.

Asher streichelte meine Handrücken und beruhigte mich so. Ich trat einen Schritt auf ihn zu und lehnte meine Stirn an seine Brust, während er mich hielt. Er legte sein Kinn auf meinen Kopf.

Ich fühlte mich sicher. Geborgen.

»Es tut mir leid«, flüsterte ich.

»Entschuldige dich nicht für deine Gefühle. Es ist in Ordnung.«

Ich war froh, dass er mir die Schuldgefühle nehmen wollte, doch ich wusste, dass ich uns mit meinem Ausbruch in echte Gefahr gebracht hatte. Was geschehen würde, sollten wir erwischt werden, wollte ich mir nicht einmal ausmalen. Also standen wir nur da, schweigend und in Gedanken vertieft, bis Asher sich anspannte. Von draußen erklangen Geräusche – schnell lösten wir uns voneinander.

»Du musst dich verstecken«, flüsterte er.

»Warum verstecken? Du kannst mich doch unsichtbar machen.«

»Das funktioniert nur bei Menschen. Sensen werden für andere Sensen nicht unsichtbar und du gleich drei Mal nicht!«

O verdammt! Das hätte er mir vorher sagen sollen.

Hektisch scannte ich den Raum ab und rannte zu der alten Ledercouch, die in einer Ecke stand und vor sich hin staubte. Sie war neben dem Tisch und den Regalen das einzige Möbelstück und gerade groß genug, als dass ich mich dahinter verbergen konnte. Ich sprang darüber und machte mich klein. Asher knipste in der Zeit rasch ein paar Fotos von den Seiten des Buches.

Die Schritte kamen näher.

Ich hielt den Atem an, um neben dem Blätterrascheln zu hören, ob wirklich jemand hier rein kam, oder ob derjenige dort draußen vielleicht vorbeilief. Hoffentlich tat er das.

Der Ledergeruch kitzelte in meiner Nase.

Die Tür schwang auf, Schritte donnerten auf dem Steinboden.

»Asher, wie schön dich zu sehen«, rief eine kratzige Stimme, die mir eine Gänsehaut bescherte. Sie klang zwar so, als würde ein gebrechlicher Opa im Raum stehen, doch die Atmosphäre war mit einem Mal angespannt und düster. Angst fraß sich durch meine Adern und ließ mich noch flacher atmen, als ich es sowieso schon tat.

»Hallo Aldrick.« Asher klang ruhig und höflich. So als hätte er gerade eine Meditationsübung absolviert. Mein Gott, war der ein Schauspieler.

»Ich dachte, ich hätte einen Schrei gehört. Kann das sein?«

»Das war ich«, log Asher seelenruhig.

Ich spähte unter der Couch hindurch, fand Ashers Schuhe und ihm gegenüber einen langen schwarzen Umhang, der über den Boden geschliffen wurde.

»Es wurde ein Buch aus dem Schlund entwendet, deshalb müssen wir große Vorsicht walten lassen. Dieses Geräusch, das ich hörte, kam nicht von dir, junge Sense.«

»Ein Buch? Wer stiehlt denn aus dem Seelenschlund?« Asher klang verwirrt.

»Genau das versuchen wir herauszufinden. Solch eine verkommene Seele darf keinen Zutritt mehr haben.«

Ich rutschte ein Stück tiefer unter die Couch, um einen besseren Blick auf die beiden zu haben.

Aldrick war … Furcht erregend. Über seinem Schädel lag eine Kapuze, die sein Gesicht umhüllte. Er war leichenblass und abgemagert, während dort, wo seine Augen hätten sein sollen, nur gestraffte Haut war. Die Knochenform der Augenhöhlen war deutlich zu erkennen und zeichnete sich unter der dünnen Schicht ab.

»Ich mag blind sein, dafür kann ich umso besser hören und riechen.« Er drehte sich im Kreis, die Hände ineinander verschränkt, die Nase erhoben. »Und ich weiß, dass ich einen Schrei gehört habe.«

Ich würde mir am liebsten ins Gesicht schlagen.

Asher gab mir ein Handzeichen, während er wie beiläufig auf die Couch zuging, hinter der ich hockte. »Das weiß ich Aldrick, vor dir kann keine Sense etwas verstecken.«

Erneut ein Handzeichen, er befahl mir aufzustehen.

Meinte er das etwa ernst? Ich konnte doch nicht … Er warf mir einen scharfen Blick zu. Alles klar, er wollte mein Vertrauen? Hier bekam er es. Langsam und bedacht stand ich auf und schob mich hinter dem Sofa hervor und in seine Richtung.

»Ich rieche hier etwas …« Aldrick drehte sich zu mir, die Nase schnüffelnd erhoben.

»Was genau riechst du denn?« Asher nahm meine Hand und zog mich hinter sich. Er klang so verdammt selbstsicher.

Aldrick legte den Kopf schief und kam auf uns zu. »Mensch. Ich rieche einen Menschen.« Seine Stimme war verheißungsvoll. Was würde passieren, wenn er mich erwischte? Konnte Asher mir dann überhaupt noch helfen?

Er kam näher und atmete tief ein. »Apfel. Süß. Vanille. Ein bisschen Kaffee. Zu menschlich.«

»Schon vergessen, dass ich in der Stadt wohne und deshalb mit vielen Menschen zusammenkomme? Wahrscheinlich haftet ihr Geruch an mir.«

Aldrick verzog den Mund. »Aber dieser Duft ist so intensiv …« Er stand nun direkt vor Asher, umkreiste ihn. Bevor die alte Sense bei mir ankam, zog Asher mich an der Hüfte herum, bis ich vor ihm stand – und Aldrick hinter ihm. Ich legte den Kopf in den Nacken, während ich mich an ihn presste.

»Als wäre der Mensch direkt …« Aldrick machte eine Pause und tauchte direkt hinter mir auf. Ich spürte seinen Atem in meinem Nacken, so dicht stand er. »… hier.«

Behutsam rutschte ich an Asher hinunter, bis ich vor ihm in der Hocke saß. Wenn die Situation nicht so angsttreibend gewesen wäre, hätte ich die aktuelle Position ziemlich witzig gefunden.

»Tja, na ja, ich war, kurz bevor ich hierherkam, bei einer … Freundin.«

Aldrick zog die Nase kraus. »Einer Freundin?«

»Ja, du weißt schon, jemand, mit dem man …«

»Ihr jungen Sensen mit euren fleischlichen Gelüsten! Das will mir nicht eingehen, weshalb ihr diesem Trieb nachgeben müsst.« Er trat einen Schritt zurück. Ich atmete auf. Dem Teufel sei Dank!

»Na ja, wir leben nur einmal.«

Aldrick schmunzelte. »Und dieses eine Mal kann sehr lange sein, wer wüsste das besser als ich?«

Von draußen erklangen erneut Schritte. Es klopfte.

Asher scheuchte mich hinter die Couch, während er laut hustete, um meine Bewegungen zu kaschieren. Mein Herzschlag dröhnte so laut in meinen Ohren, dass ich kaum verstand, was gesprochen wurde.

»Ja?«

Die Tür öffnete sich.

»Ach, Aldrick, hier bist du! Hast du den Dieb gefunden?«, rief eine Stimme. Sie klang jünger. Risikofreudiger. So, als würde sich der junge Mann gerne auf Dinge einlassen, die ihn in Schwierigkeiten brachten. Damit kannte ich mich aus. Vielleicht würden wir uns gut verstehen.

»Noch nicht, junge Sense«, murmelte Aldrick.

»Und was tust du dann hier?«

»Geräuschen und Gerüchen nachgehen.«

Die junge Sense schnaubte. »Verdächtigst du etwa Asher?«

»Nicht doch«, brummte Aldrick. »Ihr müsst mich entschuldigen, ich werde nun gehen und die Wächter alarmieren. Dieser Raum hier mag sauber sein, doch ich weiß, was ich gehört habe. Jemand ist hier und ich werde ihn finden.« Schleifende Schritte entfernten sich von mir. »Sammelt schön die Seelen ein, junge Sensen.«

Die Tür schloss sich hinter ihm und Asher stieß die Luft aus.

»Verdammt, was machst du hier?«, fragte er den jungen Mann.

»Die bessere Frage ist, was du hier unten machst.« Schritte erklangen, die sich meiner Position näherten. Scheiße. Meine Nase kribbelte. Ich durfte auf keinen Fall niesen, doch der Staub, aufgewirbelt von meiner Flucht, stieg vom Boden auf wie Kohlensäure im Mineralwasser.

»Ich? Gar nichts.« Gerade war Asher noch so selbstsicher und jetzt kam so eine … blöde Antwort? Wer war der andere Kerl? Kannten sie sich?

»Bist du sicher? Ich habe das Geschrei nämlich auch gehört. Hast du jemanden mitgenommen?«

»Nein, ich habe niemanden dabei.«

Ich konnte es nicht mehr zurückhalten und musste lautstark niesen. Das Geräusch hallte durch den Raum.

»Scheiße«, sagte ich und schlug mir in der nächsten Sekunde die Hand vor den Mund.

Fuck …

Kenna

Niemand hat genossen und gesprochen.«

»Es heißt geniest«, korrigierte Asher den Fremden. »Komm raus.«

Super, ich hatte alles verbockt. Jetzt würden sie mich umbringen, weil ich in ihren Sensenmannhallen herumspioniert hatte. So ein verdammter Mist. Ich erhob mich vom Boden und spähte hinter der Couch hervor. Neben Asher stand ein großer Kerl mit rotgoldenen Haaren und einem siegessicheren Grinsen auf den Lippen. Ich kletterte über die Couch, ohne ihn aus dem Blick zu lassen.

»Das würde Aldrick aber nicht gerne sehen«, meinte der Fremde und musterte mich von oben bis unten.

»Na, zum Glück ist er nicht hier«, erwiderte ich und trat auf den Mann zu. »Nicht mehr.«

Er grinste mich schief an. »Du gefällst mir.«

»Mir auch«, meinte Asher und stellte sich neben mich. Damit machte er seine Grenze mehr als deutlich. Ich wusste nicht, ob ich erleichtert oder besorgt sein sollte. Immerhin hatte der Typ uns dabei entdeckt, wie wir hier herumgeschnüffelt hatten. Würde ich sterben? Warum rastete ich noch nicht komplett aus? Vielleicht, weil Asher so verdammt ruhig blieb.

»Gut zu wissen«, meinte der Fremde und trat einen Schritt zurück.

»Kenna, das ist Break. Er ist mein Freund.«

Erleichtert atmete ich aus. »Das ist schon mal gut«, murmelte ich.

»Break, das ist Kenna.«

»Ein Mensch, interessant. Mir stellt sich die Frage, wie es dazu gekommen ist, dass sie nun hier im Seelenschlund steht.«

»Das ist eine äußerst witzige Geschichte«, sagte ich.

»Später«, fuhr Asher dazwischen. »Erst sollten wir zusehen, dass wir hier rauskommen, bevor uns noch jemand sieht.«

»Hast du alle Seiten abfotografiert?«, fragte ich ihn.

Er zückte sein Handy. »Gib mir zwei Minuten.«

Break musterte mich ungeniert. »Netter Ring.«

»Netter Name«, gab ich zurück. »Ist das dein Künstlersensenmann-name oder heißt du wirklich so?«

»Denkst du das, würde ich dir bei unserem ersten Treffen verraten?«

Ich zog die Augenbrauen hoch. »Ach, du gehst davon aus, dass wir uns wiedersehen?«

»Wie bereits gesagt, du gefällst mir.«

»Break, lass es«, kam es von Asher, der konzentriert die fehlenden Seiten abknipste.

»Hör doch auf, uns den Spaß zu verderben, ich mag es, mich mit ihr zu unterhalten«, maulte Break und verdrehte die Augen.

»Wir sind in einer ziemlich brenzligen Situation. Es ist der falsche Zeitpunkt, um sich kennenzulernen.« Asher schlug das Buch zu, schob es ins Regal und verflocht unsere Finger ineinander. Er zog mich mit sich, blieb in der Tür stehen und sah sich um. Als er sicher war, dass die Luft rein war, setzten wir uns in Bewegung.

»Ja, ich weiß, lasst mich euch helfen«, sagte Break und folgte uns.

»Wir müssen aus dem Seelenschlund raus, hier drinnen kann ich uns nicht teleportieren.« Asher fluchte, als wir fremde Schritte vernahmen. Sofort blieben wir stehen und lauschten. »Sie kommen von dort.« Er deutete den Gang entlang.

»Kommt mit«, zischte Break, »ich kenne einen anderen Ausgang.«

Asher sah ihn misstrauisch an.

»Alter, nicht dein Ernst. Du wirst mir doch wohl vertrauen!«

»Tue ich, wenn es um mich geht. Aber ich lege nicht Kennas Leben in deine Hände. Noch nicht zumindest.«

Ich konnte das leichte Lächeln, das auf meinen Lippen entstand, nicht unterdrücken.

»Na, zum Glück bist du ja dabei. Und jetzt los, sonst sind sie gleich da.« Break drehte sich um und begann zu laufen.

Asher und ich blickten uns an, nur um kurz darauf Break hinterher zu hetzten. Wir nahmen die kleinsten und engsten Gänge, die uns vor die Nase kamen. Irgendwann mussten wir einzeln gehen, da wir nicht mehr Seite an Seite passten. Asher ließ meine Hand keine Sekunde los. Offensichtlich schienen mir meine Ohren jedoch einen Streich zu spielen, denn die Schritte wurden lauter und mehr. So als würde sich eine ganze Horde auf den Weg machen, um uns zu suchen. Hatten sie verstanden, dass etwas nicht in Ordnung war? Vielleicht hatte uns jemand gesehen und es war nicht nur wegen des komischen Buches, das gestohlen worden war.

Asher zog mich mit, drängte mich, ihm zu folgen, auch wenn ich nervlich komplett am Ende war.

»Asher?«, fragte ich flüsternd und wischte mir den Schweiß von der Stirn. Ich war nicht unsportlich, aber um bei dem Tempo mithalten zu können, hätte ich regelmäßig trainieren müssen, um nicht wie ein schnaufender Seehund hinter ihnen her geschleift zu werden.

Break bog in einen weiteren Gang ab, bei dem wir uns bücken mussten, um uns nicht die Köpfe anzuschlagen. »Wir müssen nur noch hier raus«, murmelte er und zog kräftig an etwas. Ein Ruck ging durch den Gang und ich spürte frische Luft, die meine schweißnassen Haare aus dem Gesicht pustete. »Los, kommt.«

Das Licht blendete mich und ich musste ein paarmal blinzeln, bis ich richtig sehen konnte. Wir standen auf einem Berg. Die Umgebung rundherum war durch einen dichten Nebel verdeckt. Oder waren das Wolken? Ihr Grau war geradezu grell im Vergleich zum Dunkel der Gänge, die wir verlassen hatten. Ich verschränkte die Arme vor der Brust, als ein eisiger Wind durch meine Haare fuhr. »Wo sind wir?«

»Am Hinterausgang«, sagte Break.

»Nein, ich meine, wo auf der Welt. Was ist das für einen Berg?«

Asher verzog den Mund. »Niemand weiß, wo der Seelenschlund liegt. Wir können hier her teleportieren, aber wo er ist …« Er zuckte mit den Achseln.

Ich trat ein paar Schritte vor zum Abgrund, dessen Kante so scharf wie eine Klinge war, und blickte hinab. Dieser war sogar noch Furcht einflößender als der vom Eingang. Die Dunkelheit am Grund war dichter und das Gestein rauer. Das Blut stockte in meinen Adern. An einigen Stellen war der Stein rötlich verfärbt.

Was das Blut? Verdammt …

Asher zog mich zurück. »Pass auf, dass du da nicht runterfällst, du bist nicht absturzsicher.«

»Aber du?«

Break lachte auf. »Nicht nur das! Wir sind auch kugelsicher!«

»Du verarschst mich!«

Asher zuckte mit den Schultern. »Na ja, also eigentlich …«

»Darf ich euch hinunterschubsen oder bei nächster Gelegenheit anschießen? Das muss ich unbedingt ausprobieren!« Ich riss vor Begeisterung die Augen auf.

Break brach in schallendes Gelächter aus, holte sich eine Zigarette heraus und zündete sie umständlich an, während der Wind an seinem Haar riss. »Hast du das ernsthaft gefragt?«, fragte er nuschelnd, als es ihm endlich gelungen war und er an der qualmenden Kippe zog.

»Ja«, sagte ich nur.

Eine rotgoldene Locke fiel in sein Gesicht. Er grinste. »Deine Freundin gefällt mir immer besser, Ash. Ein Jammer, dass die Zeit drängt. Pass gut auf sie auf und beeilt euch, ich höre sie bereits kommen.« Break trat zurück, winkte mir zwinkernd zu, während der Qualm aus seinem Mund quoll, und war in der nächsten Sekunde verschwunden.

»Wir sollten wirklich los«, murmelte Asher und trat vor mich. »Bereit für die Teleportation?«

»Ich werds überleben.«

Asher nahm meine Hände in seine. »Mach die Augen zu.« Kaum gehorchte ich ihm, wurden wir vom Wind fortgerissen. Ich konnte der Versuchung nicht widerstehen und blinzelte. Violette Schlieren wirbelten um uns herum, hüllten unsere Körper ein, bis sie uns schließlich in Ashers Küche ausspuckten. Ich fiel geradewegs in Banshees Hundekörbchen. Banshee sprang auf und setzte zum Angriff an. Als sie erkannte, dass ich es war, wedelte sie mit dem Schwanz. Asher taumelte. Sein Gesicht wirkte fahl und Schweiß stand auf seiner Stirn.

»Asher?«, fragte ich alarmiert und half ihm, sich auf einen der Barhocker zu setzten.

»Alles okay. Es ist nur ungewohnt, dass ich dich mit teleportiere, daran muss sich mein Körper erst gewöhnen.«

»Tut mir leid«, murmelte ich und holte aus dem Kühlschrank eine Cola. Kurz überlegte ich, ob ich sie in eine Tasse oder ein Glas einfüllen sollte, entschied mich schließlich für die Tasse und hielt sie ihm vor die Nase. »Trink, das bringt deinen Zucker nach oben. Vielleicht geht es dir dann besser.«

Er nahm einen großen Schluck, während ich meinen Pullover auszog, der mir viel zu warm geworden war. Darunter trug ich ein ausgewaschenes *Muse*-Shirt.

»*Muse?*«, fragte Asher. »Etwa die *Twilight* Musik?«

Ich schnaubte empört. »Die haben tolle Lieder.«

»Ich weiß. Wann habe ich behauptet, dass sie schlecht wären? In den Filmen kommt das auch ziemlich gut, finde ich.«

»Du hast *Twilight* geguckt?«, fragte ich entgeistert und starrte Asher an, der mich angrinste.

»Na klar. Mit Sesta. Allein hatte sie Angst davor, aber mit Blazon und mir zusammen war alles gut. Und irgendwann wollte sogar ich wissen, wie diese ganze Bella-Edward-Jacob-Sache ausgeht.« Asher grinste.

Ich hatte die Filme mit Liz gesehen. Jackson war auch dabei gewesen, bis Bella ihr Kind bekommen hatte, dann war er geflohen und nicht zurückgekehrt. Er meinte später, dieses Kind hätte supergruselig ausgesehen. Damit hatte er recht. Es hatte mehr Ähnlichkeit mit einer Horrorpuppe als mit einem echten Kind.

»Das Ende war ein bisschen komisch, aber im Großen und Ganzen mochte ich die Filme.« Asher nahm einen weiteren Schluck aus der Tasse.

»Geht es?«, fragte ich.

»Ja, ein bisschen besser ist es. Danke.«

Ich setzte mich neben ihn auf einen der Hocker. »Wollen wir die Namen noch mal in Ruhe durchgehen?« Ich dachte an meinen Vater und bittere Galle stieg in mir hinauf.

»Hast du die Liste?«

Ich zog sie aus der Tasche, hielt jedoch inne, als ich sie entfalten wollte. »Sag mal, ist das hier dein Haus?«

»Es gehört uns allen. Jeder von uns bewohnt ein eigenes Stockwerk mit jeweils zwei Zimmern und einem Bad. Das Einzige, das wir uns teilen, ist die Küche. Da Dad aber ständig arbeiten ist, wohnen wir hier quasi allein. Du brauchst dir also keine Sorgen machen, dass wir erwischt werden.«

»Und deine Geschwister?«

»Blazon ist in der Uni und Sesta im Café. Wir sind allein. Sonst hätte ich uns nicht hierher teleportiert.«

Ich deutete auf Banshee. »Fast allein.«

Er nickte.

»Und Sesta, Blazon und dein Dad sind auch … so wie Break und du?«

Asher drehte sich zu mir. »Sesta braucht noch ein Jahr, bis sie eine vollwertige Sense ist. Doch Blazon, mein Dad und ich sind Sensen, ja. Break jedoch nicht.«

»Was ist er dann?«

»Ein Seelenfresser und Aldricks Schüler.« Von einer halben Leiche unterrichtet zu werden, stellte ich mir spannend vor. Armer Kerl.

Asher zog sein Handy aus der Hosentasche und drückte ein paar Knöpfe. Irgendwo im Haus spuckte ein Drucker Blätter aus. Ashers Gesicht hatte an Farbe gewonnen. Er stand auf und lief die Treppe nach oben. Einige Momente später kam er mit einem Stapel Papier zurück.

Ich strich die Liste glatt und breitete sie vor uns aus, während Asher mir einen Stift reichte, um die Namen auszustreichen. Ich las vor und Asher wühlte sich durch die Blätter. Das ging so, bis wir fast alle Namen abgehakt hatten. Zuletzt stand dort nur noch der meines Vaters. Ihn hatte ich bis jetzt übersprungen.

»David Allan. 01.08.« Ich spürte Ashers Blick genauestens auf mir, doch starrte nur weiterhin auf Dads Namen.

»Ich gucke nach, doch ich bin mir sicher, dass ich vorhin richtig lag. Soll ich trotzdem noch mal nachsehen?«

»Ja, bitte.«

»Gut.« Ashers Finger fuhr unerbittlich über die Namen der Menschen, die keine Zeit mehr auf dieser Erde hatten. Doch mein Vater war nicht unter ihnen. »Er ist nicht dabei.«

Irgendwann spürte ich Ashers Hand auf meiner Schulter.

Ich fühlte, wie sich der Zorn durch mich fraß wie Säure. Mein Körper, meine Gedanken, meine Gefühle wurden vergiftet. Überflutet von diesem großen Ungeheuer, das in mir tobte, weil jemand meinem Vater das Leben genommen hatte, das noch nicht vorbei gewesen wäre. Er hätte mich in meinem Abschlussballkleid gesehen und mit mir getanzt. Erkannt, dass ich eine Frau geworden war.

Tränen tropften auf die Liste unter meinen Fingern.

Asher zog mich an sich. »Kenna, es tut mir so unfassbar leid. Er wäre noch nicht an der Reihe gewesen. Ich fühle mit dir, auch wenn das vielleicht komisch klingt, weil ich, na ja, ein Sensenmann bin. Aber auch ich habe jemanden verloren, der mir sehr wichtig war …«

Ich erinnerte mich daran, dass er mir im *Bones & Beans* von seiner Mutter erzählt hatte. Der Artikel über den Todesfall in der Familie Heriotza, das war sie gewesen. Seine Mutter war tot. Genau wie mein Vater.

»Hilf mir«, flüsterte ich mit wutbelegter Stimme und suchte seinen Blick. Trauer und Wut war keine gute Kombination.

»Wobei?«, fragte Asher.

»Hilf mir, herauszufinden, wer ihn mir genommen hat. Wer sein Mörder ist. Bitte.«

Er schien die Entschlossenheit in meinem Blick zu sehen, denn ich konnte erkennen, wie er abwägte, ob es eine gute Idee war.

Wir beide kannten die Antwort darauf.

»Ich helfe dir.«

»Danke«, quetschte ich heraus, während ich darum kämpfte, dass mir die Hilflosigkeit, die mit der zerstörerischen Wut Hand in Hand ging, nicht die Luftzufuhr abschnürte. Ein dicker Kloß saß in meinem Hals.

»Es wird nicht leicht, aber ich möchte dir helfen. Damit du Gewissheit hast und abschließen kannst.«

»Damit werde ich niemals abschließen können«, würgte ich mit tränenerstickter Stimme hervor.

»Ich weiß.« Asher hielt mich fest, tröstete mich allein mit der Anwesenheit seines Körpers, den er warm und Halt spendend an meinen drückte. Er strich mir über die Arme und meinen Rücken. Ich war erstaunt, wie gut er mir tat. Wie wenig Zeit es brauchte, um einen Menschen zu mögen. Um eine Sense zu mögen …

Irgendwann kamen keine Tränen mehr, ich fühlte mich ein wenig benommen und ausgelaugt von der Flut an Gefühlen. Ich setzte mich aufrecht hin, ließ Asher los, an den ich mich wie eine Ertrinkende gekrallt hatte, und sah in die Dunkelheit seiner Augen, in denen ich mich jedes Mal aufs Neue verlor.

»Danke.«

»Immer.«

Ich zog die Liste herbei und zählte die Menschen zusammen, die nicht im Buch der Seelenfresser standen. Die nicht geerntet hätten werden dürfen. Es waren so viele. Zweiunddreißig in den letzten vier Monaten. Sie waren unterschiedlichen Alters, Geschlechts und unterschiedlicher Herkunft.

»Wonach wählt er seine Opfer aus?«, fragte ich. »Ich kann keinen Zusammenhang erkennen.«

»Vielleicht ist es genau das. Er sucht sie nach keinem Muster aus, sondern wahllos.«

»Aber warum? Was will diese Person, die Sense, mit den Seelen?«, fragte ich. »Was macht ihr denn normalerweise mit den Seelen?«

»Wir liefern sie bei den Seelenfressern ab.«

»Essen die etwa die Seelen?«, fragte ich schockiert.

»Nein, keine Sorge. Unsere Ernte geben wir in den Seelenstein. Das ist so ein großer Felsbrocken, der die Seelen weitertransportiert. Die Seelenfresser überprüfen lediglich, ob jeder seine Aufgabe ausführt und die Liste korrekt abarbeitet. Sie sind mehr eine Art Verwalter. Ihr Name stammt noch aus einer Zeit, als es etwas archaischer zuging und sie, nun ja, die Seelen wortwörtlich …« Er brach ab, räusperte sich.

»O-Okay. Und wohin kommen die Seelen danach? Also nach diesem Stein?«

»Das kann sich jeder selbst aussuchen, denke ich. Himmel, Hölle, ein neues Leben, Wiedergeburt, der Tod isst sie zum Mittag. Wir Sensen wissen es so wenig wie ihr Menschen. Ich weiß nur, dass, wenn wir unserer Aufgabe nicht nachkommen, die Seelen ewig in dieser Welt herumirren und keine Ruhe finden.«

Ich stellte mir vor, wie der Tod höchstpersönlich an seinen gedeckten Tisch trat und auf seinem Teller ein paar leuchtende Seelen vorfand. Angerichtet mit Salatblättern und Trüffeln. Es war ein komisches Bild.

»Interessant.« Diese Welt war so groß und präsent in der normalen, doch niemandem fiel sie auf. Niemand kam dahinter.

Außer man war so lebensmüde wie ich.

»Was ist interessant?«, fragte jemand hinter uns und ich schrie auf, während ich vor Schreck vom Stuhl sprang. Verdammte Scheiße, diese Sensen! Break stand grinsend im Türrahmen.

Banshee fand das alles andere als lustig und knurrte.

»Hey, ganz ruhig, ich darf hier sein. Ich darf doch hier sein, oder?«, fragte Break und hob die Hände.

»Na ja, Banshee hatte länger nichts zu essen …«, begann Asher.

»Ach, so ein Scheiß. Du würdest Banshee niemals hungern lassen«, kam es prompt von Break, der die Augen verdrehte.

»Banshee, ist okay«, befahl Asher. Sofort hörte sie auf zu knurren und kam schwanzwedelnd auf Break zu.

»Sag ja, den kenn ich doch. Niemals würde ich dem etwas tun. Der bringt mir sogar richtig gute Leckerlis mit.«

»Sie wird dich trotzdem jedes Mal anknurren, da helfen dir deine tollen Leckerlis auch nicht. Und ich hoffe, da sind keine Karotten drin. Gegen die ist sie allergisch.« Asher hob den Zeigefinger und deutete drohend auf Break.

»Das weiß ich doch, weil du es mir jedes Mal erzählst.« Break kniete sich hin und streichelte Banshee, die ihm quer übers Gesicht schleckte. »Ja, so eine Feine bist du.«

»Break, was möchtest du hier?«

Break erhob sich, trat um die Kücheninsel herum und öffnete den Kühlschrank, aus dem er sich ein Bier herausnahm und dieses mit den Zähnen öffnete. Es zischte und Break nahm einen Schluck. »Ich möchte wissen, warum du mit einem Menschen im Seelenschlund warst. Jetzt, da ich davon weiß, riskiere ich meinen Lehrplatz bei Aldrick. Das darf nicht passieren. Also, weshalb hast du sie mitgezerrt? Und wieso trägt sie auch noch den Ring deiner Mutter?«

Ich schnappte nach Luft. Das war der Ring seiner verstorbenen Mutter? Rasch nahm ich ihn ab und schob ihn über den Tresen zu Asher, der ihn einsteckte. Meinen Blick mied er dabei geflissentlich.

»Das ist eine lange Geschichte«, erwiderte Asher.

»Ach, ich habe Zeit«, meinte Break und setzte sich auf die Küchenzeile, die gegenüber der Theke lag. Seine Beine ließ er dabei baumeln, während er an seinem Bier nippte.

»Also gut.« Asher straffte die Schultern und begann zu erzählen.

Breaks Gesicht wandelte sich von überrascht zu schockiert zu belustigt. Ich kam gar nicht hinterher mit den ganzen wechselnden Ausdrücken. Nachdem Asher geendet hatte, war Break fassungslos.

»Das ist ne verdammt gute Story, die ihr euren Kindern erzählen könnt.«

Ich wusste nicht, ob er das ernst meinte.

»Das ist wirklich das Erste, was dir einfällt?«, fragte ich.

»Nein, eigentlich war es …«, Break wandte sich an Asher, »… wie zur Hölle konntest du vergessen, dich unsichtbar zu machen, und dann noch nicht mal an die Grabblumen denken? Alter! Sie hat dich direkt angesehen!«

»Ich hatte gehofft, der Moment wäre kurz genug gewesen, damit Kenna denkt, sie hätte sich das nur eingebildet. Allerdings hat sich herausgestellt, dass sie viel Willenskraft und Vertrauen in sich selbst besitzt.« Asher zuckte mit den Schultern. »Und jetzt …«

»Seid ihr auf Mördersuche. Ein Mörder, der den Tod selbst verkörpert. Und ihr denkt, dass ihr ihn aufhalten könnt, ja?«, hakte Break nach.

»Das werden wir.«

»Das klingt riskant«, sagte Break und sprang von der Theke. »Ich bin dabei.«

»Du musst nicht dabei sein. Es ist nicht deine Angelegenheit.«

»Aber du bist mein Freund, meine Familie, deshalb wird es zu meiner.« Break sah Asher fest in die Augen. So ernst hatte ich ihn nicht erlebt, seit wir uns kennengelernt hatten, was nicht besonders lang war, trotzdem schien mir der Moment denkwürdig. Ich spürte, dass irgendetwas zwischen ihnen war, von dem ich absolut keine Ahnung hatte. Es war etwas sehr Vertrautes. Als wären sie Brüder.

»Gut«, gab Asher schließlich nach und seufzte.

»Geht doch«, erwiderte Break und grinste breit. »Also erzählt mir alles noch mal von vorne.«

Dieses Mal erzählte ich die Geschichte.

Asher

Ich hoffe, dir ist bewusst, dass wir sehr wahrscheinlich keine Hilfe von ihm erhalten werden. Ein Serienmörder unter den Sensenmännern – mich magst du damit ködern, aber dein alter Herr ist ein stocksteifer Arsch, ich bezweifle, dass er dich auch nur ausreden lässt.«

Wir parkten vor dem neuen Bürogebäude meines Vaters.

Kenna saß neben Break auf der Rückbank und band ihre braunen Haare zu einem Pferdeschwanz. Das ausgewaschene *Muse*-Shirt war unter einem Hoodie verschwunden, doch dieses Mal unter einem von meinen. Ich wusste gar nicht weshalb, aber es war ein elektrisierendes Gefühl zu sehen, dass sie meine Klamotten trug.

Ihr Blick fand den meinen. Die rehbraunen Augen nahmen mich jedes Mal aufs Neue gefangen.

»Könntet ihr bitte aufhören, euch zu anzusehen, als würdet ihr es hier gleich im Auto treiben? Und falls das der Fall sein sollte, sagt Bescheid, dann steige ich aus und gehe zu Fuß.« Break verzog angewidert das Gesicht.

»Halt deine Klappe«, sagte Kenna und überschlug die Beine. Ich musste grinsen.

»Du bist so vorlaut, Menschlein.«

Kenna zog die Augenbraue hoch. »Beschränken wir uns jetzt auf unsere Art, Seelenfresser?«

»Ne, hört sich bescheuert an.« Break schüttelte den Kopf und rümpfte angeekelt die Nase, ehe er sich mir zuwandte. »Was glaubst du, wird dein Vater tun, wenn du ihm von deinem Verdacht erzählst?«

»Du weißt doch, dass er im Rat sitzt. Vielleicht haben sie schon davon gehört und es ist bereits jemand darauf angesetzt. Heißt, ich will wissen, ob und was Dad weiß. Ich gehe hoch. Bis gleich.«

»In die Höhle des Sensenmann-CEOs«, prophezeite Break episch und streckte die Arme aus, als würde er irgendwen oder irgendetwas anbeten.

Ich stieg aus und ignorierte meinen Freund.

»Viel Glück«, kam es von Kenna und ich lächelte ihr aufmunternd zu. »Wir werden herausfinden, wer diese Seelen zu früh erntet und warum.«

Wenn jemand etwas darüber wusste, dann Dad.

Entschlossen eilte auf das Hochhaus zu, das der kleinen, unscheinbaren Stadt einen gewaltigen Hingucker verpasst hatte. Die Fassade leuchtete in einem warmen Gold und überstrahlte alles andere hier. Die Angestellten am Eingang grüßten freundlich und ließen mich passieren. Ich stieg in den Fahrstuhl und drückte den Knopf für die höchste Etage. Ein Passwort war nötig, um die Sperre freizuschalten. Der Hochzeitstag unserer Eltern. Ein trauriges Lächeln zupfte an meinen Lippen, als ich an Mom dachte. Drei Jahre war sie schon fort. Der Fahrstuhl plingte und ließ mich aussteigen. Hinter der Glasscheibe, die das Foyer vom Büro abtrennte, saß mein Vater. Sie war milchig, sodass sich nur seine Umrisse abzeichneten.

»Mr. Heriotza«, begrüßte mich ein Angestellter.

»Hallo«, erwiderte ich und blieb vor der Tür des Büros stehen. Ich kramte mein Handy hervor und rief Kenna an.

Sie nahm ab.

Ich sagte kein Wort zu ihr und sie keines zu mir. Das Handy steckte ich in die Jackentasche, jedoch so, dass der untere Teil ein wenig herausblickte, damit Break und Kenna mich hören konnten.

Und meinen Vater.

Sollte Dad davon erfahren, dass Kenna über uns Bescheid wusste und sich in unserer Welt bewegte, wäre das ihr sicheres Ende. Er würde sie dem Rat melden und wenn der erfuhr, dass keine Grabblume gegen ihre Erinnerungen half, wäre ihre Seele verloren …

Das durfte niemals geschehen!

»Asher?« Dad runzelte die Stirn. »Was machst du hier? Und warum kommst du nicht herein?«

»Ich war kurz in Gedanken«, gab ich zu und lächelte.

Dad trat um den Tisch und ließ sich auf seinen imposanten Ledersessel nieder, der an einen Thron erinnerte. »Was gibt es denn?«, fragte er und verschränkte die Hände ineinander. Sein Blick flog zu seinem Laptop, ein unmissverständliches Zeichen dafür, dass er zu arbeiten hatte und diese Störung alles andere als guthieß.

»Dad. Jemand erntet Seelen, die noch nicht geerntet werden sollen«, sagte ich. Kurz und schmerzlos, so war es am besten.

Er legte den Stift aus der Hand. »Wie meinst du das?«

»Es sind in den letzten Monaten zweiunddreißig Menschen gestorben, die noch nicht erntereif waren.«

»Du behauptest also, diese Seelen wurden Lebenden entrissen? Dass jemand von uns sie umgebracht hat?« Er hob eine Braue. »Bist du dir im Klaren darüber, was du da sagst?«

»Absolut! Ich war im Seelenschlund und habe mir die Einträge angesehen. Diese Menschen sind nicht in den Büchern aufgeführt.«

Dad lehnte sich zurück und rieb sich das Kinn, während er mich nachdenklich musterte. »Das ist eine schwere Anschuldigung und müsste dringende Konsequenzen haben. Also gut. Ich werde dem Rat davon berichten. Hast du es schon jemandem gesagt?«

Ich zögerte. »Nein, ich habe Aldrick zwar angetroffen, aber nichts gesagt, ich wollte es dir zuerst erzählen.«

Er wirkte nachdenklich. »Und du bist dir wirklich sicher, dass du dich nicht verlesen hast?«

Ich nickte und verschränkte die Hände hinter meinem Rücken, um meine unruhigen Finger zu verbergen. »Ich habe es mehrfach abgeglichen. Wenn ich unsicher wäre, stünde ich jetzt nicht hier.«

Dad nickte. »Ich kann es mir zwar nur schwer vorstellen, immerhin ist es noch nie passiert, dass eine Sense Menschen tötet, aber ich werde dem nachgehen.« Dad warf einen Blick auf seine Armbanduhr. »Aldrick hat für heute eine Sitzung einberufen. Ein altes Buch wurde aus dem Seelenschlund gestohlen, dort kann ich deinen Bericht gleich vortragen.«

»Hältst du mich auf dem Laufenden?«, fragte ich.

»Die Sachen, die ich weitergeben darf, ja.« Er nahm sich einen Stift und schrieb etwas auf einen Zettel auf.

»Aber wir könnten doch mithelfen, damit die Sense schneller gefunden wird.«

»Wir?«, fragte er.

Ich nickte und ignorierte den Fakt, dass ich mit *wir* Kenna, Break und mich gemeint hatte. »Ja, du und ich. Wir als Familie. Immerhin hast du einen Platz im Rat! Und ich kann helfen, wo ich gebraucht werde.«

»Asher, ich weiß, dass du es nur gut meinst, aber das ist nicht unsere Aufgabe. Es gibt andere, die darauf spezialisiert sind. Ich finde es bemerkenswert, dass du dich so dafür einsetzt, dass diesen Menschen Gerechtigkeit widerfährt und unsere Arbeit ehrenvoll bleibt. Aber manchmal liegen die Dinge außerhalb unserer Möglichkeiten.« Dad betrachtete mich eindringlich. »Halte dich bitte raus. Ich kümmere mich darum. Danke, dass du damit zu mir gekommen bist.«

»Klar.«

»Wolltest du sonst noch etwas?«, fragte er und lächelte mich unverbindlich an. Sein Haar war nach hinten gegelt und der Anzug saß perfekt, so wie immer. »Ich muss für ein neues Projekt noch die rechtliche Lage klären, bevor ich zur Tagung gehe.« Dad wies auf den Bildschirm vor ich. Er war der richtige Mann für diese Firma und für den Sensenrat. Darauf bedacht, den Vorschriften gerecht zu werden, und die Position, die er inne hatte, auszufüllen.

»Nein, das war alles.«

»Okay, dann sehen wir uns später.« Er tippte etwas auf seinem Laptop herum und zog sein Handy heraus.

Ich verließ das Büro und fuhr mit dem Fahrstuhl nach unten. Kurz bevor ich den Wagen erreichte, beendete ich das Telefonat mit Kenna. Ich stieg ein und ließ mich auf die Sitzbank gegenüber von Kenna und Break sinken.

»Wir werden uns nicht raushalten«, beschloss Break.

»Definitiv nicht«, stimmte Kenna zu.

»Nichts anderes hatte ich erwartet«, sagte ich und lächelte. Kenna wirkte erleichtert und Break motiviert. Ich fragte mich, was für ihn an dieser Aktion überhaupt spannend war, denn er tat regelmäßig irgendwas Verbotenes. Vielleicht lag es daran, dass er es dieses Mal mit einem Mörder zu tun hatte. Keinem gewöhnlichen. Einem Mörder unter uns Sensen.

»Okay, also wir haben keine richtigen Anhaltspunkte, wonach der Mörder seine Opfer aussucht, richtig? Weshalb tut diese Sense so etwas überhaupt?« Kenna sah uns fragend an.

»Weil er oder sie ein abgefuckter Psychopath ist«, schlug Break vor. Wir hatten unseren Arbeitsplatz in mein privates Wohnzimmer verlegt. Ich wollte nicht das Risiko eingehen, dass Dad vor dem Seelenschlund noch kurz heimkam und uns drei über den Traueranzeigen hockend in der Küche vorfand. Auf der großen Couch waren die ganzen Zettel und Listen verteilt. Seit einer halben Stunde grübelten wir darüber nach, wie wir dem Mörder näher kommen konnten, was uns auf seine Spur bringen würde, aber bis jetzt waren wir ziemlich erfolglos. Es gab kein Muster und keinen Hinweis darauf, wann er erneut zuschlagen würde, nur dass er es tun würde, war klar. Nur warum?

Fragen über Fragen und wir fanden keine Antwort.

Der Tag wechselte in den Abend über. Kenna blinzelte angestrengt, um ihre Augen offen zu halten. Break war schon beim sechsten Bier.

»Vielleicht sollten wir für heute Schluss machen«, sagte ich und streckte meine müden Körperteile von mir.

»Danke. Ich kipp gleich um«, jammerte Break, stand auf und teleportierte sich weg, ohne sich zu verabschieden.

Kenna breitete die Arme aus. »Was stimmt mit dem nicht?«

»Glaub mir, das frage ich mich schon mein Leben lang.«

»So lange kennt ihr euch bereits?«

»Unsere Familien haben viel miteinander unternommen, nachdem Break und ich geboren wurden. Unsere Mütter mochten sich sehr. Ich würde sagen, dass sie beste Freundinnen waren.«

Kenna raffte die Blätter zusammen und legte sie auf den Wohnzimmertisch ab. »Das mit deiner Mutter … tut mir leid. Ich weiß, das habe ich dir schon im Café gesagt, aber ich wollte es dir noch mal sagen, nachdem ich dich jetzt ein bisschen besser kenne.« Kenna rutschte näher zu mir, setzte sich in einen Schneidersitz und stütze den Ellenbogen auf ihr linkes Knie, um den Kopf in die Kuhle ihrer Hand zu betten.

»Danke«, sagte ich.

»Kann ich fragen … was … wie es …« Sie hörte auf zu reden, ich spürte, dass sie nichts Falsches sagen wollte, und ich war dankbar für die Rücksicht, die sie mir und meiner Mutter entgegenbrachte.

»Ja, kannst du. Meine Mom hat sich … das Leben genommen.« Ich räusperte mich. »Bis heute verstehe ich nicht, weshalb, sie hatte alles, was sie jemals wollte, gesunde Kinder, ein Haus im Wald weit weg von anderen Menschen und einen liebenden Ehemann. Das hier war ihre eigene Welt, sie hat stets gesagt, dass sie nicht in den Urlaub fahren wolle, sie wollte nur hier im Haus sein und den Wald vor sich haben, der niemals zu enden schien. Doch vor drei Jahren hat sie sich selbst dem Seelenstein geopfert. Niemand weiß, warum sie es getan hat. Am allerwenigsten versteht es mein Vater. Vielleicht ist das der Grund, weshalb er sich so in die Arbeit stürzt und immerzu am Laptop sitzt.« Ich spürte, wie Kenna meine Hand ergriff und drückte.

Sie sah mich mitfühlend an. »Ungewissheit ist schrecklich«, murmelte sie.

Ich konnte nicht sagen, wie ich mich fühlte.

War ich erleichtert, darüber zu sprechen?

Traurig wegen meiner Mutter?

Wütend darüber, nichts zu wissen?

Am ehesten war es eine Mischung aus all diesen Dingen. Wahrscheinlich konnte ich deswegen so gut nachvollziehen, dass sie unbedingt herausfinden wollte, was mit ihrem Vater geschehen war. Weil ich es mir auch für mich wünschte. Zu wissen, weshalb. Doch Dad konnte ich nicht danach fragen, er würde es nicht verkraften, darüber reden zu müssen. Mom war seine Welt gewesen.

»Danke, dass du mir den Ring deiner Mutter anvertraut hast. Das muss dir schwergefallen sein, ihn aus der Hand zu geben.«

»Ich wusste ja, dass er in guten Händen ist.«

Kenna strahlte mich an. Dann begann sie zu lachen.

»Was?«

Laut und ungehemmt drang ihr Lachen an mein Ohr.

»Was ist so lustig?«, fragte ich.

»Vor ein paar Tagen dachte ich noch, dass du ein creepy Mörder bist, der mich umbringen will, und nun sitze ich mit dir, einem Sensenmann, auf der Couch und jage einen wahrhaftigen Mörder. Es ist irgendwie seltsam und nicht so, wie ich es mir ausgemalt habe.«

»Was dachtest du denn? Dass du mich überführen könntest?«, fragte ich belustigt.

»In meiner Fantasie warst du praktisch schon hinter Gittern. Aber du kamst schon ein wenig bedrohlich rüber.«

»Irgendwie musste ich dich ja loswerden und von den Kameras wegbekommen.« Vor allem, weil mein Vater nichts davon mitbekommen durfte, ansonsten wären wir beide erledigt gewesen. Vor allem Kenna und ihre Seele.

»Du hast den Bösewicht glaubhaft gespielt«, meinte Kenna. Ihre Augen blitzten auf, während sie vor sich hin gluckste.

»Schön, ich habe es mir selbst nämlich kein bisschen abgekauft«, gab ich zu und zuckte mit den Schultern.

»Du hattest diesen verdammt bösen Blick aufgesetzt.«

»Und das mit meiner grimmigen Visage«, scherzte ich.

»Du hast keine grimmige Visage, sondern ein schönes Gesicht«, sagte sie geradeheraus und musterte mich. Ihr Blick tastete meine Züge ab und ich liebte es. Ohne etwas darauf zu erwidern, zog ich Kenna an mich und legte ihr meine Hände auf den Rücken. Sie grinste mich wissend an. Dann küsste ich sie und spürte, wie sie mit ihren Händen über meine Wangen fuhr und danach in meinen

Nacken glitten. Ich hielt sie an der Hüfte fest und sank mit ihr zurück, bis sie schließlich vollkommen auf mir lag. Ihr Kichern in meinem Ohr und das warme Gefühl in meiner Brust ließen mich kurz vergessen, wie wir uns kennengelernt hatten. Ich genoss den Moment mit Kenna. Unseren Moment.

Kenna

Am nächsten Morgen schrieb ich Liz eine Nachricht, ob sie die Tage etwas mit mir unternehmen wollen würde. Nachdem sie gestern aufgelegt hatte, war nichts mehr von ihr gekommen. Keine Nachricht, kein Anruf. Seit Grannys Tod hatten wir uns kaum gesehen. Ich vermisste sie schrecklich. Granny und Liz.

Um meine trüben Gedanken loszuwerden, zeichnete ich. Dieses Mal keinen Menschen, sondern Banshee mit dem schönen Halsband. Gestern hatte Asher mich nach Hause teleportiert, heute würde er mir helfen, meinen Wagen aus der Stadt holen. Wenn er noch länger dort stand, würde Mom misstrauisch werden. Sie war zum Glück nicht zu Hause, sondern schob erneut Extraschichten, weil durch Susans plötzlichen Tod einige Stunden ungedeckt waren. Mom hatte sich bereit erklärt, sie zu füllen. Doch auf Dauer war das keine Lösung.

Es klingelte an der Tür. Ich packte meine Flanelljacke und sprintete die Treppe hinab. Asher stand auf der Veranda und telefonierte.

»Ja, genau. Nein, das passiert so nicht …« Er brummte, während ich die Haustür absperrte. »Gut, falls du noch was brauchst, melde dich einfach. Viel Erfolg!« Er steckte sein Handy weg und lächelte mich an. »Hey.«

Ich erwiderte die Begrüßung. »War das Break?«

»Nein, eine Freundin, die Hilfe gebraucht hat. Sie hat aktuell ein Seelenproblem und hatte ein paar Fragen.«

»Auch eine Sense?«

»Eine Hexe.«

Ich zog die Augenbrauen hoch. »Na wenn das so ist …«

Asher lachte und legte einen Arm um meine Schulter.

»Wenigstens hast du dieses Mal die Klingel benutzt, statt einfach in mein Zimmer zu teleportieren.«

»Ich dachte, heute erschrecke ich dich mal nicht.«

»Sehr freundlich von dir.«

»Komm, lass uns dein Auto holen.«

»Hoffentlich ist es nicht abgeschleppt worden.«

»Ich denke nicht.«

»Und wie kommen wir da hin?«, fragte ich und grinste wissend.

»Uns beiden ist klar, dass das eine rhetorische Frage war, oder?« Er packte meine Hände und teleportierte uns fort. Violette Schlieren umgaben uns. Ein Ruck durchzuckte mich. Asher hatte uns unsichtbar gemacht. Genauso hatte es sich auch beim letzten Mal angefühlt. Im nächsten Moment standen wir direkt neben meinem Auto. Da niemand in der Nähe war, machte Asher uns wieder sichtbar.

»Ich mag diese Art zu reisen«, gestand ich und entriegelte mein Wagen. »Und ich mag meine Reisebegleitung.«

Er lächelte und stieg auf der Beifahrerseite ein.

Zusammen fuhren wir heim.

Zusammen – wie seltsam das klang.

Als ich in die Einfahrt bog, wurde Asher spürbar unruhig. »Ich muss noch mal kurz weg. Das hätte ich längst machen müssen, habe aber nicht daran gedacht. Geh doch schon mal rein und ich komme später nach.«

»Wohin willst du denn?«, fragte ich.

»Ich muss die Seele von dem Mann wegbringen.« Er hob den Ring. »Sehr viel länger kann ich sie nicht mit mir herumschleppen.«

»Oh, okay. Wo musst du sie hinbringen? Zum Stein?«

»Genau, zum Seelenstein«, erklärte er mir.

Irgendwie musste ich an einen riesigen Edelstein denken. »Kann ich mitkommen?«

Asher musterte mich. »Wenn du den Ring meiner Mutter und Grabblumen bei dir trägst, dürfte es gehen.«

»Wozu die Blumen?«

»Um deinen Geruch zu überdecken.«

Ich unterdrückte den Drang, an mir zu schnuppern. »Willst du etwa andeuten, dass ich stinke?«

Asher grinste. »Du riechst nach Mensch. Ich selbst nehme das zwar nicht wahr, aber die älteren Sensen, so wie Aldrick, haben extrem feine Sinne, deshalb sollten wir auf Nummer sicher gehen.«

Asher teleportierte sich fort und kam mit einem Strauß glitzernder Grabblumen zurück, die er mir feierlich reichte. Das kräftige Violett zog mich in seinen Bann. Funklende Punkte schienen in den Blättern zu leben. Verwelkt waren sie noch nicht. Sie waren frisch.

»Die sind wirklich wunderschön!«

»Ja, riech nur nicht an ihnen.«

»Würden sie etwa noch mal wirken?«

»Vielleicht würdest du vergessen, dass wir uns geküsst haben oder wo dein Auto steht. Grabblumen wirken nur auf die letzten Erinnerungen ein. Da das bei dir aber schon einmal fehlgeschlagen ist, könnte es auch sein, dass du heftige Kopfschmerzen bekommst oder dein Gehirn explodiert … Wer weiß.«

Ich donnerte ihm die Blumen auf den Kopf. »Idiot.«

»Aua.«

»Das hat nicht wehgetan, höchstens deinem Ego …«

Asher öffnete den Mund, sagte aber nichts.

»Außerdem habe ich nicht das Bedürfnis, an einer Leiche zu schnuppern. Ich darf gar nicht daran denken, dass diese schönen Blumen aus einem Skelett gewachsen sind!«

»Warum? Musst du dich dann übergeben? Bitte nicht, vor allem nicht, während ich uns wegteleportiere.« Asher trat auf mich zu.

»Keine Sorge, ich werde dich schon nicht vollkotzen«, versprach ich und verdrehte die Augen.

Er streckte mir den Ring seiner Mutter entgegen, doch da ich die Blumen hielt, hatte ich nur eine Hand frei, also hob ich sie an.

Unsere Blicke trafen sich. Asher blinzelte. Dann steckte er mir den Ring an den Finger. Er saß gut. Wie angegossen.

»Bereit?«, fragte Asher. Er klang seltsam heiser.

Ich nickte.

»Sicher?«

»Todsicher!«, meinte ich und reichte ihm meine Hand.

Asher schmunzelte. Ich liebte es, wenn er das tat. Die Grübchen in seinen Wangen musste ich einfach anstarren. Ich hatte keine andere Wahl.

»Gut«, murmelte er und augenblicklich kam der Wind, der uns fortriss. Ich lächelte, langsam gewöhnte ich mich an das rasante, adrenalingeladene Gefühl, das mich jedes Mal durchströmte.

Wir kamen vor dem Eingang des Seelenschlundes raus. Der Totenkopf über der dunklen Tür begrüßte uns.

Asher trat an die Tür. »Blumen? Ring?« Seine Stimme hallte von dem Gestein wider.

Ich nickte.

Er drückte die Tür auf und ging voraus.

Mit klopfendem Herzen folgte ich ihm und bemühte mich, es zu ignorieren. Als würde mich der Herzschlag verraten. Hatten Sensen überhaupt ein Herz? Mussten sie ja, immerhin wurden sie geboren.

Wir folgten einem breiten Gang und bogen direkt in den nächsten ab, der um einiges schmaler waren. Alles lag still und verlassen da.

»Wir gehen einen kleinen Umweg durch die weniger besuchten Gänge. Hier sollte niemand sein.« Die Wände waren glatt und uneben. Ich strich mit der Hand daran entlang. »Hier müssen wir durch.« Asher trat durch eine hohe doppelflügelige Schwenktür, deren schwarze Eisenringe schwer nach unten hingen.

Wir gelangten in eine Höhle, die vollkommen unberührt wirkte. Sie hatte etwas Einschüchterndes an sich und gab mir das Gefühl, als würde ich eine Kathedrale betreten, ein Heiligtum – und genau das war es ja auch. Die Decke lief spitz zu. Am höchsten Punkt gab es eine Öffnung, durch die mattes Tageslicht fiel. Direkt darunter stand ein Kristall, der so imposant war, dass mir der Atem stockte.

Er hatte scharfe Kanten und Ecken, doch die Flächen waren so glatt wie spiegelndes Eis im Winter.

Ich würde ihn gerne berühren, doch war mir ziemlich sicher, dass das keine gute Idee war. Dort, wo das Licht den Kristall berührte, funkelte er, als bestünde er aus purem Schimmer. Es wirkte fast, als würde im Inneren etwas leben, sich bewegen und geduldig warten. Nur worauf?

Asher streckte seine Hand aus, bis der Ring die Oberfläche berührte. Gespannt wartete ich darauf, was passieren würde. Ein Licht erhellte die Höhle, stieg aus dem Ring auf und wurde in den Stein gesogen. Und als ich schon dachte, dass die Übergabe hiermit erledigt sei, stieg ein funkelnder Nebel aus dem Kristall auf und kam auf Asher zu. Er umhüllte ihn und ließ ihn für einen Moment schillernd funkeln.

Also glitzerte er doch wie Edward! Krasser Scheiß.

Der Nebel wurde ein Teil von Asher. So wie die Seele vom Kristall.

»Schöne Reise«, sagte Asher und schloss kurz die Augen, bevor er zurücktrat und zu mir kam. Das helle Licht wirbelte in dem Kristall herum, ließ ihn pulsieren, als wäre er lebendig.

»Es ist wunderschön«, flüsterte ich.

Asher nickte. Sein Blick war auf den Seelenstein gerichtet.

Was passierte mit den Seelen, wurden sie dort drinnen festgehalten? Kamen sie an einen anderen Ort?

»Was war das für ein Nebel?«, fragte ich.

Asher warf mir einen schnellen Seitenblick zu. »Das war meine Bezahlung.«

»Deine was?«

Asher seufzte und wandte sich zu mir. Unsicherheit blitzte in seinem Gesicht auf. »Für jede Seele, die eine Sense abliefert, erhalten wir eine Bezahlung. Wir erhalten Lebensjahre. Jede Ernte verschafft uns ein längeres Leben.«

Er verarschte mich, oder? Es konnte nicht noch verrückter werden. Ich dachte, ich hätte schon den totalen Durchblick bei den Sensenmännern, aber dem war anscheinend nicht so. Mit jeder Seele, die abgegeben wurde, bekam Asher zusätzliches Leben?

»Bist du unsterblich?«, fragte ich.

»Wenn ich dafür arbeite, ja.«

Ich konnte es nicht fassen. »Also hat die Sense, die meinen Vater getötet hat, dafür ein längeres Leben erhalten?«, fragte ich. Meine Stimme hallte von den Wänden wider und flutete die Höhle.

»Ich weiß nicht, ob der Seelenstein erkennen kann, dass die Seelen noch nicht erntereif sind«, meinte Asher bedauernd.

»Das ist alles so verrückt«, murmelte ich.

»Komm, wir sollten los, ehe uns noch jemand entdeckt.« Asher wandte sich ab, wobei ich ganz genau sehen konnte, dass es ihm alles andere als leicht fiel, diesen Ort zu verlassen. Ob er für gewöhnlich länger blieb? Hatte er es nur wegen mir so eilig?

Als hätte ich es heraufbeschworen, erklangen Schritte, die direkt aus dem Gang kamen, den auch wir genutzt hatten. Kurz darauf trat ein hochgewachsener Mann in die Höhle. Seine schlaksige Gestalt und die langen Gliedmaßen verliehen ihm etwas slenderman-artiges. Seine Haut war ebenso blass und der Kopf kahl. Quer über das Gesicht zogen sich verblasste Narben, die einige Fragen in mir aufkommen ließen, auf die ich wohl nie eine Antwort erfahren würde …

»Ah, hallo, noch jemand, der Seelen abgibt. Wie war eure Ernte?« Seine Stimme war tief und hallte umso stärker von den Wänden zurück. Ich erstarrte und verbot es mir, zu Asher zu blicken. Das würde mich verraten. Der Fremde fixierte uns neugierig.

Ich musste die Fassung bewahren.

Einfach atmen und lächeln.

»Gut«, sagte Asher knapp. »Und deine?« Ein wenig Small Talk mit einem Sensenmann dürfte ich überleben, immerhin war Asher bei mir und der würde niemals zulassen, dass mir etwas geschah. Oder?

Die fremde Sense schlurfte derweil zum Stein, um den Ring dagegen zu pressen. »Prima, drei Seelen sind es heute.« Der Seelenstein leuchtete auf, schickte den Nebel zu dem Slenderman-Typen und erlosch anschließend.

»Eine gute Ernte«, sagte Asher unverbindlich, neigte knapp den Kopf zum Abschied und schob mich sacht zum Ausgang. Wir hatten ihn fast erreicht, als uns die Stimme des Slendermans innehalten ließ.

»Wieso habt ihr Grabblumen dabei? Hat euch etwa ein Mensch gesehen?«

Asher winkte ab. »Nein, nein, keine Sorge. Es ist nur gut, einen Vorrat zu haben, falls dieser Fall eintreten sollte.«

Der alte Sensenmann musterte uns eingehend, bevor er zustimmend murmelte: »Vielleicht sollte ich mir auch einen anschaffen. Gute Idee, wirklich. Sehr gut. Schönen Tag noch. Auf Wiedersehen.«

Kaum war er außer Sichtweite, zerrte Asher mich hinter sich her, dieses Mal durch andere Gänge, die noch enger und verwinkelter waren als die vorherigen.

»Alles okay bei dir?«, fragte er.

Ich brummte zustimmend.

»Wir müssen hier lang … halt!« Er hob die Hand, wir lauschten. Mehrere Stimmen und hallende Schritte kamen uns entgegen. »Geh zurück«, wisperte er und drängte mich den Gang hinab. Das Ende war bereits in Sichtweite, doch die Sensen näherten sich uns ebenso unerbittlich. Männer, entweder mit schwarzen Roben oder in vornehmen Anzügen, bogen um die Ecke. Sie waren so ins Gespräch vertieft, dass sie nicht sahen, wie Asher mich in den nächsten Gang schubste und anschließend in eine Aussparung in der Wand drängte. Sein Körper an meinen gepresst.

»Wer …«

Er hob einen Finger an den Mund. Die Stimmen waren jetzt ganz nah. Ein leichter Lufthauch strich um meinen Körper. Asher senkte seine Lippen an meine Ohrmuschel und sagte: »Nicht erschrecken, ich verdecke unsere Körper mit Dunkelheit.«

Ich nickte und klammerte mich an ihn.

Die Schritte waren in unserem Gang, die Sensen kamen.

Ich presste den Mund zusammen und atmete so flach wie möglich.

»Sie sind gleich weg«, wisperte Asher so leise, dass ich mich anstrengen musste, ihn zu verstehen.

»Die Sitzungen machen mich fertig«, erklang eine ätzende Frauenstimme. »Was glaubt ihr, wie lange müssen wir noch tagen, bis wir zu einem Entschluss gekommen sind?« Sie stiefelte mit lautem Klackern an uns vorbei.

»Nicht mehr lange«, antwortete ein Mann, dessen Stimme mir seltsam, bekannt vorkam. »Wir sollten in den nächsten Stunden mit dem Fall abgeschlossen haben.«

Asher versteifte sich. War das Aldrick? Nein, der klang … gruseliger. Trotzdem, ich kannte die Stimme. Nur woher?

Die Sensenschritte verklangen und ich atmete aus, sobald sie gänzlich verstummt waren.

»Sie sind weg.«

»War das … dein Vater?«, fragte ich.

»Ja, das war er.« Asher klang atemlos, als er meine Hand nahm und leicht daran zog. »Lass uns gehen, wir nehmen einen anderen Weg.«

Bei jeder Biegung hatte ich das Bedürfnis, mich umzudrehen, weil ich das Gefühl nicht los wurde, verfolgt zu werden.

Ich wischte mir den Schweiß von der Stirn, als wir den Seelenschlund endlich verließen und die mächtige Steintür hinter uns ins Schloss fiel.

Asher nahm mein Hand und schloss die Augen. Wir wurden vom Wind erfasst und davongetragen. Gerade hatte ich noch die Tür zum Seelenschlund vor mir gehabt, nun saß eine wedelnde Banshee da. Sie schnüffelte, während sie ihren großen Kopf gegen meinen Oberschenkel presste und wohlwollende Laute von sich gab. Ich musste ein paar Mal blinzeln, um mein durchgeschleudertes Gehirn zu sortieren. Als ich mir sicher war, dass ich nicht über meine eigenen Füße stolpern würde, kniete ich mich hin und begrüßte sie.

»Hey Banshee«, murmelte ich, während Asher in der Küche verschwand. Als ich ihm folgte, fand ich bereits eine Tasse Cola auf dem Tresen vor. »Danke.« Die Grabblumen legte ich auf die Kücheninsel.

Asher rieb sich über die Stirn, nahm einen Apfel und bis hinein. Er wirkte ein wenig gehetzt. »Das war ein Fehler. Ich hätte dich nicht dort hinbringen dürfen. Wir wären fast erwischt worden …«

»Genau genommen *sind* wir erwischt worden.«

»Verdammt Kenna, das ist nicht witzig!«

»Es ist doch alles gut gegangen. Du bist hier. Ich bin hier. Du hast deine Seele weggebracht und deine Belohnung bekommen. Wie viele Jahre waren es?«

»Fünf.«

»Pro Seele?«, hakte ich nach. »Ist das der übliche Wechselkurs?«

»Ja.«

Ich konnte nicht sagen, ob ich es gerechtfertigt fand oder nicht. Das wollte ich auch nicht, doch es ließ mich nachdenken. Über meinen Vater und die anderen, die zu früh geerntet worden waren. Ob auch sie gegen Lebenszeit eingetauscht worden waren?

Eine Tür öffnete sich, Banshee richtete sich auf und bellte. »Ich bins«, sagte eine tiefe Stimme. Sie gehörte zu Ashers Bruder, der ein paar Sekunden später die Küche betrat und sofort stehen blieb, als er mich erblickte. Asher fluchte leise.

»Ne, oder?«, sagte Blazon und breitete die Arme aus. »Wie konnte das denn passieren?« Seine zurückgekämmten Haare waren genauso dunkel wie die seines Bruders. Auch ihre Gesichtszüge glichen sich, nur wirkte Blazon kälter und härter. Ich mochte ihn nicht.

»Blazon«, sagte Asher bittend, doch der schüttelte nur den Kopf.

»Ist dir bewusst, in was für einer Scheiße du steckst? Und in welche Situation du sie gebracht hast! Hast du auch nur einen Moment über die Konsequenzen nachgedacht?« Blazon sah mich ungläubig an, bevor er Asher mit seinem bösen Blick töten wollte. »Du ziehst unsere ganze Familie da mit rein. Alle von uns!« Blazon kam auf Asher zu und schlug ihm gegen die Brust. Der sprang auf und stellte sich schützend vor mich.

»Glaubst du etwa, ich hätte nicht versucht, es zu verhindern? Sag, glaubst du, ich möchte sie und uns in Gefahr bringen? Ich hatte keine Wahl! Sie wusste zu viel. Sie wollte mich stellen, mich bei der Polizei anzeigen! Was hätte ich da noch tun können?«

»Du hättest es gar nicht erst so weit kommen lassen dürfen!«, schnaubte Blazon und warf mir einen Seitenblick zu.

»Habe ich ja versucht! Aber sie war zu sturköpfig, um sie loszuwerden.«

Ich fasste das als Kompliment auf und weniger als eine Beleidigung.

»Dann hättest du sie entfernen müssen.«

»Entfernen?«, entfuhr es mir. »Meinst du etwa, dass Asher mich hätte ernten sollen?«

»Ernten«, echote Blazon und schob seinen mahlenden Kiefer vor. »Woher zum Seelenschlund weiß sie, was ernten ist?«

»Blazon, du kannst nichts an der Situation ändern. Es ist, wie es ist. Kenna weiß über alles Bescheid.«

»Dann gib ihr verdammt noch mal die Grabblumen!«

»Das hat schon beim ersten Mal nicht funktioniert.« Asher seufzte. »Ein zweites Mal funktioniert es erst recht nicht, das weißt du!«

»Weil du sie wie ein räudiger Hund verfolgt hast!«, bemerkte Blazon. »Verdammt, Asher, wenn Vater davon erfährt …«

»Wird er aber nicht«, sagte Asher mit Nachdruck. »Hast du mich verstanden, Blaze?«

Blazons Blick wurde ein wenig weicher. »Denkst du etwa, ich bin so verrückt, dass ich Dads Zorn auf uns alle lenke? Niemals.«

»Gut.« Asher stieß die angehaltene Luft aus. »Sonst kann ich für nichts garantieren«, schob er noch hinterher.

»Ach, du stellst sie über mich?«

»Das habe ich nicht gesagt, nur, dass ich hoffe, dass sich niemand verplappert. Sonst sind wir am Arsch, du, ich, Dad, Sesta und Kenna. *Alle*, verstehst du?«

Blazon trat einen Schritt zurück. Sein Blick fuhr an mir hoch und runter, bevor er Asher anfunkelte. »Ich werde nichts sagen, aber regle das hier … irgendwie, bevor ich das machen muss. Du weißt, wie es bei mir geendet hat.«

»Sie ist nicht Celine!«

Blazons Kiefer mahlte, sein Blick wurde schwarz. »Du weißt, was mit denen geschieht, die von uns wissen. Die mit uns leben!«

»Das war ein Unfall«, sagte Asher.

Blazon wich zurück. Er schnaubte, während seine Schultern bebten. »Ändert nichts daran, dass sie tot ist – und Kenna wird es auch bald sein.«

Ich schluckte bei seinen Worten.

»Das werde ich verhindern!«

»Wie denn? Hm? Wie willst du den Tod aufhalten? Wen *er* auf unsere Listen setzt, ist dazu verdammt, diese Welt zu verlassen. Während wir für immer auf ihr wandeln. Und sie …«, jetzt zeigte er auf mich, »… ist menschlich. Sie wird sterben. Ob es dir gefällt oder nicht!«

»Blazon, ich …«

»Nein, Asher. Keine Ausflüchte. Du hast sie in dein – in unser – Leben geholt. Doch wer von uns erfährt, verlässt diese Welt zu früh. Obwohl du das weißt, *es bei mir miterlebt hast*, sitzt sie hier. Mit vollem Wissen!«

Asher war still geworden.

»Ich wünsche dir Glück, Bruder, ich hoffe, die kurze Zeit ist es wert, mit ihrem Leben zu spielen …« Blazon verschwand um die Ecke und ließ uns zurück.

»Asher?«, fragte ich, als im Haus eine Tür zuknallte.

»Scheiße«, fluchte er und fuhr sich mit den Händen über das Gesicht. »Wenn er irgendwas sagt, mache ich ihn kalt.«

»Asher«, rief ich entsetzt aus. »So etwas sagt man nicht! Nicht einmal im Scherz. Es reicht doch, dass du der halbe Tod bist, genauso wie deine Familie. Fehlt nur noch, dass Banshee irgendwie auch dazu gehört.«

Banshee gab ein zustimmendes Geräusch von sich.

»Du bist nicht auch ein halber Tod, oder?«, fragte ich sie.

Sie spitze die Ohren und legte den Kopf schief.

Asher seufzte. »Das ist nur so aus mir herausgebrochen, sorry. Und nein, Banshee ist ein normaler Hund aus dem Tierheim. Aber eine meiner Freundinnen hat einen sprechenden Kater.«

»Einen Kater?«

»Ja, Rufus heißt er.«

Was es nicht alles gab.

»Was passiert denn, wenn dein Vater herausfindet, dass ich über euch Bescheid weiß?«, fragte ich und spürte, wie sich ein unsicheres Gefühl in meinem Magen breitmachte.

»Darüber musst du dir keine Sorgen machen, weil er es nicht herausfinden wird.«

Sein entschlossener Ausdruck zeigte, dass er alles in seiner Macht Stehende tun würde, um mich zu beschützen. Doch was, wenn das nicht genügte? Was, wenn Blazon etwas ausplauderte?

Asher war total weggetreten, er starrte durch mich hindurch.

»Asher?«, fragte ich und wedelte vor seinem Gesicht herum. »Entweder du hörst auf, so verdammt nervös zu sein, oder du erzählst mir haargenau, was passiert, wenn jemand erfährt, dass ich von euch weiß. Ich würde es gerne wissen, um gefasst zu sein.«

Asher umschloss sachte meine Hand und drückte sie. »Sei auf alles gefasst.«

»Super, das hilft mir extrem«, murmelte ich.

»Ich möchte doch nur, dass du dir keine Sorgen machst.«

»Zu spät«, gab ich zu und spürte überdeutlich, wie sich das Gefühl von anschwellender Panik in mir breitmachte. Wenn sich Asher schon so merkwürdig verhielt und Schweißausbrüche deswegen bekam, hieß das nichts Gutes.

»Es wird keiner von dir erfahren.«

»Ich möchte es trotzdem wissen.«

Asher seufzte resigniert. »Du hast die Wahrheit verdient. Aber sie ist nicht schön.«

»Das habe ich auch nicht erwartet.«

Asher zögerte. »Wenn der Rat erfahren sollte, dass du von uns weißt, wird deine Seele nicht zum Seelenstein gebracht, sondern zu einem Ort, von dem es keine Wiederkehr gibt.«

»Du meinst, meine Seele wird verdammt sein?«, fragte ich mit zitternder Stimme.

»Wenn es jemand herausfindet, ja.« Asher verzog das Gesicht. »Und da Dad im Rat ist, müssen wir extrem vorsichtig sein. Flirtereien mit Menschen sind für ihn okay, genauso Freundschaften, schließlich leben wir mitten unter euch. Unerkannt. Da kommt es zwangsläufig zu Begegnungen.«

Ich schluckte angestrengt. »Also wird er mich nicht erdolchen, nur weil ich in eurer Küche herumlaufe, ja?« Diese Frage war nicht als Scherz gemeint.

»Nein, wird er nicht.«

»Okay, das ist schon mal gut. Wo genau würde meine Seele denn hinkommen, falls der Fall eintreten sollte? Also, falls der Rat von mir erfährt?« Ich wischte mir den Angstschweiß an der Hose ab und schluckte die bittere Panik hinunter.

»In den Abgrund, ein Ort, den bis jetzt kaum eine Sense von innen gesehen hat. Du musst mir glauben, dass ich dich niemals in diese Situation bringen wollte.« Die Schuld stand ihm ins Gesicht geschrieben. Er strich sich durch die Haare und tippte anschließend unrhythmisch auf der Platte herum.

»Warum bist du so verdammt nervös?«, fragte ich und starrte ihn an. »Es ist nicht deine Seele, die von Verdammnis bedroht ist.«

»Weil ich derjenige bin, der dich dieser Gefahr ausgesetzt hat, und ich Angst habe, dass du verletzt wirst. Egal, durch was. Ich hätte dich aus der Sache raushalten sollten. Glaub mir, das war nicht das, was ich wollte! Ich werde alles tun, um dich zu beschützen!«

Ich lachte auf, schwächte damit die starken Emotionen in der Brust ab, so als könnte ich sie einfach wegvibrieren. »Das ist wirklich lieb gemeint, aber ich denke nicht, dass du es geschafft hättest, mich von irgendetwas abzubringen, auf das ich mich versteift habe.«

»Trotzdem fühle ich mich schlecht«, gab er zu.

»Es war meine Entscheidung, dir zu folgen. In deine Welt. Jetzt muss ich mit den möglichen Konsequenzen klarkommen.« Meine Finger zitterten und Asher umfasste sie sachte.

»Na ja, du hattest die Wahl zwischen mit ins Haus kommen und dir anhören, was ich zu sagen hatte, oder draußen allein im Wald zu bleiben. Eine richtige Wahl war es also nicht.«

Ich zog die Augenbrauen nach oben. »Du hättest mich also wirklich allein stehen gelassen?«

Asher verzog den Mund. »Nur ein paar Minuten, dann hätte ich dir ein Taxi gerufen, dass dich nach Hause bringt.«

Ich starrte ihn an. »Du bist so … ein verdammter Gentleman, dass ich nicht weiß, ob du es als Scherz meinst, oder es wirklich getan hättest.«

Ein Grinsen zupfte an seinem Mundwinkel. »Wollen wir einen Kaffee trinken?«

Ich nickte. Kaffee war immer eine Lösung, erst recht, seit ich wusste, dass meiner Seele der Frieden verwehrt bleiben könnte. Hätte ich das mal eher gewusst …

Schritte erklangen von der Treppe und ich erwartete erneut Blazon, doch es war Sesta, die um die Ecke bog und stocksteif stehen blieb, als sie uns erblickte. »Asher«, zischte sie. »Was soll denn der Scheiß? Wie konnte das passieren?« Sie stemmte die Arme in die Hüften. »Blazon hatte recht, als er sagte, mich würde unten eine verdammte *Katastrophe* erwarten.«

»So eine Petze.« Asher seufzte und legte den Kopf in den Nacken. »Reicht es denn nicht, dass Blazon mir einen Vortrag gehalten hat? Musst du mich auch noch ausschimpfen?«

»Kein Wunder, das er die Tür so zugeknallt hat, dass ich beinahe vom Stuhl gefallen wäre. Verständlich.« Sie richtete ihren Blick auf mich und musterte mich von oben bis unten. »Erklär mir das bitte.«

Mit *das* meinte sie wohl oder übel mich.

Ich fühlte mich schrecklich unwohl, dabei konnte ich weder etwas dafür, dass Asher vergessen hatte, sich unsichtbar zu machen, noch dafür, dass eine mordende Sense ihr Unwesen in der Stadt trieb. Also reckte ich das Kinn und erwiderte Sestas Blick kampfbereit.

»Ich kann nicht fassen, dass du so bescheuert bist«, zischte sie und schüttelte den Kopf, sodass ihr Pferdeschwanz wild hin und her peitschte.

»Ich weiß, das sieht absolut scheiße aus und vielleicht ist es das auch, aber jetzt können weder du noch ich etwas an der Situation ändern.« Asher nahm meine Hand in seine.

Sie schnaubte, als sie das sah.

»Tut mir leid«, sagte er.

»Es ist ihre Seele, mit der du spielst, nicht meine.« Sie warf ihren Zopf über die Schulter und lächelte. »Kaffee?« Sie wartete seine Antwort gar nicht erst ab, sondern stapfte an ihm vorbei, holte zwei Tassen aus dem Schrank und trat an die Kaffeemaschine. Mit geschickten Handgriffen befüllte sie den Siebträger und ließ wenig später den ersten Kaffee durchlaufen.

»Ich bin wirklich neugierig, wie du dir vorstellst, dass *das hier* ...«, sie deutete auf ihn und mich, »... funktionieren soll.«

Ich runzelte die Stirn, genauso Asher, der erst mich schief ansah und dann seine Schwester. »Was glaubst du denn, was *das hier* ist?«, fragte er, die Stimme angespannt.

»Ein teures Vergnügen«, erwiderte sie und rieb sich über die geschlossenen Augen. »Über die Folgen für dich persönlich oder unsere Familie will ich gar nicht erst nachdenken.« Sie kippte die aufgeschäumte Milch in die Tasse und schwenkte die kleine Kanne, bis ein Farnblatt aus Milchschaum auf dem Kaffee schwamm. »Du willst, dass ich für dich schweige, richtig? Genau wie für Blazon damals …« Sie schluckte und für einen Augenblick flackerte ihr Blick. »Nun, darin haben wir ja Übung, nicht wahr?« Sie schob Asher den Kaffee zu. Ein stilles Friedensangebot.

Oder vielleicht eher ein Waffenstillstand.

Ich wurde aus diesen Geschwistern nicht schlau.

Asher nahm ihn an. »Danke.«

Sie nickte.

»Könntest du für Kenna auch einen machen?«, fragte er.

Sie richtete ihre Aufmerksamkeit auf mich, immer noch kühl, aber ohne die offene Feindseligkeit von vorhin.

»Du wirst es mir mit Sicherheit nachsehen, dass ich dir keinen Kaffee machen werde, außer du zahlst dafür im *Bones & Beans*. Ich heiße es nicht gut, in welche Lage du meinen Bruder gebracht hast, auch wenn es unabsichtlich war.«

Autsch.

Sie zog die dunklen Augenbrauen zusammen. »Ich halte meinen Mund, aber ihr müsst nicht glauben, dass ich euch irgendwie helfe.« Sie nahm ihre Tasse und verschwand damit die Treppe hinauf. Banshee folgte Sesta mit wedelndem Schwanz.

Ich seufzte und fühlte mich fehl am Platz.

Asher schob mir seinen Kaffee über den Tresen zu und lächelte sachte. »Entschuldige sie. Beide, meine ich, sie sind … besorgt.«

»Welche Konsequenzen erwarten dich? Ich kenne nur die für meine Seele, aber was passiert mit dir, sollten wir auffliegen?«

»Das ist nicht wichtig.«

»Mir ist es wichtig, deinen Geschwistern ist es wichtig. Sag es mir.«

Er ließ einen weiteren Kaffee aus der Maschine laufen.

»Ich werde verstoßen. Ich darf nicht mehr im Dienst sein und auch keinen Kontakt zu anderen Sensen halten.«

»Nicht mal mit deiner Familie?«, fragte ich.

Er schüttelte den Kopf. »Nein, nicht mal mit ihnen.«

Einige Zeit später erblickte ich das *Bones & Beans*. Und obwohl ich mich freute, einen Kaffee oder Chai Latte mit geröstetem Mohn und einem Stück Kuchen zu bekommen, hatte ich weiterhin den Geschmack von Sorge im Mund. Er ließ mich nicht vergessen, dass ich in einer tödlichen Welt gelandet war, in der die Sensen mich jederzeit meiner Seele berauben konnten. Oder sie verdammen würden. Angstschweiß bildete sich zwischen meinen Fingern.

Die kleinen Glöckchen über der Tür bimmelten. Sesta stand hinter dem Tresen, ihr Lächeln zerfiel und ihre Augen verengten sich, als sie mich erkannte.

Ich hatte mich mit Liz verabredet. Sie wollte schon so lange ins *Bones & Beans*, dass ich ihr den Wunsch nicht abschlagen konnte, obwohl ich das, zugeben, versucht hatte.

Sesta war sichtlich unbegeistert über meine Anwesenheit. »Was machst du hier?«, brummte sie.

»Du sagtest, wenn ich einen Kaffee von dir will, soll ich mir einen kaufen. Nun, hier bin ich.«

Sie sagte nichts.

»Ich werde mir einfach einen Platz suchen. Meine Freundin kommt auch gleich.« Der kleine Tisch in der hintersten Ecke war mein Ziel. Ich setzte mich und hing meine Jacke über die Lehne, überschlug die Beine und wartete. Wenig später öffnete sich die Tür mit einem Bimmeln. Liz' weißblonde Haare flogen ihr ins Gesicht, als sie mit dem Wind in das Café kam. Ihr langer Trenchcoat flatterte um ihre Beine, während sie mit selbstsicheren Schritten auf meinen Tisch zukam.

Ich stand auf und zog sie in eine Umarmung.

Sie überragte mich um ein kleines Stück und ich roch die Kälte, die an ihr haftete wie ein teures Parfüm. »Wie schön, dass du hier bist!« Das warme Gefühl in meiner Brust kribbelte durch meinen ganzen Körper.

»Glaub mir, ich bin auch froh, dich zu sehen.« Sie warf ihren Trenchcoat über die Lehne des freien Stuhls zwischen uns und setzte sich galant wie eine fallende Schneeflocke. »Aber bevor du fragst, wie es mir geht – Spoiler: die Antwort lautet: scheiße! –, möchte ich lieber alles über die Gala wissen!« Sie machte große Augen und klatsche aufgeregt in die Hände. Ihre Euphorie konnte nicht auf mich überschwappen, weil ich nicht wusste, was ich ihr sagen sollte.

Dass ich einen Sensenmann getroffen und geküsst hatte? Dass ich ihm überhaupt nur gefolgt war, weil er Granny geerntet hatte? Dass es – schlimmer noch – einen Serienmörder unter den Sensen gab, der meinen Vater auf dem Gewissen hatte? Oder etwa, dass ich von Verdammnis bedroht wäre, sollte jemals herauskommen, dass ich über die Welt der Sensen Bescheid wusste? Nein, all das konnte ich ihr nicht erzählen.

Also fasste ich mich kurz und blieb möglichst vage.

»Das klingt ja so unspektakulär, Kenny …« Liz zog einen Schmollmund und ihre Tasche auf den Schoß. Sie kramte umständlich darin herum, bis sie fand, wonach sie suchte. »Da habe ich noch was für dich!« Sie knallte eine Zeitung auf den Tisch und grinste breit. »Erklär mir mal, was das ist!«

Ich drehte sie zu mir, nicht sicher, was mich erwarten würde. Das Bild des ersten Artikels der *Bone Hill Daily Press* bildetet niemanden geringeren ab als Asher Heriotza und … mich.

Während ich nicht so gut wegkam, mein Blick lag irgendwo zwischen bitchig und observierend, hatte Asher ein strahlendes Lächeln aufgesetzt, das ihm gefährlich gut stand. Kein Wunder, dass die Schlagzeile lautete:

Heriotza Jr. und seine Flamme! Wer ist die junge Frau und wieso haben wir sie bis jetzt noch nicht gesehen?

Ich öffnete den Mund, wusste aber nicht so recht, was ich sagen sollte.

»Du bist in der Zeitung! Ist das cool!« Liz tippte wild auf meinem Gesicht herum. »Jackson wollte dir vorhin schon einen Schnurrbart verpassen und Asher Teufelshörner, aber ich konnte ihn gerade noch davon abhalten.«

Sesta trat an unseren Tisch. Ihr Blick landete auf der Zeitung und sie verzog missmutig den Mund. »Was kann ich euch bringen?«

Liz setzte sich auf. »Oh, ich habe noch gar nicht geguckt, Entschuldigung. Meine beste Freundin ist in der Zeitung, das musste ich ihr kurz zeigen! Was kannst du mir denn empfehlen?«

Sesta zog bloß eine Augenbraue hoch.

Hastig sprang ich ihr bei. »Liz, ich bestell was für dich mit, okay?«

»Klar doch.«

Ich wandte mich Sesta zu. »Zweimal den Mohnkuchen, einen Chai mit geröstetem Mohn und für mich bitte einen Kaffee mit einem Farnblatt obendrauf.« Ich schenkte ihr mein schönstes Lächeln.

»Aber gerne doch.« Ihre Stimme klang verbissen. Sie verließ unseren Tisch und bereitete die Bestellung vor.

»Hat sie einen schlechten Tag?«

»Das ist die Schwester von Asher«, sagte ich, als würde es alles erklären.

Liz verzog den Mund zu einem stummen O.

Ich nickte ihr verschwörerisch zu, nur um dabei von Sesta erwischt zu werden, die auf ihre Ohren deutete. Sie hatte mich gehört. Ich strich über das Bild von Asher und mir. »Ich war noch nie in der Zeitung.«

»Du bist nicht nur in der Zeitung, sondern auf dem Titelblatt!«

»Ja, schon verrückt, oder?«

»Läuft da denn was zwischen euch?«

Ich mied ihren Blick. »Nein, wir haben uns nur kurz unterhalten und da wurde wohl das Bild von uns gemacht. Immerhin ist es schön geworden.« Am liebsten würde ich ihr alles sagen, die ganze verdammte Wahrheit, aber das würde zu viele Fragen aufwerfen, die ich Liz nicht erklären konnte, ohne auch ihre Seele in Gefahr zu bringen.

»Wäre ja auch wirklich zu gut gewesen …« Ein wenig enttäuscht ließ sie die Schultern hängen. »Behalt sie, dann kannst du dir den Artikel einrahmen oder so. Wenn ich sie mitnehme, verunstaltet Jackson dich doch noch.«

»Bestimmt kauft er sich extra eine Ausgabe, um genau das zu tun.«

Liz lachte auf. »Wahrscheinlich.«

Sesta kam und stellte vor jede von uns ein Stück Kuchen und die Getränke. Sie strahlte über beide Ohren, was mich verwirrte. Als ich meinen Kaffee vor der Nase hatte, erkannte ich den Grund ihrer

Freude. Anstatt des Farnblattes prangte ein Totenkopf auf meinem Kaffee.

»Ich hoffe, das passt für dich«, säuselte sie und zwinkerte mir zu.

War das eine Drohung?

Oder eine Warnung?

Seltsamerweise verspürte ich keine Angst. »Danke, ich finde Totenköpfe cool«, sagte ich nur und rührte, ohne hinzusehen, mit dem Löffel durch das Latte-Art.

Auftraggeber

»Lösch sie aus, es darf nicht sein, dass sie von uns weiß. Dieses Menschenmädchen muss verschwinden. Verstanden?«

Der Henker nickte. Er war mit seinen eingefallenen Wangen und blutunterlaufenen Augen mehr tot als lebendig, doch solange er seinen Auftrag ausführte, war mir egal, ob er fortwährend verrottete. Ich wollte dieses Mädchen tot sehen. Sie war eine Gefahr für unsere Familie und alles, was uns bevorstand.

Der Henker murmelte etwas, wobei seine ungleichmäßigen Zähne übereinander kratzten und einen knirschenden Ton von sich gaben.

»Wie viel?«, fragte er. Die fettigen Haare fielen ihm ins Gesicht, wobei der ausfallende Hut glücklicherweise die meisten davon verdeckte.

»Dreißig«, bot ich ihm an.

»Ich bekomme Aufträge, die deutlich attraktiver sind.« Der Henker lachte emotionslos auf und wollte sich bereits in einer Wolke voll Dunkelheit davonteleportieren, als ich meine Hand hob.

»Du musst bedenken, was meine Familie dir bereits an Zeit gezahlt hat. Vor allem mein Vater. Vergiss das nicht. Wir sind treue Auftraggeber.« Ich faltete meine Finger. »Vierzig Jahre.«

Der Henker kniff die glanzlosen Augen zusammen. »Sechzig.«

»Fünfzig«, erwiderte ich ruhig.

»Fünfundfünfzig, mein letztes Wort.«

»Einverstanden«, sagte ich und ein Lächeln zupfte an meinem Mund, das ich jedoch verbannte. Dieses Mädchen würden wir bald los sein. Da hatte Asher sich ein gewaltiges Problem angeschafft. Er konnte froh sein, dass ich es ihm vom Hals schaffte, bevor es noch irgendjemand außerhalb der Familie erfuhr.

»Gut, wie heißt das Opfer?«, fragte er und wartete gespannt auf den Namen, den ich ihm nennen würde. Er leckte sich über die gerissenen Lippen.

»Kenna Allen.«

Der Henker lächelte, wisperte den Namen leise, kostete ihn, weil er wusste, dass diese Seele bald nicht mehr in dem Körper des Mädchens schlummern würde, und er es war, der sie auf brutalste Weise entfernen durfte. Die Vorfreude brachte seine Augen zum Glitzern und zeigte, dass er Lust empfinden konnte, obwohl ich davon ausgegangen war, dass Rippa zu so etwas nicht in der Lage waren. Der bloße Gedanke an das Töten konnte einen halb verrotteten Sensenmann beinahe zum Leben erwecken.

»Bald weilt sie nicht mehr unter den Lebenden«, versprach der Henker, bevor er sich in schwarzem Rauch auflöste. Schon bald würde alles so sein wie zuvor.

Kenna

»Lass uns gehen, bevor meine Schwester mich noch mit Blicken erdolcht.« Asher verschränkte unsere Finger ineinander.

Ich wandte mich vom *Bones & Beans* ab.

Liz war vor fünf Minuten gegangen, seither hatte ich mir ein Blickduell mit Sesta geliefert. Selbst jetzt spürte ich ihre Verachtung durch die Scheibe. Schaudernd zog ich die Schultern hoch. Asher, der gewartet hatte, bis Liz außer Sicht war, um mich dann abzuholen, strich über meinen Handrücken. »Komm«, sagte er.

Mein Gesicht vergrub ich im weichen grauen Schal. Ich hatte die leise Befürchtung, dass ich mich so langsam in ihn verknallte.

Wir ließen das Café hinter uns. Es tat gut, an die frische Luft zu kommen und ein wenig Leben zu sehen. Menschen, die Besorgungen machten und ihren Hund Gassi führten oder mit ihren Kindern essen gingen. Wir holten das Kleid von der Schneiderin ab.

Asher zahlte, auch wenn ich ihn davon abhalten wollte. Er bestand darauf und scheuchte mich aus dem Laden, während er jeglichen Versuch, ihm Geld zuzuschieben, vereitelte. Irgendwann gab ich auf. Ich legte den Kopf in den Nacken und schob die Scheine in meine Tasche.

Die Wolken am Himmel verdeckten die Sonne. Trotz der dicken Jacke und dem Schal, den ich trug, fröstelte ich. Nach einiger Zeit ließen wir die belebten Straßen der Innenstadt zurück und schlenderten eng an eng durch verwaiste Gässchen. Allein hätte ich wohl Angst gehabt, doch mit Asher an meiner Seite fühlte ich mich sicher, selbst dann noch, als Schritte hinter uns erklangen. Ich wandte mich um.

Uns folgte ein Mann mit einem großen schwarzen Hut auf dem Kopf. Er trug ebenso einen langen Mantel wie Asher und dazu matte Lederhandschuhe. Der Großteil seines Gesichts wurde von dem Hut verdeckt. Doch etwas an seiner Erscheinung ließ mich unwohl werden, ein Schauder lief mir über den Rücken, und ich musterte den Mann genauer. Ich konnte nicht sagen, woran es lag, dass ich ihn so unheimlich fand. Wie automatisch krallte ich mich an Ashers Arm und zog damit auch seine Aufmerksamkeit auf den Mann.

Sein Körper versteifte sich.

Ich bekam Panik.

Asher wusste offensichtlich, wer dieser Kerl war … oder war hier die richtige Frage, *was* er war? Er beschleunigte und zog mich mit sich.

Ich traute mich aus Angst vor der Antwort nicht nachzufragen.

»Ich werde heute nicht sterben«, murmelte ich und straffte meine Schultern. Das Mantra half, stärkte mich und vertrieb die Furcht ein wenig.

Asher warf mir einen Seitenblick zu. Er musste denken, dass ich völlig übergeschnappt war.

»*Wir* werden heute nicht sterben«, ergänzte ich. Seine Augen schienen mir mit ihrer Dunkelheit Trost zu spenden und Halt zu geben. Mich vor der Angst zu bewahren, die meinen Körper bereits infiziert hatte.

Die Schritte hinter uns wurden lauter und hallten von den Wänden der Häuser wider.

Was wollte er von uns? Woher kam er? Und wie würden wir aus dieser Situation herauskommen? All das wirbelte in meinem Kopf umher, als ich mich zu dem Mann umdrehte. Er war nur noch eine Armlänge von mir entfernt.

»Asher?«, rief ich und zog panisch an seiner Hand.

Er wandte sich ebenfalls um, blieb stehen und schob mich hinter sich, während er seine Hand dem Mann entgegenstreckte. Dieser verharrte und wartete ab.

»Was willst du hier? Wer hat dich geschickt?«, fragte Asher und hielt mich mit seiner Hand an der Hüfte fest. Seine Schulter war wie ein Schutzschild.

Der Mann war ein wenig größer als Asher, dafür aber schlaksig und gebrechlich. Als er das Kinn hob, kam sein Gesicht zum Vorschein.

Mir verschlug es den Atem. Ich hatte das Gefühl, einer halb verwesten Leiche gegenüberzustehen, die ihre tödlichen Fänge nach mir ausstreckte. Seine Wangen waren eingefallen und die Augen blutunterlaufen, während in seinen Augenhöhlen nichts als Leere herrschte. Aldrick und er waren vielleicht so was wie Geschwister, anhand ihrer Äußerlichkeiten würde das passen.

Nun stand der Tod vor mir und wollte mich mit sich nehmen. Das war also, was passierte, wenn jemand herausfand, dass ich von den Sensen wusste. Wie war er auf uns aufmerksam geworden? Waren es Ashers Geschwister gewesen, Break oder doch jemand anderes, der uns an diese Leiche verpfiffen hatte?

»Ich bin hier, um meinen Auftrag abzuholen«, sagte der Mann mit tiefer Stimme. Er deutete auf mich. In seinen zuvor noch leeren Augenhöhlen waren nun Augen. Wo waren die auf einmal hergekommen?

Egal, er war so oder so absolut gruselig.

»Verschwinde von hier«, zischte Asher, doch seine Körperhaltung zeigte deutlich, dass er ganz genau wusste, dass der Mann nicht verschwinden würde. »Wer hat dich beauftragt, Henker?« Er klang furchtbar angespannt. Henker? Hieß der Typ so? War das sein Künstlername oder gab es noch mehr von seiner Sorte?

Die Atmosphäre um uns herum war so geladen, dass ich mich kaum zu atmen traute.

»Du bist nicht mein Auftraggeber«, stellte der Henker fest und machte einen Satz nach vorn. In der nächsten Sekunde war er verschwunden. Eine Hand legte sich urplötzlich um meinen Hals und riss mich zurück. Ich schrie nach Asher, der sich panisch zu mir umdrehte, während ich in die Arme des Todes gezogen wurde.

»Ich bin noch nicht bereit für den Tod!«, schrie ich, trat und schlug um mich.

Asher sprintete auf uns zu.

Ich spürte das Vibrieren der Teleportation und stellte fest, dass der Henker uns von hier wegbringen wollte. Da war Asher bei mir und schlug ihm ins Gesicht.

Der ließ kurz locker, ich nutzte seine Nachlässigkeit, befreite mich aus seinen Armen und stürzte davon.

Asher rang ihn zu Boden, doch kurz darauf flog er quer durch die Straße und krachte gegen eine Wand.

»Asher!«, rief ich.

Der Henker rappelt sich auf, wischte ein wenig Dreck von seinem schwarzen Mantel und richtete seinen Hut, bevor er auf mich zustürmte.

Aus Instinkt lief ich los, weg von ihm, obwohl ich wusste, dass er schneller war, dass er sich teleportieren konnte und ich keine Chance gegen ihn hatte. Doch etwas in mir wollte überleben. Wollte nicht sterben. Wollte herausfinden, was mit meinem Vater passiert war, mit all diesen Menschen, deren Zeit noch nicht gekommen war. Ich wollte mit Asher zusammen sein. Wollte herausfinden, wohin das Ganze führte.

Nein, heute würde ich nicht sterben.

Meine Zeit war noch nicht gekommen.

Ich blieb auf der Stelle stehen und schnappte mir einen Holzpflock aus einem Gewirr alter Möbel, die jemand achtlos an die Straße gestellt hatte. Fest umschloss ich ihn, wich den Armen des Henkers aus und schlug ihm damit seitlich an den Schädel.

Er zischte erbost auf.

Asher hatte gesagt, dass Sensen kugelsicher waren. Doch Schmerz empfinden konnten sie ganz offensichtlich. Deshalb holte ich erneut aus und schlug dem Henker auf den Rücken. Schlug, schlug, schlug, schlug und schlug weiter, bis er von mir abließ.

»Du entkommst mir nicht«, flüsterte er.

Jemand griff nach mir. Ich blinzelte und war nicht mehr in der Seitengasse. Als ich festen Boden unter den Füßen hatte und den Ring an der Hand entdeckte, die mich hielt, atmete ich erleichtert aus und ließ den Pflock zu Boden fallen.

»Was zur Hölle?«, fragte ich und wandte mich mit aufgerissenen Augen zu Asher um, der mich panisch musterte und meinen Körper abtastete. Wahrscheinlich um zu sehen, ob ich irgendwo verletzt war, doch ich war eher schockiert als verletzt. Ich meine, ich hatte einem Sensenmann mit einem Holzpflock die Seele aus dem Leib geprügelt. Falls er überhaupt eine Seele besaß, das war auch etwas, was ich Asher bei Gelegenheit fragen würde.

Aber diese Gelegenheit war nicht jetzt.

»Fuck! Ich weiß nicht, wie das passieren konnte, wer das zu verantworten hat. Meine Geschwister waren es auf keinen Fall, aber irgendjemand muss uns gesehen und verraten haben. Vielleicht die Sense beim Seelenstein oder Aldrick. Irgendjemand hat einen Rippa auf dich angesetzt!«

»Was? Was will der von mir?« Ich ahnte die Antwort darauf, trotzdem wollte ich es von ihm hören.

»Er wollte dich ernten. Du weißt von den Sensen, dadurch bist du eine Gefahr für uns. Für die Gesellschaft. Er ist der Henker, einer von mehreren Auftragskillern, die wir anheuern können, um Menschen wie dich loszuwerden. Ist leider die übliche Praxis …«

»Und das nur, weil ich von euch weiß?«

»Die Geheimhaltung unserer Identität ist wichtiger als ein einzelnes Leben. Als eine einzelne unschuldige Seele, die für einen größeren Zweck geraubt wird. Außerdem sind die Rippa keine angesehenen Sensen. Sie sind Ausgestoßene, schwarze Schafe, die etwas Schlimmes getan haben und dadurch nicht mehr zur Sensengesellschaft gehören. Da sie nicht mehr ernten dürfen, haben sie sich der Tötung von Wissenden verschrieben, um so an ihre Lebensjahre zu kommen.«

Ich starrte Asher an, verarbeitete was er mir erzählte, und verstand langsam, was das für mich bedeutete. Dass ich gejagt wurde, weil irgendwie durchgesickert war, dass ich von den Sensen wusste. Und wenn mich dieser Henker in die Finger bekam, war meine Seele verdammt.

»Wird er irgendwann von mir ablassen?«

Asher sprach die Antwort nicht aus, die wir beide kannten.

»Er wird erst aufhören, wenn ich tot bin«, flüsterte ich.

Das konnte doch alles nicht wahr sein.

»Wir werden einen Weg finden, ihn aufzuhalten, ohne dass du zu Schaden kommst. Ich verspreche dir, dass ich alles Mögliche tun werde, um dich in Sicherheit zu wissen. Hast du mir zugehört, Kenna?« Er legte seine Hände an meine Wangen, um meinen Blick auf ihn zu lenken.

Sein Gesicht war schmerzverzerrt, während die Bereitschaft, für mich zu kämpfen, aufflackerte. Mir wurde ganz schlecht.

»Ja«, hauchte ich. Ich vertraue ihm.

»Eine helle Seele besiegt eine dunkle immer, das hat meine Mom stets gesagt. Es stammt aus einer Gute-Nacht-Geschichte, die wir vorgelesen bekommen haben. Das war unsere liebste. Glaub mir, wir kriegen das hin.«

»Es gibt Sensen-Gute-Nacht-Geschichten?«, fragte ich.

Er nickte.

Dann musste es auch Schaudergeschichten über den Henker geben.

Wer hatte ihn nur auf mich angesetzt?

»Gut. Und jetzt sollten wir erst mal zusehen, dass wir dich an einen sicheren Ort verfrachten.« Asher drückte mir einen Kuss auf die Wange, nahm mich in den Arm und teleportierte uns in sein Haus.

Ich ließ mich gegen seine Brust fallen und schloss die Augen, in der Hoffnung, alles vergessen zu können. Jetzt mussten wir eine abtrünnige Sense aufhalten, um dann einen Sensenmörder ausfindig zu machen.

Asher zog sein Handy aus der Hosentasche und wählte eine Nummer. Ich konnte das Anrufgeräusch hören.

»Break?«, fragte er ins Telefon und ich konnte nicht anders, als zu lächeln. Natürlich, Break, wie konnte ich diesen Kerl vergessen? Doch jäh darauf flammten Zweifel in mir auf. War er es gewesen, der uns den Henker geschickt hatte? Mir den Henker geschickt hatte?

Ich schüttelte den Kopf. Wenn er mich tot wissen wollte, hätte er Aldrick im Seelenschlund von mir erzählt und mich nicht gedeckt, so wie er es getan hatte. Er war loyal.

»Wir haben ein außerordentlich großes Problem, das *der Henker* heißt.«

Ich hörte Breaks Schrei durch das Telefon peitschen, als würde er direkt neben mir stehen. Es tutete an Ashers Ohr und er blickte verwirrt auf das Telefon.

»Wie zum Seelenschlund ist das denn passiert?«, fragte ein aufgebrachter Break, der vor uns aus dem Nichts platzte und die Arme fassungslos ausbreitete. »Ihr habt es wirklich geschafft, den Henker auf euch aufmerksam zu machen?« Anscheinend war es nicht so gewöhnlich, dass einem ein Sensen-Auftragskiller hinterherrannte.

»Wer hat ihn beauftragt?«, fragte ich.

Asher zuckte mit den Schultern. Sorge stand in seinem Gesicht.

Break richtete sich auf. »Irgendwer, der von dir weiß.« Er deutete erst auf mich, dann auf sich selbst und riss die Augen auf. »Oh, zum Seelenschlund noch mal, ich bin auch ein Verdächtiger!«

Asher setzte zum Reden an, doch ich kam ihm zuvor: »Ich glaube nicht, dass du es warst, Break, dann hättest du Asher und mich schon im Seelenschlund an Aldrick verraten. Aber das hast du nicht getan.«

Er ließ die angespannten Schultern nach unten sacken. »Danke für dein Vertrauen.«

Ich nickte ihm zu.

»Es könnten meine Geschwister gewesen sein oder jemand im Seelenschlund, der uns als verdächtig empfunden hat.« Asher fuhr sich über das Gesicht.

»Glaubst du wirklich, Sesta oder Blaze würden so was tun?« Break verschränkte die Arme vor der Brust.

»Eigentlich nicht, aber … wer weiß.«

Ich seufzte und holte zwei Tassen, befüllte sie mit Cola und drückte Break ein Bier in die Hand. Ich hatte das Gefühl, total unnütz zu sein, weil ich keine Ahnung davon hatte, was wir in dieser Situation tun konnten.

»Also noch mal zusammenfassend: Dieser Kerl ist hinter mir her, weil irgendjemand herausgefunden hat, dass ich weiß, dass es euch gibt, und dieser Henker, so heißt er doch, ja? Der soll mich auf jeden Fall ausschalten. Richtig?«

Break und Asher nickten zustimmend.

»Okay und wir werden nicht zulassen, dass ich drauf gehe, deshalb finden wir einen Weg, ihn aufzuhalten, richtig?«

Erneut nickten die beiden.

Break nahm einen Schluck Bier. »Gut, da wir nicht wissen, wer ihn auf dich angesetzt hat, müssen wir herausfinden, wie wir den Henker aufhalten können. Er ist ziemlich alt und wird nicht leicht auszuschalten sein. Wir könnten im Seelenschlund nach Informationen zu den Rippa suchen, gibt nichts, was es da unten nicht gibt. Irgendwo in den alten, gammeligen Ecken.« Break fuhr sich über das Gesicht. »Das wird anstrengend, so anstrengend«, maulte er und wischte sich die rotblonden Haare aus der Stirn.

Asher nickte grimmig. »Bevor wir uns damit befassen, sollten wir falsche Fährten legen.«

Ich runzelte die Stirn. »Wie genau meinst du das?«

»Der Henker spürt seine Opfer anhand des Geruchs auf. Er kennt deinen Duft und wird ihn überall wiederfinden. Es ist ein Spiel für ihn, dich zu jagen.«

Break grummelte zustimmend. »Durch Kleidungstücke, die wir an andere Orte bringen, verteilt sich dein Duft, es gibt mehrere Spuren, denen er folgen kann und wird. Dadurch gewinnen wir Zeit.«

Ich zögerte nicht lange. »Nehmt, was ihr braucht. Außer die Flanellhemden. Die haben meinem Dad gehört.«

»Heißt, du erteilst mir die Erlaubnis, mich in dein Zimmer zu teleportieren?«, fragte Asher.

Ich nickte.

»Gut. Ich will euch wirklich nicht allein lassen, aber ich muss auch noch eine Seele ernten.« Asher holte sein schwarzes Notizbuch hervor und schlug es auf. »Davor schaffe ich es noch, ein paar Spuren zu legen, wenn ich fertig bin, mache ich weiter und komme, so schnell ich kann, zurück.«

»Mach dir keinen Stress, ich passe auf Kenna auf. Zur Not können wir uns teleportieren«, sagte Break und machte eine scheuchende Handbewegung.

Asher wandte sich zu mir. »Ist das in Ordnung für dich, wenn ich dich kurz allein lasse?«

»Natürlich, du musst die Seele abholen. Geh schon.« Ich versicherte ihm, dass es mir gut ging, was vielleicht ein wenig übertrieben war, aber seinem schlechten Gewissen entgegenwirkte.

Asher sah zwischen uns beiden unschlüssig hin und her, drückte mir noch einen Kuss auf die Lippen, der mich zum Grinsen brachte, bevor er verschwand. Er löste sich in dunklen Rauchschwaden auf und eine Sekunde später war keine Spur mehr von ihm zu sehen.

Break rieb sich nachdenklich das Kinn. »Hast du eine Idee, wie das passiert ist? Wer euch gesehen hat?«

Ich verzog das Gesicht und war mir nicht sicher, ob ich es wirklich sagen sollte, aber immerhin war er Ashers Freund, deshalb ging ich davon aus, dass es in Ordnung war. »Blazon und Sesta wissen davon. Blazon hat uns gesehen, als wir vom Seelenstein zurückgekommen sind, und Sesta kam nach Blazons Predigt in die Küche.«

Break starte mich für einige Momente ausdruckslos an. Er bewegt sich nicht, er blinzelte nicht und ich glaubte, ihn auch nicht atmen zu hören. »Ist er denn verrückt geworden?« Breaks aufgebrachter Ruf ließ mich zusammenzucken, während er seine Hände in die Luft warf, bevor er wie ein gefangener Löwe auf und ab tigerte.

»Denkst du, sie haben uns verraten?«

Break hatte die Augenbrauen hochgezogen. »Ashers Familie hat bereits für ein paar Schlagzeilen in der Sensengemeinschaft gesorgt, darin waren sowohl er als auch Blazon verwickelt. Je mehr Heriotzas von dir wissen, desto größer die Gefahr, dass es auf die eine oder andere Art herauskommt. Vor allem bei einem Vater, der im Rat sitzt. Beinahe die höchste Instanz.«

»Wer ist denn die höchste Instanz?«

Break lächelte. »Der Tod natürlich.«

»Hast du ihn schon mal getroffen?«

Break lachte los, hielt sich kein bisschen zurück, es brach schallend aus ihm heraus. »Nein … Kenna. Keiner trifft den Tod einfach so.«

»Hätte ja sein können, dass der zwischendurch bei euch vorbeischaut.«

Break wischte sich die Tränen aus den Augen. »Ich liebe das menschliche Unwissen. So amüsant. Hach. Und dann verliebt der Vogel sich auch noch in dich.«

»Warte mal, hat er dir das gesagt?«, fragte ich und wusste für einen kurzen Moment nicht so ganz, wie mir war. Eine Aufregung keimte in mir auf, die mich gleichzeitig schwindeln ließ.

»Nein, hat er nicht. Muss er aber auch nicht, weil ich euch das absolut ansehe. Ich frage mich sowieso, wie so etwas so schnell möglich ist.«

Ich schluckte. Keine Ahnung, ob ich jetzt erleichtert war oder enttäuscht, aber immerhin hatte ich nun die Chance, dass Asher es mir selbst sagen konnte, anstatt die Plaudertasche Break.

»Na ja, vielleicht hast du bis jetzt noch nicht die Richtige gefunden. Sag mal, wie ist es eigentlich so, von Aldrick unterrichtet zu werden? Er ist schon ziemlich …«

»Alt, streng, manchmal angsteinflößend und unattraktiv?«

Ich klappte meinen Mund zu.

»Was denn, wieso guckst du so? Findest du ihn etwa so heiß wie Asher oder mich? Ich würde nicht gerne mit ihm ins Bett steigen …« Er machte eine wedelnde Handbewegung.

»Ich meinte eher auf deine Ausbildung bezogen.«

»Genau so, wie ich es gesagt habe. Er ist alt und weiß ganz viele Sachen, die ich lernen muss. Er ist streng, zu sehr, wenn du mich fragst, manchmal arbeiten wir bis in den nächsten Morgen hinein. Ich brauche auch meinen Schönheitsschlaf. Und angsteinflößend ist er, wenn er einen schlechten Tag hat.«

»Aber macht es dir Spaß?«

Er rieb sich übers Kinn, grübelte darüber nach, als hätte er sich diese Frage noch nie selbst gestellt. »Ich glaube schon.«

»Wenn du dir nicht sicher bist, weshalb machst du es dann?«

»Eigentlich wäre mein Bruder sein Lehrling geworden … doch dann war er dazu nicht mehr in der Lage.« Breaks Gesicht war eine steinerne Maske. Jeglicher Witz oder Ironie waren aus seiner Stimme gewichen. »Deshalb mache ich es. Ich muss es gut hinbekommen und darf es nicht verbocken, sonst schmeißt Aldrick mich raus, es war immer der Traum meines Bruders gewesen, jetzt muss ich ihn zu Ende führen.«

»Ich wollte dich nicht dazu drängen, irgendetwas zu erzählen, was du gar nicht wolltest.«

Er winkte ab. »Alles gut, ich kann grob darüber sprechen, nicht detailliert. Aber ich denke, es ist okay für mich, die Fußstapfen von meinem Bruder zu füllen.«

»Aber wenn du unter keinen Umständen den Platz verlieren willst, warum hilfst du Asher und mir dann? Warum hast du uns nicht an Aldrick verraten?«

»Ich habe gelernt, dass man nicht nur eine Familie aufgrund seines Blutes ist. Das hat Asher mir gezeigt. Ich könnte ihn niemals verraten oder im Stich lassen. Er war schon immer mein zweiter Bruder. Jetzt ist er mein einziger.«

Ich schluckte, fühlte mich mies, obwohl ich nicht kommen sehen hatte, was diese Frage in Break auslöste. Weiter nachbohren wollte ich auch nicht, es wäre unpassend, ihn auszuquetschen. Break zuckte mit den Schultern und fuhr sich durch die Haare, dann wurde seine Miene nachdenklich. Er überlegte.

»Ich glaube, ich habe eine Idee, wo wir konkrete Information bekommen, wie wir einen Rippa ausschalten können.«

»In den gammeligen Ecken des Seelenschlundes?«, riet ich.

»In den allergammeligsten!«

Ich verzog das Gesicht.

»Hey. Sei froh, dass ich mich da unten so gut auskenne! Ohne mich wärt ihr schon beim letzten Mal geschnappt worden. Führt dich einfach so in die Eingeweide unseres Heiligtums und lässt dich beinahe draufgehen.«

»Wir hatten alles im Griff.«

Break lachte. »Ach ja? Sah mir nicht danach aus.«

»Warum bist du dir da so sicher?« Ich hatte das Bedürfnis, Asher zu verteidigen.

»Weil sich unser lieber Ash im Seelenschlund nicht halb so gut auskennt, wie ich es tue. In den Katakomben war er zuletzt als Kind gewesen. Haben da immer Verstecken gespielt. Gibt keinen besseren Ort dafür. Schaurig-gruselig-schön!« Breaks Augen funkelten vor Aufregung. »Und genau dort gehen wir hin.«

»Wohin genau?«

»In die Katakomben!«, rief er und klatschte in die Hände. »Dort werden wir Antworten finden.«

»Wie denn?«, hakte ich nach.

»Von der Knochensammlerin.«

Asher

Ich stand vor einem hellen Haus, auf dessen Veranda zwei Schaukelstühle im Wind leicht hin und her wippten. Neben der Tür hing ein Schild, auf dem der Name Cruise stand.

In zwei Minuten und dreiundvierzig Sekunden würde Mr. Cruise seine Frau verlieren und ich konnte absolut nichts dagegen tun. Es war der Tod, der seiner Opfer suchte, wir waren nur die Boten, die sie abholten. Dieses Mal war die Wahl auf Mrs. Cruise gefallen.

Sie hatte noch zwei Minuten und eine Sekunde.

Autos fuhren die Straße entlang und alles schien seinen gewohnten Gang zu gehen. Keiner wusste, was gleich passieren würde, außer mir. Ich kannte diese Frau nicht, dennoch tat es mir leid um sie. Jemanden zu verlieren, war nicht leicht. Ich ballte die Hände zu Fäusten, dann lockerte ich sie.

Durch meinen Kopf rasten jedes Mal unzählige Gedanken, bevor ich eine Seele in mich aufnahm. Denn es war nicht immer eine schöne Erfahrung, das Leben zu schmecken, das ein Mensch gelebt hatte. Meistens schmeckte es nach Freude, schönen Gefühlen und unvergesslichen Erinnerungen. Doch manchmal überwog auch der Schmerz, die Trauer oder der Frust. Ein bitterer Geschmack, der mir noch tagelang auf der Zunge lag.

Eine Minute, achtunddreißig Sekunden.

Mein Herz klopfte schneller. Es blieb nur noch wenig Zeit. Ich zog an meinen Kräften und teleportierte mich in das Haus. Einen Moment später stand ich in einem geräumigen Wohnzimmer mit beigen Möbeln und einem laufenden Fernseher, der das aktuelle Footballspiel übertrug. Die Stimme des Kommentators hallte durch den Raum und lenkte die Aufmerksamkeit von Mr. und Mrs. Cruise auf sich.

Die beiden hatten es sich in zwei großen Sesseln gemütlich gemacht, die direkt nebeneinander positioniert waren. Zwischen ihnen gab es keinen Raum, der sie trennte, sie saßen dicht bei dicht und hielten sich gegenseitig die Hand. Ihre eingefallenen Wangen und die grauen Haare zeugten von ihrem Alter. Sie hatten ihr Leben gelebt, trotzdem fühlte es sich schrecklich an, ihren Tod mitzuerleben.

Eine Minute und zwanzig Sekunden.

Ich würde Mrs. Cruise am liebsten sagen, dass sie sich von ihrem Mann verabschieden und ihm sagen sollte, dass sie ihn liebte. Doch das durfte ich nicht, obwohl ich es gerne würde.

Mrs. Cruise schluckte angestrengt und schloss die Augen.

Es begann. Der Tod fraß sie auf.

Und ich stand vor ihr und sah ihm dabei zu. Das hier war meine Aufgabe, mein Schicksal. Irgendjemand musste die Seelen holen.

Fünfzig Sekunden.

Gleich war es vorbei. Mr. Cruise bemerkte noch nicht einmal, dass seine Frau die Augen geschlossen hatte und sich ihr Brustkorb nicht mehr regelmäßig hob und senkte. Die Hände der beiden waren weiterhin verschränkt und ließen nicht darauf schließen, dass Mrs. Cruise ihr Leben in wenigen Sekunden beenden würde.

Achtundzwanzig Sekunden.

Ein Kribbeln erfasste mein Körper und zog durch meine Adern und Venen, ließ mich wissen, dass es gleich so weit war. Dass ich gleich eine neue Seele ernten würde. Mrs. Cruise trug ein Lächeln auf den Lippen, das sie überraschend friedlich aussehen ließ.

Sechzehn Sekunden.

Mr. Cruise wandte sich zu seiner Frau. »Mit dir kann ich nie etwas zu Ende ansehen, Bezzy. Du schläfst immer davor ein«, sagte er liebevoll und strich ihr über den Handrücken, ehe er seine Decke zu ihr rüberreichte. »Hier, damit du nicht so frierst, es ist so eisig geworden.«

Er legte sie Mrs. Cruise über den Schoß.

Meine Augen brannten und ich spürte, dass eine Träne meine Wange hinablief. Die Liebe in Mr. Cruise Blick machte das Ganze nur noch schlimmer.

Noch vier Sekunden.

Ich trat einen Schritt auf den Sessel zu und beugte mich über die alte Dame, die uns verlassen musste.

Drei.

Ich atme tief durch.

Zwei.

Mr. Cruise wandte sich wieder dem Fernseher zu, streichelte dabei jedoch unaufhörlich die Hand seiner Frau.

Eins.

Ihre leuchtende Seele stieg zwischen ihren Lippen hervor und schwebte in die Höhe. Ich öffnete meinen Mund und atmete ein, nahm die leuchtende Substanz in mich auf und schmeckte das Leben, dass Mrs. Cruise einmal gelebt hatte. Kaum leuchtete mein Ring auf, teleportierte ich mich aus dem Haus. Doch ich verschwand nicht, sondern blieb an einen Baum gelehnt stehen und wartete. Auf meiner Zunge lag der Geschmack von Frieden, Glückseligkeit und tiefer Liebe. Eine tiefe Wehmut überkam mich, als ich mir vorstellte, was Mr. und Mrs. Cruise ihr Leben lang durchgemacht hatten. Wie sie sich kennengelernt und was sie gemeinsam erlebt hatten. Hatten Sie gepokert oder Kluster gespielt? Zusammen im Wohnzimmer zu der Musik eines Plattenspielers getanzt oder doch eher den Garten gepflegt?

Es war nicht gut, dass ich mich dafür interessierte, wer sie waren, doch ich tat es trotzdem. Denn obwohl ich ein Sensenmann war und für den Tod arbeitete, war ich auch ein Mensch. Ich hatte Gefühle und spürte all das, was die Seelen in sich trugen. Es war schön, aber es war auch traurig. Und manchmal war es so schmerzvoll, dass ich nicht wusste, wie ich weitermachen sollte. Vor allem, wenn ich den Schmerz schmeckte. Ich hasste Unfälle, diese Seelen litten Todesqualen, die so frisch auf meiner Zunge zergingen wie ein teurer Trüffel.

Es waren bereits dreißig Minuten vergangen, seit ich Mrs. Cruise geholt hatte. Nach knappen fünfzig erklangen die Sirenen. Ein Krankenwagen hielt mit quietschenden Reifen und Notfallsanitäter stiegen mit ihren Rucksäcken und Taschen aus. Sie würden versuchen, Mrs. Cruise zu retten. Doch es gab nichts mehr zu retten. Ihre Seele war geerntet. Ich atme tief ein, während ich dabei zusah, wie einige Minuten später eine Leiche aus dem Haus geschoben wurde.

Mr. Cruise stand mit seinem Gehstock in der Tür, zitterte wie Espenlaub und weinte kläglich vor sich hin. Eine Notfallsanitäterin stützte ihn und redete beruhigend auf ihn ein, doch er klang so verzweifelt, dass mich eine Gänsehaut überkam, die sich auf meiner Haut festbiss und nicht verschwand.

Seine Schreie wurden lauter und schmerzvoller, als er realisierte, dass seine Bezzy wirklich tot war und nie zu ihm zurückkehren würde. Das war das Schlimmste am Sensen-Dasein. Ich nahm Menschen Freunde, Söhne und Töchter, Mütter und Väter, Großeltern und Enkel. Sogar die Liebe ihres Lebens.

Mr. Cruise brach zusammen, der Gehstock fiel krachend auf den hölzernen Boden der Veranda.

Die Notfallsanitäterin war sofort bei ihm und überprüfte ihn.

Ich richtete mich auf, holte mein Notizbuch hervor und fuhr mit meinem Finger die Liste ab. Doch nein, er stand nicht darauf. Erleichtert atmete ich aus und klappte mein Buch zu. Die Notfallsanitäter versuchten durch eine Herzlungenmassage das Leben in ihm zu halten. Ich ballte die Hände, während sich die Szene wie in einem schlechten Film vor mir abspielte.

Er stand nicht auf meiner Liste.

Er stand nicht auf meiner Liste, er stand nicht auf meiner Liste, er stand nicht auf meiner Liste, er stand nicht auf meiner Liste, er stand nicht auf meiner Liste, er stand nicht auf meiner Liste.

Er würde leben. Oder?

Ich hoffte, dass die Sanitäterin ihn retten konnte. Eine Bewegung aus dem Augenwinkel ließ mich innehalten und erstarren. Dort war ein Mann, der auf seine Uhr blickte und anschließend ein Buch aus seiner Tasche zog, über den Seiten die Nase rümpfte und zurück zur Uhr sah.

Ich wusste, was es bedeutete.

Mr. Cruise würde seiner Frau folgen.

Mein Herz tat weh, aber auf der anderen Seite war es auch ein wenig erleichtert. Weil ich wusste, dass Mr. Cruise nun nicht mehr den Schmerz fühlen musste, den er gerade noch verspürt hatte.

Der Sensenmann glitt an den Menschen vorbei und beugte sich über den alten Mann, der keine Regung mehr von sich gab. Nur noch die Herzrhythmusmassage ließ seinen Körper erbeben. Die Seele stieg auf und der Sensenmann nahm sie in sich auf. Er trat von Mr. Cruise zurück und nickte mir zu. Dann war er verschwunden. Die Notfallsanitäterin und ihr Kollege sahen sich an und schüttelten verzweifelt den Kopf. Ihnen war klar, dass auch Mr. Cruise nicht mehr zu retten war.

Ich wich ein paar Schritte zurück, schluckte angestrengt und redete mir zu, Ruhe zu bewahren, es würde nichts bringen, um sie zu trauern. Ich durfte mich nicht zu sehr von ihrem Tod mitnehmen lassen, doch es funktionierte nicht. Ich fühlte mich wie ein elendiges Wrack.

Warum hatte ich mich dazu gezwungen, stehen zu bleiben und zuzusehen? Das Emotionschaos in mir hatte ich mir selbst zuzuschreiben, da wir gelernt hatten, nicht länger an dem Ort der Ernte zu bleiben als absolut nötig. Um genau das zu verhindern. Das Mitgefühl. Die Schuld. Die Reue. Ich fühlte mich so verdammt hilflos, machtlos und unfähig. Manchmal verabscheute ich mich regelrecht.

Heute war einer dieser Tage.

Ich teleportierte mich fort, landete irgendwo im Wald. Ich hatte keine Ahnung, wo genau ich war, doch ich war weg, musste nicht sehen, wie die Leiche von Mr. Cruise in den Wagen geschoben wurde. Das hätte mir den Rest gegeben.

Ich lehnte mich gegen einen Baum, spürte die kühle Luft um mich herum, während sich der Nebel zwischen den Bäumen hindurchkämpfte. Ich schloss die Augen und ließ die Bilder der letzten Minuten hinter mir und mich auf das zu konzentrieren, was wichtig war.

Kenna.

Der Henker.

Die Seelen, die geholt worden waren, obwohl sie noch nicht erntereif gewesen waren. Doch Mr. und Mrs. Cruise' Gesichter, die tiefe Zuneigung der beiden und ihr Tod ließen mich nicht los. Ich brauchte einige Minuten, bis ich klar denken konnte, und stieß mich schließlich vom Baumstamm ab. Danach zog ich mein Buch hervor.

Der Name von Mrs. Cruise war durchgestrichen.

Die nächste Seele hatte noch ein wenig Zeit.

Auf der nächsten Seite, unter all den Namen und Uhrzeiten, die bereits dort standen, bildete sich langsam ein neuer Name.

Eine weitere Seele, die geholt werden musste.

Ich starrte darauf, bis der Name lesbar war.

Am liebsten hätte ich das Buch sofort verbrannt. Die Namen durchgestrichen, heraus radiert, die Seite rausgerissen. Alles getan, nur damit nicht dieser eine Name im Buch stand.

Nicht der Name.

Nicht der Name.

Nicht *ihr* Name.

Ich spürte, wie meine Augen feucht wurden, denn ich wusste, was es hieß, wenn ein Mensch in meinem Buch stand. Dieser Mensch würde sterben und kein Weg führte daran vorbei.

Ich blickte gen Himmel und anschließend in das Buch.

Kenna Allen. Sie würde sterben.

Und ich war derjenige, der sie holen musste.

Ich wusste nicht, ob ich atmete oder mein Herz überhaupt schlug. Weigerte ich mich, tauchte sie auf der Liste einer anderen Sense auf. Ich wollte nicht, dass jemand anderes sie holte. Doch ich wollte auch nicht, dass ich sie holen musste. Ich wollte gar nicht, dass sie sterben musste.

Weshalb passierte das? Weshalb?

War es, weil sie in die Sensenwelt gekommen war?

Weil ich sie nicht aufgehalten hatte?

Weil ich sie unterstützt hatte? War es meine Schuld?

Ja, ich war mir zu hundert Prozent sicher, dass es meine Schuld war.

Wegen mir würde sie sterben.

Ich würde die Frau ernten müssen, in die ich mich verliebt hatte.

Furcht, Angst und Wut hatten mich fest im Griff und ließen mich erstarren. Ich konnte das nicht zulassen. Ich durfte sie nicht verlieren. Sie durfte auf gar keinen Fall sterben! Doch wie sollte ich den Tod aufhalten?

Das konnte niemand.

Leider holte sich der Tod immer das, was ihm zustand.

Und diesmal war es Kenna.

Asher

Ich war nicht bereit, mich damit abzufinden.

Ich würde *alles* versuchen, um sie zu retten!

Entschlossen atmete ich ein und klappte das Buch so fest zu, dass ein lauter Knall durch den Wald hallte. Es war noch eine gute Woche, bis sie sterben würde. Allein der Gedanke daran machte mich verrückt. Der Schmerz, den ihr Name in diesem Buch auslöste, war unbeschreiblich.

Trotzdem musste ich mich konzentrieren. Zuerst galt es, die Spuren zu legen, bevor der Henker Kenna fand und mir zuvorkam.

Ich teleportierte mich in Kennas Zimmer, öffnete den Schrank und sammelte ein paar Pullover und Oberteile ein. Die Flanellhemden ließ ich dort, wo sie waren. Dann verschwand ich und tauchte in Phoenix auf. Eine Stadt, die weit genug entfernt war. Den Pullover steckte ich in einen Busch. Mit einem Oberteil teleportierte ich mich nach Ashland und versteckte es in einem Blumenbeet vor einem Diner. *Saints & Sinners.* Witziger Name. So machte ich weiter, bis ich alle Kleidungsstücke in sämtlichen Staaten Nordamerikas verteilt hatte. Das würde den Henker hoffentlich für eine Weile beschäftigt halten.

Eine Woche, wir hatten eh nur eine Woche.

Ein Blick auf die Uhr verriet mir, dass ich dringend zurück sollte. Ich riss mich zusammen und machte mir positive Gedanken, damit

Kenna und Break nicht sofort merkten, dass etwas nicht stimmte. Sie durften das nicht erfahren. Ich musste das in Ordnung bringen, denn ich hatte zugelassen, dass sie in unsere Welt kam, und jetzt stand sie auf der Liste. Das war meine Schuld und ich würde es geradebiegen. Ich atmete noch einmal ein, bevor ich mich teleportierte und in meiner Küche stand.

Kenna und Break saßen an der Theke und redeten. Als sie hörten, dass ich auf sie zuging, drehen sich beide zu mir um.

Kenna stand sofort auf und kam auf mich zu, um ihre Hände an meine Wangen zu legen. Ich genoss die Berührung. Die Wärme, die von ihr ausging und mein starres Gesicht auftauen ließ.

»Geht's dir gut? Was ist passiert?«, fragte sie und fuhr mit den Fingern meinen Kiefer entlang.

Ich zog sie an mich und küsste sie. Küsste sie so, als wären wir allein. Irgendwann hustete Break auffällig neben uns. »Leute, ich gehe gleich«, teilte er uns mit und ich zog mich widerwillig von Kenna zurück.

»Beruhig dich. Das ist ja kein Porno«, kommentierte ich und strich mit meiner Hand an Kennas auf und ab.

Kennas Blick huschte zwischen meinen Augen hin und her, während ich von ihrem Gesicht ablas, dass sie keine Ahnung hatte, was los war. Sie wusste, dass etwas nicht stimmte. Aber was es war, würde ich ihr nicht erzählen. Sie würde eine unehrliche Antwort bekommen, sollte sie fragen. Ich konnte ihr nicht sagen, dass ich für ihren Tod verantwortlich sein würde und sie ernten musste. In wenigen Tagen bereits. Das konnte ich ihr nicht antun und mir auch nicht. Wenn ich es aussprach, dann wurde es Realität. Viel näher und greifbarer, als es sowieso schon war. Und das brauchte weder sie noch ich.

Sie lehnte sich an mich. Ich sog ihren Duft auf und prägte ihn mir ein.

»Na ja, so wie das aussieht, könnte das ja noch was mit dem Porno werden«, meinte Break und grinste dreckig.

»Ach, halt die Klappe. Kannst du auch mal wirklich lustige Dinge von dir geben?«, murrte Kenna und trat an die Theke, um einen Schluck aus ihrer Tasse zu nehmen.

»Ich bin witziger, als du es jemals sein wirst«, erwiderte Break und schenkte ihr ein überlegenes Lächeln. Dann wandte er sich an mich und die Lockerheit verschwand. »Ist alles glatt gelaufen?«

Waren ihm meine geröteten Augen aufgefallen? Ich würde es auf den Wind schieben. Auch Break durfte ich nichts verraten, denn ich hatte Angst davor, wie er reagieren würde. Vor allem, weil ich wusste, dass er Kenna sympathisch fand.

»Ich habe in fast jedem Bundesstaat ein Kleidungsstück platziert. Das sollte ihn für eine Weile auf Trab halten. Und dir schulde ich ein paar neue Klamotten.«

Kenna winkte ab. »Ich bin froh, dass er dadurch genug zu tun hat und wir Zeit gewonnen haben.«

»Ja, aber ewig wird es ihn nicht aufhalten. Ab jetzt muss immer jemand bei dir sein, bis er ausgelöscht ist. Er wird nicht ruhen, bis er zu dem Duft in seiner Nase auch dein Blut auf seinen Lippen schmeckt und deine Seele auf seiner Zunge.«

Kenna schauderte.

»Ansonsten alles okay?«, fragte Break und runzelte die Stirn.

»Prima.« Ich antwortete zu schnell, zu präzise und ein wenig zu unterkühlt, was Break dazu veranlasste, eine Augenbraue hochzuziehen. Er öffnete den Mund, um weitere Fragen zu stellen, doch ich kam ihm zuvor. »Und habt ihr etwas herausgefunden?«

Kennas Augen leuchteten auf, ich war gespannt, was sie mir erzählen würde. Hoffentlich waren es gute Nachrichten.

»Break meinte, wir müssten noch mal in den Seelenschlund, dieses Mal in die Katakomben, und zwar dorthin, wo sich niemand hin traut.«

Break zog auch die zweite Augenbraue hoch. »Dort ruht die Knochensammlerin, die nicht wirklich ruht, weil sie so viel plappert. Sie ist alt, aber auch ziemlich zuverlässig. Sie verwahrt das Wissen der Zeit, kann uns also hoffentlich sagen, ob wir den Henker aufhalten können und falls ja, wie. Und wenn wir schon einmal bei ihr sind, können wir uns auch gleich erkundigen, warum eine Sense Seelen erntet, die noch nicht erntereif sind. Also, ob das irgendeinen Nutzen hat oder vielleicht sogar schon mal vorkam. Zwei Fliegen mit einer Klappe.« Er grinste.

Ich nickte, war in Gedanken aber ganz woanders. Wenn sie wirklich so allwissend war, wie er behauptete, konnte sie mir vielleicht auch mit Kennas bevorstehendem Tod helfen – oder vielmehr dabei, wie ich ihn verhinderte.

»Sehr gut!« Ich wandte mich an Kenna. »Ich glaube, es ist besser, wenn du …« Ich brach mitten im Satz ab. Mit Break hierbleiben konnte sie nicht, weil er den Weg in die Katakomben kannte und ich nicht. Aber wo wäre sie sonst vor dem Henker sicher? Nirgends.

»Hierbleibst?«, fragte sie und streckte ihren Zeigefinger aus. »Du wirst mich nicht aufhalten. Das habe ich dir schon einmal gesagt und ich werde meine Meinung nicht ändern. Du kannst es akzeptieren oder eben nicht, dann gehe ich nur mit Break mit.« Sie drehte sich zu meinem Freund, der zur Abwehr die Hände hochhielt und damit signalisierte, dass er sich aus dem Ganzen lieber heraushalten würde.

»Du hast ja recht und sicher wärst du hier auch nicht gerade«, sagte ich und konnte mir den schmerzlichen Blick nicht verkneifen.

Sie stand vor mir, lebendig, atmend und mit einem Herzschlag. Mit einer verdammten Seele! Und ich wusste, dass ich ihr diese bald entreißen musste. Aber das war das letzte, was ich tun wollte. Ich verliebte mich Hals über Kopf in diese Frau und das allerschlimmste, was passieren konnte, war eingetroffen: Sie würde sterben.

»Ich denke sogar, dass ich bei dir am sichersten bin. Wenn er wiederkommt, kannst du uns wegteleportieren.«

»Das stimmt zwar, aber irgendwann sind auch meine Kräfte erschöpft.«

»Das ist mir durchaus bewusst, aber ich kann *gar nicht* teleportieren. Also du siehst, mit dir und Break habe ich definitiv bessere Überlebenschancen, als wenn ich irgendwo allein bin.«

Ich seufzte und blickte ihr fest entgegen. Doch sie sah mich noch entschlossener an als ich sie. Es war eine Mischung aus Sturheit, Stolz und Neugierde. Sie wollte herausfinden, wer das ihrem Vater angetan hatte. Und ich wollte ihr dabei helfen. Aber zuerst mussten wir zusehen, dass wir den Henker loswurden.

Verdammte Scheiße, warum musste ich mich in sie verlieben?

»Na gut, dann sollten wir aber jetzt gehen, oder?« Ich wandte mich an Break, der mich abwartend musterte. »Kennst du einen Weg, wie wir unbemerkt hinein und hinaus kommen?«

Ein Grinsen bildete sich auf seinem Gesicht. »Ja, aber wir sollten auf die tödlichen Fallen vorbereitet sein, die dort unten lauern.«

Kenna lachte auf. »Zum Glück seid ihr beiden ja kugelsicher, nehmt mich in die Mitte, dann geht das klar.«

Da hatte sie recht.

Verhandlung

Kenna

Ich hatte keine Ahnung, wo wir waren. Irgendwo im Seelenschlund, das war mir klar. Ich hatte mir selbst geschworen, nicht mehr in diese Gänge zu gehen, nun war ich trotzdem hier. Vor mir Break und hinter mir Asher. Der eine führte mich, der andere trieb mich voran.

Ich war nervlich aufgeladen, weil ich an den Henker denken musste und an das, was er gesagt hatte. Er würde mich finden und umbringen. Ich hatte es ihm geglaubt, als er es gesagt hatte. Doch ich wollte nicht sterben. Ich würde nicht sterben! Deshalb hoffte ich darauf, dass die Knochensammlerin uns wirklich das geben konnte, was wir wissen mussten.

Asher hatte vor unserer Reise in den Seelenschlund einen länglichen Knochen aus der Gruft seiner Familie geholt. Break meinte, dass wir den bräuchten, um die Knochensammlerin für ihre Informationen zu bezahlen. Wie genau das vonstattenging, würden wir gleich herausfinden. Es sei denn, Aldrick erschnüffelte meine Menschlichkeit und hielt uns auf, dagegen hatte mir Asher einen Kranz aus Grabblumen geflochten, den er mir wie eine Krone aufs Haar gesetzt hatte. Ich sah zauberhaft aus, fand ich – und er offensichtlich auch, denn er konnte den Blick kaum von mir lassen.

Break führte uns zielsicher durch eine Vielzahl an schlecht beleuchteten Gängen, die kaum genutzt wurden. Die meisten Fackeln an den Wänden waren heruntergebrannt und nicht wieder entzündet worden, sodass wir mit unseren Handys den Weg ausleuchten mussten. Asher wich kaum von meiner Seite, er ließ meine Hand selbst dann nicht los, als Break stehen blieb und auf den Boden zeigte. Wir standen direkt vor einer Metallplatte, die den Schein unserer Lampen träge reflektierte.

»Wir sind da«, flüsterte Break. Er trat einen Schritt zur Seite, zog an dem Griff und entriegelte die Klappe. Er grinste.

»Seid ihr bereit?« Kaum hatte er seine Frage ausgesprochen, sprang er in das düstere Loch.

Ich drehte mich zu Asher. »Ihr wisst, dass ich weder kugelsicher noch aufschlagsicher bin und verlangt trotzdem, dass ich da runterspringe?« Panik schwang in meiner Stimme mit.

Asher kniete sich vor das Loch. »Vertraust du mir?«

»Ja, das tue ich.«

»Gut.« Er richtete sich auf und folgte seinem Freund in das dunkle Loch. Verwundert beugte ich mich darüber. »Sag mal, habt ihr jetzt beide den Verstand verloren?« Es war stockdunkel. Der modrige Geruch stieg mir in die Nase und legte sich auf meine Zunge. Als hätte ich Moos gegessen. Es erinnerte mich an verwilderte Gräber, denen niemand einen Besucht abstattete.

»Du musst springen, ich fang dich auf. Es ist nicht so tief. Mir ist klar, dass du nichts sehen kannst, aber ich sehe dich.«

Ich starrte angestrengt in die Dunkelheit und versuchte abzuschätzen, wie weit es bis zum Grund war.

»Ich fange dich«, versprach Asher und in seiner körperlosen Stimme schwang so viel Zuversicht mit, dass ich meine Beine in das Loch hinunterbaumeln ließ und sprang. Keine Sekunde später schlang er die Arme um meine Taille und presste mich an seinen Oberkörper. Es war wirklich nicht so tief, wie ich vermutet hatte. Ein Licht entflammte und ich starrte böse in Breaks Richtung, der es erst jetzt für angebracht hielt, eine Taschenlampe anzuschalten.

»Wir brauchen kein Licht, wir haben so was wie Nachtsicht«, murmelte er entschuldigend und reichte mir eine Taschenlampe, nachdem ich von Asher abgestellt wurde. Ich lächelte meinen Fänger dankbar an und streckte mich. Mit dem Lichtschein suchte ich nach einem Weg.

»Wofür sind dann die Fackeln überall?«, fragte ich.

Break brummte. »Für die Atmosphäre oder so.«

Ich schnaubte. Super.

»Alles klar bei dir?«, versicherte sich Asher.

»Ja, alles gut. Es wird nur lustig, wenn wir dort nach oben kommen müssen.«

»Es gibt eine Treppe«, sagte Break und deutete in den Tunnel.

Ich zog die Augenbrauen hoch. »Du willst mich verarschen, oder?« Ich schüttelte ungläubig den Kopf. »Wir hätten nur noch ein paar Schritte gehen müssen, um eine verdammte Treppe zu nehmen? Und du lässt uns stattdessen in das dunkle Loch springen? Sag mal, merkst du was?«

»Ach komm, das war doch lustig«, meinte er grinsend.

Ich leuchtete ihm mit der Taschenlampe ins Gesicht.

»Eyyyy«, zischte er. »Ich habe sensible Augen!«

»Ach komm, das war doch lustig«, höhnte ich und senkte die Taschenlampe.

Asher lachte leise vor sich hin.

»Jaja, verstanden. Wenn wir gehen, nehmen wir die Treppe, alles klar.« Break rieb sich die Augen und ging voraus.

»Gut«, sagte ich und folgte ihm.

Asher blieb dicht hinter mir. Seine Wärme beruhigte mich und ließ die Kälte dieses Ortes nicht an mich heran. Ich hielt die Taschenlampe so, dass ich an Break vorbeileuchtete und den Gang erkennen konnte, indem wir uns befanden. Wir gingen schweigend hintereinander her.

Break blieb plötzlich stehen, weshalb ich beinahe in ihn hineingerannt wäre.

»Was …«

»Pscht«, wisperte er und drehte den Kopf zu uns um. Mit einer Geste bedeutete er uns, die Taschenlampe auszumachen und zu warten. Er entfernte sich.

Ich ließ mich gegen Asher sinken und spürte seine Brust an meinem Rücken. Wir warteten mit angehaltenem Atem darauf, dass Break zurückkam. Es war totenstill hier unten, kein Geräusch war zu hören. Noch nicht einmal Breaks Schritte. Entweder er war so leise wie eine Katze oder er konnte fliegen.

»Ihr könnt kommen«, teilte er uns mit und ich schaltete die Taschenlampe wieder ein.

Ich folgte seiner Stimme und fand ihn an einer Abzweigung lehnend. »Sind wir richtig?«

»Natürlich, was erwartest du von mir?«

»Meistens nur Unsinn«, sagte Asher, der sich neben mich stellte und mir seine Hand auf den Rücken legte.

»Schon klar, kommt. Aber erschreckt euch nicht. Es könnte jetzt laut werden. Oder besser gesagt, die Knochensammlerin spricht.«

Ich verzog das Gesicht und folgte Break.

Was sollte das denn bedeuten?

Als hätten wir eine magische Barriere überquert, erschien Licht in der Dunkelheit, die durch mehrere Fackel gespendet wurde und eine kratzige, alte Stimme zog meine Aufmerksamkeit auf sich. Meine Taschenlampe steckte ich weg.

Der Raum war groß, mit einer hohen Decke, in dessen Mitte ein Plateau lag. Es verschlug mir den Atem.

Dort ragte ein Gebilde aus Knochen und Schädeln vor uns auf. Und es lebte. Ganz oben war ein halb verwester Schädel, der an einer einzelnen Wirbelsäule aus dem Haufen emporstieg. Hautfetzen hingen dort, wo einst das Gesicht gewesen sein musste. Die Augenhöhlen waren schwarz und leer, doch ich hatte das Gefühl, dass sie uns anblickte. Ihr Blick fraß sich wie eine ekelige Made in unsere Gesichter.

»Ich rieche so viele süße Knochen für meine Sammlung«, sagte sie mit einem freudigen Unterton. Der ganze Haufen voller Gebeine bewegte sich knarzend. Ich bekam eine Gänsehaut. Es war ein absurdes Bild, dass sich mir bot und von dem ich nicht so wirklich wusste, wie ich es einschätzen sollte. Für mich war es schwer, dem Ganzen so wirklich Glauben zu schenken, obwohl ich selbst hier stand und es mit eigenen Augen sah.

Das Skelett kicherte, während der Kopf sich wie eine Schlange von links nach rechts bewegte.

»Knochensammlerin«, sprach Break sie an. »Wir benötigen Informationen.« Seine Stimme klang gefasst und klar, während er zu ihr hoch starrte. Es wirkte so, als säße sie auf ihrem eigenen Thron.

»Soso«, zischte sie. »Eine Bezahlung wird dennoch benötigt«, fügte sie hinzu und lächelte. Wie konnte der Kiefer noch an ihrem Schädel sein? Wie konnte sie lächeln?

Break blickte zu Asher, Asher zu mir, bevor er etwas aus seiner Hosentasche zog. Er wiegte den länglichen Knochen wie einen Baseballschläger. Er stieg die ersten beiden Stufen hinauf und zeigte ihn der Knochensammlerin.

»Mhhh, ja, den nehme ich. Steck ihn dort unten hin«, murrte sie und schwenkte ihren Kopf samt Wirbelsäule nach links. Ihre Knochen knirschten auf dem Stein unter ihr, es klang, als würde sie mit Fingernägeln über eine Tafel kratzen. Schauderhaft.

»Gut, dann möchten wir auch unsere Informationen«, sagte Break.

Asher kam zu uns zurück. Ich musterte sein Seitenprofil, bevor ich mich zur Knochensammlerin wandte.

»Wer genau stellt die Frage?«, fragte sie.

Break hob die Hand. »Ich.«

»Was willst du wissen?«

Break verschränkte die Arme vor der Brust. »Was passiert, wenn Menschen die Seele zu früh geraubt wird?«

»Du meinst zu früh geerntete Zeit.« Die Knochensammlerin klapperte mit dem Kiefer. »Habt ihr das vor, ihr jungen kleinen frischen Sensen? Davon rate ich euch ab.«

Wir warteten darauf, dass sie mehr verriet. Tat sie jedoch nicht.

»Weiter?«, hakte Break nach.

»Lasst mich denken, ich habe lange keinen Besuch mehr erhalten, ich muss die Informationen erst finden.«

»Wie merkst du dir alles?«, fragte ich neugierig und ihr Schädel richtete sich mir zu.

»Du hast aber eine schöne Stimme, Mädchen. Es gibt nicht viele weibliche Sensen, aber … das bist du auch gar nicht, sondern ein

Mensch«, stellte sie fest und legte den Schädel schief, sodass es so wirkte, als würde er gleich hinunterfallen.

Ich verzog den Mund. Woher wusste sie das?

»Interessant, interessant, dass hier eine lebendige Seele herkommt, die keine Sense ist.«

»Wie merkst du dir das alles?«, wiederholte ich meine Frage.

»Ah, ein beharrliches Ding.« Sie kicherte in einer tiefen Stimmlage und ich fragte mich augenblicklich, woher ihre Stimme kam. »Ich bin eine Sense, seit … nun, seit ein paar Jahrhunderten und irgendwann bin ich zu dem hier geworden. All diese Knochen gehörten einst Sensen und jeder neue Knochen erweitert mein Wissen. Lässt mich alles erfahren, was die Sense wusste.«

Vielleicht hatte sie also wirklich die Informationen, was mit der Zeit der früh geernteten Seelen angestellt werden konnte. Ob diese vielleicht sogar wertvoller war? Stirnrunzelnd blickte ich zur Knochensammlerin. Dieses Bild würde ich für einige Zeit nicht aus meinem Kopf kriegen. Oder vielleicht sogar niemals, aber das war auch nicht mein Ziel. Wir brauchten Informationen, um die Sense aufzuhalten, die für Unheil in der Welt sorgte, um so wenigstens ein wenig Gerechtigkeit zu erlangen. Für meinen Dad und all die anderen, die zu früh geerntet worden waren. Wenn wir nicht halfen, würde es niemand tun, weil diese Welt unfair war. Entweder man ließ es über sich ergehen oder man wehrte sich dagegen.

»Dann kannst du uns ja jetzt die Frage beantworten, wegen der wir gekommen sind.« Ich trat einen Schritt vor.

Die dunklen Augenhöhlen der Knochensammlerin starrten mir unerbittlich entgegen.

»Was unsere Freundin damit sagen will, ist …«, versuchte Break, meine direkte Ansprache abzuschwächen.

»Ich verstehe das Menschenmädchen wunderbar, danke, junge Sense.« Die Knochensammlerin kicherte und bewegte ihre Wirbelsäule, was ein Klappern fabrizierte. »Was passiert, wenn jemand zu früh Zeit erntet? Eine wundervolle Frage. Wirklich spannend, kommt nicht allzu häufig vor. Das ist nur ein paar Mal geschehen, seit ich existiere.«

Asher warf mir einen Seitenblick zu, den ich jedoch ignorierte.

Meine Aufmerksamkeit galt der Knochensammlerin, die vor sich hin grummelte, als würde sie ein altes Buch in einer Bibliothek suchen und es nicht finden.

»Ich brauche noch einen kleinen Moment, bevor ich euch antworten kann.« Sie presste ihre Kiefer aufeinander. Was irgendwie merkwürdig war, weil der Unterkiefer doch abfiel? Oder? Immerhin wurde er durch Muskeln gehalten und nicht durch Knochen.

»Jetzt habe ich es. Da in dem hintersten Knochen unten links war die Information versteckt.« Sie räusperte sich und richtete sich auf. »Wenn Zeit zu früh geerntet wird und die Räuber ihre Belohnung beim Stein abholen wollen, werden ihnen die gestohlene Jahre von ihrem eigenen Sensenleben abgezogen. Wir nennen das verfaulte Zeit. Sie war noch nicht reif und durch die schändliche Tat der Sense wird sie verfaulen wie ein zurückgelassener Apfel unterm Baum.«

Das ergab doch überhaupt keinen Sinn, wenn die Sense die Seelen erntete und dann die Zeit selbst abgezogen bekam.

Asher gab einen undefinierbaren Laut von sich.

Break lehnte sich zu Asher und redete so leise, dass ich ihn nur mit Mühe verstand. »Niemand würde sich freiwillig Jahre vom Stein nehmen lassen. Heißt also, die Seelen sind noch nicht abgegeben worden.«

»Sie werden irgendwo aufbewahrt«, schlussfolgerte Asher und nickte seinem Freund zu.

»Aber warum sollte jemand so etwas machen?«, fragte ich die Knochensammlerin.

»Das ist eine wahrhaft gute Frage, Menschlein. Doch dazu habe ich leider kein weiteres Wissen.«

»Kannst du nicht irgendjemand anderen Altes fragen?« Break verzog den Mund.

»Also so alt bin ich nun auch nicht, Frischfleisch«, zischte die Knochensammlerin.

»Wir haben noch eine Frage«, sagte Break.

Die Knochensammlerin schüttelte den Kopf. »Pro Tag beantworte ich nur eine Frage, kleine Sense.«

»Wer hat sich denn bitte diese Regeln einfallen lassen?«

»Der Tod.« Tolle Antwort. Sehr kreativ.

Aber immerhin war es eine Antwort. So, wie sie auch erklärt hatte, woher sie ihr Wissen nahm. Ganz so streng nahm sie ihre Regeln wohl nicht. Wenn wir es also geschickt anstellten, konnten wir vielleicht …

Asher schnaubte. »Super. Der Knochen hatte emotionalen Wert und dafür bekommen wir nur eine einzige Antwort?«

»Warum? Wer war es? Deine Großmutter?«

Er sagte nichts.

»Okay und mehr kannst du uns nicht geben?«, fragte Break und fixierte die Knochensammlerin aus verengten Augen.

»Das Archiv gibt aktuell keine weiteren Informationen her. In ein paar Jahrzehnten hat sich das Wissen vielleicht erweitert, kommt dann gerne noch mal her. Doch bis dahin habe ich euch alles gesagt, was ich weiß.«

Ich zog die Augenbrauen hoch, sie war echt … seltsam. Und gesprächig. Bestimmt war es recht einsam hier unten mit all diesen Knochen – und vielleicht lag *genau darin* eine Chance.

»Diese verfaulte Zeit«, begann ich, »ist also auch das, was ein Rippa bekommt, wenn er einen Menschen außerhalb der Reihe erntet.«

»Ist das eine Frage, Menschlein?«

»Oh, nein, nein, ich rede mehr mit mir selbst«, wiegelte ich rasch ab und zwinkerte Break und Asher zu. »Ich dachte nur, wenn ein Rippa auf einen Menschen angesetzt wird, der eigentlich noch nicht dran ist, aber zu viel über die Sensenwelt erfahren hat …«

»Stimmt«, brach es aus Break hervor. »Er ist hinter Kenna her, ohne dass sie auf einer Liste steht!«

Asher schwieg dazu.

Doch ich war wie elektrisiert. Warum hatten wir nicht früher daran gedacht? »Könnten all diese Opfer vom Henker geholt worden sein? Ist er der Serienmörder, nach dem wir suchen?«

Die Knochensammlerin räusperte sich. »Jede Sense ist dazu in der Lage, Seelen zu früh zu ernten, nur liegt darin kein Nutzen.«

»Jede Sense«, murmelte ich vor mich hin.

»Jede«, bestätigte die Knochensammlerin und brach damit einmal mehr ihre Regel, ohne es überhaupt zu bemerken.

»Aber er könnte es sein«, beharrte ich. »Derjenige, nach dem wir suchen. Derjenige, der all diese Menschen geerntet hat!«

»Rippa handeln auf Auftrag«, sagte die Knochensammlerin und klang dabei fast ein bisschen verschnupft, ganz so, als würde sie auf Rippa hinabsehen – was wahrscheinlich auch so war, immerhin waren sie Ausgestoßene. »Sie werden von vollwertigen Sensen bezahlt. Es ist ihre einzige Möglichkeit, an zusätzliche Lebenszeit zu kommen. Ein Besuch des Seelensteines ist ihnen verwehrt.«

»Selbst wenn der Henker zu früh erntet, hat er selbst also keinen Nutzen davon«, schlussfolgerte Break. »Er ist ein Werkzeug, mehr nicht. Seine Bezahlung lässt ihn nur überleben.«

»So ist es«, klapperte die Knochensammlerin genüsslich vor sich hin.

»Und wie lässt er sich aufhalten?«, fragte Break – und ihr Klappern verstummte jäh. Die Stille klang fast beleidigt.

»Eine Frage pro Tag«, schnappte sie. Und dabei blieb sie auch, ganz gleich, was wir noch versuchten. Schließlich gaben wir auf.

»Danke für die Auskunft«, sagte Asher und wandte sich ab.

Break folgte ihm ohne Weiteres. Auch ich wollte mich in Bewegung setzten, als mich die Stimme der Knochensammlerin innehalten ließ.

»Pass auf Mädchen, der Tod ist dir dicht auf den Fersen.«

Ich starrte der Skelettfrau entgegen. »Ich weiß.«

»Gut, dann solltest du den hier mitnehmen.« Der Knochenberg begann zu beben und etwas sprang heraus. Es landetet klappernd vor meinen Füßen.

»Ein Knochen?«

»Er kann dir helfen. Nimm ihn. Wenn sich eine junge Frau in die Welt des Todes begibt, sollte sie sich gegen ihn wehren können.« Die Knochensammlerin zeigte keine Reaktion, kein Kichern, keine knirschenden Bewegungen ihrer Gebeine, nur den intensiven Blick.

Ich wiegte den Knochen in meiner Hand und wappnete mich vor dem Ekel, doch er trat nicht ein. Ich hätte den Knochen liegen lassen und die Worte der Knochensammlerin ignorieren können, doch ich tat es nicht. Vielleicht war es die Angst, die ich in mir trug. Womöglich aber auch ihre Aussage. So genau wusste ich es nicht.

»Steck ihn ein und bewahre ihn gut auf, du wirst ihn mit Sicherheit brauchen.« Die Knochensammlerin nickte mir bestätigend zu, wodurch ihre Wirbel knackten.

»Kenna?«, rief Asher.

Schnell steckte ich den Knochen in meine hintere Hosentasche und warf der Knochensammlerin einen letzten Blick zu. »Danke?«

»Gerne, Mädchen. Wir sehen uns. Spätestens, wenn deine Seele in den Seelenschlund gebracht wird.«

Ein Schauder erfasste mich, krabbelte wie ein Insekt über meinen Rücken, bis hin zu meinem Nacken. Ich musste die abschüttelnde Bewegung unterdrücken, die mich überkam.

»Ich komme«, rief ich Asher entgegen.

Die Knochensammlerin murmelte noch etwas Unverständliches, bevor ich den kühlen und von Knochen knirschenden Raum verließ.

Break hatte sich, kurz nachdem wir aus dem Seelenschlund zurückgekehrt waren, wegteleportiert. Er meinte, dass er später noch mal vorbeischauen würde.

»Das hier habe ich dir besorgt. Ich hoffe, du findest es nicht allzu … hässlich«, sagte Asher. Er zog etwas aus seiner Hosentasche. Es war eine Kette, an der ein violetter Stein baumelte, der sachte glühte.

»Der ist total schön! Wofür ist der?«

Asher trat hinter mich und legte sie mir an. »Darin ist eine Grabblume eingelassen. Und was machen Grabblumen?« Er beugte sich an meinem Gesicht vorbei, als er den Verschluss geschlossen hatte.

»Sie lassen neugierige Menschen wie mich vergessen.«

»Und?«

»Überdecken den menschlichen Geruch.«

Ein Ausdruck von Stolz machte sich auf seinem Gesicht breit.

Ich drehte den Stein zwischen den Fingern. Er war rau und unperfekt. Ich liebte ihn. »Danke.«

»So sollte der Henker den anderen Fährten noch eher folgen.« Er fuhr sich durch seine tiefschwarzen Haare.

Asher nahm sich einen knallroten Apfel, der in einem schwarzen Drahtkorb lag. Er biss hinein und starrte an die Wand, während er kaute.

»Worüber machst du dir Gedanken?«, fragte ich

Er streckte mir einen Apfel entgegen, aber ich lehnte kopfschüttelnd ab. »Ich versuche, zu verstehen, wer so etwas tun würde. Den Henker anheuern, Seelen ernten, bevor sie reif sind, den Kodex brechen.«

»Die wichtigere Frage ist: Warum tut er oder sie es?«

Asher seufzte. »Ich habe keine Ahnung.«

Ich wusste nicht, ob ich ihm sagen sollte, was mir durch den Kopf ging, seit die Knochensammlerin erklärt hatte, wie Rippa zu ihrer Zeit kamen. Die Tatsache, dass mit Zeit gehandelt werden konnte, trieb mich auf Abwege, auf düstere, unheilige Wege, die allzu verlockend waren …

»Und über was denkst *du* nach?« Er ließ den Apfel sinken.

»Ich würde die Hälfte meiner verbleibenden Zeit geben, nur um ein wenig mehr mit ihm zu haben.« Allein der Gedanke an meinen Dad machte mich traurig.

»Deinem Dad?« Asher legte den halb aufgegessenen Apfel auf die Theke und setzte sich auf den Barhocker neben mir.

»Hätte ich deine Fähigkeiten, würde ich in Versuchung kommen ihn zurückzubringen. Ich würde probieren, ihm die Zeit zurückzugeben, die ihm genommen wurde. Die ihm noch zustand.«

»Das kann ich gut verstehen. Aber du musst bedenken, dass du einem anderen Menschen dafür Zeit rauben müsstest, und selbst wenn es die deine wäre, hättest du sie deinem Dad nicht geben können. Ihr seid keine Sensen. Zeit funktioniert für euch anders als für uns.« Asher nahm meine Hand und bettete sie zwischen seine. Vorsichtig strich er über die Haut und zeichnete kleine Kreise darauf, die mich ein wenig ruhiger machten.

»Ja, das ist mir bewusst. Aber mein Dad … ist mein Dad. Und er hätte es verdient, noch mehr Zeit zu haben. Weißt du?«

»Natürlich! Diese Zeit hätte ihm auch zugestanden.«

»Gibt es keinen Weg, seine Seele zurückzuholen?«

»Da wir nicht wissen, was der Täter mit den zu früh geernteten Seelen vorhat, ist es gut möglich, dass er sie noch irgendwo aufbewahrt.« Er stolperte über das Wort. »Tut mir leid, das klingt sicher furchtbar für dich. Ich will nur ganz ehrlich mit dir sein. Selbst wenn wir seine Seele finden sollten, gäbe es keine Möglichkeit, ihn wieder zum Leben zu erwecken. Seine Hülle fehlt.«

Dad war verbrannt und dann in einem See verstreut worden, er hatte keinen Körper mehr, in den er zurückkehren konnte.

Ich wollte die Tränen unterdrücken, die hinter meinen Augen brannten und kurz davor waren, hinauszuströmen. »Aber fällt dir denn nichts anderes ein? Gibt es nichts? Wirklich gar nichts?«

Asher legte seine Hand an meine Wange und strich die Tränen weg. »Wenn es etwas geben würde, hätte ich es dir längst gesagt, aber ich kann leider nichts tun, was dir deinen Dad zurückbringt.«

Ich schloss die Augen und schluckte.

Asher streichelte über meine Hand. »Wie war er so? Dein Dad, meine ich.«

Stockend brachen die Worte aus mir hervor. Und so saßen wir in seiner Küche, auf den Barhockern, mit den Colatassen in unseren Händen und ich erzählte ihm von Dad. Wie nervös ich bei unserem ersten Treffen gewesen war und wie natürlich es sich danach angefühlt hatte. Wie sehr ich seine Umarmungen geliebt hatte, obwohl sie neu für mich gewesen waren. Alles an ihm war neu für mich gewesen und trotzdem seltsam vertraut. Schloss ich die Augen, sah ich ihn vor mir. Das Lächeln, das seine Züge weich machte, wann immer er mich erblickte, die Zigarette, die er wegschnippte, um mich in den Arm zu nehmen, das Lachen in meinem Ohr, das ich durch seinen Brustkorb gespürt hatte. Er war kein Vorzeigevater gewesen, aber alles, was ich gebraucht hatte.

Und jetzt war er fort.

Asher lauschte mir und drückte meinen Arm.

Nachdem ich geendet hatte, setzte Asher zum Reden an.

»Dein Dad klingt toll.«

»Das war er auch – zumindest für mich.«

Asher lächelte traurig und sagte: »Egal, was sie tun, sie bleiben unsere Eltern. Und wir lieben sie.«

»Selbst wenn sie fort sind.«

»Selbst dann.«

Ich zögerte, unsicher, ob ich meinen Gedanken aussprechen sollte, entschied mich letztendlich dafür. »Und … deine Mom?«

»Ich habe mich oft gefragt, weshalb sie sich umgebracht hat. Ich habe bis heute keine Antwort darauf.«

»Das ist es ja noch schlimmer. Immerhin weiß ich, dass irgendwer meinen Dad zu früh geerntet hat. Aber du?«

»Ich weiß nicht, warum sie sterben wollte. Mein Vater redet nicht darüber. So gar nicht. Ihr Name darf nicht mal mehr in seiner Gegenwart erwähnt werden, sonst wird er … komisch.«

Die Ungewissheit über ihren Tod setzte ihm zu. Die Furche zwischen seinen Augenbrauen, der verzogene Mund, die schimmernden Augen. »Es ist schrecklich, dass du es nicht weißt. Glaubst du, dass dein Vater dir vielleicht irgendwann mehr darüber erzählen wird?«

»Nein, er das hat das alles noch nicht richtig verarbeitet und ich bezweifle, dass er das irgendwann schaffen wird.«

Nun war ich diejenige, die ihm eine Hand an die Wange legte und die Tränen wegwischte.

»Ich vermisse sie.« Seine Stimme brach und er schloss die Lider.

Mein Herz zog sich schmerzhaft zusammen. Ich stand auf, zog ihn zu mir und lehnte meinen Kopf an seine Schulter, während er noch auf dem Barkocher saß. Asher schlang seine starken Arme um meine Mitte und drückte mich.

Ich strich ihm über den Rücken. »Das glaube ich dir.«

Er klammerte sich an mich und ich spürte, wie dringend er Körperkontakt benötigte. Wie viel es ihm bedeutete, dass ich ihn hielt.

»Danke, dass du hier bist.«

»Immer.«

An Ashers Mundwinkel zupfte ein vorsichtiges Lächeln, das mein Herz ein wenig leichter werden ließ. Er und ich waren ziemlich verkorkst und vom Tod umgeben. Einer von uns war gewissermaßen der Tod selbst. Ich hatte nie geglaubt, dass der Tod ein Liebender sein konnte, aber siehe da, er stand vor mir und lächelte.

Asher

»Ich müsste einmal kurz mit Blazon reden, ich muss ihn etwas fragen.« Es war ein spontaner Einfall, aber mein Bruder zählte zu meinen engsten Vertrauten, auch wenn er seit dem Unfall ein wenig … verstimmt war und das andauernd. Unsere Beziehung war seither jeher … angespannt und es schwebten mehrere unausgesprochene Dinge zwischen uns. Small Talk war das Einzige, was wir beide für den jeweils anderen übrig hatten.

»Könntest du mit Banshee im Garten eine Runde drehen?«

»Möchtest du mir wirklich deinen Hund anvertrauen?«

»Na klar. Das ist gar kein Problem.«

»Sicher?«

»Todsicher.«

»Kannst du mit deinen dämlichen Todesanspielungen aufhören, niemand findet die witzig.«

»Doch. Ich. Zum Totlachen sogar.«

Kenna verdrehte die Augen, jedoch zupfte ein kleines Lächeln an ihrem Mundwinkel, was ihre Grübchen hervorbrachte. Wie schön sie aussah. So hübsch, wie ich niemand anderen je wahrgenommen hatte. Sie war das erste Mädchen, mit dem ich alle meine Zeit verbringen wollte. Bei der ich kein Problem hatte, vierundzwanzig Stunden an sie gekettet zu sein, weil ein Henker hinter ihr her war.

Sie war so … *sie würde sterben.*

Sie stand in meinem Buch.

Sie war auf *meiner* Liste.

Sie hatte nicht mehr lange zu leben.

Sie würde tot sein. Sie …

»Asher? Was machen wir?«

Verwirrt hob ich den Blick vom Boden und registrierte erst jetzt, dass wir stehen geblieben waren.

Kenna betrachtete mich leicht besorgt.

»Äh, nichts. Sorry, ich war in Gedanken.«

»Musst du jemanden ernten?«

»Ja, aber erst am Abend.« Und sie nächste Woche.

»Ich stelle mir vor, dass es schwer sein kann, jemanden zu ernten.«

Ich schluckte angestrengt. »Ja, vor allem, wenn ich jemandem eine geliebte Person nehmen muss.« Ich würde mir selbst die Geliebte nehmen.

Kenna legte den Kopf schief. »Das klingt intensiv.« Sie drehte sich im Treppenaufgang einmal im Kreis. »Wo ist Banshee eigentlich?«

»Sie ist vorhin Blazon gefolgt, als der ein paar Runden im Pool schwimmen war. Jep, ich weiß, eigener Pool klingt ziemlich abgehoben, zumal den nur Blazon nutzt. Ich bin lieber im Wald ne Runde laufen und Sesta«, er lachte leise, »Sesta hasst Sport.«

»Und dein Dad?«

»Ist eh nie da.« Ich deutete zum Fenster. »Guck, da kommt Blaze schon. Nass wie ein Hund.«

Kenna beugte sich vor.

Blazon trat triefend aus dem Poolhaus und rubbelte sich die Haare mit einem Handtuch, während er feuchte Fußabdrücke auf dem Steinboden hinterließ.

Banshee sprang derweil um ihn herum und bellte aufgeregt. »Sieht so aus, als würde ihr ein wenig Auslastung nicht schaden.«

Kenna drückte meine Hand. »Sollen wir dann? Ich weiß ja nicht, wo genau sein Stockwerk …«

Bevor sie weitersprechen konnte, küsste ich sie. Unvorbereitete und ohne Vorwarnung, aber das brauchten wir auch nicht. Weder sie noch ich. Bald wäre ich nicht mehr in der Lage dazu, sie zu küssen, deshalb tat ich es jetzt. Der Tod war endgültig. Der Tod war grausam. Der Tod war friedlich. Der Tod war so vieles, aber er sollte Kenna noch nicht begegnen. Wie konnte ich ihn aufhalten?

Gar nicht und das wusste ich auch.

Ich hörte, wie die Haustür aufging und Blazon, gefolgt von Banshee, mit einem Schnauben nach oben stiefelte. Von Kenna löste ich mich nicht. Sie legte ihre Arme um meinen Nacken, zog mich näher an sich heran und presste ihre Lippen stärker gegen meine. Ich lächelte in den Kuss hinein. Es war so schön. Viel zu schön, um wahr zu sein. Ihre Finger fuhren durch meine Haare und glitten meinen Nacken hinunter und meinen Hals entlang, bis sie schließlich auf meiner Brust zum Stillstand kamen. Sie löste ihre Lippen sachte von meinen, ihre Augen glänzten.

»Wofür war das denn?«

»Einfach so«, antwortete ich atemlos, während die Frau vor mir solch ein Prickeln durch meine Venen schoss, dass ich mich kurz sammeln musste.

»Mhh, einfach so also«, murmelte sie und grinste, wodurch sich erneut die Grübchen in ihren Wangen bildeten. Sie hatte ein Lächeln, das mein Herz dahinschmelzen ließ und mir schmerzlich bewusst machte, wie gerne ich sie mochte. So eine Scheiße.

»Komm, du wolltest zu deinem Bruder.« Sie verflocht unsere Finger und zog mich mit sich. In ihrer Stimme schwang Unsicherheit mit, sie hatte Bedenken wegen Blazon, weil er manchmal ein Arsch war und sich genau als solcher Kenna gegenüber verhalten hatte.

Was aber nicht hieß, dass er abgrundtief böse war.

Nur manchmal eben ein … Arsch. Ja, ein Arsch.

Als wir vor seiner Tür standen und Kenna mich abwartend ansah, öffnete ich sie.

»Sollten wir uns nicht ankündigen?«

»Blaze! Wir sind da! Ich brauch kurz deine Hilfe!« Der überstürzte Überfall war meiner eigenen Unsicherheit geschuldet. Ich wusste nicht, wie ich mich ihm gegenüber verhalten sollte, also kam das hier dabei raus.

»Asher«, rügte Kenna und haute mir auf den Oberarm.

»Was denn?«

»Warum schreist du denn so?«

»Na ja, damit er weiß, dass wir da sind.« Lüge, eigentlich rutschte mir mein Herz in die Hose.

Von irgendwoher hörte ich Blaze genervt aufstöhnen. »Was willst du?« Er kam um die Ecke und blieb sofort stocksteif stehen, als er meine Begleitung sah. Seine Haare waren noch feucht, um die Schultern trug er ein Handtuch. Er musterte uns abschätzend. Offensichtlich wollte er genauso wenig mit mir reden wie ich mit ihm. Das tat weh.

»Ich brauche deinen Rat.«

»Mit ihr?«

»Kenna geht mit Banshee eine Runde.«

»Wie nett.« Blaze verzog den Mund. »Banshee, du wirst ausgeführt.«

Hinter ihm fegte etwas durch den Flur.

Banshee bellte freudig, bevor sie auf uns zusprintete und Kenna schwänzelnd umkreiste.

»Hey du.« Kenna beugte sich zur Dobermannhündin hinunter und strich ihr liebevoll über den Kopf. »Komm, wir gehen ein bisschen.«

Banshee sprang begeistert die Treppen hinunter, gefolgt von Kenna.

»Ich hoffe, du weißt, dass du nicht weglaufen darfst.«

Damit meinte sie den Hund.

Ich drängte mich an Blazon vorbei zum Fenster, um den Garten im Blick zu behalten. Falls der Henker kam. Sicher war sicher. Die Scheiben waren verspiegelt, sodass niemand hineinsehen, ich jedoch jeden Schritt von Kenna in unserem Garten verfolgen konnte. Banshee tollte ausgelassen um sie herum.

»Warum schickst du sie mit Banshee Gassi, die eigentlich allein geht und niemanden braucht, um zu pissen? Außerdem war sie gerade mit mir draußen.« Blazes genervter Ausdruck verschwand, als er realisierte, dass es etwas Ernstes war. »Was ist passiert? Warum stehst du da wie ein Stalker?« Seine Brauen rutschten zusammen.

»Rück raus mit der Sprache, Dad holt mich gleich ab und setzt mich an der Uni ab. Brauchst du was? Ist etwas passiert?«

Ich lehnte mich gegen das Fenster, die dunklen Wände gegenüber waren kahl und leer. Blazon hatte noch nie einen Hang zu Dekoration jeglicher Art gehabt, Sesta war da komplett anders. Vielleicht sollte sie mal vorbeikommen und seine Bude aufhübschen.

»Erzähl, was ist los.« Blaze setzte sich an seinen Tisch und faltete die Hände.

Ich presste die Lippen aufeinander, weil ich nicht wusste, wie ich anfangen sollte. Deshalb griff ich in meine Gesäßtasche und zog mein Erntebuch heraus. Der Sticker, auf dem neben einem Sensenmann die Aufschrift *What a time to be alive* stand, brachte mich sonst zum Grinsen, doch heute nicht. Heute war an meinem Dasein als Sense nichts komisch oder belustigend. Ich streckte es ihm entgegen, doch er nahm es nicht.

Er verzog wissend das Gesicht, als hätte ich ihm bereits gesagt, was los war. »Nein, oder?« Seine Stimme war leiser geworden, mitfühlender.

Ich schlug das Buch auf, las all die Namen und reichte es ihm.

Dieses Mal stand er auf und nahm es.

»Samuel Jones, Kathy Grims …«, er stockte, machte eine Pause und las weiter, »… Kenna Allen.« Er hielt die Luft an. »Scheiße.«

»Du sagst es«, murmelte ich. »Was soll ich machen?«

Blaze schüttelte den Kopf. »Du hast es ihr nicht gesagt?«

»Nein, weil ich … ach, keine Ahnung.«

»Weil du einen Weg finden willst, ihren Tod abzuwenden.« Er schnaubte. »Du willst sie retten?«

»Ich *werde* sie retten!«

»Das ist unmöglich. Wer auf seiner Liste steht, stirbt. Immer.«

»Diesmal nicht.«

»Asher …«

»Ich brauche deine Hilfe, ich muss nur herausfinden, wie ich ihren Namen entfernen kann, ohne dass ich sie ernten muss.«

»Sie steht drauf. Sie *wird* geerntet werden, ob von dir oder einer anderen Sense.«

»Aber …«

»Kein *Aber*. Der Tod ist endgültig. Nutz lieber die Zeit, die ihr noch habt, geht spazieren, sag ihr, wie wichtig sie dir ist, küss sie, wenn dir danach ist, aber verschwende nicht eure letzten Momente, um einem Hirngespinst nachzujagen. Du würdest es nur bereuen.«

»Nein! Nein, Blaze, hör zu, ich kann und werde sie nicht aufgeben! Das geht einfach nicht!« Ich fuhr mir aufgebracht durch die Haare. »Hilf mir … Blaze. Du weißt doch bestimmt irgendwas! Kennst du ein Ritual oder eine Sense, die von einer Legende weiß? Ein Gebräu, das Kenna gegen den Tod immun macht? Irgendwas?« Mir war speiübel. »Bitte, ich … ich darf sie nicht verlieren.«

Blaze wirkte nachdenklich. »Ich habe selbst nach einem Weg gesucht, Celine zu retten …«

Meine Hoffnung glomm auf.

»Aber es gibt keinen.« Er trat mir mit seinen Worten ins Gesicht. Ich holte tief Luft. »Sicher? Ganz sicher? Fällt dir nicht irgendetwas ein?«

»Nein, es tut mir wirklich leid, Ash. Aber ich glaube, es ist besser so.«

Ich erstarrte. »*Besser so*?«

»Wenn sie tot ist, stellt sie keine Gefahr mehr für uns dar.«

»Das kannst du nicht …«

Mein Bruder nickte.

»Blaze, du kennst meine Situation doch selbst!«

Er machte einen Schritt auf mich zu. »Und genau deswegen ist es gut, wenn das endet. Sie wird sterben und du kannst nichts machen. Lass es geschehen und schließ damit ab.« Er zuckte die Schultern, als wäre es etwas Beiläufiges, das er erwähnte, als würde er über das Wetter reden oder einen vergammelten Salatkopf, der entsorgt werden musste. Aber hier ging es um Kenna. Ihr Leben. Ihre verdammte Seele.

»Und wenn ich sie nicht ernte?« Mir war klar, dass es eine blöde Frage war, trotzdem stellte ich sie.

»Jemand anders wird sie an deiner Stelle ernten. Oder aber sie wird zu einer ruhelosen Seele. Willst du das? Es gibt keine Option, ihren Tod zu verhindern. Steht ihr Name in deinem Buch, wird sie sterben, auf die eine oder andere Art. Du bist nur der Bote.«

»Und was, wenn ich bei ihr bleibe und sie beschütze?«

»Woher willst du wissen, wie sie stirbt? Es ist alles möglich! Autounfall. Herzinfarkt. Giftiges Essen. Herabfallender Blumentopf. Hirnschlag. Wie willst du das verhindern? Und du weißt, der Tod holt sich immer das, was ihm zusteht. Es gibt kein Entkommen.« Er nahm meine Hand. »Lass. Sie. Sterben.«

Ich riss mich von ihm los. Wut keimte in mir auf. »Du widerst mich an, Blazon.«

»Gut. Nur zu, stell das Menschenmädchen über deine Familie, sie ist dem Tod bereits geweiht, willst du auch dieses Schicksal erlangen? Willst du wirklich aus der Gesellschaft verbannt werden und uns mit reinziehen? Wenn es das ist, tu es, aber sieh zu, was du am Ende davon hast, Bruder!« Er atmete schwer aus. »Nichts. Rein gar nichts.«

»Natürlich will ich das nicht, aber ich bin in sie verliebt, verdammte Scheiße!«

»Finde dich damit ab. Dein Wille, sie zu retten, ist groß, aber der Wille des Todes ist stärker als der einer Sense. Ich sehne den Moment herbei, indem ihre Seele aufsteigt und das Problem endlich fort ist!« Er wandte sich von mir ab.

Galle stieg mir hoch und ich zog die Brauen zusammen. »Du bist ein Arschloch, Blaze.«

Er verzog wütend das Gesicht.

Da klopfte es an der Tür.

Blaze öffnete.

Kenna trat einen Schritt zurück, als sie meinen Bruder bemerkte.

Hatte sie den Rest unseres Gesprächs gehört? Wie lange stand sie schon vor der Tür?

Sie war kreidebleich.

»Asher?«, fragte sie mit unnatürlich hoher Stimme. War das Schweiß auf ihrer Stirn. »Bist du fertig?«

»Ja, bin ich.« Ich warf Blaze im Vorbeigehen einen letzten wütenden Blick zu.

»Bis dann«, murmelte dieser und schloss die Tür, kaum, dass mein Arsch über die Schwelle gewandert war.

Kopfschüttelnd wandte ich mich an Kenna. »Was ist passiert? Du zitterst ja.« Ich strich ihr über den Rücken und führte sie zur Treppe.

»Lass uns erst zu dir.« Ihr Blick war starr geradeaus gerichtet und ihre Haut eiskalt. Wenn sie meine letzten Worte gehört hatte … Wenn sie jetzt wusste, dass sie sterben musste … Wie zur Hölle sollte ich ihr das erklären?

Kaum hatten wir die Tür hinter uns zugezogen und Banshee sich in ihr Körbchen gelegt, drehte Kenna sich schwungvoll zu mir um. Sie fuhr sich mit den Fingern durch die dicken braunen Strähnen ihres Haars.

»Kenna?«, flüsterte ich.

»Blazon hat sie!«

»Er hat wen?«

»Die Seelen. Blazon hat die Seelen!«

Kenna

Zwanzig Minuten zuvor …

Banshee trottete brav neben mir her.

»Willst du eine große oder eine kleine Runde drehen?«, fragte ich die Hündin. »Der Garten ist immerhin groß genug.«

Ja, Kenna, sprich mit dem Hund, alles klar.

»Wir machen eine mittlere Runde«, beschloss ich und stapfte los.

Banshee entfernte sich ein paar Schritte von mir, aber nicht so weit, dass ich sie nicht mehr sehen konnte. Sie wedelte mit ihrer Rute, wobei sie das Herbstlaub vom Boden aufwirbelte, und schmiss mir einen halb zerfetzten Ball zu, der auf dem Rasen lag. Nachdem wir gute fünfzehn Minuten im Garten herumgewandert waren, drehte ich mich erwartungsvoll zu ihr.

»So, Banshee, musst du mittlerweile was machen?«

Sie setzte sich zwischen zwei hohen Bäumen hin, die über ihr aufragten wie Türme, legte den Kopf schief und spurtete anschließend los. Als hätte es einen Startschuss gegeben, den nur sie gehört hatte. Ich folgte ihr und war mir kurz sicher, dass sie in den großen Pool springen würde, der nicht abgedeckt war. Das Wasser kräuselte sich leicht im Wind, ein paar Blätter trieben darauf, bunte Tupfen im kühlen Nass. Doch Banshee führte mich zielsicher an ihm vorbei.

»Banshee? Was machst du denn?« Sie ignorierte meine Rufe und lief direkt auf das Poolhaus zu. »Wir können da jetzt nicht rein. Komm.«

Banshee wartete vor der Tür des Häuschens auf mich und kratzte daran. Also seufzte ich und drückte die Klinke nach unten. Vielleicht war ein Spielzeug darin, dass sie gerne haben wollte.

»Okay, dann lass uns schnell nachsehen, was du da so interessant findest.« Kaum hatte ich die Tür geöffnet, schoss sie wie ein geölter Blitz hinein und schnüffelte in einem wahnsinnigen Tempo den gesamten Raum ab. Bei einem Schrank blieb sie sitzen und legte ihre Pfote darauf. Als ich nicht reagierte, bellte sie, wobei ich gehörig zusammenzuckte.

»Pscht. Nicht doch, Banshee. Ich mach ja den Schrank auf, ganz ruhig. Wehe, du kratzt mich mit deinem Pfotengefuchtel.«

Sofort hörte sie auf zu schaben und trat zurück.

Ich öffnete den Schrank und erstarrte.

Banshee winselte.

Ich wusste nicht, ob ich atmete.

Banshee grummelte.

Ich schnappte nach Luft, weil ich wirklich nicht geatmet hatte.

Banshee knurrte.

Das war nicht wahr, oder? Ich täuschte mich ganz gewaltig. Es war nicht das, was ich dachte.

Im Schrank stand ein großes Glas, das mit lila Scherben gefüllt war, zwischen ihnen waberte etwas Glühendes hin und her. Es wirkte fast, als wäre es lebendig. Immer mehr leuchtende Punkte schwebten aus den Scherben empor und pressten sich gegen die Glaswand, wurden unruhiger. Ich beugte mich vor, um das Ganze besser betrachten zu können.

War da ein leises Summen? Ein Schluchzen?

Stimmen, die beinahe überhört wurden?

Es sickerte eiskalt in mein Bewusstsein, was das hier sein musste. Immerhin hatten diese Scherben dieselbe Farbe wie der Seelenstein im Seelenschlund und die leuchtenden Punkte sahen genau wie die aus, die Asher eingesammelt hatte. In diesem Glas befanden sich Seelen, so viele Seelen, die unruhig und rastlos umherspukten. Ihre

Stimmen brannten sich in meinen Schädel und hinterließen eine Gänsehaut, sie sich den Weg bis zu meiner Seele vorkämpfte. Wieso waren hier die Seelen?

Waren das die zu früh geernteten Seelen?

Mir wurde so schlecht bei dem Gedanken, seelische Leichen vor mir zu haben, dass ich kurz würgen musste, was Banshee mit einem Winseln kommentierte. »Banshee? Woher wusstest du davon?«

Sie blieb stumm, verriet mir natürlich nicht, was ich wissen wollte, bettete nur den Kopf zwischen ihre Pfoten.

»Du warst vorhin hier im Poolhaus. Mit Blazon …«

So eine Scheiße. Ich musste Asher davon erzählen. Ganz dringend. Kurz legte ich meine Hand an das Glas und sofort drängten sich die Seelen dagegen, in dem Versuch zu entkommen. Eine Träne löste sich aus meinem Auge. So viele Menschen, so viele Seelen, so viel Zeit, die nicht gelebt wurde. Es war schrecklich. Am liebsten hätte ich das Glas geöffnet und die Seelen freigelassen, doch ich wusste nicht, ob ihnen das wirklich helfen oder vielleicht sogar schaden würde. Was hatte Asher noch gesagt? Alle Seelen mussten zum Seelenstein gebracht und von dort weitertransportiert werden, ansonsten wurden sie zu ruhelosen Geistern.

Das hatte er doch gesagt, oder?

Nur, wenn das hier wirklich die zu früh geernteten Seelen waren und wir sie zum Seelenstein brachten, um ihnen endlich Frieden zu schenken, würde ihre verbliebene Zeit Asher abgezogen werden. So viel faule Zeit.

O Gott. Was sollte ich tun?

Ich musste zu Asher. Er würde wissen, was zu tun war. Nur eines stand fest: Die Seelen konnten nicht hierbleiben. War mein Dad unter ihnen? Trieb seine Seele sich ebenfalls darin herum? Verzweifelt versuchte ich, einen Unterschied zwischen den leuchtenden Individuen auszumachen, als könnte ich ihn so finden. Ohne Erfolg. Ich fuhr mit schwitzigen Händen über meine Hose, um sie trocken zu reiben.

War das hier Blazons Werk?

Hatte er die Seelen zu früh geerntet?

Kies knirschte. Ein Motor verstummte. Jemand war mit dem Auto vorgefahren. Ich hielt den Atem an. Blazon und Asher waren im Haus. War es Sesta? Mr. Heriotza?

Banshee begann zu bellen.

»Pssst«, versuchte ich, sie zu beruhigen, erfolglos. Sie wollte raus und nachsehen, wer sich da auf ihr Grundstück gewagt hatte. »Ist gut, wir gehen. Ruhig jetzt, ja? Ich bin sofort da!«

Ich konnte die Seelen unmöglich mitnehmen, denn wer auch immer dort draußen war, gehörte aller Wahrscheinlichkeit zur Sensenwelt und würde sofort erkennen, was ich da mit mir herumschleppte, deshalb musste ich – so schwer es mir auch fiel – ein anderes Mal wiederkommen.

»Es tut mir leid«, murmelte ich und schloss mit einem Stich in der Brust die Schranktür, ließ all diese Seelen allein und verließ das Poolhaus. Mein Atem kam hektisch, als ich so leise wie möglich die Tür zuzog und Banshee durch den Garten vors Haus folgte. Als ich zwischen den Büschen hervorkam, stand Mr. Heriotza vor der Eingangstür. Ein Aktenkoffer klemmte unter seinem Arm.

Er sah mich überrascht an. »Hallo. Wir kennen uns doch, oder?«

Ich zwang mich dazu, ihm höflich die Hand zu reichen. »Hallo Mr. Heriotza. Das ist richtig, wie sind uns auf der Gala kurz begegnet.«

»Sie und mein Sohn wurden in der Zeitung abgelichtet.«

Ich schluckte. »Das stimmt, obwohl sie maßlos übertrieben haben.«

Trotz des perfekten Lachens blieben seine Augen kalt. »Das macht die Presse immer. Es freut mich, Sie bei uns zu begrüßen. Banshee hat Sie auch schon in Beschlag genommen, wie ich sehe.«

»Ich war kurz mit ihr draußen.«

Er öffnete die Tür mithilfe des Zahlencodes am Eingang. »Soll ich Sie gleich mit rein nehmen?«

Ich nickte und folgte ihm in Haus. Der Angstschweiß auf meiner Stirn wurde stetig mehr.

Mr. Heriotza legte seine Sachen auf der Küchentheke ab und öffnete den Kühlschrank. Es war ein merkwürdiges Bild. Zuletzt hatte ich ihn im Seelenschlund gehört, wie er mit dem Rat durch die

Gänge geeilt war, und nun stand er hier in der Küche wie ein ganz normaler Mensch. Dabei war er eine Sense, ein Todesbote.

»Ich geh dann mal zu Asher«, murmelte ich und hetzte mit klopfendem Herzen die Treppe hinauf. Wir mussten die Seelen so schnell wie möglich holen! Mit zittrigen Fingern klopfte ich an Blazons Tür und wartete, bis sie geöffnet wurde.

Ich blickte in das Gesicht von Blazon.

Mörder, er war ein Mörder!

»Asher, bist du fertig?« Ich schenkte Asher keine Aufmerksamkeit, weil ich nur Blazon anstarren konnte, während ein stetiges Rauschen durch meine Gehörgänge raste. Er hatte die Seelen geholt. Mörder. Er hatte Unschuldige geerntet, bevor ihre Zeit abgelaufen war.

Er war ein Monster!

Meine Selbstbeherrschung erlaubte es mir, für ein paar wenige Sekunden, nicht auszurasten und Blazon anzuspringen, um ihm diesen hochnäsigen Ausdruck aus dem Gesicht zu kratzen.

Asher schlang einen Arm um mich.

Die Tür fiel zu.

Er sagte etwas.

Ich antwortete, keine Ahnung, was aus meinem Mund kam.

Wir wechselten auf sein Stockwerk.

Banshee legte sich in ihr Körbchen und musterte mich eingehend.

Ich fuhr mir durch die Haare und schüttelte den Kopf, weil ich es noch nicht glauben konnte. Weil ich es nicht glauben wollte.

»Kenna?« Asher klang besorgt.

»Blazon hat sie!«, platze es aus mir heraus.

»Er hat wen?«

»Die Seelen. Blazon hat die Seelen!«

Asher starrte mich ungläubig an. »Was hat Blaze?«

Ich legte mir die Hand auf das Dekolletee, weil mein Herz so schnell schlug, dass ich befürchtete, es würde mir aus dem Hals springen. »Die Seelen, Asher. Er hat die Seelen. Ich habe sie genau gesehen. Sie waren direkt vor meiner Nase.«

»Wo hast du bitte Seelen gesehen?«

»In dem Poolhaus.«

»Unser Poolhaus?«

»Banshee hat an der Tür gekratzt, ich dachte, sie wollte ein Spielzeug oder keine Ahnung … Aber sie ist zu einem Schrank gegangen und hat so lange daran herumgewuselt, bis ich ihn geöffnet habe, und da waren sie.« Ich erzählte ihm, wie sie ausgesehen hatten, was sie getan hatten, was für eine Farbe die Scherben in dem Glas besaßen. Alles. Ich leerte alles aus, was ich in den letzten Minuten aufgenommen hatte.

»Du bist dir sicher, dass es Seelen waren?«

»Asher, ich war mit dir beim Seelenstein und habe eine Seele gesehen. Ich habe mir das genau gemerkt, okay? Immerhin ist das nichts, was ich jeden Tag zum Spaß mache. Und Blazon war im Poolhaus, du hast ihn genauso gesehen wie ich!«

Er hob beschwichtigend die Hände.

»Gib mir ein Blatt und einen Stift.« Ich wedelte auffordernd mit der Hand vor seiner Nase herum. »Schnell!«

Asher besorgte mir beides und ich beugte mich über seinen feinsäuberlich sortierten Schreibtisch, um den Stift mit bestimmten Linien über das Blatt zu führen und das Glas mit den Seelen und den Scherben zu zeichnen. Ich arbeitete schnell und präzise, während Asher mir über die Schulter sah.

»Sieht das für dich nach etwas anderem aus als Seelen?«

Asher nahm mir die halb fertige Zeichnung aus der Hand und betrachtete sie. »Das sind definitiv Seelen. Ich verstehe, dass du aufgekratzt bist. Aber ich kann mir das nicht vorstellen. Es ist Blaze, mein Bruder.«

»Aber ich habe sie gesehen, Asher. All diese Seelen, ich habe sie gehört, ihre gequälten Stimmen.« Mich schauderte es, als ich daran dachte. Angeekelt von den Erinnerungen verzog ich das Gesicht. »Vielleicht ist mein Vater eine von den Seelen.« Ich legte den Stift auf den Tisch.

Asher wurde mit einem Mal ganz still, er bewegte sich nicht. »Vielleicht.«

»Glaubst du mir denn?«

»Natürlich. Immerhin versuchen wir zusammen, den Täter zu finden. Ich vertraue dir, Kenna. Mir fällt es nur schwer, zu glauben, dass es Blaze war.«

Ein Stein fiel mir vom Herzen, weil ich kurz gedacht hatte, dass er es nicht tun würde. Ich war schließlich keine Sense, sondern nur ein Mensch. Jemand, der irgendwann sterben würde, während die Sensen unsterblich sein konnten.

»Wir sollten am besten ins Poolhaus, um die Seelen zu holen«, sagte ich.

Asher nickte. »Ich muss es mit eigenen Augen sehen.«

Mein Puls beschleunigte sich bei dem bloßen Gedanken, die Seelen zu retten. Auch wenn ich noch nicht wusste, was wir mit ihnen tun würden – tun konnten! Egal, ob mein Vater unter ihnen war oder nicht, wir mussten verhindern, dass sie zu ruhelosen Geistern wurden. Oder Schlimmeres. »Weißt du, wann Blazon geht?«

»Er dürfte schon unterwegs sein, er hat gleich eine Vorlesung in der Uni. Mein Vater wollte ihn abholen.«

»Sicher?«

»Todsicher.«

Dieses Mal erwiderte ich nichts darauf, sondern starrte ihn nur ausdruckslos an.

»Schlechter Moment?«, fragte er entschuldigend.

»Irgendwie schon.«

Asher kam auf mich zu und nahm mich in den Arm, drückte mich an seinen Körper und ließ mich sicher fühlen. Bei ihm würde mir nichts passieren, davon war ich mehr als überzeugt. »Das war unpassend. Wir werden herausfinden, ob und was Blaze damit zu tun hat. Und wir finden heraus, ob dein Dad eine dieser Seelen ist, okay?«

Ich nickte gegen seine Brust und atmete seinen Duft ein, der mich ein wenig ruhiger Atmen ließ.

»Gut, dann komm.« Er verschränkte seine Hand mit meiner.

Ich hielt ihn auf. »Apropos dein Vater. Er hat mir die Haustür aufgemacht.«

Asher zog die Augenbrauen hoch. »Okay, das ist … okay. Wenn das im Seelenschlund passiert wäre, hätten wir ein deutlich größeres Problem. Hier dürfte er dich höchstens lästig finden.«

»Also reißt er nicht sofort all euren menschlichen Freunden den Kopf ab?«

»Nur wenn sie zu nah an unsere Existenz kommen, wird er einschreiten.«

»Dann sollten wir ihm nicht von den Seelen im Poolhaus erzählen«, scherzte ich, spürte aber, wie ein Kloß in meinem Hals wuchs. Asher hatte seinem Vater von den zu früh verstorbenen Menschen erzählt. Er hatte ihm vertraut – wie auch seinem Bruder: einem Mörder. Er war doch ein Mörder, oder? Wenn nicht er die Seelen geerntet oder den Henker auf sie angesetzt hatte, wer dann? Hatte er ihn auch auf mich gehetzt?

Ich blinzelte zu Asher, der nicht minder angespannt wirkte.

Misstraute er seinem Bruder?

Vertraute er mir?

So leise wie möglich verließen wir Ashers Etage.

Wir schlichen aus dem Haus und direkt auf das Poolhaus zu. Allein bei dem Anblick verknotete sich mir der Magen.

»Bereit?«, fragte Asher und holte sich mein Nicken ab, bevor er die Tür öffnete und wir zeitgleich eintraten. Dabei streifte er mit seiner Hand meinen Po und zischte auf. »Fuck.«

»Was ist?«, fragte ich.

»Du hast mir einen elektrischen Schlag verpasst. Das brennt wie Ameisenpisse«, grummelte er und schüttelte die Hand. »In welchem Schrank sind sie denn?«

Automatisch deutete ich auf den dunklen Holzschrank. »Da.«

Asher öffnete ihn. »Kenna …«

»Ja?« Ich linste über Ashers breite Schulter.

Da war nichts.

Kein Glas, keine Seelen, keine Scherben. Nichts.

Ich stand mit geöffnetem Mund da und bewegte mich nicht.

»Bist du sicher, dass sie hier waren?«

»Todsicher«, hauchte ich. »Es stand dort. Genau dort, siehst du die saubere Stelle und wie der Staub außen herum liegt? Da stand etwas.«

»Ja, Kenna. Da stand etwas, aber was?«

»Das habe ich dir doch gesagt, es war ein großes Glas mit violetten Scherben und Seelen. Sie waren real. Okay? Ich habe sie durch das Glas gespürt, ihr Winseln in meinen Ohren gehört. Sie waren echt! Da war vielleicht mein Dad drin und jetzt ist er weg! Mein toter Dad ist verschwunden! Oder das, was von ihm noch übrig war.«

Asher prüfte den Schrank eingehend. »Vielleicht war dein Dad auch gar nicht dabei.«

»Und was, wenn doch? Dann ist mein Dad wieder weg. Ich habe ihn erneut verloren!«

»Kenna, ich glaube dir.« Asher packte mich an den Oberarmen. »Okay? Ich. Glaube. Dir.«

Erleichtert atmete ich aus. »Ja?«

»Wenn du sagst, dass sie da waren, dann waren sie es auch.«

»Das waren sie. Ich habe ihre Energie unter meinen Fingern gespürt, wie stark sie sich gegen das Glas gepresst haben, weil sie hinauswollten. Raus aus ihrem Gefängnis, in das die Sense sie hineingequetscht hat.«

Mitgefühl lag in seinem Blick. »Wir finden sie, okay?«

»Aber jetzt weiß Blazon, dass wir es wissen, warum sonst sollte er sie mitgenommen haben? Er weiß, dass ich sie gefunden habe! Er muss es mir angesehen haben! Wird er mich umbringen?« Die plötzliche Angst krallte sich in meinen Nacken. »Oder wird es der Henker sein?«

»Niemand wird dich töten, Kenna. Hörst du? Ich passe auf dich auf.«

Ich fasste es als Versprechen auf.

Wir suchten das ganze Poolhaus ab, in der Hoffnung, etwas zu finden, das uns verraten würde, wofür Blazon die Seelen sammelte. Doch wir stießen auf alles Mögliche, darunter auch die Handtücher, von denen Blazon sich eines genommen hatte, nur keinen Hinweis. Aufblasbare Flamingos, Unterwasserlichterketten, Alkohol, Kondome und Snacks. Eigentlich wollte ich gar nicht wissen, was hier so gemacht wurde und wer hier alles Zutritt hatte.

Niedergeschlagen verließen wir nach zwanzig Minuten das Poolhaus. Mein Herz wog schwer in meiner Brust, weil ich mich wie ein verdammter Versager fühlte. Ich hatte sie gesehen, ich hatte sie gefunden und dann hatte ich sie verloren. Ich hatte sie im Stich gelassen und vor allem meinen Dad. Der Kloß in meinem Hals wuchs mit jedem Atemzug.

Warum hatte ich es nicht gut sein lassen können? Warum hatte ich nachgeforscht, warum Asher aufgesucht? Warum war ich so verflucht hartnäckig gewesen? Denn wäre ich nie in die Welt der Sensen geraten, hätte ich nie erfahren, dass mein Dad nicht hätte sterben sollen. Süße, süße Unwissenheit. Wie verlockend sie nun klang.

Trotzdem stand ich jetzt hier. Vor meinem Haus, bei dem Asher mich abgesetzt hatte, um eine Seele ernten zu gehen, und konnte nicht mehr zurück.

Er war ein Sensenmann.

Mein Dad war ermordet worden.

Und ein verdammter Henker war mir auf den Fersen.

Was sollte ich tun?

Was konnte ich tun?

»Geh rein, Kenna, ich pass auf, dass dir nichts passiert.« Break tätschelte meine Schulter, ehe er sich auf die Schaukel im Vorgarten setzte und die Beine baumeln ließ. Er würde vor dem Haus Wache stehen, während ich in Ruhe duschen und kurz durchatmen konnte. Asher würde nach der Ernte sofort zurückkommen. Ich vermisste ihn schon jetzt.

Mom war nicht zu Hause, das verriet mir der Post-it-Zettel, den sie auf den Spiegel im Eingangsbereich geklebt hatte.

Ich lief die Treppe hoch und direkt in die Dusche. Meiner Klamotten entledigte ich mich auf dem Weg dahin. Als das warme Wasser auf meinen Körper prasselte, schloss ich die Augen und lehnte mich gegen die kühle Wand. Meine Gedanken waren zu laut, zu viel, sodass ich nicht mal mehr danach greifen konnte. Ich wusste, sie waren dort, aber die Leere, den Platz, um sie zu entfalten, besaß mein Geist aktuell nicht. Es dauerte, bis ich aus der Dusche stieg. Der Spiegel war beschlagen und die Luft heiß und feucht. Ich rubbelte mich mit einem Handtuch trocken, cremte mich ein und schlüpfte in frische Klamotten, die nicht nach Versagen stanken. Meine nassen Haare band ich mir zu einem Dutt und setzte mich anschließend auf mein Bett. An meiner Korkwand hingen die Bilder der letzten Zeit. Dort war Sesta, daneben Asher und rechts unten Dad. Sofort wandte ich mich ab, stand auf, schnappte nach Stift und Papier und setzte mich an meinen Schreibtisch.

Meine Bilder waren gut und ich konnte nach Angaben malen, um am Ende genau das zu erschaffen, was sich eine andere Person vorstellte. Perfekt für eine Phantomzeichnerin. Es war eine Fertigkeit, die ich unzählige Stunden geübt hatte. Ich war dankbar, dass ich nicht aufgegeben hatte. Der Drang, zu malen, war so groß, dass der Stift wie von selbst über das Papier glitt und die ersten skizzenhaften Umrisse beschrieb. Ich machte weiter, fing all das ein, was Blazon ausmachte, und gab es in sein Gesicht. Der hochnäsige Ausdruck, wenn er mich betrachtete, der abfällige Zug um seinen Mund, wenn es um mich ging. All das zeichnete ich. Machte hier und da die Striche dicker, radierte etwas weg und schattierte. Verwischte die Bleistiftstriche und spielte mit Licht und Schatten, bis ich das Endprodukt in den Händen hielt.

Blazon.

In meinem Magen formte sich Ekel, als ich daran dachte, was er getan hatte. Wie er diese hilflosen Seelen in diesem Glas aufbewahrte. Wo sie jetzt wohl waren? Würden sie jemals Frieden finden? Was wollte er mit ihnen machen?

Ich nahm eine Nadel und rammte das Porträt in die Korkwand. Dann lehnte ich mich zurück und betrachtete ihn, in der Hoffnung, dass sich mir etwas aus seinem Gesicht erschließen würde. Ein Grund, eine Erklärung, eine Lösung.

Hatte er den Henker auf mich angesetzt?

War er dafür verantwortlich, dass ich in Gefahr war?

Ich hatte nicht bemerkt, dass der Bleistift sich bereits über ein neues Blatt bewegte. Nach nur wenigen Strichen zeichneten sich die Umrisse des Henkers ab, die langen fettigen Haare, die blutunterlaufenen Augen, der große Hut, die eingefallenen Wangen und die hagere Gestalt. Ich musste zugeben, dass ich die Knochensammlerin um einiges sympathischer fand, auch wenn sie nicht ganz … bei Verstand war.

Schatten und Licht prägten das Gesicht des Henkers und der Ausdruck in seinen beinahe toten Augen war gierig. Ich fröstelte bei dem Anblick und war von meiner eigenen Leistung gleichermaßen beeindruckt wie verstört. Das war gut. Wirklich gut. Mit Stolz erfüllt hängte ich das Bild des Henkers neben das von Blazon und hoffte, dass ich weniger Angst vor ihnen hatte, je länger ich ihnen in die Augen starrte. Auch, wenn sie nur auf Papier waren.

Doch das fröstelnde Gefühl hielt an, umschlang mich wie ein aufgewühlter Wind und fegte jede kleinste Hoffnung beiseite, dass ich mir meine Angst nehmen konnte. Mein Handy vibrierte.

Geht es dir gut? Brauchst du etwas?

Asher. Ein Lächeln legte sich auf meine Lippen, die Kälte verzog sich und wich einer kribbelnden Wärme.

Ich antwortete schnell, dass er sich keine Sorgen machen musste, und fragte, ob er seine Seele schon eingesammelt hatte. Er schrieb, dass er sich ein wenig verspäten würde, weil im Seelenschlund Aufruhr war. Das Handy legte ich zurück auf den Schreibtisch und stand auf, ließ Blazon und den Henker dort hängen. Das Einzige, was mich beruhigte, waren die falschen Fährten, die Asher gelegt hatte. Doch niemand wusste, wie lange sie ihn täuschen konnten. Ich drehte die Kette mit der Grabblume darin zwischen den Fingern hin und her. Sie versprach mir Halt.

Ich schlüpfte in die Hose, die ich vorhin getragen hatte, weil sie am besten saß, und tapste nach unten, um mir noch etwas Essbares zu suchen.

Wir mussten wirklich dringend einkaufen …

Nachdem ich einen schimmelnden Käse entsorgt hatte, gab ich mich mit Toast und Butter zufrieden. Der Toast krümelte die ganze Küchentheke voll. Ein kalter Luftzug strich an mir vorbei. Hatte ich irgendwo ein Fenster offen gelassen? Im Bad?

Nein, da stand nur die Tür einen Spalt auf. Ich legte den halb gegessenen Toast auf die Küchentheke und trat an die Treppe. »Break?« Wollte er mir einen schlechten Streich spielen? »Bist du das?«

»Es ist ein schöner Tag, um zu sterben.«

Ich fuhr herum, mein Herz setzte aus und meine Gedanken pulsierten hinter meinen Schläfen.

»Heute wirst du mir nicht entkommen, Mädchen. Heute ist dein Todestag, denn dein letztes Stündlein hat geschlagen.«

Der Henker. Er stand dort, um mich zu töten, und ich starrte meinem Ende entgegen, ohne eine Reaktion zu zeigen. Erst als er einen Schritt auf mich zu machte, drehte ich mich um und rannte. Ich musste raus zu Break, doch in meiner Panik hatte ich den falschen Weg eingeschlagen: die Treppe hoch. Fuck!

Ich hörte den Henker lachen, wusste, dass er sich zu mir teleportieren konnte. Doch er tat es nicht.

Er ließ sich Zeit, weil er überlegen war. Weil ich keine Sense war und keine Fähigkeiten besaß, mit denen ich mich gegen ihn wehren konnte. Ich war nur Kenna und alles, was mich vom Henker trennte, war meine verdammte Zimmertür! Hastig schloss ich sie ab und wich rückwärts zum Fenster. Es ging nach hinten raus, doch wenn ich es aufschob und um Hilfe schrie, würde Break mich hoffentlich hören.

Er *musste* mich hören.

»Kleines Menschenmädchen, komm raus, es bringt sowieso nichts. Eure Fährten waren irreführend, dein Duft an dir selbst kaum wahrnehmbar. Deine Sensenfreunde wissen, wie sie jemanden täuschen, doch haben auch sie sich getäuscht. In mir. Denn ich bin der Henker und wen ich holen soll, der entkommt mir nicht.«

»Geh weg! Ich habe noch eine Stunde.«

»Was soll denn das heißen?«

»Du meintest, mein letztes Stündlein habe geschlagen«, hielt ich dagegen und hastete zum Fenster. Verdammt, es klemmte! Ich könnte es einschlagen, doch der Lärm würde den Henker nur zur Eile anspornen. Ich musste ihn hinhalten. Irgendwie. »Stehst du etwa nicht zu deinem Wort?«, rief ich mit bebender Stimme, während ich am Griff zog und zerrte.

»Versteif dich nicht auf Kleinigkeiten. Du wirst hier und jetzt sterben, weil ich der Todesbote bin.«

»Aber meine Zeit ist noch nicht um«, faselte ich panisch drauf los und ließ meinen Blick durchs Zimmer schweifen.

Da. Mein Handy! Erleichterung flutete mich.

»Jemand zahlt viel dafür, dass deine Zeit früher endet, Mädchen. Also werde ich dich jetzt holen, so sehr du dich auch sträubst. Eins …« Der spöttische Unterton verriet, wie viel Spaß es ihm machte, mit seiner Beute zu spielen. Meine Zeit lief ab.

Schnell entsperrte ich mein Handy. »Zwei …«

Fuck, Fuck, Fuck!

»Versteckt oder nicht, ich komme«, flüsterte er durch die Tür, sodass sich die Todeskälte brutal um mich zwängte wie ein erdrückendes Kleidungsstück. Mit zittrigen Fingern scrollte ich durch die Kontakte. Wo war Ashers Nummer?

»Drei.«

Krachend flog die Tür auf und noch bevor ich auf das Anrufsymbol klicken konnte, wurde ich zu Boden geworfen.

Über mir stand der Henker, er sah grinsend auf mich hinab, die gelblichen Zähne schimmernd, während die fettigen Strähnen seines Haares hin und her schwangen.

»Gefunden.«

Seine Stimme war so tief und kratzig, dass mich selbst in diesem elendigen Augenblick ein Schauder durchlief. Es hatte nichts geholfen, das Bild des Henkers anzustarren, ich hatte immer noch Angst. So viel Angst, dass mir das Blut in den Adern gefror.

Todesangst.

So war es also, dem Tod in die Augen zu blicken.

»Kleines Menschenmädchen …« Er beugte sich zu mir und strich mir über die Wange. Der Gestank vom verfaultem Müll stieg mir in die Nase. Er strich über meinen Hals und hielt über meiner Brust inne, nahm die Kette in die Hand und nickte anerkennend.

»Eine Grabblume«, murmelte er und rammte mir im nächsten Moment die Faust in die Brust. Schockiert blickte ich an mir herab und stellte fest zu meiner Erleichterung fest, dass mein Brustkorb nicht zerrissen war, sondern geschlossen. Da war kein Blut. Trotzdem spürte ich, wie sich seine Finger in mir bewegten, nach etwas suchten.

»Wo ist sie denn?«

Ich bekam keine Luft mehr, als wären meine Atemwege blockiert. Zugezurrt wie an einem Galgen.

»Oh, sie ziert sich aber.« Ein Ruck ging durch mich, als sich seine Finger um etwas schlossen.

Ich hatte eine Vermutung, was er da in der Hand hielt.

»Sie ist ja ganz weich, deine kleine, zarte Seele«, flüsterte er und presste mit einem gruseligen Kichern seine Nase in meine Wange. Ich schrie erstickt auf, als er an mir riss und in meiner Brust ein gewaltiger Schmerz explodierte. »So mag ich es am liebsten, wenn ich meinen Opfern in die Augen sehen kann, während sie langsam sterben. Keine Seele, kein Leben.«

Sterben.

Ich würde sterben.

Hier und jetzt.

Durch einen Rippa. Eine verstoßene Sense, die ihre Fähigkeiten verkaufte. Das durfte nicht passieren! Ich musste herausfinden, ob Blazon wirklich meinen Dad geholt hatte, konnte meine Mom nicht allein lassen, genauso wie Liz oder Asher. Wenn ich jetzt starb, würde ich niemals erfahren, was aus uns hätte werden können …

Nein! Ich würde heute nicht sterben! Nicht so.

»Komm zu mir, Seelchen«, säuselte der Henker und leckte sich über die Lippen, um anschließend den Mund zu öffnen.

Ich sammelte all meine Kraft, die ich aufbringen konnte, biss fest die Zähne zusammen, bäumte mich auf und schlug dem Henker die Faust ins Gesicht. Er taumelte zurück, fiel hin und blinzelte mich perplex an.

»Du«, zischte er und deutete auf mich.

Ich presste eine Hand auf die Brust und atmete tief ein. Meine Entschlossenheit zersprengte jedes einzelne vereiste Blutkörperchen in meinem Körper und trieb mich dazu an, tätig zu werden.

»Ich werde heute nicht sterben«, wiederholte ich laut und stemmte mich hoch. Mein Brustkorb schmerzte, als wäre ich aus dem dritten Stock gefallen. Wo zum Teufel blieb Break?

»O doch, Mädchen.«

Schnell stand ich auf, schnappte mein Handy vom Boden und rannte los, schneller als jemals zu vor. Es ging um mein Überleben und wenn ich nicht alles gab, dann würde ich es niemals schaffen, ihm zu entkommen. So, wie ich ihn erlebt hatte, schätzte ich den Henker als Jäger ein. Er würde sich den Spaß der Jagd nicht entgehen lassen. Das hoffte ich inständig. Ich flog quasi die Treppe hinunter, riss die Hintertür auf und rannte raus. Nach links direkt in den Wald.

»Break?«, schrie ich.

Keine Antwort. Verdammt! Er sollte doch hier sein!

Was jetzt? Zu den Nachbarn? Nein, das würde sie nur in Gefahr bringen. Zumindest konnte ich mir nicht vorstellen, dass Mrs. Benson mit ihren Stricknadeln etwas gegen den Henker ausrichten konnte. Oder dass er Gnade würde walten lassen, nur weil ihre Zeit noch nicht gekommen war. Nein, das war keine Option. Blieb nur der Wald.

Mit schnellen Schritten fetzte ich durch das Unterholz, sprang über Wurzeln und blickte nicht zurück. Seine Schritte waren deutlich hörbar.

Er folgte mir. Zu Fuß.

Weil er die Jagd genoss, oder?

Tränen brannten in meinen Augen. Mein Atem kam stoßweise, doch ich rannte, rannte so schnell, wie ich noch nie gerannt war. Tiefer und tiefer in den Wald hinein.

Morgen würde mir alles wehtun, *sollte ich das hier überleben.* Ich warf einen schnellen Blick auf mein Handy und schaltete es an, doch es reagierte nicht. Viele kleine Sprünge zogen sich über das Display. Meine Hoffnung auf Rettung sank auf Null. Scheiße!

»Menschenmädchen … Ich hab dich gleich.«

Der Henker. Er klang so nah.

Ich lief. Mein Blickfeld verschwamm. Mein Hochmut verabschiedete sich mit jedem Schritt mehr. Lange würde ich das Tempo nicht halten können. Wie würde meine Mutter nur reagieren, wenn sie erfuhr, dass ich tot war? Was würde Asher tun?

Eine Bewegung aus dem Augenwinkel ließ mich herumfahren. Der Henker. Er hatte sich doch teleportiert. Sein Hut saß fest auf seinem Kopf, der löchrige Mantel flatterte wild hinter ihm her. Das Lachen schrillte in meinen Ohren, er griff nach mir und verfehlte mich nur um eine Haaresbreite.

Ich schrie auf und schlug einen Haken.

Erneut teleportierte er sich und bekam mich fast zu fassen, streifte meine Rückseite und meinen Arsch – und zischte auf.

Was hatte er? War er verletzt? Hatte ich ihn erwischt?

Fehlanzeige. Nur eine Sekunde später packte er mich am Haar und zog mich mit einem brutalen Ruck zurück. Ich schrie auf, als ich von den Füßen gerissen wurde und der Schmerz in meiner Kopfhaut explodierte.

»Da haben wir dich doch.«

Er zog mich an den Haaren über den Waldboden. Äste und Steine bohrten sich in meinen Rücken und schlitzten mir die Haut auf.

Nein, nein, nein!

»Lass deine Finger von mir«, rief ich und mich losreißen, doch er gab nicht nach. Nicht mal ein kleines Stück. Verzweiflung machte sich in mir breit, vertrieb den Mut und die Entschlossenheit.

Er zog mich an den Haaren hoch, bis ich auf den Zehenspitzen stand. Seine dunklen Augen schimmerten verheißungsvoll, während sich sein Blick an meinem Gesicht festsaugte wie der Tentakel einer Krake.

»Ich sagte doch, du wirst heute sterben. Es ist nur die Frage, zu welchem Spiel du das hier machst. Ich muss gestehen, dass ich es wirklich unterhaltsam finde.« Er kicherte und zeigte mir seine gelben Zähne. »Unser erstes Treffen, die Fährten, diese Jagd. Ein Gaumenschmaus. Sehr spannend.«

Ich war so wütend und wollte nichts anderes, als ihm wehzutun. Also tat ich das Erste, was mir in den Sinn kam: Ich spuckte ihm ins Gesicht und trat nach seinen Weichteilen. Der Zug an meiner Kopfhaut wurde stärker, was mich aufschreien ließ. Der Henker zuckte noch nicht einmal, als mein Fuß sein Ziel traf. Hatte er Eier aus Stahl? Oder waren sie nach all den Jahren nicht mehr existent?

»Ich besitze nicht mehr, wonach du getreten hast, Menschenmädchen. Es war nie meine Intention, mich zu vermehren.«

Er war kastriert? Na, wenigstens leuchtete es ihm selbst ein, dass er besser keine Kinder bekommen sollte.

Mit einem pikierten Blick wischte er sich meine Spucke unter dem Auge weg, dann schnalzte er tadelnd mit der Zunge, bevor er ausholte und mir ins Gesicht schlug. Mein Kopf flog zur Seite. Sofort schmeckte ich Blut und mir wurde schwarz vor Augen. Ich blinzelte angestrengt, um nicht in die Ohnmacht abzudriften. Der Schmerz blieb.

»Brauchst du noch mehr, um festzustellen, was passiert, wenn du versuchst, zu entkommen?«

Ich ließ die Tränen laufen, weil ich nicht wusste, was ich tun sollte, was noch in meiner Macht stand. Ich war ein Mensch, keine Sense. Was hatte ich einem Rippa entgegenzusetzen? Nichts. Rein gar nichts.

Der Tod war mir auf den Fersen – hatte das nicht schon die Knochensammlerin gesagt? Sie hatte mir auch etwas gegeben, um mich zu verteidigen. Einen Knochen …

Einen Knochen – der in meiner Hosentasche steckte!

War das der Grund, weshalb Asher sich vorhin verbrannt hatte? Und auch der Henker! Die Knochensammlerin hatte gesagt, dass ich den Knochen brauchen würde, um den Tod zu vertreiben.

Hatte sie hiervon gewusst? Woher?

»So, jetzt wollen wir deine kleine Menschenseele kosten.« Er leckte sich über die Lippen, seine Hand schwebte vor meiner Brust und ich wusste, was gleich passieren würde. »Was ist das Beste an einem kleinen zappelnden Fisch? Es macht am meisten Spaß, ihn auszunehmen.« Der Henker würde gleich meine Seele entreißen. Das spürte ich, weil ich es in seinen Augen sah. Die Vorfreude und die Lust.

Panisch griff ich in meine hintere Hosentasche, um nach dem Knochen zu tasten. Der Schmerz an meiner Kopfhaut drohte, mich zu skalpieren.

Da war der Knochen! Ich umklammerte ihn, holte ihn heraus und stach ihn tief in den Arm des Henkers. Der schrie auf und ließ mich augenblicklich los, den Knochen hielt ich dabei fest und riss ihn mit einem Schmatzen aus der Wunde heraus. Das Winseln des Mannes verschaffte mir eine gewisse Genugtuung.

»Du kleines lästiges Menschenmädchen!« Seine Stimme hallte durch den Wald und schreckte die Vögel aus den Bäumen auf. Er fasste sich und wollte sich auf mich stürzen, doch ich wusste, was zu tun war, ich hatte eine Waffe gefunden, mit der ich mich verteidigen konnte. Gegen den Tod.

Ich umschloss den Knochen fester und zog dem Henker das spitze Ende über das Gesicht. Seine Haut zischte und teilte sich unter dem Gebein wie Butter. Dunkles Blut strömte heraus, das eher an Öl erinnerte.

Er schrie vor Wut auf und versuchte, blind nach mir zu greifen. Ich musste eines seiner Augen getroffen haben, so wie er sich nun den Handballen gegen das Gesicht presste. Doch er wollte nicht aufgeben und torkelte auf mich zu. Stolpernd wich ich zurück, bis ich einen Baumstamm in meinem Rücken spürte.

»Du widerwärtiges Ding. Ich werde dich zerfleischen und dir deine Haut abziehen, um mir daraus einen neuen Mantel zu machen!«

Ich schluckte, weil ich seinen Worten durchaus Glauben schenkte, aber ich würde das Überleben. Und diesen Satz hielt ich mir vor Augen, ließ die Macht und die Bedeutung durch mich hindurchfließen, mein inneres Feuer anfachen, meine Seele brennen und den Ehrgeiz aufbringen, mich zu wehren. Ich schoss nach vorn, den spitzen Knochen erhoben, und warf den Henker mit meinem gesamten Körpergewicht zu Boden.

Er knurrte wie ein wildgewordenes Tier. Seine Hände griffen nach mir und als er das tat, fiel mein Blick auf den Ring an seiner Hand. Es war sein Sensenring, der es ihm ermöglichte, Seelen zu transportieren. Die seiner Aufträge. Seiner Opfer.

Noch so einer. Noch ein Monster und ein Mörder. Noch eine Sense, die nicht ihrer Berufung nachging, sondern die Fähigkeiten nutzte, um Schlechtes zu tun. Das würde ich nicht zulassen. Nicht nach dem, was ich gesehen und mitbekommen hatte. Er würde seine Fähigkeiten nicht einsetzen.

Also tat ich, was ich niemals von mir erwartet hätte.

Ich setzte mich auf den Brustkorb des Henkers, fixierte mit meinem rechten Bein sein Handgelenk, während ich mir seinen Arm schnappte, an dem er den Ring trug. So fest, wie es mir möglich war, presste ich sie in den dreckigen Waldboden und holte mit dem Knochen aus.

»Du wirst mich heute nicht dem Tod übergeben!«, schmetterte ich ihm ins Gesicht und ließ meinen Arm nach unten sausen. Der Aufprall ließ meine Knochen erzittern und vibrierte bis in meine Seele.

Der Henker schrie, als sein Finger abgetrennt wurde und am Boden liegen blieb, während sich seine noch lebenden Finger vor Schmerz krümmten. Das Brüllen dröhnte in meinen Ohren und brachte mein Trommelfell beinahe zum Platzen. Das Blut spritzte aus der Wunde und sprenkelte mich von oben bis unten. Mein linkes Sichtfeld trübte sich grau, ich war mir sicher, dass dort Blut hineingetropft war. Doch mir blieb keine Zeit, um es fortzuwischen, ich erhob mich vom Henker, meine Beute fest im Griff: Ein dunkel verfärbter Finger und ein schwarzer langweiliger Ring, der dennoch so viel Bedeutung hatte, denn dort schimmerte der violette Stein, der nur auf meine Seele gewartet hatte. Ich holte aus und warf Finger samt Ring in den Wald. Keine Ahnung, wo er gelandet war, aber das interessierte mich auch nicht. Hoffentlich fraß ihn irgendein Tier und nagte ihn bis auf den Knochen ab.

Der Henker hatte sich mittlerweile aufgerappelt und hielt sein Handgelenk umklammert. »Was hast du getan?«, fragte er. Er schrie nicht mehr. Da musste ich nur seinen Finger abhacken und schon konnte er in einer normalen Lautstärke sprechen. Faszinierend.

»Deinen verdammten Ring entsorgt.«

»Nein!« Verzweifelt schüttele er den Kopf. »Wo ist er?«

»Weg«, antwortete ich trocken und starrte den blutigen Knochen in meiner Hand an. Erst jetzt fiel mir auf, dass er beinahe wie ein Messer geformt war. Die Kanten waren nicht genau definiert, aber die Ähnlichkeit war auf jeden Fall da.

Ich hob es schützend vor mich. »Falls du mir noch einmal in die Quere kommen solltest, wird es nicht nur dein Finger sein, den du verlierst.«

»Glaubst du ich, lasse mich von einem Menschenmädchen einschüchtern?« Er funkelte mich an, doch hinter dem aggressiven Glanz lag ein Funke Furcht. Er war klein, aber da. Und wenn eine Sense vor mir Angst hatte, dann war mir klar, wie viel Glück ich gehabt hatte. Der Knochensammlerin sei Dank! Ich, Kenna Allen, war einer Sense entkommen und dem Tod entronnen. Ich ging als verdammte Siegerin hier raus. Als Lebende. Mit einem Herzschlag und meiner Seele.

»Ja, das weiß ich.« Meine Stimme war kühl und berechnend. Ich fühlte mich mächtig, nicht schwach, obwohl ich nur ein Mensch war.

»Du wirst noch sehen, was du davon hast, Mädchen«, sagte er, bevor er sich umdrehte und losrannte, wobei er eine blutende Spur hinterließ.

Er … rannte davon?

Weil ich ihm seinen Ring genommen hatte?

Und seine Fähigkeiten. Anscheinend.

Ich blinzelte, starrte ihm nach, starrte auf meine Hände.

Sie waren dunkel vor Blut. So viel Blut, ein Knochen und noch mehr Blut. Ich hatte einen Finger in der Hand gehabt. Einen Finger! Ich hatte jemanden einen verdammten Finger abgetrennt!

Zittrig steckte ich die Waffe, die mir das Leben gerettet hatte, in den Bund meiner Hose. Mir wurde speiübel und ich schluckte die aufsteigende Galle hinunter. Als ich an mir heruntersah, war dort nur noch mehr Blut.

So viel Blut. Blut. Blut. Blut. Blut.

Mir wurde schwarz vor Augen und alles drehte sich gefährlich, bevor ich ohnmächtig wurde. Vielleicht würde ich heute doch sterben.

Der Auftraggeber

Sie hat bitte was?« Ich atmete tief durch, um nicht das Handy durch den Raum zu werfen. »Es war dein Auftrag, mir diese Seele zu beschaffen! Deine Aufgabe, die du mit deiner großen Klappe kleingeredet hast und jetzt berichtest du mir, dass dir ein Finger abgetrennt wurde? Und du deinen Ring verloren hast?«

Das schwere Atmen des Henkers drang an mein Ohr. »Dieses Menschenmädchen hatte eine Waffe, mit der sie mich verletzen konnte. Es war wie flüssiges Feuer. Aber ich werde den Auftrag zu Ende bringen.«

»Das will ich auch hoffen! Immerhin habe ich dich ausgewählt, weil du der Beste bist. Das dachte ich zumindest. Vielleicht sollte ich mich nach jemand neuen umsehen …« Dieser verdammte Henker. Musste ich wirklich alles selbst machen, damit es funktionierte? Dabei hatte ich ihn angefordert, damit Asher nichts mitbekam.

»Ich brauche erst einen neuen Ring, dann hole ich mir ihre Seele.« Es würde ihn einiges kosten, einen neuen Ring zu besorgen. Er konnte ja schlecht vor den Rat treten. Kein Rippa konnte das – und genau deshalb waren sie ja auch so überaus nützliche Werkzeuge. Normalerweise. Diesmal jedoch hatte er versagt.

»Du wirst diese Mädchen töten, koste es, was es wolle! Hast du mich verstanden?«

»Der Preis hat sich verdoppelt«, ließ mich dieses Arschloch wissen. »Ein neuer Ring, dazu diese Waffe. Viel komplizierter als gedacht. Und damit teurer.«

Ich knurrte in den Hörer. »Hör auf zu jammern und geh an die Arbeit. Du bekommst das Doppelte. Sie muss so schnell wie möglich sterben, hast du verstanden?«

»Wird gemacht.«

Ich legte auf. Diesmal hatte er hoffentlich Erfolg.

Kenna

Mir fiel das Schlucken unfassbar schwer.

»Kenna? Scheiße. Kannst du mich hören?«

Ich wollte den Kopf schütteln, konnte mich aber nicht rühren. Wer sprach da überhaupt mit mir? Kannte ich diese Person? Etwas rüttelte an mir und ich stöhnte auf.

»Kenna?« Eine Stimme …

Ich blinzelte, bis ich ein paar Umrisse erkennen konnte. Doch selbst dann war alles verschwommen. So sehr ich mich auch anstrengte, ich konnte nichts erfassen. Irgendwer trug mich, ich spürte die Erschütterungen, die mir ein Stöhnen entlockten und mir die Luft nahmen.

»Ich probiere, so vorsichtig wie möglich zu sein, du musst wach bleiben, verstanden?« Aber ich war so müde, mir tat alles weh und ich wollte nur noch schlafen.

So gerne schlafen …

Asher

Ich teleportierte mich direkt in mein Zimmer. Mir war furchtbar schlecht, denn ich wusste nicht, was geschehen war, ich hatte sie so im Wald gefunden, ein paar hundert Meter neben ihrem Haus.

Wo war Break gewesen? Er hätte doch aufpassen sollen! Nein, ich hätte nicht gehen dürfen. Ich hätte bei ihr bleiben müssen, denn dann wäre sie jetzt nicht so schwer verletzt. Sie stöhnte auf, als ich sie auf meine Couch legte. Ihr Körper war über und über mit Blut bedeckt. Der Anblick war wie aus einem Horrorfilm geschnitten. Ich strich ihr die Haare aus dem Gesicht und tastete ihren Körper ab, um herauszufinden, woher das viele Blut kam, doch ich fand nur eine kleine Platzwunde am Hinterkopf und Abschürfungen an Händen, Knien und Armen, dazu diverse Schwellungen, die sich bereits zu Verfärben begannen.

Ich schrieb Break, keine zwei Minuten später tauchte er neben meinem Minikühlschrank auf, schnappte sich ein Bier, öffnete es mit den Zähnen und nahm einen großen Schluck.

Erst dann sah er Kenna.

»Beim Seelenschlund, was ist mit ihr passiert?«

»Wo warst du, Break? Du solltest doch auf sie aufpassen!«

»Ich war da. Vor ihrem Haus. Ich war nur kurz …«

»Nur kurz was, Break?«

Er wurde bleich. »Fuck.«

Mir entfuhr ein Knurren. Wenn er nicht gleich mit der Sprache rauskam, konnte es sein, dass ich ihm eine verpasste. Wie nur hatte der Henker an ihm vorbeigekonnt? *Dass* der Henker sie gefunden hatte, daran bestand kein Zweifel. Kenna sah aus, als hätte sie mit dem Tod höchstpersönlich gerungen.

»Fuck«, flüsterte Break. »Ich war pissen.«

»Im Haus?«

»Nein.« Er schluckte. »Sie war duschen und da wollte ich sie nicht erschrecken, also bin ich über die Straße und ein Stück in den Wald rein – es können höchstens zwei Minuten gewesen sein.«

Zwei Minuten, in denen der Henker Kenna aufgelauert hatte. Allein die Vorstellung, wie sie nach Break rief, der aber nicht kam, verursachte mir Brechreiz. Ich mochte mir gar nicht vorstellen, was noch alles hätte passieren können, wenn ich nicht rechtzeitig in ihr Zimmer teleportiert wäre. Die Erinnerung an das Chaos, das ich vorgefunden hatte, und das Entsetzen, das in meinem Magen explodiert war, ließen mich beinahe straucheln. Doch ich musste stark sein. Für Kenna.

Mein Blick tastete ihr Gesicht ab, die Schwellungen und Blutergüsse, die schon jetzt auf ihrer Haut erblühten. Kaum, dass ich in ihrem Zimmer gestanden hatte, war ich der Spur der Verwüstung durch die Hintertür gefolgt, hinaus in den Wald. Mein Instinkt hatte mich geleitet.

Jetzt war sie hier. In Sicherheit.

Sie lebt, flüsterte ich in Gedanken. *Noch.*

»Warum hast du sie überhaupt nach Hause gebracht?«, wollte Break wissen. »Ihr habt vier Duschen, hätte es eine von denen nicht getan?«

»Weil sie es so wollte.«

Break schlug die Hände über dem Kopf zusammen. »Ich möchte auch viel, aber mir rennt kein Mörder hinterher und ihr eben schon! Wie konntest du das nur zulassen?«

Ich schluckte die scharfe Erwiderung runter, die mir auf der Zunge brannte. Es brachte nichts, sich gegenseitig in Vorwürfen zu ergehen. Er war pissen gewesen, ich hatte sie heimgebracht. Passiert war passiert.

Break berührte Kennas Arm. »Sie sieht wirklich schrecklich aus. Ist das ihr Blut?«

»Dafür ist es zu dunkel.«

Kaum hatte ich das ausgesprochen, flog meine Tür krachend auf und Sesta stürmte rein. »Glaubt ihr etwa, ich würde euch nicht hören, wenn ihr wie abgeschlachtete Hühner … Ach du heiliger Tod!« Sie riss erschrocken die Hände hoch, keuchte und schwankte. »Was ist passiert?«

»Mach die Tür zu!«, spie ich ihr entgegen. Sie gehorchte sofort, zitterte dabei jedoch erbärmlich.

»Lebt sie überhaupt noch?«

»Ja.«

»Wie ist das passiert?«

»Der Henker.«

»Der … bitte *wer*? Ich hoffe, du hast dich versprochen! Der Henker ist hinter ihr her?«

Break nickte
»Mein Tod, das ist ja schrecklich.« Sie beugte sich über Kenna und berührte sie im Gesicht. »Das ist Sensenblut. Von euch?«
Wir schüttelten den Kopf.
»Dann muss es vom Henker sein. Menschenblut ist nicht so dunkel. Hat sie eures schon bekommen?«
»Unseres?«, fragte Break. Sein Gesicht hellte sich auf. »Nein, noch nicht.« Er verstand offensichtlich, worauf Sesta hinaus wollte, während ich verständnislos die Stirn runzelte.
Sesta drehte sich suchend um. »Hast du eine Spritze da?«
»Nein. Wofür?«
»Um dir Blut abzunehmen und es ihr zu spritzen. Du Trottel, hast du etwa nicht aufgepasst? Das ist Basiswissen.« Meine Schwester wedelte mit der Hand vor ihrem Gesicht herum, als hätte ich sie nicht mehr alle. »Wie kann es sein, dass du die Prüfung bestanden hast, hm?«
Break feixte. »Ich *dachte*, du wärst so ein Vorbildschüler gewesen.«
»Anscheinend nicht«, sagte Sesta.
»*Dachte* ist das richtige Wort«, antwortete ich und forderte meine Schwester mit einer Geste auf, mich an ihrem Wissen teilhaben zu lassen.
»Sensenblut lässt menschliche Wunden schneller heilen.«
»Ist das so?«
Sie verdrehte die Augen. »Ja klar!«
Break hob die Hand. »Ich hol eine Spritze. Bin gleich wieder da.« Bevor ich richtig hingesehen hatte, war er verschwunden und tauchte ein paar Sekunden später an einer anderen Stelle wieder auf. In der Hand drei Spritzen. Eine kleine, eine mittlere und eine große. »Welche darf ich in deinen Arm stecken?« Er wackelte voller Vorfreude mit den Augenbrauen.
Sesta verkniff sich ein Grinsen.
»Keine Ahnung, die, die am besten hilft.«
Er wählte die Größte aus. Natürlich.
»Dann wird es wohl diese hier. Gib mir deinen Arm.«
»Kannst du überhaupt Blut abnehmen?«

»Das werden wir gleich sehen.«

»Komm, gib her«, sagte Sesta und drängte sich an Break vorbei.

Na super. Das wurde ja immer besser. Es war meine Schuld, dass Kenna hier lag und so aussah. Ganz allein meine. Fuck. Ihre braunen Haare waren feucht von Blut und ihr Gesicht grau mit roten Schlieren. Als würde sie Blut weinen. Von ihren nackten, blutigen Füßen wollte ich gar nicht erst …

»Autsch«, grummelte ich, nachdem die Nadel ohne Vorwarnung in meinen Arm gerammt worden war und Sesta zufrieden grinsend dastand, während sie das Blut in die Spritze zog. Wir Sensen hatten deutlich dunkleres Blut als Menschen. Fast schwarz.

»Wie ich sehe, hast du eine sadistische Ader«, sagte Break.

»Willst du wissen wie sadistisch?«, erwiderte sie.

Kaum war die Kanüle voll, zog Sesta die Spritze raus und trat an die Couch.

Ich hielt sie zurück. »Mach vorsichtig.«

»Ich bin feinmotorisch tatsächlich begabt – im Gegensatz zu dir oder Blazon.« Sie deutete auf Break. »Von dir mal ganz abgesehen.«

Sie strich den Ärmel von Kennas Hoodie hoch, nur um mehr Blessuren zum Vorschein zu bringen. Sanft tastete sie die blasse Haut ab und drückte anschließend auf einer sichtbaren Vene herum, setzte an und stach zu. Sie drückte den Kolben durch und injizierte ihr mein Blut. »Das wird für ein paar Tage in ihrem Blutkreislauf sein und sie von innen stärken.«

»Hat das noch andere Auswirkungen?«, fragte Break.

»Nicht, so weit ich mich erinnere. Es dürfte relativ harmlos sein. Sie wird dadurch auch nicht zu einer von uns, ansonsten gäbe es schon tausende Menschen, die durch Sensenblut in ihrem Organismus verwandelt worden wären.«

»Und jetzt?«, fragte ich.

»Warten wir.« Sesta stand auf und warf die Spritzen in den Müll, wobei Banshee sie neugierig musterte. Die Hündin stand auf und schnüffelte Kenna an, kletterte zu ihr und bettete schließlich ihren Kopf auf ihren Bauch. So blieb sie ruhig liegen.

»Sie wird schon wieder. Hey, immerhin ist sie noch nicht tot.«

Ich schluckte bei Breaks Worten. »Danke, sehr aufbauend.«

»Wenn du lieber regenbogenpupsende Einhörner möchtest, musst du … keine Ahnung, dir irgendwen anderes suchen. Von mir bekommst du das vor die Nase gesetzt, was du selbst pupst, und das war richtige Scheiße. So wie nach einem scharfen Taco voller Jalapeños.«

Angeekelt schnappte ich mir einen Apfel aus der Obstschale. Ich schnitt ihn auf, um mir das erste Stück in den Mund zu schieben. Meine Hände mussten irgendetwas zu tun haben. »Appetitlich.«

»Du hast angefangen, zu essen, *nachdem* ich gesprochen habe. Die Schuld liegt ganz klar bei dir, Asher.« Er nahm das Bier, das er abgestellt hatte, und trank.

»Von mir brauchst du auch keine Regenbögen und so Glitzerzeug erwarten.« Sesta streckte sich.

»Das habe ich auch nie, da läuft Break eher im Einhornkostüm herum.«

Sie lächelte schwach, ihre Aufmerksamkeit lag jedoch auf Kenna. Echtes Mitgefühl spiegelte sich in ihrem Gesicht wieder. »Wenn sie aufwacht oder etwas ist, schreib mir, okay? Vom Henker verfolgt zu werden, ist grausam.«

Ich nickte ihr zu und zog sie in eine Umarmung.

Sie wusste, dass es mein Dank war.

Als Sesta den Raum verließ, wurden Break und ich still, hatten unseren Fokus auf Kenna und Banshee gelegt, die sich beide kein Stückchen bewegten. Keine Ahnung, wie viel Zeit verging, doch es wurde draußen dunkel und ich überlegte schon, ob ich Kennas Mutter irgendwie Bescheid geben sollte, dass mit ihrer Tochter alles okay war und sie sich keine Sorgen machen musste. Oder machte es das nur noch schlimmer und ihre Mom würde deswegen erst recht ein seltsames Gefühl bekommen? Ich wusste es nicht.

Mittlerweile hatte ich meinen vierten Apfel geschnitten und gegessen, während Break beim fünften Bier war. Mir konnte keiner nachsagen, dass ich einen Hang zum Alkohol hatte. Dafür war Break zuständig, der das Zeug hinunterkippte, als wäre es Wasser, und kein Stückchen betrunken wurde. Das war für Sensen schwer.

Banshee murrte.

Break wollte sich ein weiteres Bier aus dem Minikühlschrank holen, als er innehielt und sich zur Couch drehte.

»Asher?« Die krächzende Stimme von Kenna brachte mein Herz zum Stolpern und ich legte sofort den Apfel weg.

»Ja! Ich bin da!« Ich kniete mich neben sie und umschlang ihre Hand, die so verdammt kalt war.

Sie fasste sich an den Kopf, stöhnte auf und kniff die Augen fest zusammen.

»Wer hat dir das angetan?« Ich strich ihr sanft über den Handrücken. »Was ist passiert?«

»Lass mich … denken«, murmelte sie und wollte sich aufsetzen, doch schaffte es nicht.

Ich griff vorsichtig unter ihre Arme und zog sie in eine sitzende Position. Obwohl ich behutsam war, verzog sie das Gesicht und unterdrückte ein Wimmern, doch ich hörte es trotzdem.

»Brauchst du irgendwas?«

»Vielleicht ein Glas Wasser.« Sie klang heiser und ich fragte mich, ob sie gewürgt worden war.

»Break, kannst du …«

»Sehe ich aus wie dein Diener?«

»Nein, eher wie ein Arsch.«

Augenverdrehend holte er ein Glas Wasser, das er Kenna vor die Nase hielt. »Bitte, brauchst du noch etwas?« Er war so sanft und freundlich, dass ich ihn kurz ein wenig verwirrt angaffte.

»Nein, danke. Lieb von dir.«

»Meine Spezialität.«

Ich verzog das Gesicht. Was stimmte nicht mit ihm? Warum war er mein bester Freund? Wer hatte sich das ausgedacht? Konnte ich ihn noch umtauschen?

Kenna sah mich mit diesen wundervollen rehbraunen Augen an. »Er war es. Der Henker. Er war da und er wollte mich töten.« Sie wandte sich an Break. »Ich habe nach dir gerufen, Break, du warst nicht da.«

Er setzte sich neben mich. »Es tut mir furchtbar leid, dass ich dich im Stich gelassen habe.« Er erklärte, wie die Situation gewesen war.

»Ist okay, das konnte niemand von uns vorhersehen.«

Ich wünschte, ich hätte den Henker in der Gasse umgebracht, damit das hier gar nicht erst passiert wäre.

Sie sprach erst stockend und schließlich mit fester Stimme. Während sie erzählte, was passiert war, schwiegen Break und ich. Banshee schmiegte derweil ihren Kopf gegen Kennas Hand. In regelmäßigen Abständen musste ich mich daran erinnern zu atmen, weil ich vor lauter Schock die Luft anhielt. Mein Herzschlag dröhnte ihn meinen Ohren, was es mir schwierig machte, Kenna richtig zu folgen. Als sie mit ihrer Erzählung endete, trug ich eine Gänsehaut am gesamten Leib und wusste nicht, was ich sagen sollte. Nun hatte Kenna die Konsequenzen unserer Begegnung gespürt.

»Wehe, du machst dir Vorwürfe.« Sie rüttelte an meiner Schulter. »Hörst du? Lass das. Es war meine Entscheidung, ich wollte das machen.«

»Aber ich kannte das Risiko und hätte dich beschützen müssen.«

»Glaub mir, das habe ich ganz gut selbst geschafft.«

Break brummte zustimmend. »Du sagtest, du hättest den Knochen von der Knochensammlerin bekommen. Hast du ihn bei dir? Kann ich ihn sehen?«

»Hier.« Kenna zog ihn aus dem Bund ihrer Hose hervor und streckte ihn Break entgegen. »Aber pass auf …«

Er schrie erstickt auf, als seine Finger den Knochen berührten. »Das brennt, verdammte Scheiße.« Er schüttelte sich.

Ich war neugierig und strich flüchtig über den Knochen. Rasch zog ich die Hand zurück. »Keine Ahnung, was das ist, aber es ist eindeutig dazu gedacht, Sensen zu verletzen.«

»Eine verdammt machtvolle Waffe«, brummte Break und saugte an seinem Finger. »Warum rückt die alte Knochensammlerin so was raus?«

Kenna zuckte die Schultern.

Ich zog die Nase kraus. »Das würde mich auch interessieren. Vielleicht statte ich ihr noch mal einen Besuch ab. Dann kann ich ihr eine neue Frage stellen.« Ich strich über Kennas Arm. »Wie geht es dir?«

»Mir tut alles weh.«

»Dabei siehst du schon viel besser aus«, sagte Break.

Ich betrachtete sie genauer. Die Schrammen waren bereits verkrustet, die Schwellungen klangen ab und die Prellungen verloren an Farbe.

»Es wirkt«, sagte ich und zog Kenna an mich, woraufhin sie aufstöhnte. »Sorry.« Das war gut zu wissen, falls so etwas noch mal passieren sollte. Aber es *durfte* nicht noch mal passieren. Denn ihr Todestag war nicht mehr weit entfernt. Ab jetzt musste ich stetig an ihrer Seite sein, damit sie sicher war.

»Zerquetsch sie nicht gleich, Asher.« Break schnalzte mit der Zunge. »Ihr soll doch nicht ein Arm abfallen, weil du ihn ihr abschnürst.«

Bei dieser Bemerkung versteifte sie sich und ihr Blick wurde starr. Einige Sekunden verweilte sie in dieser Position, bis sie sich losriss und mir in die Augen blickte. »Ich habe ihm den Finger abgehackt.«

»Du hast *was*?«, fragten Break und ich gleichzeitig.

»Den Finger abgehackt«, wiederholte sie und ein Grinsen bildete sich auf ihrem Gesicht. »Mit seinem Ring.«

»Kenna«, sagte Sesta, als sie ins Zimmer kam. »Dir geht es besser?«

Kenna schluckte. »Du weißt davon? Vom … Henker?«

»Stell dir vor, ich hab dir sogar geholfen. Und keine Sorge, ich habe Asher versprochen, nichts zu verraten, und dabei bleibt es auch. Wobei das keine Rolle mehr spielen dürfte, immerhin hat schon jemand einen Todesboten auf dich angesetzt …«

Kenna blinzelte. Ich ahnte, woran sie dachte. An Blazon, die Seelen im Poolhaus und ihren Verdacht. Davon durfte sie Sesta nichts erzählen, nicht, solange es nicht bestätigt war – was nicht passieren würde. Blazon war zu derlei Gewalt nicht fähig. Er mochte Kenna verachten, doch er wusste ganz genau, wie wichtig sie mir war.

So wichtig, wie ihm Celine gewesen war.

Und Celine war tot …

»Oh, ich, also ....« Mit fahrigen Bewegungen rutschte sie zur Kante der Couch. »Ich muss ganz dringend aufs Klo und duschen würde ich auch gerne.«

Ich war dankbar, dass sie schwieg. Dass sie Sesta die quälenden Zweifel vorenthielt, denn was, wenn doch etwas daran war?

Celine war tot. Kenna stand auf meiner Liste.

Und ich würde alles, wirklich alles tun, um sie zu beschützen.

So wie auch Blazon alles getan hatte, um Celine zu beschützen – oder?

Zu meiner Überraschung hielt Sesta ihr die Hand hin. »Ich kann dich begleiten. Außer du schmierst dein ganzes Blut an mir ab, dann überlege ich mir das noch mal.«

Kenna musterte sie skeptisch.

»Ich drehe mich auch um, damit du deine Ruhe hast. Außer du willst, dass einer von den Jungs mitgeht.«

»Sicherlich nicht.« Kenna ließ sich aufhelfen.

Ich wollte sie stützen, doch Sesta winkte ab.

»Mach dir keine Sorgen, ich krieg das hin.«

Kenna machte vorsichtige Schritte in das Badezimmer hinein und Sesta sperrte ab.

Ich räusperte mich. »Wenn du Hilfe brauchst, ruf nach mir, okay?«

»Danke«, klang es dumpf hinaus.

Sesta seufzte laut. »Wird sie nicht!«

Ich blieb vor dem Badezimmer stehen, bis das Wasser plätscherte, erst dann setzte ich mich zu Break, der es sich auf der Couch gemütlich gemacht hatte und mich abwartend ansah.

»Irgendetwas bedrückt dich noch«, stellte er fest und betrachtete mich so eingehend, dass ich am liebsten den Kopf angewandt hätte.

Ich zögerte, weil ich nicht wirklich wusste, wie ich beginnen sollte. Also holte ich mein Buch hervor, schlug es auf der entsprechenden Seite auf und hielt es ihm unter die Nase. Zuerst guckte er ein wenig verwirrt, bis sich sein Gesicht versteinerte und er wie automatisch den Kopf schüttelte, sich dabei aufrichtete und die Augen aufriss. So viele Reaktionen auf einmal überforderten mich ein wenig.

»Das ist ein Witz?« Es schwang so viel Hoffnung in seinen Worten mit, dass ich am liebsten Ja gesagt hätte. Aber ihr Name würde deswegen nicht verschwinden. Er würde bleiben und mich meinen letzten Funken Verstand kosten. War es für Blazon auch so gewesen?

»Nein, glaub mir, das wünsche ich auch.«

»Und dann lässt du sie noch allein rumlaufen? Obwohl du weißt, dass sie sterben wird? Ist das dein Ernst?« Breaks Stimme hallte so laut durch das Wohnzimmer, dass ich nach ihm schlug.

»Halt deine verdammte Klappe!«

»Und sie weiß es noch nicht mal!« Er stand auf und tigerte vor mir auf und ab. »Sag mal, spinnst du?«

»Was soll ich denn machen? Ich habe den Namen da nicht reingeschrieben und es ist auch so schon schwer genug, da brauche ich nicht auch noch deine Predigt!«

Break blieb stehen. »Sorry, ich bin nur … schockiert«, gab er zu und ließ sich zurück aufs Sofa fallen.

»Ja … ich weiß.«

Und wie wir so beieinander saßen, erzählte ich ihm auch von den Seelen, die Kenna im Poolhaus gefunden hatte, und dass sie dachte, Blazon hätte vielleicht etwas damit zu tun. Ich erzählte ihm alles.

Wie schwer es mir fiel, meinen Bruder zu verdächtigen, obwohl er sich klar für ihren Tod ausgesprochen hatte.

Wie groß die Angst war, Kenna zu verlieren.

Wie verzweifelt ich sie retten wollte.

Vor dem Henker. Und vor mir.

»Wenn sie ihm den Finger mitsamt Ring abgehackt hat, dürfte seine Sensenfähigkeit für einige Zeit erloschen sein.« Break tippte sich gegen den Mund.

»Aber das wird ihn kaum davon abhalten, sie umbringen zu wollen. Er wird es auf andere Art versuchen, wetten?«

Die Wette gewann er noch im selben Moment, denn draußen auf dem Balkon richtete sich der Henker auf, fasste sich an den Hut und neigte zur Begrüßung den Kopf. Er war voller Blut und sein Ringfinger fehlte. Das mörderische Grinsen bescherte mir klingelnde Warnglocken. Er griff in seinen Mantel und holte eine Pistole raus, mit der er ans Fenster klopfte.

Tock, tock, tock.

Break und ich sprangen zeitgleich auf und liefen los.

Banshee hinterher.

Der Henker zerschoss die Fensterscheibe, als wir uns hinter die Couch duckten. Banshee presste sich gegen meinen Oberschenkel und jaulte. Kaum hatten die Schüsse aufgehört, waren knirschende Schritte zu hören. Er war wirklich lästig.

»Was ist passiert? Geht es euch gut?« Kenna. Sie bog um die Ecke und erstarrte. Bewegte sich kein Stückchen.

»Kenna!«, rief Sesta.

Der Henker lachte und hob die Waffe.

Nein.

Ich teleportierte mich zu Kenna, umschlang sie mit meinen Armen und schirmte sie vor den Kugeln ab, die in meinen Rücken einschlugen. Der Schmerz fraß sich wie eiskaltes Feuer durch meine Haut. Ich stöhne, aber durfte nicht fallen, nicht loslassen und vor allem: Kenna nicht ungeschützt lassen. Wir mussten hier weg. »Break, hilf Sesta!«

Mit dem letzten Funken Kraft teleportierte ich uns fort. An den erstbesten Ort, der mir einfiel. Eine Sekunde später landeten wir auf ihrem Bett, sie unter mir und ich schmerzvoll stöhnend auf ihr.

»Asher?« Kenna rutschte unter mir hervor und kniete sich vor mich, um mein Gesicht zu betrachten. »Warum hast du das gemacht?«

»Weil … ich kugelsicher bin … du nicht.«

Sie starrte mich fassungslos an. »Du offensichtlich auch nicht! Wehe, du stirbst, hast du mich gehört?«

»Kenna, ich werde nicht … sterben. Nur ein wenig leiden, bis du die Kugeln aus meinem Rücken geholt hast. Vielleicht habe ich da ein wenig … übertrieben. Das meinte ich mit kugelsicher, dass ich nicht sterben werde, verletzen können mich Kugeln aber durchaus. Könntest du also …?«

Hoffentlich hatte Break sich um Sesta gekümmert.

»Warte, lass mich dein Shirt hochziehen und gucken. Halt still. Okay, so ist es gut, ich bin vorsichtig. Da sind drei ... sieben ... zehn ... zwölf, ich sehe zwölf Einschusslöcher!«

»Hol sie raus.«

»Wie soll ich das bitte machen, Asher?«

»Keine Ahnung, Finger, Pinzette, irgendwas. Mein Fleisch schiebt die Kugeln sowieso Richtung Ausgang, weil es heilen möchte, du musst sie nur noch packen und rausziehen.«

Kenna atmete hörbar ein. »Okay, ich schaffe das.«

»Natürlich schaffst du das. Du bist einem Rippa entkommen, da wirst du ja wohl ein paar Kugeln aus meinem Rücken holen können.«

Sie verschwand aus dem zertrümmerten Zimmer, was mir die Möglichkeit gab zu fluchen. Die Kampfspuren waren nicht zu übersehen.

Wo waren Break, Banshee und Sesta? Waren sie unverletzt?

»Okay, mach dich bereit. Ich versuche, es so schnell und sanft wie möglich zu erledigen. Darf ich?«

Ich nickte und biss die Zähne zusammen, während sie die Kugeln entfernte. Es tat verdammt weh, aber kurz nachdem der erste Fremdkörper entfernt war, schloss sich bereits die Haut.

»Gleich haben wir es geschafft, du machst das wirklich super.«

Beinahe musste ich lachen, weil sie sich so viel Mühe gab, beruhigend auf mich einzureden.

»So, fertig. Warte, ich wasche das Blut noch ab. Achtung, es wird kalt. Ich sagte doch, dass es kalt wird, hör auf zu meckern. Bin ja gleich fertig.« Sie erhob sich und warf etwas in den Mülleimer, dann setzte sie sich neben mich und strich mir mit ihren langen Fingern durch die verschwitzten Haare. Zugegeben, ich war wirklich ausgelaugt von der Aktion.

»Danke«, flüsterte sie.

»Für was?«

»Dass du dich für mich hast anschießen lassen.«

»Würde ich immer wieder tun.«

»Sicher? Das ist ... selbstgefährdend.«

»Todsicher.«

Kenna schnaubte belustigt. Dann fiel das Lächeln in sich zusammen und ihr Gesicht wurde ausdruckslos, doch ihre Augen nicht.

Dort war so viel zu sehen, so viele Gefühle, die ich erkunden konnte, bis sich Tränen davorschoben. »Ich bin ein bisschen überfordert.«

Ich rappelte mich auf, um sie an mich zu ziehen. »Das weiß ich und ich hoffe, dass ich dir irgendwie helfen kann. Wenn du etwas brauchst, sag es.«

»Du bist doch derjenige, der angeschossen wurde.« Kenna schniefte an meine Halsbeuge und strich mit ihren Fingern meinen Nacken rauf und runter.

»Und du wurdest fast getötet.«

»Er hatte meine Seele schon in der Hand, ich konnte nicht atmen.«

»Was?« Ich schob sie ein Stückchen zurück, um ihr Gesicht genauer betrachten zu können. Sie weinte still und leise. »Kenna«, flüsterte ich, strich ihr über die Haare und küsste die Tränen fort. »Es tut mir leid, dass ich dich hier hineingezogen habe.«

Sie schüttelte den Kopf und wollte mir antworten, als Schritte auf der Treppe erklangen, sofort richtete ich mich auf und stellte mich schützend vor sie.

»Seid ihr hier?« Das war Break.

Ich atmete auf. »Ja, sind wir. Wo ist meine Schwester?«

»Hier bei mir.« Break hielt Sesta am Arm und führte sie ins Zimmer. »Deinen Hund hab ich auch mitgebracht. Die schnüffelt unten durchs Haus. Ist ein bisschen durch den Wind, wenn du mich fragst.«

»Du kannst mich jetzt loslassen«, murrte Sesta. »Mir geht es nämlich sehr gut!«

Ich nickte ihm zu. »Danke, Break.«

»Du weißt ja, dein Kampf, mein Kampf.« Er klopfte mir auf die Schulter.

Banshee kam winselnd ins Zimmer gestürmt und sprang aufs Bett, um Kenna und mir das Gesicht abzulecken.

»Hey, meine Süße«, murmelte Kenna und schmiegte sich an Banshees Hals. Sie räusperte sich. »Er wird nicht aufhören, mich zu jagen, oder?«

Nein, das würde er nicht.

Und genau deshalb brauchten wir einen Plan.

Kenna

»Wir müssen ihn aufhalten, bevor er mich bekommt. Wir müssen ihn jagen und nicht nur darauf warten, dass er uns in Stücke reißt.«

»Absolut«, stimmte mir Break zu und verschränkte die Arme vor der Brust. Er war gerade erst zurückgekommen, nachdem er Sesta weggebracht hatte. Die hatte sich dagegen gesträubt wie ein wütender Pavian, war letztendlich aber eingeknickt. Asher sagte, sie hätte noch nicht ihre Fähigkeiten und würde uns so kaum eine Hilfe sein. Zudem, das hatte ich seinem warnenden Blick entnommen, wollte er nicht, dass sie von unserem Verdacht erfuhr. Sollte Blazon hinter allem stecken, war es auch er, der den Henker auf mich angesetzt hatte.

»Könnt ihr Sensen umbringen?«, fragte ich.

Break grinste diabolisch. »Ja, natürlich, wenn wir der Sense die Seele rausreißen und diese den Seelenfressern übergeben. Sie prüfen dann, ob diese Sense wirklich nicht mehr auf der Welt wandeln sollte, sehen sich die Taten an und entscheiden schließlich. Wenn die Seele für das Ende vorherbestimmt ist, kommt sie in den Seelenschredder. Dort wird sie zu feinem Staub zermahlen und schließlich als Dünger für die Grabblumen verwendet.«

Das hatte er sich doch ausgedacht, oder?

»Ein Scherz?«, fragte ich.

Asher schüttele den Kopf. »Nein, Realität.«

»Funktioniert das beim Henker auch so?«

Asher runzelte die Stirn. »Ich bin mir unsicher, er ist alt und ein Rippa. Gab es da nicht mehr Anforderungen, um ihn zu töten?«

Break brummte. »Nein, ihm kann auch die Seele entrissen werden.«

»Das heißt, ihr könntet das?«, fragte ich.

Asher und Break nickten synchron.

»Gut, dann sollten wir ihm seine Seele rauszupfen.«

»Vernünftiger Plan«, stimmte Break zu. »Lasst uns eine Seele pflücken.«

»Ich bin froh, etwas zu haben, mit dem ich mich gegen den Henker zur Wehr setzen kann.« Fest umschlang ich den messerartigen Knochen, der im Bund meiner Hose steckte.

Break brummte zustimmend.

Ich räusperte mich. »Zurück zum Henker. Ich werde den Köder spielen. Wahrscheinlich dauert es nicht mehr lange, bis er hierherkommt, und wenn er mich sieht, werde ich …«

»Nein.« Asher hatte die Augen weit aufgerissenen. »Bist du wahnsinnig? Ich habe mich nicht in die Schussbahn geworfen, damit du jetzt dein Leben aufs Spiel setzt! Du wirst nicht der Köder sein.«

»Das ist nicht deine Entscheidung. Er wird schneller und unüberlegter reagieren, wenn er mich sieht. Seine Wut auf mich ist groß. Ich habe ihm den Finger abgehackt und ihn in die Flucht geschlagen. Ein Mensch. Ich denke, er will sich beweisen, vor sich selbst und seinem Auftraggeber. Deshalb ist er so versessen darauf, mich zu töten. Es ist eine Schande für ihn, dass er abgehauen ist. Das weiß ich.«

»Und selbst wenn, du bringst dich nicht in Gefahr!« Asher spannte die Schultern an. »Du wirst nicht heilen, wenn er auf dich schießt.«

»Entweder du hilfst mir, ein guter Köder zu sein, oder du machst nicht mehr mit«, bestimmte ich. Ich hatte keine Lust, in Angst zu leben und mich nach jedem Schritt umzusehen, ob er hinter mir stand. Das sollte nicht mein Leben sein. Asher starrte mich verbittert an und ich konnte die Sorge in seinen Augen blitzen sehen.

»Bist du dabei?«, fragte ich ihn.

»Wenn du unbedingt meinst.« Er war nicht glücklich und ich bewunderte es wirklich, dass er mich so beschützen wollte, aber jetzt reichte es mir. Ich hatte dem Henker einen verdammten Finger abgehackt! Er würde mich nicht kleinkriegen. Außerdem hatte ich Asher und Break.

»Gut, dann hört zu, das ist mein Plan …«

Wenig später saß ich auf den Stufen zu unserem Haus und legte meine Kette ab. Die Grabblume würde meinen Geruch nicht mehr überdecken. Er sollte ruhig kommen. Sein geschwächter Zustand spielte uns in die Karten. Ich wartete, den Knochen fest in der Hand. Asher und Break waren im Haus. Einer in der Küche, der andere im Wohnzimmer, sodass sie von zwei Seiten kommen konnten. Banshee saß hinter mir, hatte die Ohren gespitzt und schien genauso über den Plan informiert zu sein wie ich. Ich war froh, dass Banshee bei mir war und ich nicht allein hier draußen sitzen musste.

»Ich hätte nicht gedacht, dass du zurückkommen würdest, Menschenmädchen. Immerhin wärst du hier fast gestorben.« Der Henker lehnte an meinem blauen Pickup. Sein Hut war ihm in die Stirn gerutscht, während sein löchriger Mantel sanft im Wind schwang.

»Du hast hier einen Finger verloren«, entgegnete ich kühl.

Banshee knurrte den Henker an, der sie wiederum mit seinen gelben Zähnen anbleckte. Sie ließ sich nicht einschüchtern, ich hielt Banshee zurück, damit sie nicht vorpreschte.

»Der Finger ist nicht so viel wert wie die Bezahlung.«

»Nicht nur ein Mörder, ein gieriger noch dazu.«

Der Henker verzog missmutig den Mund und schnellte auf mich zu. Ich spurtete ins Haus. Kaum hörte ich seine Schritte im Eingangsbereich, schrie er auf, als Banshee ihm ins Bein biss. »Mistköter.« Er trat nach ihr, doch Banshee wich geschickt aus, und noch bevor er die Pistole ziehen konnte, rannte Break ihn um und donnerte mit ihm in die Wand. Die Bilder wackelten gefährlich, eins fiel zu Boden und zerbrach.

»Komm her, du Ekelpaket.« Break schlug ihm ins Gesicht, packte ihn am Hals und drosch ihn gegen die Wand.

Der Henker packte Break am Arm und schubste ihn fort.

Sofort war Asher da und schlug ihm mit dem Baseballschläger meiner Mutter ins Gesicht. Etwas brach knackend und es war nicht der Schläger. Der Henker fasste sich an die Nase und schob sie dorthin, wo sie hingehörte. All diese Sachen waren nicht stark genug, um ihn aufzuhalten, denn auch er war kugel- und stoßfest. Aber wir hatten besprochen, dass ich mich heraushielt und die beiden gegen ihn kämpfen ließ. Dumm stellten sie sich nicht an, aber er war irgendwie stärker.

»Ich bin wesentlich älter als ihr Neulinge, glaubt ihr, dass ihr mich aufhalten könnt? Ihr seid schwach.«

»Das werden wir sehen.« Break sprang auf seinen Rücken, krallte sich an ihm fest und würgte ihn.

Der Henker kratzte Breaks Haut auf, doch dieser ließ nicht los, während Asher ein Messer in seiner Hand wiegte, mit dem er ihm in den Bauch stach. Das schmatzende Geräusch des Fleisches ließ Übelkeit in mir aufsteigen. Asher zog die Klinge hinab und spaltete seine Bauchdecke. Blut spritzte auf den Boden, befleckte die drei Männer und Banshees schwarzes Fell. Ein paar Tropfen erreichten meine weißen Schuhe und färbten sie rot.

»Das wächst wieder zusammen«, keuchte der Henker erstickt. »Meine Kraft kehrt bereits zurück. Ich bin uralt.«

»Aber nicht ohne deine Seele.« Break grinste und nickte Asher zu. Dieser rammte seine glühende Faust in den Brustkorb des Henkers, so wie dieser es auch bei mir getan hatte. Er stöhnte auf, als Asher seine Hand bewegte. Um sie herum leuchtete es lila auf und wir allesamt hatten die Augenbrauen zusammengezogen.

Break, um die Spannung um den Hals zu halten.

Der Henker, weil gerade in seiner Brust gewühlt wurde wie in einem Lostopf, aus dem der Käufer ja keine Niete ziehen wollte, was zudem mit Sicherheit nicht angenehm war.

Asher, weil er die Seele des Henkers finden wollte. Doch er zog keine heraus. Er wühlte weiter und die Sorgenfalte auf seiner Stirn vertiefte sich stetig. Was war los?

»Du suchst meine Seele?« Der Henker lachte, während Blut aus seinem offenen Bauch lief und seine Stimme ganz dünn klang. »Die wirst du hier nicht finden.«

Asher stoppte mitten in der Bewegung und schüttelte ungläubig den Kopf. »Du hast sie nicht in dir?«

»Ich bin ein Auftragskiller, ihr Idioten. Natürlich habe ich meine Seele nicht hier!« Sein Kichern schmerzte in meinen Ohren.

Break und Asher warfen sich hilflose Blicke zu. Sie wollten etwas sagen, doch der Henker nutzte ihre Ablenkung, schleuderte sie von sich und schob seine Organe in seinen Körper, um schließlich die Hautlappen zusammenzuhalten. In der Zeit, die er brauchte, um zu heilen, verschaffte er sich einen Überblick. »Ich fand letztes Mal schon, dass ihr ein schönes Haus habt. Deine Mom ist auch eine Hübsche.« Sein Blick landete auf mir und ich umklammerte den Knochen fester. Ich durfte mich nicht einmischen. Der Köder war mein Job, den Rest würden Asher und Break übernehmen, die sich ein wenig benommen vom Boden aufrappelten.

Der Henker nahm die Hände vom Bauch und grinste. »Noch ne Runde?« Er teleportierte sich weg und Asher folgte ihm. Beide tauchten an meiner Seite auf und griffen nach mir. Ich schrie auf und duckte mich unter Asher weg, während der Henker mich fassen wollte. Er musste einen neuen Ring haben, um sich zu teleportieren.

»Er hat keine Seele, was machen wir jetzt?«, rief Break laut. Das war schlimm. Unser Plan war es gewesen, ihn durch meinen Geruch hierherzulocken, um ihm seine Seele zu nehmen, aber da er keine Seele dabeihatte, konnten wir ihn auch nicht aufhalten.

Asher antwortete nicht, sondern schirmte meinen Körper ab und drängte mich zu Break, der mich ebenfalls hinter sich schob. Doch kaum war ich dort, kam der Henker hinter mir zum Vorschein.

Das durfte nicht ewig so weitergehen!

Ich atmete tief durch und stach mit dem Knochen zu. Der Henker wich zurück und knurrte. Keiner von uns sagte etwas. Wir starrten uns nur unerbittlich in die Augen. Eine uralte Kreatur, mehrere hundert Jahre alt, und eine junge Frau in ihren Zwanzigern.

Der Henker kam blitzschnell auf mich zu und packte meine Armen. Von der Seite kam Banshee angesprungen und biss ihm ins Gesicht. Zerfleischte seine Wange und knurrte aggressiv, während sie seinen Kopf hin und her schüttelte. Er fiel mit ihr zu Boden und kämpfte gegen sie an, um sie von sich hinunterzubekommen, doch sie ließ nicht los. Wollte nicht, dass er mir etwas tat, verteidigte mich bis aufs Blut.

Der Henker griff nach ihr, riss an ihrem Körper, spaltete ihre Haut, sodass Blut hervorquoll und Banshee schmerzvoll aufjaulte. Dennoch ließ sie nicht von ihm ab, knurrte nur noch aggressiver, drückte ihn zu Boden und zerkratzte seine Brust. Verbiss sich in seinem Gesicht und zerrte sein Fleisch von den Knochen. Sie sah zu mir und schien mir zu versprechen, dass sie mich beschützen würde bis zum bitteren Ende. Und ich glaubte ihr. Glaubte dem Ausdruck in ihren Augen, die mir so klar bedeuteten, dass sie für mich einstand.

Sie wurde wilder und schleuderte einen Hautfetzen zur Seite, nur um sich erneut in seinem Gesicht zu verbeißen. Der Henker schrie, wehrte sich, doch Banshee war erbarmungslos und dachte noch nicht einmal daran, aufzuhören.

Sie zerriss ihn Stück um Stück.

Da packte er ihren Hals. Ihr Blick lag auf mir, als ein lautes Knacken ertönte und ihr Genick brach. Die braunen treuen Augen trübten sich und wurden mit einem Schlag leblos, während ihr Körper erschlaffte und das Knurren verstummte.

Tot.

Ich stand mit offenem Mund da und konnte es nicht fassen. Sah zu der Hündin, in der ich meine stumme Zuhörerin gefunden hatte, die wusste, dass es mir nicht gut ging, auch wenn ich es nicht aussprach. Die treue Seele, die Spürnase, meine Beschützerin war tot.

Der Henker rappelte sich auf und zog Banshees Körper hoch, als wäre er aus Styropor. Bevor ich reagieren konnte, umfasste er ihren Kopf und riss ihn mit einem ekelhaften Geräusch vom Körper. Blut spritzte, während ich meinen eigenen Schrei in den Ohren widerhallen hörte.

Ihr Kopf landete vor meinen Füßen, Blut tränkte meine Hose und befleckte die Treppe. Übelkeit kämpfte sich meinen Hals hinauf, brachte mich zum Würgen, sodass ich mich voller Ekel auf den Boden und damit direkt neben Banshees abgerissenem Kopf übergab.

Ich konnte nicht atmen. Schmeckte das Erbrochene in meinem Mund und würgte so lange, bis alles raus war. Dabei blickte ich Banshee an, deren Blick weiterhin auf mir lag.

Asher gab ein ersticktes Keuchen von sich.

»Süß«, murmelte der Henker, der sich nach einem Hautfetzen beugte und ihn sich ans Gesicht hielt. Innerhalb von Sekunden war er mit ihm verschmolzen und bildete eine Maske des Grauens. Süß? Er hatte Banshee getötet. Ihr den Kopf abgerissen! »Ich muss sagen, das Vieh hatte mehr Durchhaltevermögen als ihr Neulinge.«

Break und Asher starrten schockiert auf den Hundeleichnam, während der Henker sein Gesicht zusammensetzte.

Sie war tot. Wegen mir. Sie war wegen mir gestorben. Das durfte nicht sein. Aber es war zu spät, ich konnte sie nicht mehr retten, ich konnte sie nur noch rächen. Ich konnte den Einsatz zeigen, den sie mir vorgemacht hatte. Also dachte ich nicht nach, sondern stürmte vor, erhob den Knochen und rammte ihn in die Schulter des Henkers.

Er stöhnte auf und schubste mich beiseite, die Wucht war so groß, dass ich in der Küche landete und mich erst aufgerafft hatte, als der Henker vor mir stand und seine Hände um meinen Hals legte. Ich packte seine fettigen Haare und zog seinen Kopf zurück. Ich wollte etwas sagen, doch wusste nicht, was, wusste nicht, was Banshee zurückbringen würde. Was ihr gerecht wurde.

Nichts. Nichts konnte diese Situation ändern. Also blieben nur Taten, die ich vollbringen konnte. Und so stach ich ihm die Spitze des Knochens mitten ins Auge, die sich durch den Schädel ätzte, drängte ihn zurück und rammte ihn gegen die Wand, sodass sich der Knochen hineinbohrte und ihn dort festhielt.

Er schrie und stöhnte. Aber das reichte nicht. Noch lange nicht. Seine Seele konnten wir hier und jetzt nicht zerstören, also mussten wir ihn anders loswerden, bis wir seine Seele gefunden und zerstört hatten.

Er wollte den Knochen rausziehen, konnte ihn jedoch nicht greifen, weil er sein Fleisch verätzte. Verzweifelt kratzte er an meiner Hand, die noch immer die Waffe umschloss.

»Ich brauche euch«, sagte ich zu Break und Asher, wartete, bis sie neben mir standen. »Haltet ihn fest. Okay?«

Sie nickten synchron und umfassten die Arme des Henkers.

»Was soll das werden, Mädchen?«

Ich antwortete nicht, wir waren nicht mehr bei dem Teil, bei dem wir miteinander redeten, sondern an dem wir handelten.

Der Henker versuchte, sich aus ihrem Griff zu winden, doch die beiden hielten ihn fest.

Ich deutete auf den Küchentisch. Sie schleiften ihn dorthin. Mit ganzer Kraft drückte ich seinen Kopf nach unten. Ich war ihm kein einziges Wort schuldig, deshalb setzte ich den messerscharfen Knochen in seinem Nacken an, während ich mich mit meinem Knie seinen Schädel fixierte. Dann drückte ich das Messer in sein Fleisch, während das dunkle Blut aus seinem Nacken lief und seine Schreie das Haus füllten wie das Gurgeln des Blutes seinen Mund.

Ich machte weiter, immer weiter, bis seine qualvollen Schreie verstummten und in einem regelmäßigen Blubbern untergingen, so lange, bis ich den Kopf von seinen Schultern getrennt hatte.

»Kenna, du bist ein Genie!« Break packte einen Arm des Henkers und riss ihn aus. »Wenn wir ihn vierteilen und seine Gliedmaßen an unterschiedlichen Orten vergraben, braucht er eine halbe Ewigkeit, um sich wieder zusammenzusetzen.«

»Warte – was? Er lebt weiter?« Mir wurde schlecht. Was zur Hölle hatte ich getan?

»War das nicht dein Plan?« Break riss auch den anderen Arm aus und warf sich beide wie Baseballschläge über die Schulter. »Ich dachte, deshalb säbelst du hier rum.«

»Ich … Ich wollte ihn …«

»Töten?« Break lachte. »Hast du nicht zugehört? Er stirbt nur dann, wenn wir seine Seele zerstören. Sein Körper ist nicht mehr als eine Hülle, die er bei Bedarf reparieren kann, egal, wie groß die Schäden sind. Ash, nimmst du den Kopf?«

Ash hatte bisher geschwiegen, jetzt sah er mich mit seinen nachtschwarzen Augen an. »Du wolltest ihn wirklich töten?«

Ich schluckte. »J-Ja?«

Was für eine Ironie, da stand ich hier mit drei Sensenmännern in einem Blutbad und war diejenige, die zu töten versuchte.

»Typisch Mensch«, brummte Break und schulterte auch noch ein Bein. »Haben einfach kein Verständnis für unsere Superkräfte. Ich bring das eben weg und bin gleich wieder da …« Break verschwand mit einigen Körperteilen.

Asher nahm den Kopf, den Rumpf und das verbliebene Bein, warf mir einen letzten Blick zu, ehe auch er in einer Rauchwolke verschwand.

Stille umfing mich.

Schreckliche, allumfassende Stille, einzig durchbrochen vom wispernden Tröpfeln des Blutes, das über die Tischkante rann.

Ich war allein.

Allein mit ihr.

Die Dielen knarrten, als ich zu ihr trat. Der Wind seufzte auf, als ich neben ihr niederkniete, zitternd ihr Fell berührte und schließlich ihren Kopf umfasste. Ihre Ohren waren seidenweich, ihr Halsband funkelte.

Doch sie war fort.

Banshee war tot.

Verzweiflung

Kenna

Banshee war das Opfer meiner Taten und Entscheidungen. Ich hatte mich dazu entschlossen, mich dem Henker entgegenzustellen, und die anderen überredet mitzumachen, auch wenn sie es für eine verdammt schlechte Idee gehalten hatten. Aber ich war mir so sicher gewesen, dass es der richtige Weg war. Doch zu welchem Preis? Banshee hatte mit ihrem Leben bezahlt und nun war der Henker noch nicht einmal tot, sondern nur zerstückelt.

Ich umklammerte den Stein der Hundekette, drehte ihn zwischen meinen Fingern hin und her. Er funkelte im Sonnenlicht, zauberte Reflexe auf die Wände, den Boden und Banshee ...

Break, Asher und ich hatten gemeinsam geputzt und die Sachen, die kaputt waren, vertuscht oder ersetzt. Wenn Mom etwas auffallen sollte, musste ich mir eben eine Geschichte einfallen lassen, was passiert war.

Fehlte nur noch Banshee.

Sie hatten wir bis zum Schluss aufbewahrt, die Dielen von ihrem Blut befreit, die Wand hinter ihr geschrubbt. Nur ihr Körper lag noch da, sorgsam in eine Decke gewickelt, die ich als Kind von Dad bekommen hatte. Es fühlte sich richtig an, sie ihr zu geben.

Asher hob sie behutsam hoch und teleportierte sich mit ihr weg. Break und ich folgten ihm. Als sich der Rauch verzog, erkannte ich, dass wir uns auf dem Friedhof befanden.

»Wir sind gleich da«, murmelte Asher und ging vor. Wir kamen an den unterschiedlichsten Gräbern vorbei, die in verschiedenen Farben und Formen an uns vorbeizogen. Die Heriotzas hatten ein verdammtes Mausoleum auf dem Friedhof und dorthin würden wir Banshee nun bringen. Das Gebäude überragte alle anderen. Der dunkle Stein strebte hinter ein paar Büschen hervor. Das Dach wurde von Säulen getragen und drei Stufen führten zum Eingang hinauf. Darüber stand das Gleiche wie beim Seelenschlund. *Natus ad mortem*. Zu Tode geboren.

Break zog an der Tür und öffnete sie für uns.

Ich trottete hinter Asher her, der an einen steinernen Sarg trat, Banshee davor ablegte und den flachen Stein mit Leichtigkeit zur Seite schob, als würde er nichts wiegen. Sanft strich er über die blutgetränkte Decke und bettete Banshee im Sarg. Niemand sagte ein Wort. Jeder von uns weinte vor sich hin und ich hatte das Gefühl, mein Herz nicht mehr kontrollieren zu können, so unbändig zerrissen war es. Durchlöchert von Banhsees Schicksal.

Break legte eine leuchtende Grabblume in den Sarg, von der kleine Magiefunken aufstiegen.

Das war alles meine Schuld.

Asher sagte etwas, aber ich konnte es nicht verstehen, war viel zu gefangen in meinen eigenen vorwurfsvollen Gedanken. Ich sah die Bilder in Dauerschleife, wie der Henker Banshees Kopf von ihrem Körper riss, wie ich seinen Kopf in der Hand hielt, ihm dasselbe antat.

War ich ein Monster?

Break zog mich in eine flüchtige Umarmung. »Es ist nicht deine Schuld.« Dann verschwand er.

Doch, das war es.

Ich wusste nicht, wie ich mit Asher sprechen sollte, ob ich es überhaupt tun sollte. Wollte er das?

»Ich …«

»Der Henker ist erst mal außer Gefecht gesetzt. Es wird ein paar Tage dauern, bis er sich wieder zusammengesetzt hat. So lange solltest du in Sicherheit sein. Ich bringe dich nach Hause, wenn was ist, ruf mich an.« Ohne mich anzusehen, nahm er meine Hände, teleportierte uns in mein Zimmer, strich mir kurz über die Arme und war im nächsten Moment verschwunden. Geknickt sank ich auf mein Bett und starrte an die Decke. Natürlich war er sauer auf mich, was hatte ich auch erwartet?

Sein Hund war tot. Und ich war schuld.

Als ich nicht mehr still sitzen konnte, holte ich einen Stift, meinen Block und zeichnete drauf los. Dachte nicht darüber nach, sondern machte einfach. Zeichnete und zeichnete. Der Stift kratzte über das Papier, bis aus den zögerlichen Linien schnelle Striche wurden. Ich wusste, was ich malte, es war mir von vornherein klar gewesen. Erst als es auf das Papier tropfte und die Linien verwischten, realisierte ich, dass ich weinte. Schnell wischte ich die Tränen beiseite. Ich wusste nicht, wie lange ich schon zeichnete, wie viele Bilder und Skizzen ich erschaffen hatte, die ich alle an die Korkwand hängte, bis sie voll mit Banshee hing. Andere Winkel ihres Gesichts, andere Positionen ihres Körpers, wie sie im Körbchen lag, über die Schulter zu mir sah oder den Kopf schieflegte. Draußen wurde es bereits dunkel, als ich auf meinem Schreibtischstuhl zurücksank und Banshee betrachtete, die Schuld spürte und den Schmerz meinen Körper lähmen ließ.

»Kenna? Wie geht es dir?« Meine Mom stand im Türrahmen und hielt eine Tüte vom *Bones & Beans* hoch. Hatte sie etwa Kuchen?

»Mom«, stellte ich nüchtern fest.

Ihre Miene wurde sofort ernst. »Ist etwas passiert?«

Ja, Dad war von einer Sense ermordet worden, viele andere auch, doch niemand interessierte sich dafür. Jemand hatte einen Killer auf mich angesetzt, weil ich in der Sensenwelt herumgeschnüffelt hatte und nicht lockerließ. Der Henker hätte mir beinahe meine Seele entrissen und Banshee tatsächlich den Kopf. Deshalb hatte ich dasselbe mit ihm gemacht und Break und Asher hatten die Teile seines Körpers an irgendwelche entlegenen Plätze auf der Welt gebracht, damit er länger brauchte, um sie zusammenzufügen, weil der verdammte Bastard seine Seele nicht bei sich getragen hatte. Ach, und den Finger hatte ich auch abgehackt. Ich. Kenna. Aber anstatt etwas davon zu sagen, war das Einzige, was aus meinem Mund kam: »Nein, alles beim Alten.«

Mom zog mich kurzerhand vom Stuhl und dirigierte mich aufs Bett. »Ich sehe es dir an. Du bist meine Tochter. Was ist?«

Ich überlegte fieberhaft, was ich antworten konnte, ohne irgendetwas zu verraten, das zur Gefahr für sie werden könnte. »Dad. Ich vermisse ihn so schrecklich. Es fühlt sich nicht richtig an, dass er schon tot ist.« Ein Teil der Wahrheit, gerade genug, damit Mom es nicht bemerkte.

»Ach, Liebling …«

»Ich erzähle immer dasselbe, ich weiß, aber es liegt mir so schwer auf der Seele. Er war nicht auf meinem Abschlussball, Mom. Dabei hatte er mir das versprochen. Er hat mein Kleid gekauft, er wollte mit mir tanzen, weil er nie auf einer der Vater-Tochter-Veranstaltungen mit mir war. Das lässt mich nicht los. Wird es nie.«

»Das weiß ich.« Moms Augen begannen zu glänzen. »Es tut mir so wahnsinnig leid für dich.«

»Ich weiß nicht, wie ich damit umgehen soll. Wieso kann ich mich nicht damit abfinden?« Weil ich verdammt noch mal wusste, dass es nicht fair war. Und das Wissen, dass irgendein Irrer Seelen hortete, aus welchen Gründen auch immer, machte mich nur noch rasender.

Was tat Blazon damit?

In einem Glas aufheben, um was zu tun?

Sie als Deko zu verwenden?

»Weißt du, er hat sich nie verziehen, dass er deine Kindheit verpasst hat. Aber er hat dich geliebt, schon immer, und er war verdammt stolz auf dich. Auf alles, was du getan hast, auf die Person, die du bist. Deine Seele, dein Verhalten, dein Talent, auf dich. Das darfst du niemals vergessen, okay?«

Ich schniefte, während Mom mich in ihren Armen wiegte. Mein Hals tat weh von all den Gefühlen, die sich darin sammelten und nach oben stiegen, ohne anzuhalten.

»Ja, mache ich.«

»Gut, denn er hätte nicht gewollt, dass du so traurig wegen ihm bist. Niemals.«

»Ich weiß, Mom.«

Wir hielten uns fest, während der Himmel vor dem Fenster verblasste und der Abend heraufzog. Auch die Zeichnungen an der Wand versanken in den länger werdenden Schatten, als würde die Nacht einen Schleier darüber legen. Ein Trauertuch.

»Weißt du …«, murmelte Mom in mein Haar, »er hat sich bei mir entschuldigt, dafür, dass er nicht da war und uns allein gelassen hat.«

»Und was hast du gesagt?«

»Dass es in Ordnung ist.«

»Du hast im verziehen?«

»Ja, verzeihen heißt nicht vergessen. Es bringt mir nichts, mich darüber aufzuregen, was er vor Jahren getan hat. Ich muss mich nicht von Dingen negativ beeinflussen lassen, die ich sowieso nicht ändern kann.«

Warum war meine Mom nur so verdammt weise? Ich bewunderte sie dafür, dass sie so war, wie sie war. Meine Mom einfach. Ich wollte auch so sein wie sie. Stark, unabhängig, kämpferisch. Vielleicht war ich schon auf dem besten Weg dorthin. Immerhin hatte ich den Henker überlebt und war nicht verrückt geworden, als ich von der Sensenwelt erfahren hatte. Ich war schon jetzt stärker, als ich jemals von mir gedacht hätte. Wieso sollte ich mich also davon zerstören lassen, dass Dad geerntet worden war? Weil es leichter war, mich im Schmerz und Selbstmitleid zu suhlen, als zu handeln? Wahrscheinlich. Ändern konnte ich jedenfalls nichts mehr daran, dass er weg war, aber ich konnte Blazon aufhalten, bevor er noch mehr Menschen erntete, mehr verfaulte Zeit sammelte und weitere Angehörige schmerzvoll zurückließ. So scheiße Banshees Tod war und so viele Vorwürfe ich mir auch machte, durfte es mich doch nicht daran hindern, Blazon aufzuhalten.

Ich drückte meine Mom an mich und hielt sie ganz fest, war froh, dass sie wenigstens noch hier war, und fand Geborgenheit in dem Moment mit ihr, während ich mir meine nächsten Schritte überlegte. Zuallererst musste ich mit Asher reden, sehen, wie es ihm ging, und mich für das, was gesehen war, entschuldigen.

»Mom, ich muss los. Ich hoffe, das ist okay.«

»Natürlich ist das okay, ich brauche dringend Schlaf, also tu dir keinen Zwang an.« Sie verließ mein Zimmer und verschwand anschließend im Bad, während ich nach unten hetzte und in mein Auto stieg.

Als das dunkle Haus der Heriotzas in Sichtweite kam, spannte ich mich automatisch an und hoffte, dass Asher mich nicht wegschicken würde. Vielleicht wollte er mich gar nicht sehen und das, was zwischen uns war, würde im Nichts verpuffen. Nervös stand ich vor der Verandatür und klopfte. Was, wenn Blazon aufmachte? Ein Kloß bildete sich rasend schnell in meinem Hals und brachte mich beinahe zum Würgen. Er wusste nichts von unserem Verdacht. Schnell drehte ich mich zum Garten, um auf andere Gedanken zu kommen.

Ich erwartete unwillkürlich, dass Banshee an die Scheibe kam und ihre Nase dagegenpresste, mich mit ihren braunen Augen musterte. Doch das würde nicht passieren. Sie war tot.

Augenblicklich schnürte es mir die Kehle zu und Tränen sammelten sich in meinen Augen. Verdammt.

Ich klopfte erneut. »Hallo?«, rief ich. Doch so sehr ich mir auch wünschte, Asher würde mir Tür aufmachen, er kam nicht. War er vielleicht gar nicht da? Oder wollte er mich wirklich nicht sehen?

Ich ließ mich auf den Boden sinken und starrte in den Wald hinein. Ein paar Vögel zwitscherten, während sich die Baumkronen im leichten Wind hin und her wiegten. Das Rascheln der Blätter wirkte beruhigend.

Ja, so konnte ich warten.

»Kenna?«

Ich drehte mich um.

Sesta stand in der Tür und hatte einen verwirrten Ausdruck im Gesicht. »Was machst du hier?«

»Ich warte auf Asher.«

Sie sah zur Auffahrt und verzog den Mund. »Er ist nicht da. Komm rein, du kannst drinnen warten, bestimmt braucht er noch eine Weile.«

Unsicher, ob sie dieses Angebot ernst meinte, wartete ich ein paar Sekunden und gab ihr somit Zeit, es zurückzuziehen. Doch das tat sie nicht. Also folgte ich ihr in die Küche. Auf dem Tresen lag eine Schachtel Zimtschnecken von *Bones & Beans*. Was wäre, wenn Blazon auftauchte? Wie würde ich reagieren? Ein Kribbeln in meinem Nacken ließ mich aufrechter sitzen. Ich rieb mir meine feuchten Hände an den Oberschenkeln ab.

»Erzähl, wie es mit dem Henker ausging.«

Ich riss die Augen auf. »Pscht!«

»Keine Sorge, es sind nur wir beide. Dad ist im Büro und Blazon wollte was besorgen gehen. Du kannst frei sprechen.«

Erleichtert fiel ich in mich zusammen. Er war nicht hier. Der Mörder meines Vaters.

Sesta holte eine Tasse aus dem Schrank und bereitete einen Kaffee zu. Als sie den Milchschaum darauf gab, hielt sie inne, stellte die Tasse vor sich ab und holte eine zweite. Sie verlor kein Wort und machte noch einen Kaffee. Diesen stellte sie vor mir ab.

»Mit Farnblatt, wie du es dir gewünscht hast.«

Ich blieb stumm, wusste nicht, wie ich reagieren sollte.

»Ach und Dad hat mir vorhin die Zimtschnecken mitgebracht, weil er weiß, dass ich die gerne mag. Wenn du möchtest, kannst du auch eine abhaben.«

Noch unsicher über dieses Angebot musterte ich sie kritisch. Ja, sie hatte mir geholfen, mich aus meinen blutigen Kleidern zu schälen, und mir neue besorgt, aber was bewegte sie dazu, so nett zu sein, dass sie sogar ihr Essen mit mir teilen wollte? Und mir einen eigenen Latte machte, obwohl sie sich beim letzten Mal so vehement dagegen geweigert hatte.

Sesta seufzte und stemmte ihre Hände auf die Kücheninsel. »Hör zu. Ich will mich bei dir entschuldigen. Mein Verhalten war … überzogen, du kannst nichts dafür, dass mein Bruder es verbockt hat. Das weiß ich. Wusste ich von Anfang an, aber wollte meinen Frust an jemandem auslassen. Deshalb, sorry. Zimtschnecke?«

»Ja, gerne.« Das Farnblatt auf dem Milchschaum strahlte mir entgegen, so gerührt war ich von ihrer Geste.

Asher

Banshee war tot. Kenna würde auch sterben. Und mir wurde mit jeder Minute, die verstrich, schlechter. Sie hatte nur noch zwei Tage zu leben. Das konnte ich nicht akzeptieren.

Blazon würde mir nichts erzählen, sollte er die Seelen wirklich gestohlen und den Henker auf Kenna angesetzt haben. Was ich immer noch nicht glauben konnte, nein, wollte. Dabei sprach alles dafür. Nur er, Sesta und Break hatten von Kenna gewusst und er hatte sich ganz klar für ihren Tod ausgesprochen. Wobei … Da er wusste, dass sie auf meiner Liste stand, wozu noch die Mühe machen und einen Henker anheuern? Trotzdem hatte er es getan.

Wenn nicht er, wer dann?

Wusste er, dass Banshee tot war? Sie war nicht nur meine Hündin gewesen, sondern die von uns allen. Und jetzt? War sie weg.

Ich sprang in das dunkle Loch, das sich im Boden vor mir auftat. Meine Augen gewöhnten sich schnell an die Dunkelheit. Wie es sein musste, nicht in diesen Verhältnissen sehen zu können, konnte ich mir gar nicht vorstellen. Meine Schritte hallten von den Wänden des Tunnels wider, bis ich schließlich an der Schwelle zu dem Raum stand, in dem ich letztes Mal mit Break und Kenna gewesen war. Das Licht strömte auf mich ein und ich hörte das Schnattern der Knochensammlerin.

»Ah, Frischfleisch. Was suchst du hier? Dein letzter Besuch ist erst ein paar Minuten her.«

»Es waren Tage.«

»Ach, für mich sind das Minuten.« Sie winkte mit ihrer knöchrigen Hand ab und knirschte mit ihrem Unterkiefer.

»Du hast meiner Freundin einen Knochen mitgegeben.«

»Ja, deiner Menschenfrau.«

»Wieso?«

»Weil sie ihn gebraucht hat.«

Das stimmte. Ohne ihn wäre sie vermutlich gestorben.

»Er ist vom Tod selbst geweiht. Eine Waffe gegen seine Boten.«

»Aber woher wusstest du davon? Woher wusstest du, dass sie ihn brauchen würde?«

Die Knochensammlerin kicherte leise vor sich hin. »Eigentlich würde ich einen Knochen als Bezahlung verlangen, aber das hier ist anders. Ich habe seinen Duft an ihr gerochen.«

Wie zum Seelenschlund …?

»Aha«, machte ich wenig klug, »und dann dachtest du, du gibst ihr so einen Knochen? Sammelst du die Dinger nicht?«

»Ich *bin* sie. Jeder einzelne Knochen in meiner Sammlung gehört zu mir wie das Haar an deinem Kopf zu dir. Sie sind meine Erinnerungen, meine Träume, mein Leben. Ohne sie bin ich nichts.« Der Knochenhaufen, auf dem sie thronte, bewegte sich ein Stück, als sich ihre Wirbelsäule durch die Masse schob und wenige Meter vor mir zum Stillstand kam. »Sie sind alles, was ich habe. Ich bin alles, was sie haben. Und gemeinsam sind wir etwas Unverkennbares. Etwas, dass niemand ersetzen kann oder hast du eine zweite Knochensammlerin hier gesehen?«

»Nein, habe ich nicht. Aber ich muss gestehen, dass ich gar nicht mal wusste, dass du existierst.«

Sie murrte und schüttelte ihren Schädel. »Ja, diese Idioten halten mich unter Verschluss, als wäre ich irgendein dahergelaufenes Experiment.«

Vielleicht war sie genau das, wer wusste das schon?

»Aber ich denke, meine Existenz ist nicht das, worüber du reden wolltest, habe ich recht?«

Ich zog aus meiner hinteren Hosentasche einen Knochen hervor.

Sie kniff die Augenhöhlen zusammen und brummte. »Ja, der gefällt mir. Steck ihn dort hin.«

Ich tat wie geheißen.

Die Knochensammlerin trug einen liebevollen Ausdruck auf ihrem Schädel und folgte dem Knochen aufmerksam. Wie eine Mutter ihrem Kind. »Was willst du wissen, Frischfleisch?«

»Wie kann ich den Tod aufhalten?«

Sie sah mich belustigt an. »Die Frage sollte lauten: Kannst du den Tod aufhalten? Dann hätte ich dir mit *nein* antworten können.«

»Das war aber nicht, was ich wissen wollte«, hielt ich dagegen und presste die Lippen hart aufeinander.

»Ich kann dir keine Antwort geben, auch wenn du das nicht akzeptieren willst, habe ich recht?«

Ich nickte.

Sie seufzte. »Lass mich raten, deine kleine Menschenfreundin wird sterben. Anhand deines schmerzverzerrten Gesichts gehe ich davon aus, dass ich recht habe. Ich würde dir gerne helfen, deine Freundin ist wirklich süß, aber ich kann dir nichts sagen, was dich zufrieden stellen wird. Der Tod ist niemand, der sich um seine Ware bringen lässt. Wenn er diese Seele will, bekommt er sie. So oder so. Und selbst, wenn du es schaffst, ihn kurz fortzutreiben, heißt das nicht, dass er nicht in der nächsten Minute zuschlägt. Er ist nichts, was zu verhindern wäre.« Sie betrachtete mich eingehend. »Wer soll sie holen?«

»Ich.«

Die Knochensammlerin brummte erneut und ich vermutete, dass sie nicht immer so freundlich mit allen sprach, die zu ihr kamen. »Das tut mir wirklich leid, junge Sense. Sterbende Liebe ist das Schmerzvollste.« Es klang so, als wüsste sie, wovon sie sprach. »Ich kann dir nichts sagen, was dir helfen würde. Das Einzige, was ich dir raten kann, ist: Genieße die Zeit, die dir noch mit ihr bleibt. Koste alles aus, sag ihr, wie viel sie dir bedeutet, und behandle sie wie eine Königin. Pass auf sie auf, denn ich bin mir sicher, dass der Henker nicht tot ist.«

»Da hast du leider recht.«

»Seine Seele?«

»Trägt er nicht bei sich.«

»Das ist eine alte Masche, die kenne ich auch noch. Die Seele stets an einem sicheren Ort aufbewahren.«

»Glaub mir, ich werde seine Seele finden und sie zerreißen.«

»Viel Glück, junge Sense.«

Ich wandte mich zum Gehen um.

»Der Tod muss nichts Schlechtes bedeuten, vielleicht ist es der Beginn von etwas Besserem.«

Ich war mir nicht sicher, ob Kenna das auch so sehen würde. Ohne ein weiteres Wort ließ ich den Seelenschlund und mit ihm die Knochensammlerin zurück.

Kenna saß an der Kücheninsel, eine Zimtschnecke und eine dampfende Tasse vor sich. Sesta saß ihr gegenüber. Hatte meine Schwester ihr etwa Kaffee gemacht?

»Kenna?«

Sie schreckte hoch.

»Was ist passiert?«, fragte ich. »Warum bist du da?« War etwas mit ihrer Mutter, hatte der Henker sich zusammengesetzt und machte erneut Jagd auf sie oder war etwas anderes geschehen?

»Mein Zeichen zu gehen. Auf Wiedersehen. Falls mich wer sucht, ich bin eine neue Jacke shoppen. Die andere ist voller Blut, das nicht mehr rausgeht.« Sie stiefelte an mir vorbei, klopfte mir auf die Brust und zog die Haustür hinter sich zu. Wir waren allein.

»Hast du ihr etwas erzählt?«

Kenna schüttelte den Kopf.

»Was ist los?«, fragte ich alarmiert.

»Ich dachte, du wolltest mich nicht mehr sehen, wegen … du weißt schon, wegen … wegen Banshee.« Tränen liefen ihre Wangen herunter.

Ich zog sie in die Arme und drückte sie an mich. »Nein, das darfst du auch nicht denken, hast du gehört?«

»Aber wegen mir ist Banshee tot«, murmelte sie tränenerstickt. Die roten Flecken unter ihren Augen zeigten mir, dass sie länger geweint hatte.

»Nein, das warst nicht du, sondern der Henker. Nicht du!«

»Aber sie wollte mich beschützen und ist dabei ... zerrissen worden.«

Das Bild von ihrem abgetrennten Kopf kam mir in den Sinn und ich presste die Kiefer aufeinander. Es war grausam und mit der Erinnerung stach der Schmerz in meinen Körper wie tausende Nadeln, die mir zeigen wollten, wie wenig Schutz ich vor meinen Emotionen hatte.

»Es hätte auch passieren können, während sie Break oder mich beschützen wollte. Es war ihr so vorbestimmt, so widerwärtig es auch ist. Das ist der Tod. Er holt sich immer, was ihm zusteht.«

»Ich mag den Tod nicht.«

»Manchmal mag ich ihn auch nicht. Glaub mir.«

Ich ignorierte Banshees Körbchen so gut wie möglich und machte uns einen warmen Kakao, die Tasse stellte ich vor Kenna auf den Couchtisch und setzte mich mit einem Apfel neben sie.

»Danke«, murmelte sie, nahm die Tasse und trank einen großen Schluck daraus.

»Gerne.« Ich schnitt meinen Apfel auf und streckte ihr ein Stück hin.

»Warum isst du so gerne Äpfel?«

»Ein Apfel am Tag vertreibt den Tod im Schlaf.« Das hatte Mom immer gesagt. Allein der Gedanke an sie verursachte eine Reihe von Nadelstichen in meiner Brust.

»Bist du denn nicht der Tod?«, fragte Kenna mit einem verschmitzten Grinsen.

»Dafür schlägt mein Herz noch. Ich bin zu lebendig, um der Tod zu sein.«

Kenna verdrehte die Augen. »Du mit deinen Todanspielungen.« Sie nahm sich schließlich doch ein Stück davon. »Vielleicht hätte ich das auch mal machen sollen.«

»Was denn? Äpfel essen?«

Sie nickte. Ja, vielleicht hätte sie das.

Ich konnte meinen Blick nicht von ihr lassen.

Ich wollte sie seit dem Moment, in dem ich sie gesehen hatte. War es in Ordnung, ihr näher zu kommen, obwohl ich wusste, dass sie bald sterben würde? War das moralisch okay? Würde es sich anfühlen, als würde ich sie ausnutzen? Ich schüttelte kaum merklich den Kopf. Ich wollte es, weil ich mich in sie verliebt hatte. Die Gefühle für sie schlugen so präsent in meiner Brust, dass ich sie mir am liebsten herausgerissen hätte, weil ich wusste, was früher oder später passieren würde. Unter welchem Schmerz ich nach ihrem Verlust leiden und wie schrecklich ich mich fühlen würde, wenn ich ihre Seele in mich aufnehmen musste.

»Bist du gar nicht sauer? So wirklich nicht?«

Ich schüttele den Kopf und lächelte sie an.

Sie machte sich solche Sorgen, mich verärgert zu haben, für etwas, womit sie nichts zu tun hatte.

»Weißt du, dass ich mich Hals über Kopf in dich verliebt habe?« Es war ein Geständnis, dass ich schon länger mit mir herumschleppte, und es fühlte sich nach dem richtigen Zeitpunkt an, es loszuwerden.

Kenna blinzelte mich an.

Hatte ich den falschen Zeitpunkt erwischt? Drängte ich sie damit zu etwas, das sie nicht wollte? Scheiße. Sofort legte ich den Apfel weg und sah sie entschuldigend an. »Sorry, wenn du das so gar nicht siehst und es vielleicht der falsche Moment ist, ich dachte nur, ich sage es dir, bevor …« Jetzt hatte ich mich in etwas reingeritten, aus dem ich nicht mehr so einfach entkommen konnte. Fuck! Wie beendete ich den Satz?

Doch glücklicherweise musste ich das nicht.

Kenna schüttelte grinsend den Kopf, wodurch ein paar lose Strähnen ihres Haars in ihr fein geschnittenes Gesicht fielen. Sie richtete sich auf, umschlang meinen Nacken und setzte sich prompt auf meinen Schoß. Bevor ich einen weiteren Atemzug nehmen konnte, küsste sie mich. Ihre Zunge drang in meinen Mund ein und ich vergaß jeden Gedanken, der in meinen Kopf kam, weil ihr Duft und der Geschmack nach frischen Äpfeln meine Sinne verschleierten.

Sie fuhr mit ihren Nägeln über meine Kopfhaut, was mir eine Gänsehaut bescherte, die sich die ganze Wirbelsäule hinunterzog.

Ich stöhnte in ihren Mund, als sie an die Beule meiner Hose fasste und leichten Druck ausübte, der mich meinen gesamten Körper anspannen ließ. »Fuck«, murmelte ich zwischen zwei Küssen, zog sie dichter an mich und strich mit meinen Händen über ihren Rücken, fuhr unter ihren Hoodie, den sie noch trug, und öffnete mit einem fragenden Blick ihren BH.

Sie hob ihre Arme und ließ mich sie von ihrer Kleidung entledigen. Kaum saß sie halb nackt vor mir, breitete sich ein Grinsen auf meinem Gesicht aus. Ihre langen Haarspitzen strichen über ihre Nippel und ließen sie sichtlich härter werden.

Stolz und Selbstbewusstsein standen in ihren Augen. Sie wusste genau, wie schön sie war und was für eine Wirkung sie auf mich hatte.

»Du bist das Schönste, was ich jemals gesehen habe.«

Sie schüttelte den Kopf, küsste mich unter dem Ohr und flüsterte: »Beweis es mir.«

»Das musst du mir nicht zweimal sagen.« Ich umschloss ihren nackten Oberkörper, küsste sie, während meine Zunge sich mit ihrer traf und umschloss ihren Brüste. Sie waren schön. Handlich, aber nicht groß. Sie passten hervorragend zu Kennas Körper.

Ich schmolz dahin, als ich sanfte Küsse auf ihr verteilte, meine Zunge ihre Nippel umrundeten und sie erschrocken einatmete. Augenblicklich drängte sie sich näher an mich und legte den Kopf in den Nacken. Meine Küsse wanderten von ihren Brüsten zu ihrem Schlüsselbein und schließlich zu ihrem Hals, an dem ich ein wenig verweilte und saugte.

Kenna klammerte sich in meine Oberarme, während ich ihre Hose öffnete und hinunterzog. Das Einzige, was sie nun trug, waren der schwarze Slip und die weißen Socken.

Jetzt war es an der Zeit, dass ich meine Kleidung loswurde. Schnell zog ich mir das Shirt über den Kopf und spürte ihren tastenden Blick auf mir. Sie scannte mich, legte ihre Hände auf meine Brust, strich mit ihren Nägeln sanft über die Haut, bis über meinen Bauchnabel, hinunter zum Bund der Hose.

Ich atmete scharf ein, als sie sich an meine Beule presste und bezaubernd lächelte. Fuck, wie gerne wollte ich sie vögeln.

Hier und jetzt. An Ort und Stelle.

»Zieh die Hose aus«, befahl sie und stieg von meinem Schoß, während sie sich in einer halb liegenden Position befand, was ihre Brüste nur noch besser betonte.

Ich tat wie geheißen und ließ die Hose auf den Boden fallen, während sie meinen Blick festhielt und sich über den Bauch strich. Die Gänsehaut auf ihrem Körper war nicht zu übersehen. Die Boxershorts ließ ich jedoch an, kletterte über Kenna und beugte mich zu ihr hinunter.

»Ich meinte beide Hosen.«

»Als Erstes du.« Ich rutschte nach unten, hielt ihren Blick fest, als ich zwei Finger an ihre Mitte legte und sie durch den Slip berührte. Kenna atmete scharf ein und drückte ihre Hüften gegen meine Finger. Während ich sie berührte, saugte ich an ihren Nippeln und beobachtete jede kleine Regung in ihrem Gesicht. Es war ein Fest, ihr dabei zuzusehen, wie ich sie reizen konnte. Wie sie sich nach meinen Berührungen verzehrte und den Kopf in den Nacken legte, als ich den Druck intensivierte.

»Zieh sie aus«, murmelte sie und stöhnte verzweifelt auf, als ich von ihr abließ.

Ich hakte meine Finger unter den Bund ihres Slips und zog ihn hinunter. Als sie vollkommen nackt vor mir lag, brauchte ich ein paar Sekunden, um nicht allein vom Anblick zu kommen. Mein innerer Drang, gleich meinen Schwanz in sie zu rammen, war stark, doch ich wollte es richtig machen, damit sie genauso auf ihre Kosten kam wie ich. Langsam spreizte ich ihr Beine, während ich dabei sanfte Küsse auf ihre Unterschenkel hauchte. Ich arbeitete mich nach oben vor, bis ich zwischen ihren Beinen war. Mein Blick lag auf ihr, während sie sich auf die Ellenbogen gestützt zu mir wandte und ihre Unterlippe zwischen die Zähne eingesaugt hatte. Vorfreude glitzerte in ihren Augen auf das, was nun kommen würde.

»Mach weiter.« Ihre beinahe atemlose Stimme ließ mich in meiner Bewegung verharren.

Ich tat wie geheißen, rutschte hinunter und legte meine Lippen auf ihre Scham. Spürte die Wärme und ließ meine Zunge durch sie hindurchgleiten.

Kenna fuhr in meine Haare und zog leicht an den Spitzen, als ich ihren empfindlichsten Punkt streifte.

Ein Lächeln breitete sich auf meinen Lippen aus, als ich realisierte, was ich hier tat. Immer schneller ließ ich meine Zunge durch sie gleiten, stieß regelmäßig gegen ihre Klitoris und begann erneut damit, sie zu lecken.

Sie stöhnte und zog stärker an meinen Haaren, was beinahe wehtat, aber ich sagte nichts. Als ich bemerkte, dass sie kurz davor war, zu kommen, mir ihr Becken entgegenstreckte und die Muskeln bereits vor Begierde zitterten, hörte ich auf. Verwundert sah sie mich mit lustverschleierten Augen an und stöhnte unzufrieden auf.

»Wir wollen den Spaß doch nicht gleich hier aufhören lassen, oder?«

»Nein, ganz sicher nicht«, murmelte sie, setzte sich auf, strich sich die Haare aus dem Gesicht und küsste mich. Meine Finger gruben sich automatisch in ihren Hintern und drückten zu. Alles an ihr war so perfekt. Egal wo ich hinsah, sie war vollkommen perfekt.

Kenna küsste mein Kinn, meinen Hals, meine Brust, den Bauch, bis sie schließlich am Bund meiner Boxershorts angelangt war. Mit einem breiten Grinsen ließ sie ihre Hand hineinwandern und strich sanft über meinen Penis, der sich ihr augenblicklich entgegenreckte.

»Fuck«, zischte ich, als sie ihre Hand fest um ihn schloss und sie auf und ab bewegte. Keine Ahnung, wie lange ich aushalten würde, um nicht zu kommen. Alles an ihr machte mich so geil, dass ich beinahe keine andere Möglichkeit hatte, außer hier und jetzt abzuspritzen.

Kenna beugte sich hinunter und zog endlich die Boxershorts von meiner Hüfte. Sie griff nach meinem Penis, betrachtete mich unter gesenkten Lidern und schloss dann ihre Lippen um ihn.

Ich atmete zitternd ein und spannte mich an, als ihre Zungenspitze gegen meine Eichel stieß und sie liebkoste. Scheiße, war das geil. Während sie meinen Schwanz im Mund hatte, fasste ich ihr in das dichte braune Haar und dirigierte sie. Presste ihren Kopf härter gegen meinen Schritt, strich ihr die Haare aus dem Gesicht und streichelte über ihre Brüste, die sich gegen meine Handflächen pressten.

Kenna wurde schneller und schneller, saugte heftiger und übte ein wenig Druck mit ihrer Hand aus.

Gleich war es vorbei und ich würde direkt in ihrem Mund kommen. So gern ich das wollte, würde ich es nicht ohne ihr Einverständnis tun, also hielt ich ihren Kopf fest, genoss den letzten Stoß und zog dann meinen Schwanz aus ihrem Mund heraus.

Sie wirkte verwundert. »Ich hätte weitermachen können«, sagte sie irritiert, richtete sich auf und saß nun auf ihren Knien.

»Das weiß ich, aber ansonsten wäre ich vielleicht in deinem Mund gekommen und außerdem möchte ich noch etwas anderes mit dir machen.«

»Was denn?«, fragte sie mit glitzernden Augen.

Ich zog sie von der Couch, fasste an ihren Arsch und hob sie hoch. Automatisch schlang sie ihre Beine um mich und lehnte ihren Kopf gegen meinen. An der Kücheninsel setzte ich sie ab und drückte ihre Beine auseinander.

Ich hielt ihr zwei meiner Finger vor die Nase und sah genüsslich dabei zu, wie Kenna sie in den Mund nahm und daran saugte, so wie an meinem Schwanz vor wenigen Minuten noch. Kaum waren sie feucht, beugte ich mich noch mal hinunter und leckte durch ihre Spalte, umschloss ihre Klit, ließ meine Zunge ein wenig in sie eindringen, machte sie absolut heiß und genoss jede Sekunde davon.

Kenna schnappte nach Luft und atmete tief ein, als ich mich von ihr entfernte, nur um im nächsten Moment meine Finger in sie zu schieben. Ich machte es langsam, so, dass sie sich daran gewöhnen konnte, und bewegte die Finger zu Beginn sachte in ihr.

Sie krallte sich an ihren eigenen Brüsten fest, als ich schneller wurde und meine Finger aus ihr hinauszog, um wieder in sie einzudringen. »Asher«, hauchte sie.

»Ja?«

»Hör nicht auf«, flehte sie, als ich pausierte.

»Okay.« Ich beugte mich zu ihr, legte meine Lippen auf ihre und drang erneut in sie ein, ließ meine Finger schneller werden und hörte dabei ihre Geräusche in meinem Mund. Sie stöhnte und jammerte vor Verlangen, was mich nur noch geiler machte, als ich es eh schon war. Ich löste mich von ihr und leckte an ihren Brüsten, saugte und knabberte daran. Reizte sie zusätzlich, was sichtliche Reaktionen bei Kenna hervorrief.

»Fick mich endlich«, sagte sie.

Ich stoppte in meiner Bewegung, musterte sie, wie sie auf meiner Kücheninsel lag und sich von meinen Fingern befriedigen ließ. Die Vorstellung, sie hier und jetzt zu ficken, ließ meine Vorstellungen beinahe explodieren. Also zog ich meine Finger aus ihr heraus, was sie mit einem Erschaudern kommentierte, und hielt sie ihr direkt vor den Mund. Erst betrachtete Kenna mich stumm, bis sie schließlich ihre Lippen darum schloss und ihre eigene Feuchtigkeit ableckte, bis meine Finger sich ganz kribbelig anfühlten.

»Bist du dir sicher?«, fragte ich sie und holte mir das Nicken ab. Dann teleportierte ich mich weg, nahm mir eines der Kondome aus der Badschublade und kam zurück, um es mir überzurollen.

Ich war so hart und so bereit, endlich in Kenna zu sein. Meine Finger vergrub ich in dem weichen Fleisch an ihrer Hüfte und zog sie zu mir, bis sie mit ihrem Arsch am Rand der Platte saß, die Beine gespreizt mit einem lüsternen Blick, der mich dazu aufforderte, mehr zu tun. Also fuhr ich mit meiner Fingerspitze ein letztes Mal durch ihre Spalte, sah genüsslich dabei zu, wie sie zusammenzuckte, und umfasste meinem Schwanz. Ich setzte ihn vor ihrer Spalte an und reizte sie ein wenig, als ich ihn wieder gegen sie klopfen ließ.

Kenna stöhnte und rutschte unruhig auf der Kochinsel herum.

Ich legte meine Hand an ihren unteren Rücken und stieß zu. Drang in sie ein und fühlte ihre enge Scheide an meinem Schwanz.

Sie hielt die Luft an und verkrampfte sich im ersten Moment; als sie sich entspannte, machte ich weiter und stützte sie, während meine Stöße schneller und heftiger wurden.

Kenna schlang einen Arm um meinen Nacken, während ich sie näher zu mir zog, damit ich noch tiefer in sie eindringen konnte.

»Ist das gut?«, fragte ich sie und holte mir das bestätigende Murmeln ab, dass neben dem einheitlichen Stöhnen aus ihrem Mund drang. Ich vögelte sie tiefer, wurde schneller und härter. Das Klatschen unserer Körper hallte durch den Raum und brachte mich dazu, nur noch schneller zu werden.

Kennas Beine zitterten, aber ich machte weiter, spürte, dass sich ein Orgasmus bei ihr anbahnte und besorgte es ihr nur noch härter. Sie krallte sich in meinen Rücken und stöhnte in mein Ohr. Immer lauter und lauter.

Ich stoppte mitten in der Bewegung und leckte Kenna über ihre erhitzte Haut. Saugte an ihren Nippeln und küsste ihren Hals, den sie mir entgegenstreckte.

»Nicht aufhören«, murmelte sie kurz vorm Kommen. Ungeduldig drängte sie sich mir entgegen und murrte unzufrieden, als ich mich aus ihr hinauszog. Ich packte ihre Hüfte und zog sie hinunter, sodass sie nun mit ihren Füßen auf dem Boden stand. Sanft drückte ich ihren Oberkörper auf die Kochinsel und griff an ihren Arsch.

»Ich werde dich jetzt von hinten nehmen, okay?«

»Ja«, hauchte sie.

»Gutes Mädchen.« Ich musste grinsen, als sie selbst ihre Beine für mich breitmachte und mir ihren Arsch entgegenstreckte, während ich noch mal auf die Knie ging und mein Gesicht zwischen ihren Beinen vergrub.

Ich konnte nicht genug davon bekommen, sie zu lecken, also machte ich ein paar weitere Zungenschläge, bis ich mich aufrichtete, meinen Penis in die Hand nahm und mich hinter ihr positionierte.

Kenna sah über ihre Schulter und ihre Augen funkelten voller Vorfreude. Ohne ein weiteres Wort drang ich in sie ein und teilte ihre Schamlippen mit meinem Schwanz.

Sie erzitterte, als ich bis zum Anschlag in ihr war und mich langsam aus ihr herauszog, um mit einem festen Stoß, der sie gegen die Kochinsel beförderte, wieder in sie einzudringen. Immer härter wurden meine Stöße und ihr Stöhnen lauter.

Kenna stand auf den Zehenspitzen, um mich intensiver in sich spüren zu können.

Ich griff in ihre Haare und zog ihren Kopf ein wenig zu mir, sodass ihr Körper sich nach hinten bäumte. Ihr Arsch wurde von meinen Stößen bewegt, sodass er immer wieder wackelte.

Kenna verkrampfte sich bereits und ich wusste, dass sie gleich kommen würde. Deshalb fickte ich sie härter, während ich an ihren Haaren zog, meine Finger an ihre Mitte legte, und in ihre Klitoris reizte, indem ich leicht drückte. »Ich komme gleich, Asher«, hauchte sie beinahe erstickt, während sie mitten im Satz stoppte, weil meine Bewegungen sie unterbrachen.

»Das weiß ich.«

»Hör nicht auf«, flehte sie und bog den Rücken ein bisschen mehr durch.

Ich nahm sie härter und brachte sie kurz vors Explodieren, während ich ihre Klitoris noch bearbeitete.

Sie stöhnte und als ihr Körper zitterte, hörte ich nicht auf, sondern verstärkte den Druck, drang schneller in sie ein, bis sie mit einem lauten Aufstöhnen kam.

Ich machte weiter, bis auch ich mich in ihr ergoss. Schwer atmend lehnte ich mich über sie, mein Schwanz weiterhin in ihr.

»Geht es dir gut?«, fragte ich sie atemlos.

»Mhh.« Mehr brachte sie nicht heraus.

Ich umfasste ihre Beine, um ihr ein wenig mehr Halt zu geben, da sie noch von dem Orgasmus zitterten. »Sollen wir duschen gehen?«

Sie drehte ihren Kopf zu mir, blickte mich mit trägen Augen an. »Ja, duschen ist eine gute Idee.«

Kenna hatte ja keine Ahnung, was ich in der Dusche mit ihr machen würde.

Akzeptanz

Kenna

Ich war vollkommen geschafft, konnte aber nicht aufhören, daran zu denken, wie geil Asher mich machte, allein bei der bloßen Vorstellung, wie er …

»Du magst auch Ente süßsauer, oder?« Asher blinzelte mich an, während er sich durch die feuchten Haare fuhr und in der anderen Hand sein Handy hielt, mit dem er Essen bestellte.

»Was?« Ich hatte ihm nicht zugehört. Er hatte mit mir gesprochen, aber was genau aus seinem Mund gekommen war … keine Ahnung.

»Ob du auch Ente süßsauer möchtest.«

»Ja, gerne das Hühnchen.«

Asher betrachtete mich kopfschüttelnd und kreuzte etwas an. Es war mir so was von egal, was er für Essen bestellte, Hauptsache, ich würde heute Abend noch mal in den Genuss seiner Ausdauer kommen.

»Mache ich dich wirklich so … wirr?«

»Vielleicht, aber bilde dir bloß nichts drauf ein.« Ich stieß mit meiner Schulter spielerisch gegen ihn.

»Gut zu wissen.«

»Warum, verdoppelt es dein Ego, so wie bei Break?«

»Können wir Break bitte nicht mit reinziehen, wenn wir indirekt darüber reden, dass du so durchgevögelt bist, dass du noch nicht mal weißt, was du essen möchtest?«

Ich musste grinsen. »Das hast du jetzt aber schön zusammengefasst.«

Asher verdrehte die Augen und murrte. Während er noch bestellte, lehnte ich mich an ihn und lauschte seinem gleichmäßig schlagenden Herzen. Er hatte recht, er war zu lebendig, um der Tod zu sein.

Ich war froh, hier zu sein, froh, ihn zu kennen. »Ich liebe dich.« Vielleicht waren meine Gefühle durch den Sex befeuert worden, aber gerade wollte ich es sagen. Mir diese Gefühle von der Seele sprechen.

Asher blickte auf mich hinunter und strich mir mit seinem Finger über die Wange. »Ich liebe dich auch, todsicher sogar.«

Mein Herz hüpfte, es sprang, tanzte und sang. Alles auf einmal und noch viel mehr. Es war mehr als jede Romanze, die ich in der High School gehabt hatte. Das hier fühlte sich nach einer Ewigkeit an Liebe an. Nach so viel mehr als Worte es ausdrücken könnten.

Ich streckte Asher mein Gesicht entgegen und seufzte in seinen Mund, als er mich küsste.

»Wäh, Knutscherei … Bitte, jemand soll meine Augen auswaschen, damit ich vergesse, was ich gesehen habe. Das ist ja wirklich widerwärtig!« Break drehte sich im Kreis, beugte sich vor und tat so, als würde er sich übergeben. Sein Würgen ließ mich die Augen verdrehen.

»Du bist ein bisschen überdramatisch, findest du nicht?« Ich betrachtete ihn.

Er wiederum schüttelte den Kopf. »Nein, ganz und gar nicht.«

Ich setzte mich aufrecht hin und verzog den Mund.

»Was willst du hier?«, fragte Asher seinen besten Freund.

»Nicht wissen, dass ihr eine gute Zeit hattet.«

»Sei froh, dass du nicht vor zehn Minuten gekommen bist.« Asher warf mir einen vielsagenden Seitenblick zu, bei dem ich augenblicklich errötete.

»Eww, Mann. Lass den Scheiß.« Break schüttelte sich. »Ich wollte nachsehen, wie es euch geht.«

Das war wirklich süß von ihm und zwischen all der Euphorie und dem Gefühlskribbeln kam die düstere Trauer zum Vorschein. »Ganz okay«, murmelte Asher und wandte den Blick ab. »Habe ich zu wenig getrauert? Hätte ich mehr weinen sollen? Muss ich mich schlecht fühlen, weil ich nicht länger gebraucht habe, um es hinunterzuschlucken? Weil mich die Wut so im Griff hat, dass ich noch nicht einmal richtig trauern kann, weil ihr Mörder noch nicht tot ist?«

»Das ist vollkommen okay. Du brauchst dich nicht rechtfertigen. Ich urteile nicht, ich höre zu. Wir sind Freunde, was glaubst du, was ich mache? Mit erhobenem Zeigefinger auf dich zeigen?«

»Bei dir weiß man ja nie«, meinte Asher mit einem schiefen Grinsen und wich Breaks Schlag aus, der beinahe getroffen hätte.

»Pass bloß auf.« Break hatte die Fäuste erhoben.

»Pass du lieber auf, dass du nicht an die Arbeitsplatte kommst«, sagte Asher.

Break zog die Augenbrauen in die Höhe und verzog angewidert das Gesicht. »Hier? In der Küche? Ihr …«

Bevor er weitersprechen konnte, unterbrach ich ihn.

»Was ist der weitere Plan?«

Break und Asher sahen mich an.

»Für den Moment ist der Henker ausgeschaltet, wir müssen also denjenigen aufhalten, der ihn beauftragt hat, mich und die Seelen zu ernten. Zudem müssen wir die Seelen, die er gesammelt hat, finden und befreien, während wir auch noch die Seele des Henkers ausfindig machen müssen, um sie zu schreddern. Werden wir das auch bei Blazons Seele machen?«

»*Falls* Blazon wirklich hinter allem steckt«, warf Asher ein und seufzte. »Aber ja, das ist eine Frage, zu der ich mir noch keine richtigen Gedanken gemacht habe. Er ist mein Bruder.«

Augenblicklich fühlte ich mich grausam. »Sorry, ich weiß. Ich hab geredet, bevor ich nachgedacht habe.«

Break ließ sich neben uns auf die Couch fallen und brummte. »Das würde ich den Seelenfressern vorbehalten. Sie treffen die besten Entscheidungen, wenn es darum geht.«

Asher schnaubte. »Das sagst du doch nur, weil du einer von ihnen bist.«

»Möglich.«

»Wir sollten Blazon überführen – oder freisprechen –, ehe der Henker sich wieder vollständig zusammengesetzt hat.«

»Wie lange dauert das?«, fragte ich.

»Kann drei Tage dauern oder zwei Wochen.« Break zuckte die Schultern. »So genau kann man das nicht sagen.«

»Gut, dann halten wir uns zuerst an Blazon. Vielleicht führt er uns ja zu den Seelen.« Ich rieb mir über den Arm. »Gibt es gute Wege, eine Sense zu beschatten?«

»Na ja, verfolgen und unauffällig sein?«, schlug Asher mit einem Schulterzucken vor.

Es hämmerte gegen die Tür und ich schreckte automatisch zusammen. War es der Henker?

Break fasste meinen panischen Blick auf und schüttele den Kopf. »Wer darf aufmachen? Ich nicht.«

»Ich gehe.« Asher stand von der Couch auf und öffnete langsam die Tür. Dabei war sein Körper angespannt und vollkommen bereit, sich zu verteidigen, falls es nötig werden würde.

»Sag mal, bist du kacken oder warum braucht das so lange?« Sestas Stimme ließ uns aufatmen. Sie blickte von ihrem Bruder zu mir und anschließend zu Break, bei dem sie ein kleines Lächeln aufsetzte. »Ich hab meinen Haustürschlüssel vergessen.«

»Nein, hätte ja auch ein Serienmörder sein können.«

»Seit wann klopfen Serienmörder an?« Sesta zog die Augenbrauen hoch und trat ein, um sich einen Apfel von der Theke zu schnappen und hineinzubeißen. Irgendwie hatten die Heriotzas ein Faible für Äpfel. »Der Henker hätte einfach die Scheiben eingeschossen. Mal wieder.« Hatte Asher das reparieren lassen? Von den Scherben war nichts geblieben. Auch die Fenster waren heile. Falls er das nicht gewesen war, musste es Sesta repariert haben. Oder? Immerhin durften Blazon und ihr Vater nichts davon wissen … Na ja, was Blazon betraf …

»Guter Punkt, kleine Heriotza«, murmelte Break und warf ihr einen Seitenblick zu, der sie augenblicklich so rot werden ließ wie den Apfel.

»Was brauchst du?«, fragte Asher beinahe genervt und schnappte sich ebenfalls einen Apfel, in den er hineinbiss.

»Weißt du, wo Banshee abgeblieben ist? Ich habe sie heute noch gar nicht gesehen.«

Augenblicklich versteifte sich Asher und hustete ein Stück des Apfels aus, der ihm im Hals stecken geblieben war. »Nope, heute noch nicht gesehen«, murmelte er und wischte sich mit dem Handrücken über den Mund.

Ich rührte mich kein Stück, ließ mein Gesicht zu einer steinernen Maske werden, damit Sesta keinerlei Gefühl davon ablesen konnte.

Banshees abgetrennter Kopf kam mir in den Sinn. Der Blick, mit dem sie mich betrachtet hatte, kurz bevor ihr Genick brach, und das Gänsehaut erregende Jaulen, das ich noch in meinen Erinnerungen hörte.

Bloß nichts zeigen, Kenna. Asher wird seine Gründe haben, nichts gesagt zu haben. Du wirst dich nicht einmischen, es ist nicht deine Sache.

Aber wegen mir ist Banshee tot.

Ich spürte die aufsteigenden Tränen hinter meinen Lidern brennen und drängte sie zurück. Jetzt war nicht der richtige Zeitpunkt, um zu weinen. Break starrte mich an und ich ihn. Nach dem mahnenden Blick wandte er den Kopf ab.

Sesta grummelte. »Ich verstehe nicht, wo sie abgeblieben ist, sie kommt normalerweise, wenn ich sie rufe.«

»Vielleicht jagt sie ja einem Reh hinterher, wer weiß. Sie ist mit dem Wolf verwandt, womöglich hatte sie Lust auf frisches Fleisch.« Asher brachte die Worte so leicht über seine perfekt geschwungenen Lippen, dass ich beinahe aufgelacht hätte, so überrascht war ich von seinen Schauspielkünsten.

»Wenn du meinst. Rufst du mich an, wenn du sie siehst?«, fragte Sesta ihren Bruder.

»Klar, mach ich.«

Sesta klopfte ihm auf den Oberarm.

»Ich kann dich auch anrufen«, rief Break mit verschränkten Armen, als Sesta Richtung Treppen lief.

»Für was?«, fragte sie mit einem verwirrten Ausdruck.

»Na ja, für … alles.«

Sesta starrte ihn an und lachte auf. »Klar.«

»Ach, weißt du, wo Blazon ist?« Asher ignorierte gekonnt das kleine Geflirte von seiner Schwester und seinem besten Freund.

»Der ist gegangen. Ich wollte ihn vorhin fragen, wo Banshee abgeblieben ist, aber er hat vor sich hin gemurmelt, irgendwie war er seltsam. Meinte irgendwas von Besorgungen machen. Und, dass er bald alles zusammen habe. Frag mich nicht.«

Asher richtete sich auf und legte den angebissenen Apfel zur Seite.

Break spannte sich an und ich dachte augenblicklich an die zu früh geernteten Seelen. Fest biss ich mir auf die Lippe, um nichts zu sagen.

»Wann kommt er?«

»Bin ich seine persönliche Assistentin?« Sesta verdrehte die Augen. »Irgendwann heute Abend. Wir sehen uns.« Sie hob die Hand zum Abschied und schlenderte zur Treppe. Dabei ließ sie es sich nicht nehmen, Break einen letzten schmachtenden Blick zuzuwerfen, den er erwiderte. Niedlich.

Kaum war sie verschwunden, fingen Asher und Break an, unverständliches Zeug zu schnattern. Es war kaum auszuhalten, so schnell brabbelten sie.

»Hey!« Ich stand auf und trat zwischen die beiden Plappermäuler. »Ganz ruhig, das hilft uns nicht, wenn ihr nur aneinander vorbeiredet.«

Asher atmete tief durch, während Break die Augen verdrehte.

»Okay, wir müssen schleunigst herausfinden, was er damit meinte, er habe bald alles zusammen«, meinte Asher.

»Da ist es doch äußerst praktisch, dass er nicht zu Hause ist und wir eine kleine Wohnungsbesichtigung abhalten können, oder?« Break klatschte in die Hände und grinste. »Ich liebe Verbrechen jeglicher Art und wir werden eines aufdecken.«

»Also, wir gehen jetzt wirklich in sein Stockwerk?«, fragte ich mit leichter Panik in der Stimme. In Ashers düsteren Augen war nichts, was mich in irgendeiner Art und Weise beruhigte.

»Ja, ganz genau das werden wir tun.«

»Sesta sagen wir aber nichts von unserem Verdacht?«

Asher schüttelte den Kopf.

Break setzte sich augenblicklich in Bewegung, während ich Ashers Hand ergriff, sie mit meiner verschränkte und ihm, nach einem aufmunternden Blick, folgte.

Asher öffnete die Tür zu Blazons Stockwerk und trat wie selbstverständlich ein. Von der Bauweise glich es Ashers Stockwerk bis aufs Haar, nur die Einrichtung war kalt und notdürftig gehalten.

Ich konnte einen Schauder nicht unterdrücken, der mir nochmals bewusst machte, dass ich in den Räumlichkeiten eines Mörders stand. Dem Mörder meines Vaters.

Asher

In Blazons Zimmer zu sein, war so wie immer, aber doch ganz anders. Mit der Vermutung, die wir hegten, war es … seltsam. Ein Teil von mir wollte noch nicht glauben, dass er es war, weil es war Blazon. Mein Bruder. Ein anderer Teil konnte nicht abstreiten, dass die Zufälle und Dinge, die wir gesehen hatten, dafür sprachen. Vor allem sein Wunsch nach Kennas Tod. Innerlich hoffte ich, dass es eine andere Erklärung dafür gab und wir uns doch irrten. Dass er nicht den Henker auf Kenna angesetzt hatte, um sie zu töten, dass er nicht schuld am Tod von Banshee war, dass er nicht diese Seelen geerntet hatte, unter denen sich auch Kennas Vater befand, dass er nicht derjenige war, der all das getan hatte.

»Jemand hier?«, rief ich und spürte, wie Kenna zusammenzuckte. Sie umklammerte meine Hand und räusperte sich kurz, bevor sie ihre Schultern anspannte und das Kinn hob.

Ich sah ihr an, wie viel Überwindung es sie kostete, hier zu sein.

»Keiner zu Hause«, murmelte Break. »Wo fangen wir an?«

»Keine Ahnung, irgendwo.«

»Ich bleibe bei einem von euch. Wenn etwas passiert, bin ich die Einzige, die sich nicht wegteleportieren kann.«

»Du bleibst bei mir«, entschied ich.

»Na klar, der arme, lustige, gut aussehende, athletische, witzige und, das darf nicht vergessen werden, beste Freund begibt sich allein in Gefahr und nimmt alles in Kauf, um …«

»Bist du bei einer Theaterprobe oder was geht bei dir ab?« Ich zog verwirrt die Augenbrauen zusammen. Er war manchmal wirklich ein wenig sehr … dramatisch. Sehr.

»Ich setze hier nicht nur mein Leben, sondern auch meine Ausbildung bei Aldrick aufs Spiel, halt mal den Ball flach.«

»Kommt, lasst uns anfangen, bevor Blazon wiederkommt und uns entdeckt.« Kenna zog sanft an mir und ging vor.

Break blieb schnaubend zurück und ich meinte noch so etwas zu hören wie: »Keiner sorgt sich um mich.«

Beinahe hätte ich laut losgelacht. Wenn Sesta dabei wäre, hätte er jemanden, der sich mit ihm verbal abklatschen könnte. Sie hatte einen Crush auf ihn, seit sie ihn zum ersten Mal mit ihren unschuldigen Augen erblickt hatte. Da hatte sie ihn in ihren Gedanken ausgezogen und verschlungen. Sie war wie paralysiert gewesen. Andersherum war es nicht besser, weshalb ich mich tunlichst zusammenreißen musste, wenn die beiden sich begegneten und ich daneben stand. Doch hier und jetzt wollte ich sie nicht dabei haben, ganz unabhängig von Breaks schmachtenden Blicken. Wir beide liebten Blaze – und ich hoffte von ganzem Herzen, dass sich unser Verdacht innerhalb der nächsten Minuten zerschlagen würde.

Kenna und ich durchsuchten alles, was uns in die Finger kam. Doch in seinem Schlafzimmer war nichts Verwerfliches zu finden, außer vielleicht das Paar Handschellen, das er unter seiner Unterwäsche versteckte. Angewidert legte ich sie zurück.

Erstaunlich, wie viele Zimmer unser Haus hatte. Beinahe Verschwendung, wenn hier keine fette Party oder eine Orgie veranstaltet wurde. Eines von beiden musste noch von der Liste abgehakt werden.

»Was ist hier drinnen?«, fragte Kenna und deutete mit dem Kopf auf die Tür vor uns.

»Sein Büro.«

»Dann lass uns nachsehen.« Kenna öffnete die Tür.

Wir suchten stumm vor uns her.

Ich holte mein Sensenbuch hervor, drehte mich von ihr weg und schlug es auf, bis meine zitternden Finger bei ihrem Namen angelangt waren. Sie war so vertieft in ihr tun, dass sie mich nicht beachtete. Aufs Neue verdrängte ich, wie lange Kenna noch zu leben hatte.

Zwei Tage. Es waren nur noch zwei Tage.

Ich hätte schwören können, dass es mehr gewesen waren. Wunschdenken. Mein Atem kam flach und ich starrte wie gebannt auf ihren Namen, in dem Wissen, dass sie ein paar Meter neben mir stand, noch lebendig. Schwer machte sich der Kummer auf meiner Brust breit und drückte mein Herz unentwegt hinunter.

Zwei Tage, was war das für eine Zeit?

Wieso gab der Tod ihr nicht mehr?

Fest biss ich die Kiefer aufeinander und atmete durch die Nase ein und aus. Ich hatte noch nicht mal bemerkt, dass ich die Augen geschlossen hatte, bis ich sie öffnete und dabei zusah, wie sich das Papier veränderte. Aber nein, es war nicht das Papier, sondern die Tinte. Kennas Name wurde … heller. Er bleichte mit jeder verstrichenen Sekunde mehr aus und verweilte schließlich als grauer Schatten auf dem Papier. Immer noch lesbar, allerdings viel heller als zuvor. Das war mir noch nie passiert. Was sollte das nur bedeuten?

»Asher, hörst du das?«

Voller Panik richtete ich mich auf.

Kenna

»Was denn?«, fragte Asher und schlug etwas zu.

Ich schloss die Augen, um es besser hören zu können. Da war ein leises Wispern, ähnlich dem der Seelen, die im Poolhaus gewesen waren. Es waren nicht unterschiedliche Töne und Laute, sondern nur eines. Wie das leise Flüstern eines Kindes, das einem einen Hinweis gab, wo es sich versteckte und wie man es am Besten finden konnte.

»Na, dieses … Flüstern.«

»Flüstern?«, fragte er verwirrt und trat neben mich.

»Ja, ich höre es ganz deutlich. Du etwa nicht? Das kann man doch nicht überhören.«

Ich machte mich von dem Regal los und verließ den Raum, um dem Flüstern zu folgen. Das leise Wispern wurde mit jedem Schritt lauter und dirigierte mich zurück in das Schlafzimmer. Ich blieb mitten im Raum stehen, um zu erfassen, von wo es kam. Als Asher den Mund öffnete, um etwas zu sagen, presste ich ihm meinen Zeigefinger gegen die Lippen.

»Pscht.«

Er hob mit einem entschuldigenden Ausdruck die Hände.

Ich hörte auf das Wispern, dass mich zum grau bezogenen Doppelbett mit dem ausladenden Kopfteil führte. Was war das nur? Verirrt blieb ich davor stehen. Einige Sekunden lauschte ich einzig und alleine dem Wispern in meinem Ohr. Es wurde lauter, als ich mich auf die Knie begab und unter das Bett linste.

Ich griff nach einem Gegenstand, den ich wegen des wenigen Lichts nicht haargenau erkennen konnte. Er war ein Buch. Ich holte es unter dem Bett hervor und begutachtete das verstaubte Leder in meinen Händen. Es war ein einfacher silberner Einband. Nirgends war eine Schrift, die mir verriet, was sich darin verbarg. Komisch. Zwischen den Seiten steckte ein ausgerissenes und zusammengefaltetes Papier. Das Wispern verstummte mit einem Schlag, als ich es zwischen die Finger nahm. Staub wirbelte mir entgegen und kitzelte meine Nase.

»Wie habe ich das nur finden können? Es hat gewispert, ganz deutlich.«

Asher zuckte hilflos mit den Schultern. »Keine Ahnung, wieso das Blatt Papier zu dir gesprochen hat. Ich habe absolut nichts gehört.«

Seltsam. Was war das nur gewesen? Weder das Papier noch Asher konnten es mir verraten.

»Wurde nicht der Seelenschlund durchsucht, weil ein Buch verschwunden ist?«

Er nickte, die Mine verkniffen.

»Das könnte es sein.« Ich schlug die erste Seite auf und las den Titel, der im Innern abgedruckt war: »Der Tod und seine Gaben.«

Es setzte Asher ersichtlich zu, dass Blazon das gestohlene Buch hatte. Er wusste, was das hieß, was es bedeutete. »Was steht auf dem Zettel?«, fragte er.

Das Papier war alt und an den Ecken abgenutzt, aber das war nicht das Interessanteste daran. Denn als ich es entfaltet hatte, war das Erste, was ich sah, ein großer Totenkopf – mit schwarzer Tinte skizziert.

»Was ist das?«

»Das fragst du mich? Ich bin hier der Mensch von uns beiden.«

Asher verdrehte die Augen. »Ich bin genauso ein Mensch. Quasi. Aber irgendwie auch nicht. Ach, es ist kompliziert.«

»Dein Beziehungsstatus oder deine Spezies?«

Asher lachte trocken auf. »Das entscheidest du.« Er machte eine kurze Pause, bevor er sich von mir abwandte. »Break, komm mal, wir haben was gefunden. Glauben wir.«

Ich wartete mit dem Vorlesen darauf, bis ich die schweren Schritte auf der Treppe hörte und Break in der Tür erschien. »Sexspielzeug?«

Asher schnaubte. »Nein, einen Zettel.«

»Schade. Hätte ja was Interessantes sein können.« Er schielte auf das Papier in meiner Hand und betrachtete mit gerümpfter Nase den Totenkopf. »Deine Kreation? Asher hat mir erzählt, dass du ziemlich gut zeichnen kannst.«

Ich schüttelte den Kopf. »Würden wir dich rufen, wenn ich dir ein Bild von mir zeigen wollte? Hier bei Blazon zu Hause, während wir etwas suchen, was uns zu den Seelen führt?«

»Na ja, wer weiß.«

Ich verzog den Mund und schüttelte den Kopf. »Ich wollte nur warten, bis du hier bist, damit ich vorlesen kann.«

»Dann leg mal los.«

Ich las vor. »*Um einer bereits verstorbenen Seele ein zweites Leben zu schenken, braucht es a) eine passende Hülle und b) genug Lebenszeit, die dieser eingeflößt werden kann. Siehe hierzu Erklärung unter Abschnitt 3.2. Faule Zeit und ihr Nutzen.*«

Break schnappt nach Luft. »Dazu also dient faule Zeit? Um Tote zu erwecken?«

Asher erbleichte.

»Sieht ganz so aus«, murmelte ich und überflog mit pochendem Herzen die nächsten Zeilen. »Die wiederzubelebende Seele muss dafür mithilfe von Seelensteinen konserviert werden.«

»In einem Einmachglas, oder was?«

»Genau so«, flüsterte ich und musste unwillkürlich an die Seelen im Poolhaus denken. »Auch die zu früh geernteten Seelen müssen auf diese Art aufbewahrt werden. Für das Ritual.« Mir wurde schlecht. »Scheiße. Das hier ist eine Art Rezept, wie man eine verstorbene Person zurück ins Leben holt. Auf Kosten anderer, die dafür vor ihrer Zeit sterben müssen. Das ist es. Darum geht es hier!«

»Jemand soll wiederbelebt werden?«, fragte Break ungläubig.

»Ein Mensch. Oder eine Sense.« Ich hielt ihm den Zettel hin. Dort stand es. Schwarz auf Weiß. »*Um eine Sense zurück ins Leben zu holen, braucht es einen besonderen Körper als Hülle.*«

»Was für einen?«, fragte Asher.

»Den einer unvollkommenen Sense.«

»Und für einen Menschen?«

»Ganz egal.«

»Bitte was? Das ist ja wirklich skandalöser als Sexspielzeug«, murmelte Break und atmete tief aus.

Mir wurde speiübel. Break und Asher offensichtlich auch, denn sie waren beide kalkweiß.

Break las den letzten Abschnitt leise murmelnd vor: »*Nachdem die Seele, die wiederauferstehen soll, in die neue Hülle eingesetzt wird, verfault diese, bis sich darunter das ehemalige Aussehen des Verstorbenen zu erkennen gibt. Die ursprüngliche Seele der Hülle wird von der eingesetzten zerfressen und absorbiert.* Alter, das ist so abartig …«

Wir starrten uns an. Fassunglos. Geschockt.

Uns allen war klar, dass das hier der Beweis war. Blazon *hatte* die Seelen gesammelt. Er *war* für die Tode all dieser Menschen verantwortlich, für den meines Dads, weil er selbst jemanden verloren hatte, den er zurückholen wollte. Und ironischerweise verstand ich ihn, denn auch ich hatte mit dem Gedanken gespielt.

Was wäre, wenn …

… ich meinen Vater zurückholen könnte?

Würde ich es tun?

Wäre er noch er selbst?

Könnte ich dafür andere opfern?

Die Antwort war klar. Auf all diese Fragen.

»Wir müssen das aufhalten«, flüsterte ich und sah Asher an. »Tut mir leid.«

Er nickte stumm.

»Hast du eine Idee, wen er wiederbeleben will?«

Erneut ein Nicken. Der Blick aus seinen Augen sprach Bände. Er zerbarst innerlich. »Celine«, flüsterte er. »Ihr Name war Celine.«

»Wer zum Seelenschlund ist Celine?« Break hatte die Augenbrauen hochgezogen.

Asher richtete sich auf, blickte zum Fenster und spannte sich an. »Da kommt wer. Die Haustür ist aufgegangen.«

Break zog leise die Tür auf und lauschte ins Treppenhaus. »Das ist Blazon«, zischte er und mein Magen sackte nach unten. Scheiße.

»Ich dachte, er wäre in der Uni!«

»Falsch gedacht.« Break klappte das Buch zu und steckte es unter das Bett. Den Zettel behielten wir. Schritte erklangen auf der Treppe. Blazons Schuhe knallten entschlossen auf die Stufen.

Ich lief, ohne mich umzudrehen, in das angrenzende Bad und stieg in die Dusche. Den Duschvorhang zog ich vor und hielt den Atem an. Break und Asher waren weg. Natürlich, sie hatten sich teleportiert, während ich wie eine Normalsterbliche gerannt war. Dumm, Kenna!

Kurz darauf hörte ich die Zimmertür, dann Schritte.

Blazon kam ins Bad und schaltete das Licht an.

Mit rasendem Herzen verharrte ich und hoffte, dass er mich nicht bemerkte. Was geschah, wenn er es doch tat? Würde ich als eine Seele in seiner Sammlung enden, damit er diese Celine wiederholen konnte? Würde er mich als Hülle nutzen?

Ich spähte hinter dem Vorhang hervor.

Blazon stand vor dem Waschbecken. Alles an ihm wirkte Furcht einflößend, tödlich. Er öffnete den Badschrank und nahm kleine, gläserne Fläschchen heraus, die er gegen das Licht hielt. An einigen schnupperte er. Eines davon hatte eine seltsame Farbe. Es schillerte und schimmerte fliederfarben. Glitzerte beinahe. Fast wie ein Zaubertrank.

Er stellte es zurück und entschied sich für eines mit durchsichtigem Inhalt, schnappte sich eine Cremedose und ein kleines Handtuch.

Danach zog Blazon sich das Shirt über den Kopf. Es landete achtlos auf dem Boden. Als Nächstes machte er sich an seiner Hose zu schaffen, öffnete den Gürtel und ließ die Jeans zu Boden gleiten. Nein. Er würde doch nicht duschen gehen, oder? Eiskalte Panik pulsierte durch meine Kehle. Scheiße, scheiße, scheiße.

Blazon kam auf die Dusche zu, den Blick auf seinen Bauch gerichtet, über den er prüfend strich, als würde er die Muskeln begutachten. Er griff nach dem Duschvorhang. Sein Atem schlug gegen das graue Plastik und ließ meinen verstummen. Er streckte einen Arm in die Dusche, direkt an meinem Gesicht vorbei, sodass ich das Parfüm an seinem Handgelenk riechen konnte, und schaltete sie an.

Eiskaltes Wasser prasselte auf mich nieder.

Ich biss mir in die Handfläche, um keinen Ton von mir zu geben, während sich meine Klamotten binnen Sekunden vollsogen. Ich wollte aufstöhnen, so schnell drang die Kälte in meine Knochen.

»Vergessen. Ich brauche ja noch frische Klamotten«, murmelte er und wandte sich ab. Die brauchte ich auch.

Ich wischte mir das Wasser von der Stirn und rieb nervös über meine Oberschenkel. Sollte ich rausklettern und loslaufen? Nein, das war bescheuert. Aber wenn er zurückkam und mich in seiner Dusche fand, wäre es nicht besser sein.

»Kenna«, wisperte es hinter mir. Break. Er hatte sich zu mir in die Dusche teleportiert. Ich musste an mich halten, um nicht zu schreien.

Er war augenblicklich durchnässt, doch hielt mir eine Hand entgegen, die ich schnell ergriff.

Blazon kam zurück, Stoff raschelte. Er musste sich seiner Boxershorts entledigt haben und zog den Vorhang zur Seite.

Ich erwartete sein Gesicht, doch um mich herum war auf einmal dunkler Nebel. Die Teleportation war wie eine Erlösung und ich ließ meine Stirn gegen Breaks Schulter sinken.

»Das war schlimmer als jeder Horrorfilm«, flüsterte ich.

»Da muss ich dir leider zustimmen.«

Ich legte den Kopf in den Nacken. Meine nassen Haare klebten an meinem Rücken und ich tropfte Ashers Boden voll. Wir waren wieder in seinem Stockwerk. Dem Himmel sei Dank!

»Was ist mit euch passiert?«, fragte Asher und brachte uns neue Klamotten aus seinem Schrank.

»Wir waren duschen, während dein Bruder ne Peepshow hingelegt hat und beinahe mit uns geduscht hätte.«

Asher rümpfte die Nase. »Ew.«

Ich nickte. »Genau das, aber jetzt erzähl: Wer ist Celine und warum will Blazon sie zurückbringen?«

Asher

Ist Celine eure Mutter?«, fragte Kenna. Sie rubbelte sich gerade die Haare trocken, während Break seinen Kopf wie ein nasser Hund geschüttelt hatte.

Jetzt bloß nicht an Banshee denken.

Ich musste schlucken und entfaltete den Zettel, den ich in meiner Hosentasche aufbewahrt hatte. »Nein. Celine ist … sie war Blazons Freundin.«

Kenna wirkte skeptisch, als könnte sie sich Blazon in einer Beziehung nicht vorstellen. Kein Wunder, sie hatte ihn nur von seiner schlechtesten Seite kennengelernt. Eine, die ich bis zuletzt nicht wahrhaben wollen. Aber dieser Zettel änderte alles.

»Okay, und weiter? Mir hast du die Geschichte nie ganz erzählt.«

»Ja, weil es Blazons ist und nicht meine, deshalb habe ich mir nicht das Recht herausgenommen. Aber jetzt ist sie vielleicht wichtig.« Mir bereitete es Magenschmerzen, als ich daran dachte, wie mein Bruder gelitten hatte. Und es noch immer tat.

»Sie haben sich in der Schule kennengelernt, da waren die beiden … fünfzehn, wenn ich mich recht erinnere. Zuerst waren sie nur Freunde, bis sie sich verliebten. Jeder dachte, dass es eine High-School-Liebe bleiben würde, aber die beiden haben allen das Gegenteil bewiesen und sind zusammengezogen. Als Blazon zur Sense wurde, erzählte er Celine von sich. Ein verheerender Fehler, wie sich später herausstellte.« Ich machte eine Pause und atmete tief ein.

»Weil?«, fragte Break.

»Weil sie starb. Wir wollten an dem Abend ins Kino fahren, wir hatten alles dabei, Chips, Popcorn Getränke und Decken. Sesta hatte keine Lust, deshalb waren es nur wir drei.«

»Du warst dabei?«, fragte Break.

»Ja, aber meistens versuche ich, die Erinnerungen daran zu verdrängen. Auf jeden Fall war es so …« Während des Erzählens wurde ich in meine eigene Erinnerung des Tages gezogen und hatte die Bilder vor meinem inneren Auge:

»Hast du das Popcorn dabei?«, fragte mich Celine mit funkelnden Augen.

Ich hielt die raschelnde Tüte vor ihre Nase. »Natürlich, sonst hättest du es vergessen, ich kenne dich doch.«

»Hey, es war ein Versehen, als ich dein Essen beim Italiener nicht mitbestellt habe. Wirklich. Ich schwöre auf … den Tod? Sagt ihr das so bei euch?«

Blaze lachte auf, nahm ihre Hand und drückte ihr einen Kuss auf den Handrücken. »Du bist süß.«

»Lachst du mich etwa aus?«, fragte sie empört und schlug nach ihm.

»Hey, ich fahre Auto, nicht, dass wir noch einen Unfall bauen.«

Sie drehte sich zu mir. »Wie viele Tüten hast du?«

»Gleich drei, damit Blaze nicht alles wegfrisst.«

»So wie immer«, bestätigte sie.

»Stimmt doch gar nicht, ihr futtert so viel«, hielt er dagegen, aber gegen Celine und mich hatte er keine Chance.

»Ja, klar«, murmelte sie.

Sie und ich verbündeten uns regelmäßig gegen meinen Bruder. Celine war eine gute Partnerin, wenn es darum ging, Streiche zu planen und auszuführen. Einmal hatte sie die Idee gehabt, Lebensmittelfarbe in Blazes Duschgel zu mischen. Am Ende war ein wutentbrannter Schlumpf in die Küche gestapft gekommen. Celine und ich hatten uns nicht mehr eingekriegt, so witzig war der blau gefärbte Blaze gewesen.

Ich beugte mich zwischen den Sitzen vor, um nach der Cola zu suchen, die Celine hatte mitnehmen sollen. Hoffentlich hatte sie dran gedacht. Vor uns fuhr ein Auto ziemlich langsam, was Blazon mit genervten Seufzern kommentierte. Er setzte den Blinker und zog am Auto vorbei, der Motor heulte auf, während ich schmunzelte. So leicht reizbar.

»Lahme Ente«, brummte er.

Ein roter Porsche kam aus dem Nichts auf der Gegenfahrbahn angeschossen. Viel zu schnell.

Celine schrie.

Blazon trat auf die Bremse, konnte jedoch nicht einscheren, weil er das Auto noch nicht ganz überholt hatte.

Ich brüllte irgendwas.

Blazon fluchte und hupte. Dann krachte es markerschütternd.

Schmerz war das Erste, was ich registrierte, als ich blinzelnd die Augen öffnete. Es waren höchstens ein paar Sekunden vergangen, seit die Autos zusammengekracht waren. Meine Heilung setzte bereits ein und ließ mich meine Finger und Beine bewegen, deren Knochen wieder zusammenwuchsen.

Ich beugte mich stöhnend vor.

»Blaze? Celine?«

Mein Bruder brummte, doch Celine blieb stumm.

Ich stemmte mich gegen die verbeulte Autotür und drückte sie aus dem Rahmen. Als ich schließlich stand, wurde mir das Ausmaß des Unfalls bewusst. Wir waren frontal zusammengestoßen. Beide Wagen waren wie Sardinenbüchsen zusammengepresst.

»Geht es euch gut?« Der Fahrer aus dem Auto, das wir überholt hatten, kam mit vor Schock aufgerissenen Augen auf mich zu. »Du blutest, ich rufe einen Krankenwagen.«

Ich nickte, ohne etwas zu sagen. Für Blazon und mich mussten sie ihn nicht rufen, aber für Celine und den anderen Fahrer.

Celine.

Ich trat an ihre Tür, achtete nicht darauf, ob der Mann etwas mitbekam, und riss sie heraus. Der Schaden könnte beim Unfall entstanden sein, das würde keiner wissen.

Celine war mit Blut überzogen.

Sollte ich auf die Notfallsanitäter warten? Sie herausholen? Machte ich es dadurch nur noch schlimmer? Scheiße, verdammt.

Ich dachte nicht länger darüber nach, sondern zog sie aus dem Auto und legte ihren Kopf vorsichtig auf den Asphalt. Mit zittrigen Fingern suchte ich nach ihrem Puls und legte meine Wange auf ihre Brust, um zu hören, ob sie noch atmete. Celines Brust hob sich leicht und brachte mich zum Aufseufzen.

»Sie sind so schnell wie möglich hier«, informierte mich der Mann, dem ich keinen Blick schenkte.

»Okay«, war das Einzige, was ich herausbrachte, zu mehr war ich gerade nicht im Stande.

»Ich kümmere mich um den Fahrer aus dem roten Wagen.«

Ich lauschte seinen Schritten, die leiser wurden. Im Hintergrund nahm ich wahr, dass er mit jemandem sprach.

Blazon kam langsam zu sich. Sein Stöhnen war nicht zu überhören. Nur Celine war still. So still.

Und ihr Puls war … verschwunden. Panisch begann ich mit einer Herz-Lungen-Massage. Ich musste aufpassen, dass ich nicht weinte. Tränen würde mich nur von dem abhalten, was ich tun musste: Celine am Leben halten.

Sie durfte auf keinen Fall sterben!

Ich drückte meine Hände stetig auf ihren Brustkorb und hoffte, dass der Rettungswagen gleich kommen würde. Die Momente strichen undeutlich vorbei und ich hörte nichts außer dem Rauschen in meinen Ohren, das sich über alles andere legte.

Eine Hand packte nach meiner Schulter und rüttelte sachte an mir. Erst nach mehrmaligem Blinzeln wandte ich den Kopf.

Blazon stand blutverschmiert vor mir. Im Gegensatz zu Celines Blut war seines dunkel. Sensenblut. Er heilte bereits.

»Wie geht es ihr?«, fragte er atemlos und ließ sich neben mich fallen, um Celines Hand zu ergreifen. »Atmet sie noch?«

»Keine Ahnung, sie hatte keinen Puls mehr«, brachte ich hervor.

Sirenen ertönten und mich durchspülte so viel Erleichterung, dass ich beinahe damit aufgehört hätte, Celines Herz durch meine Hände weiterschlagen zu lassen.

»Gleich kommt Hilfe«, murmelte Blazon und stieß heftig die Luft aus. Tränen schwammen in seinen Augen. »Es ist meine Schuld.«

»Der Typ ist viel zu schnell gefahren, du konntest gar nicht reagieren.«

Blazon schluchzte auf und strich über Celines Arm.

Die Sirenen wurden lauter und die Lichter schienen durch die Baumkronen der Tannen. Sie würden gleich da sein und Celine würde Hilfe bekommen. Sie würde Leben.

»Gentleman.«

Ich zuckte zusammen, weil ich nicht erwartet hatte, eine Stimme zu hören, die so nah bei uns war. Die so gefasst klang. So unbeeindruckt von dem, was geschehen war.

»Dad?« Blaze klang erstickt.

Tatsächlich. Neben uns stand ein hochgewachsener, schlanker Mann, der auf seine Uhr blickte, die er zu einem teuren Anzug kombiniert hatte. Er war aus dem Nichts aufgetaucht. Einfach so.

»Nein«, japste Blazon und Schmerz verzerrte sein Gesicht, als ihm bewusst wurde was die Anwesenheit unseres Vaters zu bedeuten hatte.

»Mein herzliches Beileid.« Dad deutete auf Celine.

»Aber Asher hilft ihr doch. Er macht alles richtig«, rief Blazon panisch. »Das kann nicht sein.«

»Ich denke nicht, dass es an deinem Bruder liegt. Die Kopfwunde sieht ziemlich übel aus.« Dad deutete auf ihre Stirn.

»Sie wird es mit Sicherheit schaffen, kannst du nicht warten, bis die Notfallsanitäter kommen? Bitte, Dad.« Blazon betrachtete ihn mit tränenüberströmten Wangen und umklammerte Celines Hand fester.

»So leid es mir tut, ich werde sie mitnehmen müssen. Du weißt das, Sohn.«

Blazon schüttelte den Kopf.

»Nein, nein, nein.«

Ich zog mich von Celine zurück, für sie konnte ich nichts mehr tun. Der Tod hatte seinen Boten geschickt, um sie zu holen.

»Hör nicht auf, bitte Asher, hör nicht auf!« Blazon machte selbst weiter und beatmete Celine, fuhr mit der Herz-Lungen-Massage fort. Er gab nicht auf. Konnte nicht. Dad sah ihm bei seinen kläglichen

Versuchen zu und kontrollierte stetig die Uhrzeit. Gleich würde es so weit sein.

»Junge, es tut mir leid.«

Ihre Seele stieg aus ihrem Mund, sie leuchtete hell und heller.

Blazon atmete scharf ein und griff nach der Seele, doch Dad war schneller. Seine Augen leuchteten auf, als er sie komplett absorbiert hatte.

»Nein, gib sie mir zurück«, schrie Blazon und wollte sich auf ihn stürzen, doch Dad wich ihm aus. »Bitte, Dad!«

Mein Bruder stürzte ins Leere und blieb am Boden liegen. Er schrie und weinte vor Schmerzen, kroch zu Celine und betete seinen Kopf auf ihrer Brust. »Nein, nein, nein. Warum?« Er weinte markerschütternd und ließ sich von nichts ablenken. Dad kniete sich neben ihm nieder, hielt seinen Sohn fest. Das Gesicht ernst. Irgendwann setzte ich mich zu meinem Bruder, strich über seinen Rücken und weinte mit. Das war unfair. Der Tod war verdammt noch mal nicht fair. Doch das war er nie.

Auch nicht für die Liebe meines Bruders.

Die Notfallsanitäter kamen und mussten Blazon von Celines Leichnam schleifen, nur um festzustellen, dass sie tot war. Sie war durch den Autounfall gestorben und ich wusste, dass Blazon sich für immer Vorwürfe machen würde. So lange er lebte und das war für einen Sensenmann eine ziemlich lange Zeit.

»Das ist schrecklich«, murmelte Kenna und blinzelte die Tränen fort.

Break starrte mich nur ausdruckslos an. »Deswegen hast du es nie erzählt.«

»Es ist nicht meine Geschichte.«

»Aber du warst dabei.« Kenna umarmte mich.

»Celine war seine Freundin, nicht meine.«

»Du hast versucht, sie zu retten, also darfst du genauso darüber reden. Also, wenn du das möchtest.«

»Ich weiß, wie du das meinst.« Ich presste ihr einen Kuss auf die Stirn. Ihr Name tauchte vor meinem inneren Auge auf. War es etwas Gutes, dass er verblasst war? Oder schlecht? Was bedeutete es? Weil verschwunden war er nicht? Würde Kenna doch nicht sterben? War es das?

Ich hoffte es.

»Ich habe von dem Unfall gelesen, als ich nach dir gesucht habe«, murmelte Kenna. »Mit deiner Erzählung ist das noch schlimmer als davor.«

»Es ergibt Sinn, dass er sie zurückhaben möchte, immerhin hat er sie geliebt und er wird sich wahrscheinlich die Schuld daran geben, dass sie gestorben ist, oder?«, fragte Break.

»Ja, seit diesem Tag.« Ich konnte es noch nicht glauben, dass er sie wiederholen wollte und dabei das Morden von Menschen in Kauf nahm. Das hätte ich nicht von ihm erwartet. Er war mein Bruder und ich hatte geglaubt, ihn zu kennen. Doch anscheinend war das nicht richtig. »Er hat mir sogar gesagt, dass er nach einem Weg gesucht hat, doch vergeblich.« Dass ich das erst in Bezug auf Kennas bevorstehender Ernte herausgefunden hatte, ließ ich aus. »Aber ich hätte nicht geglaubt, dass er über Seelen gehen würde.« Es herrschte kurz Stille.

»Euer Vater hat Celine geerntet, oder?«, fragte Break.

Ich nickte. »Das hat es nur noch schlimmer gemacht. Dad hat es dem Rat gemeldet. Blazon musste vor das Gremium treten, dort wurde über ihn gerichtet.«

»Daran erinnere ich mich noch«, meinte Break.

»Weil er ihr von sich erzählt hat?«, fragte Kenna.

»Genau. Der einzige Grund, weshalb er nicht aus der Sensengesellschaft verbannt wurde, war die Tatsache, dass Celine bereits verstorben war.«

»Euer Dad hat es wirklich *gemeldet*?«

Ich brummte zustimmend.

»Darf ich noch mal das Ritual sehen?«, fragte Kenna.

Ich gab ihr den Zettel.

»Das ist verrückt, was hier steht.« Sie wippte von ihren Zehen auf die Fußballen. »Grabblumenelexier, was ist das?«

Break rührte in einer imaginären Schüssel. »Wenn die Grabblumen zerkleinert werden, geben sie Saft ab, das ist Grabblumenelexier.«

Kenna wirkte nachdenklich. »Wie sieht es aus?«

»Es ist nicht so satt wie die Blume an sich, sondern viel heller.«

»Lavendelfarben?«

»Genau. Wieso?«

»Blazon hatte so eine kleine unbeschriftete Flasche in seinem Badezimmerschrank. Es hat geschimmert und geglänzt. Das habe ich genau gesehen. Es sah nach nichts aus, was er zum Duschen bräuchte. Außer er schmiert sich glitzernde Flüssigkeiten auf die Haut, als wären sie ein Highlighter.«

»Highlighter?«, fragte Break.

»Glitzer fürs Gesicht.«

Zu viele Dinge sprachen für Blazons Schuld, die sich vor meinem Auge endlich wie ein Puzzlestück zusammensetzten. Das hätten sie schon zuvor getan, wenn ich nicht wie ein Gutgläubiger meine imaginäre Augenbinde enger gezurrt hätte.

Break seufzte. »Das ist ... beängstigend. Also nicht das Highlighterzeug, ihr wisst schon.«

»Ich wünschte, es wäre nicht wahr«, sagte ich und wusste nicht, wie ich auf die darauffolgende Stille von Kenna und Break reagieren sollte. »Weiter im Text.«

Break rieb sich nachdenklich übers Kinn. »Da Blazon eh gerade hier ist, sollten wir zusehen, dass wir uns um die Seele des Henkers kümmern, bevor der wieder angekrochen kommt. Der wird richtig sauer sein und uns alle leiden lassen.«

»Aber wir können Blazon nicht unbeschattet lassen, nicht, nachdem wir das bei ihm gefunden haben«, warf Kenna ein uns hielt den Zettel in die Höhe. »Was wenn er gleich damit startet?«

»Schon klar, aber hier werden wir die Seele des Henkers nicht finden, es sei denn, Asher hat sie im Keller versteckt.« Break machte eine Pause. »Sesta ist doch zu Hause, sie kann auf ihn achten. Von mir aus soll sie ihn zum Brettspielen oder Shoppen verdonnern. Das schafft sie mit Sicherheit.« Er klang zuversichtlich.

Ich brummte. »Ich fühle mich nicht wohl dabei, sie mit reinzuziehen.«

»Das ist bereits passiert, als sie Kenna blutüberströmt und bewusstlos auf deiner Couch entdeckt hat.«

Ich stöhnte auf und fuhr mir über das Gesicht. »Ich weiß.«

»Komm schon, Asher. Sie ist Sesta, wenn sie euren Bruder nicht beschäftigen kann, bis wir wieder da sind, wer dann? Ich glaube nämlich nicht, dass er sich von dir dazu überreden lässt, Monopoly zu spielen.«

Er hatte ja recht. Unsere Beziehung war seit Celines Tod angespannt. Ungeklärte Gefühle hingen zwischen uns, doch es bereitete mir Schmerzen, wenn ich daran dachte, dass er mich womöglich hasste, weil ich Celine nicht mehr hatte helfen können. Ich mied ernste Gespräche mit ihm, das mit Kenna war das erste richtige, das wir seit Langem geführt hatten. »Na gut, ich frag sie.«

»Perfekt. Auf dem Zettel steht, dass die Seelen nah beim Tod aufbewahrt werden müssen. Also bei einem Seelenstein oder einer Sense, wir sind ja alle vom Tod berührt.« Er streckte den Zeigefinger in die Luft. »Dann muss es doch mit unseren Seelen genauso so sein. Also auch beim Henker! Ich dachte zwar nicht, das Blazon uns helfen würde, seinen Handlanger auszuschalten, aber siehe da: Die Seele des Henkers muss bei jemand Totem sein. Jetzt müssen wir nur noch herausfinden, bei wem genau.« Dass er mit jemand Totem eine Sense meinte, war uns allen klar, er betonte es trotzdem, als wären wir Kindergartenkinder.

Kenna fuhr sich durch die halb trockenen Haare. »Wir sollten zur Knochensammlerin gehen und sie befragen. Sie kann uns bestimmt helfen. Er wird seine Seele nur jemandem überlassen haben, der gut darin ist, sie zu verbergen. Und wer, wenn nicht die Knochensammlerin wüsste, wo dieser Jemand zu finden ist?«

»Glaubst du, sie hat noch einen freien Termin für uns?«, fragte Break.

Kenna brummte. » Vielleicht freut sie sich ja, uns zu sehen, so oft kriegt sie sicher nicht Besuch.«

Das war eine romantische Ansicht, die Kenna da hatte, aber ich glaubte nicht daran, dass sich die Knochensammlerin wirklich freute, uns zu sehen, sondern auf das, *was* sie als Bezahlung bekommen würde.

»Schlau, wie ich bin, habe ich vorgesorgt.« Als ich meine Schublade öffnete und eine Elle herauszog, wich Kenna zurück. »Ein Knochen pro Frage«, gab ich die Worte der Knochensammlerin wieder.

»Ich soll meinen eigenen Bruder babysitten?« Sesta hatte die Hände in die Hüften gestemmt und warf mir einen so ungläubigen Blick zu, als hätte ich sie darum gebeten, mir einen glitzernden Dinosaurier zu besorgen, der vegetarisch war und kleine blaue Schmetterlinge pupste, die Zuckerwatteduft verbreiteten.

»Nein, nicht babysitten …«

»Doch, genau das sollst du tun«, sagte Break. »Komm schon, wenn Asher das macht, dann wird das nichts, oder kannst du dir die beiden bei einer Runde Monopoly oder Cluster vorstellen?«

Sesta lachte auf.

»Eben. Das kannst nur du.« Break trat vor sie, legte seine Hände an ihre Schultern und senkte seinen Kopf, um ihr tief in die Augen zu blicken. »Wir brauchen dich. Du bist gut in so was.«

Noch schnulziger wäre es gewesen, wenn er gesagt hätte, *ich brauche dich*. Innerlich wollte ich kotzen.

»Pass auf, wenn ich erst mal im Sensensdienst bin, laufe ich dir deinen Rang ab, dann kannst du mal sehen, wie gut ich *wirklich* bin.« Sesta lächelte ihn an, kam jedoch direkt zum Thema zurück. »Weshalb soll ich Blaze ablenken?«

»Wegen des Henkers … Wir wollen etwas überprüfen.«

»Und ihr denkt, Blaze hat damit etwas zu tun. Mit dem Henker?«

»Genau das wollen wir herausfinden. Aber gerade geht es eher darum die Seele von dem Mistkerl zu kriegen und zu zerstören.«

Sesta atmete scharf ein. »Von Blazon?«

Break wedelte mit den Händen. »Nein, vom Henker natürlich. Aber wir müssen wissen, dass Blazon unter Beobachtung steht.«

Sesta grübelte sichtlich. »Gut, aber ich will wissen, was abgeht, wenn ihr wiederkommt.«

Break nickte. »Na klar.«

Sie schmunzelte. »Und du schuldest mir was.«

Break strich ihr eine schwarze Strähne aus dem Gesicht. »Alles, was du willst, kleine Heriotza.«

»Okay ihr zwei, wir sollten los.« Ich klatschte in die Hände.

Break löste sich von meiner Schwester.

»Bis später.«

Break hob die Hand.

»Seid ihr bereit?«, fragte ich. Break und Kenna nickten.

»Gut«, murmelte ich und umschloss Kennas Körper. Mit dem nächsten Wimpernschlag waren wir vor dem Seelenschlund. Ich las die Worte über dem Eingang.

Natus ad mortem. Ja, leider wahr. Zu Tode geboren. Zum Sterben geboren. Wie man es übersetzte, der Sinn blieb gleich und zeigte, dass das Leben endlich war. Außer für diejenigen, die vom Tod geprägt worden waren und sich entscheiden konnten, für ihn zu arbeiten.

Kenna schluckte hörbar und wir warteten auf Break, bis er neben uns erschien und sich erst mal die Haare zurechtmachte.

»Wir hätten auch über einen Hintereingang reingehen können«, murmelte er.

»Ja, wenn du mir das früher sagst, könnte ich das auch machen.« Genervt schnaubte ich und kramte aus meiner Hose den Ring meiner Mutter hervor, um ihn Kenna zu reichen. Die Kette mit der eingelassenen Grabblume trug sie immer noch.

»Ich werde auf ihn aufpassen, versprochen.«

»Das weiß ich.«

Sie steckte ihn sich an und ich konnte nicht anders, als zu lächeln. So ein Ring stand ihr gut. Vielleicht hatte ich noch die Gelegenheit, die Knochensammlerin wegen des Verblassens ihres Namens zu fragen, aber dafür würde ich noch mal allein hierherkommen müssen. Kenna durfte nichts davon mitbekommen. Gar nichts. Das wollte ich ihr nicht antun.

»Los, kommt.« Break setzte sich in Bewegung.

Kenna war zwischen uns. Als wir in den abgelegeneren Gängen angekommen waren, atmete ich stumm aus und schloss die Augen. Wir legten denselben Weg zurück wie bei den letzten Malen und ich spannte mich augenblicklich an, als wir die magische Schwelle überschritten und plötzlich Licht an unsere Augen drang und Geräusche zu hören waren.

»Ach, sieh mal einer an, die Jungsensen und ihr Menschenmädchen, wenn ich das dem Sensenrat erzähle, das wäre was.« Die Knochensammlerin kicherte freudig vor sich hin. Der Knochenhaufen knirschte unangenehm, als sich die Wirbelsäule nach vorne schob.

»Hallo Knochensammlerin, wir brauchen eine Information.« Break trat vor.

»Ach, das hätte ich ja jetzt wirklich nicht erahnen können. Was geht denn nur bei euch vor, dass ihr so viele Dinge wissen müsst?« Sie knirschte mit den Kiefern und betrachtete uns der Reihe nach aus ihren dunklen Höhlen. »Ob ich noch einen Platz für euch habe, ist die andere Sache. Es sieht schlecht für euch aus. Pro Tag nur eine …«

Ich räusperte mich. »Wir müssen die Seele des Henkers finden.«

Die Knochensammlerin erstarrte in ihrer Bewegung und legte den Kopf schief. »Die Seele des Henkers? Was ist damit?« Sie war hellhörig geworden, das war ein gutes Zeichen.

»Wir brauchen seine Seele. Aber wir haben keine Ahnung, wo sie ist, beziehungsweise wie wir sie finden können.«

»Was wollt ihr damit?«

Ich verschränkte die Arme vor der Brust. »Er hat versucht, Kenna zu töten, und er hat meine Hündin getötet, ich will seine Seele zerreißen.« Meine Stimme hallte fest von den Wänden wider und die Knochensammlerin machte ein verzücktes Geräusch.

»Oh, das klingt schön. Wirklich toll. Aber ihr wisst, ein Preis ist vonnöten.«

»Ein Knochen?«, schlug Break vor.

Ich hob das Gebein, doch ließ ihn bei der Antwort der Knochensammlerin sofort sinken.

»Nein, diese Information ist teurer.«

»Was willst du?«, fragte Kenna.

»Du bist genau die Richtige dafür. Ich sehe in deinen Augen einen gewissen … Willen. Der gefällt mir.«

Kenna hob das Kinn.

»Bring mir den Ring des Henkers, den er an seinem Finger trägt. Wenn ich ihn bekomme, verrate ich euch, wo ihr seine Seele findet.«

Ich war verwirrt. Was wollte denn die Knochensammlerin mit dem Ring des Henkers?

Kenna räusperte sich. »Das wars? Nur der Ring?«

»Ja, Mädchen. Der Ring, dann erhaltet ihr den Aufenthalt der Seele. Verstanden?« Die Knochensammlerin klapperte mit den Zähnen, als würde sie sich freuen. Der Berg knirschte, als sich die Wirbelsäule bewegte.

»Ja, ist angekommen.« Kenna warf mir einen ratlosen Blick zu und wandte sich ab. Hatte sie nicht den Finger des Henkers abgeschlagen? An ihm war der Ring gewesen. Aber wo war er jetzt?

Kenna

Es war der Finger, den ich ihm abgehackt hatte. Der Ring, den ich in den Wald befördert hatte, weil ich nicht wollte, dass er weitere Seelen damit transportierte, wie er es zuvor gemacht hatte.

Wir verließen den Seelenschlund durch den geheimen Ausgang, an dem Break sich erst mal eine Kippe anzündete. Irgendwie rauchte er nie. Außer hier. Vielleicht stresste ihn der Seelenschlund so sehr, dass er ihn dazu verleitete.

Ich nickte ihm zu. »Bist du gestresst?«

»Du etwa nicht?«, fragte er und ließ sein Feuerzeug in der Hosentasche verschwinden, bevor er den Rauch ausstieß.

Der Wind zerrte heftig an meinen Haaren und brachte mich dazu, meine Wange an Ashers Brust zu lehnen. Es war für ihn gerade unfassbar viel, das wusste ich. Mir ging es nicht anders, obwohl Blazon nicht mein Bruder war. Es fiel mir manchmal noch schwer, zu realisieren, dass ich hier mit Sensen rumhing, die mich irgendwann ernten würden.

Break zog an der Kippe. »Warum hast du den Ring nicht einfach mitgenommen, als du ihn abgeschlagen hast?«

»Ich dachte, dass er mich damit verfolgen könnte, deshalb habe ich ihn weggeworfen. Wir müssen ihn vor ihm finden. Der Ring steckt noch an seinem Finger.«

»Nope, fürs nächste Mal weißt du das.« Break winkte ab. »Falls du noch mal vorhaben solltest, jemandem den Finger abzuschlagen, steck den Ring einfach ein.«

Ich lachte auf. »Klar, nächstes Mal mache ich es so.«

Er grinste mich an.

Asher legte die Hand auf Breaks Schulter. »Kannst du Sesta ablösen, sie hat geschrieben, dass Blazon weg muss und sie ihm nicht folgen kann.«

»Stimmt, sie kann sich noch nicht teleportieren.«

»Deshalb wäre es gut, wenn du ihn im Auge behältst, während wir den Ring holen.«

Break nickte und nahm einen weiteren Zug seiner Zigarette, bevor er verschwand. Einzelne Funken zeugten von seiner Teleportation.

Ich richtete meinen Blick auf Asher. »Du kannst unsterblich sein.« Der Gedanke war gerade so präsent, dass ich ihn aussprechen musste.

»Wenn ich dafür arbeite, ja.«

»Ich werde irgendwann sterben, weil ich altere.« Das klang ja so wie bei *Twilight*, nur nicht mit Vampiren, sondern Sensen.

Asher spannte seine Kiefer an. Er konnte den blanken Schmerz in seinen Augen nicht verstecken, indem er seinen Kopf abwandte, ich hatte ihn bereits gesehen.

»Es ist okay, dass ich sterben werde, was soll ich dagegen machen?« Ich schob sein Kinn mit meinen Fingern zurück, sodass er gezwungen war, mich anzusehen.

»Für dich würde ich sogar auf die Ewigkeit verzichten und ein sterbliches Leben führen. Nur damit ich es mit dir verbringen kann«, wisperte er gegen meinen Mund und verpasste mir ein elektrisierendes Kribbeln, das meine Wirbelsäule hinunterschoss. Seine düsteren Augen schimmerten und er legte seine Lippen auf meine, um mein Herz zu entflammen. Verdammte Sense!

Ich genoss das Gefühl seiner Hand an meiner Hüfte und von seinen Lippen auf meinen, genauso wie seine Präsenz, die mich umfing.

Sein Duft, sein alles.

Alles an ihm waren die Gründe, ihn zu lieben. Da war ich mir todsicher.

Er zog sich von mir zurück. Sehnsucht spukte in seinen Augen umher. »Du bist der Grund, dass ich sterben möchte, Kenna. Nur du. Die Ewigkeit ist nichts, was ich ohne dich erleben möchte.«

»Das heißt, wir sterben zusammen?«, fragte ich scherzhaft.

»Ja, wir werden zusammen sterben.« Es klang wie ein Versprechen, das er zur Wirklichkeit machen würde.

Ich schüttele den Kopf und wurde ernst. »Das war ein Scherz.«

»Für mich nicht.«

»Aber ich möchte nicht, dass du *dein* Leben, das lang und erfüllt sein wird, verpasst, weil du *mir* ein Versprechen gibst.«

»Ich würde es aber tun.«

»Das möchte ich nicht. Das wünsche ich mir nicht für dich. Es wäre selbstsüchtig und grausam, wenn ich dich darum bitten würde.«

»Okay. Aber das Angebot steht.«

»Wenn ich sage, dass ich dir ein Leben in Sensenlänge wünsche und du nicht auf meine Zeit achten sollst, wirst du es leben?«

Asher nickte verkniffen. Der Gedanke schien ihm zuwider.

»Sicher?«, fragte ich.

»Todsicher«, antwortete er und küsste mich.

Ich liebte alles an diesen Gefühlen, die mich durchströmten, wenn er mich küsste, mich ansah oder berührte. Alles. »Das nehme *ich* als ein Versprechen entgegen.« Ich klopfte ihm gegen die Brust. »Komm, lass uns den Ring holen.«

Er teleportierte uns fort, wobei seine Augen in diesem unwiderstehlichen Lila leuchteten.

Ich war mächtig stolz, dass mir jetzt nicht mehr so schlecht wurde wie zu Beginn, und ich das Ganze tatsächlich genoss. Es hatte etwas Belebendes an sich. Kaum hatte ich mich an den reißenden Wind in meinem Gesicht gewöhnt, waren wir auch schon im Wald, der direkt an unser Haus angrenzte. Ich fragte mich, ob Mom arbeiten war. Wahrscheinlich schon.

»Alles klar?«, fragte Asher.

»Ja, alles gut.« Die Äste der kahlen Laubbäume wiegten sich im sanften Wind, während die Blätter unter meinen Füßen raschelten.

»Weißt du noch, wo genau du den Ring hingeworfen hast?«

Schemenhaft. »Wenn wir ein Stück gehen, finde ich es bestimmt. Ich bin aus der Haustür raus und hier entlang. Komm.«

Wir liefen schweigend nebeneinanderher und ich erinnerte mich daran, wie ich gerannt und über welche Stämme ich gesprungen war, welche Bäume ich passiert hatte.

»Hier hab ich dich gefunden.« Asher rümpfte die Nase. »Da ist Blut am Baumstamm.«

Ich folgte seinem Fingerzeig. Tatsächlich. Da waren wirklich Spuren zu sehen. »Dann sind wir richtig.«

Asher starrte geradeaus. Er war irgendwie seltsam. Nicht so seltsam, wie jemand, der herausgefunden hatte, dass sein Bruder zum Mörder geworden war, um seine verstorbene Freundin von den Toten zurückzuholen, sondern seltsamer als das. Obwohl er vor wenigen Minuten noch so unfassbar süß gewesen war, mied er nun jeglichen Blickkontakt.

»Was ist los?«, fragte ich ihn.

»Nichts ist los.« Er schenkte mir ein schnelles Lächeln, das absolut gefälscht und nicht annähernd echt war.

»Ich bin weder dumm, noch habe ich Angst, etwas anzusprechen, wenn du dich seltsam verhältst. Abgesehen von der Sache mit Blazon. Da ist noch etwas anderes, ich spüre es. Alles an dir schreit, dass es dir nicht gut geht. Was beschäftigt dich?«

Asher sah mich direkt an. Seine dunkelbraunen Augen, die jedes Mal aufs Neue so unendlich tief wirkten, weil seine Pupillen mit den Iriden verschwammen. Sorge zog über sein Gesicht wie eine Unwetterwolke über den Himmel.

Er seufzte. »Mir geht viel durch den Kopf und ich weiß nicht genau, wie ich damit umgehen soll. Das mit Blazon macht mich fertig und sauer. Außerdem habe ich Angst, dass du verletzt wirst. Schon wieder. Dir wäre beinahe deine Seele ausgerissen worden. Das ist alles meine Schuld und ich weiß das. Deshalb könnte ich es mir niemals verzeihen, wenn dir etwas zustoßen würde. Aber ich kann nichts anderes machen, als es nach bestem Wissen zu versuchen, aber das hat das letzte Mal auch nicht gereicht.« Voller Verzweiflung starrte er mich an und presste missmutig die Lippen aufeinander. Die Wut war in seiner gesamten Körperhaltung vertreten und ich fasste nach seinen verkrampften Händen.

»Du bist an nichts von alledem Schuld. Meine Entscheidung. Hörst du? Von Anfang an war es meine Entscheidung, dem Ganzen nachzugehen, dir zuzuhören, nach den Seelen zu suchen und herauszufinden, wer es war. Nicht deine, wenn, dann habe ich dich dazu gedrängt, aber auf keinen Fall andersherum. Es ist nicht deine Schuld. Nichts von alledem.« Ich legte die Finger an sein Kinn und zwang ihn, mich anzusehen. »Hast du mich gehört? Wenn mir etwas passiert, dann basiert es auf meinen Taten und meiner Neugierde. Du hast mich nicht in die Sensenwelt geschleift, weil du sie mir zeigen wolltest, sondern ich bin hineingestolpert, weil ich die Füße nicht stillhalten konnte.«

Asher zuckte zusammen. »Aber ich habe dazu beigetragen, dass es überhaupt geschehen ist, verstehst du nicht, Kenna? Wenn ich meine verdammte Aufgabe richtig gemacht und nicht vergessen hätte, mich unsichtbar zu machen, hättest du mich niemals gesehen. Und wenn ich dir gleich die Grabblume gegeben hätte, wärst du gar nicht erst auf uns aufmerksam geworden. Natürlich hat es mit mir angefangen.«

»Stimmt, dagegen kann ich nichts sagen, aber deshalb mache ich dir noch lange keinen Vorwurf. Ich werde nicht so bald sterben, okay? Ich bin jung und fit und habe sogar den Angriff des Henkers überlebt.«

»Nur weil du mein Blut bekommen hast.«

Ich runzelte die Stirn. »Dein was?«

»Mein Blut, es hat dir geholfen zu heilen, ich wüsste nicht, was gewesen wäre, wenn du es nicht bekommen hättest.«

»Warum hast du mir das nicht erzählt?«

»In den letzten Stunden war so viel los, dass ich gar nicht dazu kam, dir davon zu erzählen. Wir haben es dir gespritzt. Nur deshalb hast du überlebt. Es wird für ein paar Tage in deinem Organismus bleiben und nachwirken, dich heilen.«

»Deswegen habe ich also keine Schmerzen mehr?« Ich schob mir die Ärmel hoch und strich mir über die Arme. »Die blauen Flecken sind beinahe ganz weg und die Schrammen verheilt. Krass.«

»Sesta hat uns dabei geholfen.«

Ich lächelte ihn aufmunternd an. »Ich habe es geschafft, nicht bei diesem Angriff zu sterben, deshalb werde ich das jetzt auch nicht.«

Ashers Miene war angestrengt, beinahe sauer.

Ich wollte seine Hände fester umschließen, doch er entriss sie mir.

»Doch, vielleicht wirst du das! Du kannst nie wissen, wann der Tod seine Finger um dich legt. Es kann früher sein, als du denkst.« Er fuhr sich durch die Haare und biss sich auf die Lippe.

»Wenn wir in den Seelenschlund gehen, dann können wir ja nachsehen, wann ich sterbe.«

Asher blickte mich fassungslos an. »Nein.«

»Warum nicht, dann wärst du beruhigt und könntest dich ein wenig entspannen.«

Er lachte bitter auf. »Nein, das könnte ich nicht. Es ist nicht gut, zu wissen, wann die Person, die man liebt, stirbt. Und für dich ist es auch nicht gut zu wissen, wann deine letzte Stunde geschlagen hat. Das werden wir auf keinen Fall machen. Verstanden?« Asher atmete schwer, während er vor mir auf und ab lief.

»Was würde dich dann beruhigen?«

»Keine Ahnung, Kenna. Ich habe wirklich keine Ahnung, was mir helfen könnte! Vielleicht, dass all das aufhört und du mir nie gesagt hättest, dass so viele Menschen sterben. Dann wären wir nie drauf gekommen, dass Seelen zu früh geerntet und zu verfaulter Zeit werden!«

Ich konnte nicht glauben, was ich da gehört hatte. »Was hast du gesagt?«

Er blickte auf. »Du weißt, was ich gesagt habe.«

Natürlich wusste ich das, aber ich hatte die Hoffnung, mich verhört zu haben. »Das meinst du doch nicht ernst, oder?«

»Doch. Denn dann wäre all das hier niemals passiert.« Er machte eine umfassende Geste.

»Du willst mich wohl verarschen, oder? Dann wären noch mehr Leute umgebracht worden! Mein Dad ist unter all diesen Seelen, die noch nicht bereit waren zu sterben! Sie hätten leben müssen!«

»Blazon hat sie schon zusammen, wir können ihnen eh nicht mehr helfen!«, hielt er dagegen. »Wir sind zu spät, Kenna.«

»Aber wir können den Seelen wenigstens ihren Frieden geben, den sie verdient haben, anstatt zuzulassen, dass dein verrückter Bruder seine verdammte tote Freundin zurückholt!«

»Mein Bruder ist nicht verrückt!«, schrie Asher.

»Aber er ist ein verdammter Mörder!«, hielt ich dagegen und funkelte Asher an. Ich konnte nicht glauben, dass er sich so aufführte.

»Du hast mich am Anfang auch als Mörder beschimpft.«

»Da wusste ich noch nicht, was du bist und was du tust.«

»Womöglich denkst du es jetzt noch. Ich meine, ich bin nicht der klassische Typ von nebenan.«

»Woher willst du wissen, was ich denke?«

»Keine Ahnung. Aber ich weiß, dass du nicht in Sicherheit bist und dass das alles ein Riesenfehler war.« Er warf die Hände in die Luft.

Ich schluckte. »Was meinst du mit *das alles*?«

Er lachte humorlos auf. »Alles.« Wiederholte er seine Worte und deutete zwischen uns. »Du wärst besser dran, wenn das nie passiert wäre.«

»Das zwischen uns?«

»Auch das«, bestätigte er und hatte so einen verkniffen Ausdruck im Gesicht, dass ich keinen Zweifel an seinen Worten hatte.

»Das meinst du ernst«, stellte ich fest.

»Definitiv, weil es zu deinem Besten wäre. Ich sage nicht, dass ich mich nicht in dich verliebt habe, ich sage nicht, dass ich mich nicht glücklich schätze, dich an meiner Seite zu haben, aber ich sage, dass es für dich besser gewesen wäre, niemals in die Welt der Sensenmänner gestolpert zu sein. Weil es dein Leben in Gefahr bringt und vielleicht sogar mehr, als du selbst zugeben möchtest!«

»Asher, ich habe bis jetzt überlebt.«

»Ja, aber für welchen Preis? Für Angst, Panik und Schmerz? Wärst du bereit, mehr zu zahlen? Nur damit du hier sein kannst?«

»Ich wäre bereits, alles zu zahlen.«

»Auch wenn es dein Leben ist? Dein Herzschlag, deine Atmung? Deine Seele?«

»Von mir aus, nimm es. Ernte meine verdammte Seele, Asher! Aber das hier war kein Fehler. Es war kein Zufall, es sollte genau so geschehen. Deshalb ist es mir egal, was passieren wird, solange ich weiß, dass du nichts hiervon bereust. Das ich es nicht bereuen muss, dich in mein Herz und in meine verdammte Seele gelassen zu haben!« Ich packte seine Hand und umklammerte sie fest. »Du und ich, dass war kein Fehler, das war nichts schlechtes. Es ist alles genau richtig gekommen. Hast du mich verstanden, Asher Heriotza?«

Er bewegte sich für einige Sekunden nicht, zeigte keine Regung in seinem Gesicht, bevor er mich packte und näher zu sich zog. »Du bist verdammt stur.«

»Das magst du doch an mir.«

»Stimmt. Aber deine Seele bleibt genau da, wo sie sein soll.« Er presste seinen Zeige- und Mittelfinger in die Mitte meiner Brust. »Genau hier. Und niemand wird sie dir nehmen. Es ist deine und du wirst sie nicht hergeben, verstanden? Noch nicht mal für mich. Okay?«

Ich nickte.

»Gut.« Er atmete aus, strich über meine Wange, bevor er mir einen Kuss auf die Stirn drückte, um sie anschließend gegen seine zu lehnen. »Es tut mir leid, ich weiß, dass es falsch ist, den Seelen nicht zu helfen, ich mache mir nur Sorgen.«

»Das weiß ich.« Sein Gesicht zog mich an und zeigte mir, was ich für ein Glück hatte, an solch eine Sense geraten zu sein, die nicht das Ziel verfolgte, mich zu töten. Er war mein Seelengefährte.

»Sollen wir weitersuchen?«, fragte er mich.

Ich nickte. »Dann finden wir schneller die Seele des Henkers, um ihn auszuschalten. Können das nur die Seelenfresser machen?«

»Ja, genau.«

»Break ist doch einer von ihnen, oder?«

Asher brummte zustimmend.

»Könnte er sie nicht auch vernichten? Oder ist er an ein Ritual oder den Seelenschlund gebunden, wenn er das machen muss?«

»Nein, ist er nicht. Es ist eine seiner Aufgaben, neben dem Verwalten und Zuteilen der zu erntenden Seelen. Wir können ihn fragen, ob er es machen möchte, dann müssen wir nicht in den Seelenschlund, um die Seele dort abzugeben, und auf deren Urteil warten.«

»Darf Break das denn machen oder kriegt er dafür Ärger?« Ich dachte darüber nach, wie so ein Verfahren der Seelenrichtung bei den Sensen aussah und welche Strafen sie erhielten.

»Ja, er darf schon selbst urteilen und richten, das hat er in seiner Ausbildung gelernt und kann es alleine machen. Also wenn er Ja sagt, dann kann er die Seele des Henkers richten.«

Eine Gänsehaut überkam mich bei dem Wort *richten*, weil ich nicht wirklich wusste, was das alles mit sich brachte. Aber andererseits wusste ich genau, dass er das verdient hatte. Schon allein, was er Banshee Grausames angetan hatte und weil er mich töten wollte. Mal ganz davon abgesehen, wie viele Menschen oder Sensen er getötet haben musste, aufgrund von Profit. Das war nicht richtig und es wurde Zeit, dass er dafür zur Verantwortung gezogen wurde. Denn er meinte das letzte Mal, dass er mehrere hundert Jahre alt war, und ich wollte mir die Summe seiner Taten nicht einmal vorstellen.

»Gut, dann fragen wir Break.« Ich senkte meinen Blick auf den Waldboden und versuchte, den Ring zu erspähen; oder den Finger. Aber wenn der Wind die heruntergefallenen Blätter so verweht hatte, dann würde es schwer werden, ihn zu finden.

Ein Rascheln zog meine Aufmerksamkeit auf sich. Dort drüben unter einem Blätterhaufen bewegte sich etwas und schob sich stetig in unsere Richtung.

Ich kniete mich nieder, um vorsichtig das Laub beiseite zu fegen und freizulegen, was sich darunter befand.

»Ach du scheiße!« Schnell sprang ich auf und brachte einige Meter zwischen mich und das … Ding.

»Was ist?«, fragte Asher und zog mich hinter sich, um einen Arm an meine Seite zu legen.

Ich spähte über seine Schulter. »Da ist er.«

»Der Ring?«

»Nein, der Finger. Und er kriecht.«

Asher und packte den krabbelnden Finger. Er zuckte wie wild hin und her, als Asher ihn zwischen seine eigenen nahm.

»Wie … ekelig.« Zugegeben, ich hatte ihn nicht mehr so widerlich in Erinnerung gehabt, wie er eben war. »Du bist ein hässliches Exemplar.«

Am Ende des blutverkrusteten Fingers ragte der bloße Knochen heraus. Der Schmutz, der daran klebte, ließ ihn so wirken, als wäre er in einer Matschpfütze paniert worden.

»Aber wenn sich der verdammte Finger bereits bewegt, dann bedeutet das auch, dass …«

Ich wartete darauf, dass er meinen Satz beendete.

»… der Henker sich bereits zusammengesetzt hat und nun sein letztes Körperteil holen möchte.«

Der Finger wand sich bei der Erwähnung seines Besitzers stärker.

Der Henker war auf den Rückweg, um mich zu töten.

Schon wieder.

Asher

Kenna schüttelte sich, als der Finger in meiner Hand zuckte wie ein schleimiger Fisch, der unbedingt ins Wasser geworfen werden wollte. Doch so leicht würde ich es dem Henker nicht machen. Diesen verdammten Finger würde er sich hart erkämpfen müssen. Ich zog ein Taschentuch aus meiner Hose und umwickelte den Finger, um ihn in meine Jackentasche zu stecken. »Du kommst mit.«

»Ich kann gar nicht glauben, dass ich den wirklich abgehakt habe.«

»Kenna, du hast ihm den Kopf abgetrennt, nicht nur seinen Finger.«

Sie rümpfte die Nase. »Stimmt.«

»Manchmal vergisst man Dinge, die man getan hat, weil sie in schlimmen Situationen passiert sind.«

Sie antwortete nicht darauf, sondern murrte nur etwas Unverständliches, dass ich nicht wirklich deuten konnte. Dann sagte sie: »Wenn hier der Finger ist, sollte der Ring in der Nähe sein.«

Wir verfolgten die Spur, die er hinterlassen hatte.

Ich kniete mich hin und wischte mit der Hand über die Blätter, um den Boden freizulegen. In meiner Jackentasche wand sich der Finger und wollte einen Weg hinaus finden, aber er würde schön an Ort und Stelle bleiben.

Kenna wischte mit einem Stock am Boden herum, wahrscheinlich, weil sie nicht auf einen weiteren Finger stoßen wollte, was jedoch unwahrscheinlich war, außer sie hatte noch jemandem einen Finger abgehackt.

Ich durchsuchte jeden kleinen Blätterhaufen, den ich finden konnte, und schob mehr Stöcke beiseite, bis etwas links von mir aufblitze. Verwirrt näherte ich mich dem lila Schimmern, das mir so vertraut war.

»Ich glaube, ich habe ihn.«

Kenna drehte sich zu mir, während ich den Ring vom Boden hob.

Ich streckte ihn ihr entgegen. »Gefunden.«

Sie grinste breit und nahm ihn mir ab. »Sehr gut, dann lass uns los.«

»Der gehört mir.« Augenblicklich versteifte ich mich und drehte mich zur Stimme um. Vor uns stand der Henker mit blutverschmiertem Körper und einem rachsüchtigen Ausdruck auf dem zerschundenen Gesicht. Es trug noch die Spuren von Banshees Biss. Obwohl er zusammengeheilt war, waren Narben zurückgeblieben. Womöglich, weil er durch Kennas Knochenmesser so geschwächt gewesen war, dass seine Kräfte zu spät eingesetzt hatten. »Reich ihn mir rüber, Mädchen, dann können wir noch mal darüber reden, wie ich dich töten werde.«

»Hast du schon vergessen? Das letzte Mal war ich diejenige, die dir den verdammten Kopf von den Schultern getrennt hat, Arschloch!«

Der Henker leckte sich über die gelben Zähne. Ein freudiges Funkeln trat in seine Augen. »Wir zwei haben noch nicht zu Ende gespielt, Menschenmädchen.« Er schnellte nach vorne, doch ich packte Kenna, schützte sie mit meinem Körper und teleportierte uns zum geheimen Eingang des Seelenschlunds. Schwer atmend kamen wir an.

Kenna zitterte. »Bitte sieh nach, ob meine Mom zu Hause ist!« Voller Panik umklammerte sie meine Arme und bohrte ihre Fingernägel in meine Haut. »Bitte, bitte sieh nach!«

»Ja, natürlich. Bleib hier stehen und rühr dich nicht. Ich bin ich wenigen Sekunden zurück.«

Sie lehnte sich bebend an die Steinmauer und atmete tief ein und aus, um sich selbst zu beruhigen.

»Ich beeile mich.« Bevor sie etwas antworten konnte, teleportierte ich mich fort, ließ mich zersetzen und forttragen, stetig weiter, bis ich in ihrer Küche stand und mich umsah.

»Hallo?« Ich hatte mir nicht überlegt, was ich sagen würde, wenn Kennas Mom wirklich zu Hause war, aber als keiner antwortete und ich in keinem Raum irgendwen fand, atmete ich erleichtert auf und teleportierte mich zu Kenna. Doch sie war nicht mehr da. Ich drehte mich panisch um. Verdammte Scheiße, was war denn jetzt los?

»Kenna?«, rief ich. Mein Herzschlag beschleunigte sich. Wo war sie hin? Was war geschehen?

Sie hatte noch zwei Tage. Zwei verdammte Tage, ihre Zeit war noch nicht ganz abgelaufen. Was sollte das?

»Kenna, wo bist du?« Ich fuhr mir durch die Haare. Das konnte nicht wahr sein. »Sie hat noch zwei Tage!«

»Asher?« Ihre Tonlage brachte mich sofort in Alarmbereitschaft.

»Ja? Wo bist du?«

»Hier!« Ich folgte ihrer angsterfüllten Stimme und beugte mich zum Abhang. Ich war wie paralysiert, als ich sie dort hängend vorfand und sie mich schmerzverzerrt anblickte.

»Was machst du da?«, fragte ich und umschloss ihre Handgelenke. »Halt dich fest.«

Sie klammerte sich an mich. So schnell ich konnte, zog ich sie hinauf, ohne sie an der Steinmauer entlangzuschleifen. Wir fielen rückwärts und ich umschlang ihre Mitte, damit sie sanft fiel.

»Ist Mom arbeiten?«, fragte sie panisch.

»Ja, sie ist nicht da. Aber das ist gerade egal, was machst du denn, bitte? Willst du mich vor Sorge auf der Stelle sterben lassen?« Unsere Gesichter waren sich so nah, dass sich unsere Nasenspitzen beinahe berührten.

»Nein, das ist nicht egal. Sie ist meine Mom, ich muss wissen, dass sie sicher ist!«

»Ja, sie ist sicher, weil sie nicht zu Hause ist.« Ob das wirklich sicher war, wagte ich zu bezweifeln. Diese Welt war allgemein gesprochen nicht sicher, von dem Henker mal ganz abgesehen.

»Das ist gut«, atmete Kenna erleichtert aus, legte den Kopf auf meiner Brust ab und verlor all ihre Anspannung.

»Was war das? Wolltest du dich die Klippe runterstürzen?« Ich umfasste sanft ihr Kinn und drehte es zu mir.

»Nein«, murrte sie. »Da kamen zwei Sensen aus der Tür und ich wusste nicht, wohin. Also habe ich mich an den Abgrund gehängt und gehofft, dass du schnell wiederkommst, um mich hochzuziehen. Hat ja zum Glück auch geklappt.« Sie lächelte mich schwach an.

»Ich hätte ich dich mitnehmen sollen.«

»Und riskieren, dass du nicht mehr genug Kraft zum Teleportieren hast? Nein. Bestimmt nicht. Ich habe es ja geschafft.«

Doch an dem Schweiß auf ihrer Stirn konnte ich ganz genau erkennen, dass sie nicht mehr lange in dieser Situation hätte verweilen können. Ein Glück, dass sie nicht gefallen war. Es ging dort so tief nach unten, dass ich mich stets vom Rand fernhielt – und das, obwohl ich absturzsicher war.

»Was meintest du mit den zwei Tagen?« Sie betrachtete mich neugierig.

»Zwei Tage?« Ich wusste genau, was sie meinte, aber darauf konnte ich nicht eingehen. *Du hast noch zwei Tage zu leben, viel Spaß Kenna. Yay!* Definitiv nicht.

»Ja, hattest du nicht irgendetwas dazu gesagt?«

»Vielleicht hast du dich verhört«, wiegelte ich ab und lächelte sie an, nur um sie anschließend von mir runterzuschieben, damit ich aufstehen konnte.

»Das kann auch sein. Immerhin häng ich nicht jeden Tag an einer supertiefen Klippe, von der ich noch nicht mal den Boden erahnen kann, und warte auf meinen Freund, der guckt, ob meine Mom zu Hause ist, weil ein übernatürlicher Serienmörder nach mir Ausschau hält.« Kenna verzog das Gesicht und stand auf. »Ganz normal alles.«

»Dein Freund?«, hielt ich dagegen und betrachtete sie mit einem wissenden Grinsen.

»Wenn das okay für dich ist.« Kenna wartete meine Reaktion ab.

»Natürlich«, murmelte ich und küsste ihre Stirn, bevor ich die Tür zum Seelenschlund aufzog.

»Gut, ansonsten hättest du Ärger bekommen.« Sie folgte mir in den Seelenschlund und nahm meine Hand, die sich automatisch mit ihrer verschränkte. Wie konnte ich ihr nur verschweigen, dass sie sterben würde? Aber konnte ich es ihr wirklich sagen? Niemand wusste, wann er starb, und sie durfte keine Ausnahme sein. Das einzig Schwierige daran war, dass ich mich so verhalten musste, als würde auch ich nichts wissen. Doch ich hatte das Gefühl, dass es mir nicht sonderlich gut gelang

Die Gänge des Seelenschlunds waren düster, Kälte haftete sich an unsere Fersen. Die Luft schmeckte verlassen und nach etwas Altem, dass jedem hier wortwörtlich in den Knochen steckte. Erst recht ihr, die uns kichernd begrüßte.

»Ah, ich schmecke sie bereits auf meiner Zunge. Eine wunderschöne, einzigartige Seele. Komm, Jungfleisch, gib sie mir.« Die Knochensammlerin bewegte ihre Wirbelsäule über den Knochenhaufen und klapperte dabei mit ihren Kiefern.

Ich trat näher, den Ring drückte Kenna mir in die Hand. »Was versichert mir, dass du mir die Information gibst, die ich verlangt habe? Dieses Mal ist es nicht nur ein Knochen, sondern der Ring des Henkers.«

»Entschuldige mal, ich bin die Knochensammlerin und wenn ich meinen Preis erhalte, bekommt ihr auch die Ware. Als hätte ich keinen Ruf zu verlieren.« Sie machte ein entrüstetes Geräusch und schüttelte ungläubig mit dem Schädel.

Ich war nicht überzeugt.

»Du glaubst mir nicht. In Ordnung. Ich schwöre auf den ewigen Tod, dass ich euch die Information über den Verbleib des Henkers Seele gebe, wenn ihr mir den Ring überreicht.«

»Na gut, wenn der Tod eine Rolle spielt.« Ich trat vor und legte den Ring auf den Berg voller Knochen.

Die Knochensammlerin schnappte nach Luft und kicherte anschließend. »Da bist du ja. Ich habe so viele Jahrzehnte auf dich gewartet, mein kleines Schätzchen«, gurrte sie und transportierte den Ring zu ihrem Schädel, indem sie den Knochenberg zu einer

Säule aus Gebeinen wachsen ließ. Ihre sonst dunklen Augenhöhlen funkelten hell und strahlend.

Kenna machte ein paar Schritte auf mich zu, um ihren Arm an meine Hüfte zu legen.

»Was passiert jetzt?«

»Ich habe keine Ahnung, warum ihr der so wichtig ist«, flüsterte ich zurück und zuckte mit den Schultern.

Der Ring leuchtete hell auf, als die Knochensammlerin den Mund öffnete, um ihn … einzuatmen? Er leuchtete hell und heller, bis sich die Seele daraus löste und aus ihm aufstieg, um direkt zwischen den Kiefern der Knochensammlerin zu verschwinden. Ihre dunklen Höhlen glühten.

»Was zur …«, murmelte Kenna und versteinerte.

»Das fühlt sich an wie neu geboren«, schnurrte die Knochensammlerin und lachte befreit. »Endlich vollständig.« Die Seele rutschte nach unten und krallte sich sofort zwischen den Rippen fest. Sie befestigte sich mit magischen Tentakeln, damit sie in der Hülle halt fand.

Ich starrte sie verblüfft an. Das war ihre Seele.

Ich konnte nicht wirklich glauben, was gerade geschehen war. Das konnte bloß ein schlechter Scherz sein, aber ich war dabei gewesen.

»So ihr beiden.« Die Knochensammlerin reckte sich mit ihrer Wirbelsäule.

»Du hast deine Seele wieder«, sagte ich.

»Der Henker hatte sie?«, fragte Kenna irritiert.

Die Knochensammlerin nickte bestätigend. »Ja, hatte er.«

»Warum?«

»Weil ich weiß, wo seine ist.« Ein hämisches Grinsen bildete sich auf ihrem Schädel und sie klapperte mit ihren Zähnen.

»Dann wirst du uns das jetzt bestimmt verraten«, hielt ich dagegen und betrachtete die Knochensammlerin aus verengte Augen.

Ihre Gestalt wurde von den niemals erlöschenden Fackeln erhellt. »Sie ist genau dort«, antwortete sie und deutete auf die Steinwand rechts von ihr. Doch da war nichts außer rauem Fels.

Ich wollte etwas sagen und ihr vorwerfen, dass sie sich nicht an die Abmachung hielt, als sich die Wand knirschend bewegte. Zuerst war dort nur das Geräusch, bis sich der Stein aus seiner Verankerung schob und einen runden Bogen freigab, hinter dem absolut nichts war. Nur Dunkelheit, die nichts Gutes versprach.

»Und was soll das sein? Wie kriegen wir die Seele?«, fragte Kenna.

»Das war nicht Teil der Vereinbarung. Ich habe euch die Information gegeben. Sie ist hier. Mehr bin ich euch nicht schuldig.«

Ich war mir sicher, dass sie mit den Schultern gezuckt hätte, wenn sie Arme an ihrem Körper tragen würde. Ich fluchte innerlich. Wer konnte denn ahnen, dass die Seele die ganze Zeit hier bei der Knochensammlerin war?

»Das wirkt ein bisschen einfach, nur da reinzugehen und die Seele rauszuholen«, äußerte Kenna genau meinen Verdacht und schielte die Knochensammlerin skeptisch an.

»Ich habe nie behauptet, dass es leicht wird.« Sie nickte erneut zum Durchgang. Die Schwärze dahinter lebte und bewegte sich. Wie ein Strudel aus der dunkelsten Dunkelheit, die ich jemals gesehen hatte. Noch nie hatte ich von diesem Ort oder Raum gehört, den uns die Knochensammlerin präsentierte. Aber wir mussten die verdammte Seele holen, um den Henker zu töten. Ich würde seine Seele zerfetzen, bis nur noch Staub übrig war.

»Komm, lass uns zusammen rein«, murmelte Kenna.

»Du gehst da nicht runter. Wir haben keine Ahnung, was sich dahinter verbirgt.«

»Aber alleine lass ich dich auch nicht. Entweder zusammen oder gar nicht.« *Gar nicht* würde beinhalten, dass wir die Seele nicht erhielten und den Henker nicht töten konnten, und das mussten wir auf jeden Fall tun, bevor er Kenna umbrachte. Außerdem brauchte ich mir keine Sorgen zu machen, dass sie dort unten zu Tode kam. Sie hatte erst in zwei Tagen Todestag. Das war irgendwie … grotesk. Außer der Henker … Nein, ich durfte nicht weiterdenken.

»Na schön«, seufzte ich.

Der verkniffene Zug um ihren Mund lockerte sich. »Gut, dann lass uns mal in die Dunkelheit.«

Ich schob mich vor sie, denn sie würde nicht die Erste sein, die in diesen fremden Raum trat, von dem wir beide nicht wussten, wofür er da war.

»Viel Spaß, ihr zwei«, schnurrte die Knochensammlerin und kicherte.

Die Dunkelheit ragte bedrohlich vor uns auf und ich atmete tief ein, bevor ich in einen Schritt hineinmachte und augenblicklich weggerissen wurde.

»Kenna«, brüllte ich, als ihre Hand meiner entglitt, doch ich konnte sie nicht mehr fassen. Mein Körper wurde hin und her gerissen, ich fiel und fiel und fiel. Ich sah nichts, noch nicht mal meine eigenen Körperteile, dort war nur tiefste Schwärze. Ich schlug um mich, versuchte irgendeine Orientierung zu erlangen, aber das war unmöglich, weil ich mich wie Loki aus Thor in einer ewigen Zeitschleife gefangen fühlte und nur fiel. Irgendwann hörte ich auf, nach Kenna zu rufen, weil ich doch keine Antwort bekam. Ich ließ mich fallen, akzeptierte meinen Zustand und wartete darauf, dass etwas passieren würde, wenn …

»Fuck«, zischte ich, nachdem mir der Aufprall die Luft aus der Lunge gepresst hatte. Schmerz zog sich über meinen Körper und ließ mich einige Male stöhnen, bevor ich mich aufsetzen konnte. Noch von kompletter Dunkelheit umgeben, tastete ich den Boden ab und spürte unter meinen Fingern kalten Stein mit unregelmäßigen Ritzen. Ich kämpfte mich vor und streckte meine Arme aus, um die Umgebung ertasten zu können. Verdammte Scheiße, wo waren wir hier nur gelandet? Langsam setzte meine Nachtsicht ein. Es war nicht nur schwarz um mich herum, die Dunkelheit bestand aus tausenden, abertausenden Seelen, die sich aneinanderpressten. Und ich stand mittendrin. Normale Seele leuchteten hell, nur diejenigen, die schlechte Dinge getan hatten und permanent negative Gefühle in sich trugen, verloren ihr Licht. So viele dunkle Seelen, so viele schlimme Menschen, kein Wunder, dass der Henker sich unter ihnen befand.

Meine Gefühle wurden von Wut und Hass überschwemmt, als mir sein Gesicht vors innere Auge schoss und mich daran erinnerte, wie Banshee getötet worden war. Was für ein widerliches Grinsen er auf dem Gesicht getragen hatte, als ihr Kopf mit einem schrecklichen Schmatzen vom Körper getrennt worden war.

Die Umrisse der Seelen waberten wie Quallen auf und ab. Das hier war also der berüchtigte Abgrund. Der Ort, an den all die dunklen Seelen verbannt wurden. Und die Seelen der wissenden Menschen, waren auch hier gefangen? Kaum eine Sense hatte den Abgrund je von innen gesehen. Er war ein Mythos, ein Schreckgespenst.

Wo war Kenna? Wieso fand ich sie nicht? War sie überhaupt hier?

»Kenna? Wo bist du?« Auf allen Vieren kam ich voran und spürte, wie die Seelen gegen meinen Körper stupsten, als wollten sie meine Reaktion testen.

»Kenna? Hörst du mich?« Frustriert schlug ich auf den Boden und drehte mich im Kreis, in der Hoffnung, irgendwo etwas zu erkennen, doch es war alles schwarz.

»Kenna? Antworte mir, wenn du mich hörst!«

Doch es kam keine Antwort.

Ich taumelte vorwärts, keine Ahnung, in welche Richtung, aber ich hoffte, etwas zu finden, was mir helfen könnte. Anhaltspunkte, Licht, so unwahrscheinlich es auch war.

Die Seelen prallten gegen mich. Da sie als Teil eines lebenden Menschen schon nicht nett gewesen waren, konnte ich mir gut vorstellen, dass sie es jetzt auch nicht sein würden. Ich schlug nach ihnen und vertrieb sie so gut wie möglich von mir.

Irgendwann stieß ich volle Kanne gegen eine Wand und ertastete, dass sie ebenso wie der Boden komplett aus kühlem Stein war. Ich schritt sie ab, bis ich in eine Ecke gelangte und die Richtung änderte.

Meine Schritte waren kaum zu hören, vielleicht dämpften die Seelen die Geräusche hier drin.

»Kenna?« Ich rief und lief gefühlte Stunden, tastete die Steine der Wand ab, um irgendetwas zu finden, dass mir half. Ein Wispern ließ mich augenblicklich stehen bleiben. Hatte ich es mir nur eingebildet oder war da wirklich etwas? Ich lief in die Richtung, aus der das Geräusch gekommen war. Da! Kurz und leise, aber ich hatte es gehört. Diese Seelen wisperten nicht wie die anderen, die hell strahlenden, die ich erntete. Diese hier erdrückten einander mit ihrem Schweigen. Aber da war ein Wispern. Nur eines. Es wurde lauter, bis ich die Stimme klar hörte.

»Asher? Bist du hier irgendwo?«

»Kenna!«, brüllte ich so laut gegen die Wand aus dunklen Seelen, dass sie ein wenig vor mir zurückwichen und mir Raum gaben. »Kenna! Hörst du mich?«

»Asher? Wo bist du?«

Sie schluchzte auf und sie kam hörbar näher. Suchend streckte ich meine Hände nach ihr aus und wurde von einer Welle der Zuversicht durchspült, als ich ihren Arm zu fassen bekam.

Kenna presste sich augenblicklich gegen mich.

»Geht es dir gut?«

Sie brummte zustimmend. »Ja, ich habe mich nur gefürchtet, weil ich nichts mehr gesehen habe und du auf einmal weg warst!«

Ich fuhr ihre Arme hinauf, über ihre Schultern, dann über ihr Gesicht, bis ich bei ihren Haaren angelangt war. Keinerlei Verletzung zu erspüren.

»Geht es dir gut?«, erwiderte Kenna die Frage und ihre Hände fuhren ebenfalls meinen Körper entlang.

Ich zog sie an mich und umklammerte sie. »Ja, jetzt auf jeden Fall.«

»Wo sind wir hier?«

»Im Abgrund, hier sind die dunklen Seelen. Diejenigen, die Böses verbrochen haben und von ihren negativen Gefühlen vergiftet wurden.«

»Wir stehen in Seelen?«

»Ja, in einer Masse von ihnen«, bestätigte ich, worauf ich ein entsetztes Geräusch aus ihrem Mund hörte.

»Das ist wirklich ekelig.«

»Das kannst du wohl laut sagen.«

»Aber hier kommen doch auch die Seelen der wissenden Menschen hin, oder?«

»Leider ja, aber bis jetzt sind mir nur die düsteren aufgefallen.«

Kenna brummte. »Nun landet meine Seele wohl doch im Abgrund.«

»Nicht auf Dauer.« Ich blinzelte, als etwas gegen mich knallte und kurz erstrahlte.

Ein erneuter Ruck durchzuckte meinen Körper, als etwas gegen Kenna knallte. Noch mal leuchtete etwas auf.

»Was passiert hier?«, fragte ich und vertrieb mit meinem wedelnden Arm die dunklen Seelen, die stetig gegen uns stießen. Sie kamen von allen Seiten und jeder Schubs wurde härter.

»Keine Ahnung.« Erneut strahlte etwas in einem sanften lila Licht, das kurz darauf verschwand.

Was taten diese Seelen? Erneut schubsten sie uns und ich stöhnte auf, als sich ein gewaltiger Druck in meiner Brust breitmachte. Das Strahlen kam zurück … direkt aus meiner Brust. Was war das?

»Es fühlt sich so an wie letztens, als der Henker meine Seele in der Hand hatte. Asher! Sie wollen unsere Seelen klauen!« Panisch schlug Kenna um sich und vertrieb die Biester.

»Warum sollten sie unsere Seelen haben wollen?«

»Keine Ahnung? Warum sollten wir zwischen düsteren Seelen gefangen sein, die unsere Seele zerrupfen wollen?« Sie war hörbar genervt und verstört. Beides gleichzeitig. Verständlich.

»Weil die Sensenwelt alles andere als normal ist.« Auch ich schlug nun nach den verdammten Biestern, die abwechselnd gegen mich rammten. Erneut ein gewaltiger Druck in meiner Brust, der mir beinahe den Atem raubte. Das Licht erstrahlte und erlosch sofort, als ich die Seele von meiner eigenen davontrieb. Sie wollten sich ein Stückchen abreißen, wie von einem Pancake.

»Wir werden hier sterben«, sagte Kenna weinerlich und ich spürte, dass auf ihren Armen eine Gänsehaut war.

Ich schüttele den Kopf, vergaß kurz, dass sie das nicht sehen konnte, und antwortete: »Nein, mit Sicherheit nicht. Weder du noch ich werden heute draufgehen. Wir sind hier, um des Henkers Seele zu finden. Das werden wir tun und dann werden wir lebend gehen. Mit der Seele.«

»Aber falls wir doch sterben, so sollst du wissen, dass ich wirklich froh bin, dich getroffen zu haben.« Sie legte ihre Hände an meine

Wangen und ihre Lippen auf meine, ignorierte die Seelen, die erneut ein Stück unserer Seele aus der Brust zogen und unsere Gesichter erhellten. Sie stöhnte schmerzvoll in meinen Mund, während sich der Druck auf meiner Brust ebenfalls verbreitete.

»Ich liebe dich«, hauchte sie, als sie sich zurückzog.

»Sicher?«, fragte ich neckisch, freudig darauf, was sie sagen würde.

»Todsicher.« Das Grinsen in ihrer Stimme war unüberhörbar und ich liebte das Gefühl, dass ihre Berührungen in mir hervorriefen. Wärme breitete sich in meiner Brust aus und vertrieb den Schmerz darin, der durch die dunklen Seelen entstanden war. Erneut erstrahlte ein Licht, aber nicht, weil meine Seele geraubt wurde. Meine Brust leuchtete wie ein riesiges Glühwürmchen und auch Kennas Blut glomm auf.

»Was passiert hier?«

»Ich habe keine Ahnung«, murmelte ich und starrte in ihr Gesicht, das ich nun erkannte, da die Seelen Platz gemacht hatten.

Sie wischte sich die Tränen aus den Augen und strich mir über die Wangen. »Du bist da.«

Ich drückte sie an mich.

»Ich dachte, ich würde dich nie wieder sehen können«, murmelte sie gegen meine Schulter.

»Zum Glück nicht, sonst würde keiner mehr meine Schönheit sehen«, frotzelte ich und kassierte einen Schlag auf den Arm von ihr.

»Du bist so ein Spinner!«

»Vielleicht.« Ich betrachtete meine glühende Brust. Die dunklen Seelen waren vor uns zurückgewichen und hielten sich dort auf, wo unser Lichtkreis endete. Sie fürchteten das Licht.

»Das sind bestimmt unsere Seelen, die da so leuchten«, murmelte Kenna und presste sich die Hand an das Dekolletee.

»Sie schützten uns vor den kleinen Biestern hier.«

»Aber wie können wir nun die Seele des Henkers finden?«

»Das ist eine verdammt gute Frage.« Ich wollte mir einen Überblick zwischen den Seelen verschaffen, doch sie bildeten einen Kokon aus Schwärze, der uns umhüllte. Einzig dort, wo unser Seelenlicht schien, hatten wir ein wenig Platz.

»Was ist, wenn wir …« Kenna hörte mitten im Satz auf. Sie starrte in die Dunkelheit. »Unmöglich.« Ihr Hauchen war andächtig.

Was war da? Zwischen den Seelen regte sich etwas, presste sich hervor, bis eine leuchtende Schnauze durch die Schwärze glitt.

»Nein«, hauchte ich.

»Banshee«, murmelte Kenna und kniete sich hin.

Meine Hündin drängte sich den Weg frei, bis sie in unserem Lichtkreis angelangt war, sie stürmte auf mich zu und sprang. Unbändige Freude gemischt mit Unglauben durchspülte mich.

»Banshee«, murmelte ich in ihr Fell und drückte ihren Hundekörper an mich. Sie sah nicht mehr aus wie zuvor. Zwar hatte sie noch ihre Hundegestalt, doch sie war leicht milchig, beinahe durchsichtig. Sie schimmerte und bestand aus hellem Licht. Ihre Seele war zu ihrem Körper geworden.

Sie schleckte mit ihrer Zunge über mein Gesicht und warf sich auf mich. Ihr fröhliches Jauchzen machte mich so glücklich, dass mein Herz hüpfte.

»Wie schön, dich zu sehen, Mädchen«, murmelte ich und blickte in ihre Augen, die noch dieselbe Farbe hatten, obwohl der Rest von ihr sich verändert hatte.

Sie bellte mich auffordernd an und schnüffelte an mir. Als sie von mir abließ, richtete sie ihre Aufmerksamkeit auf Kenna, die tränenüberströmt niederkniete. Zusammengesunken in ihrer eigenen Gestalt.

»Es tut mir so leid, Banshee, ich wollte nie, dass das passiert.«

Banshee machte einen gurgelnden Ton, der ein wenig nach, Hör-auf-so-einen-Mist-zu-reden-es-ist-nicht-deine-Schuld klang.

Banshee kam näher und flutschte durch Kenna hindurch.

Ich runzelte die Stirn. Auch Banshee schien verwirrt. Sie drehte sich um und musterte Kenna, bevor sie erneut auf sie zuging und ihre Nase an ihr Bein pressen wollte, doch sie glitt erneut durch Kenna.

»Was?«

»Vielleicht bist du nicht tot genug«, sagte ich. Die Enttäuschung, die von ihr ausging, war nicht zu übersehen.

»Ich kann sie nicht anfassen«, murmelte sie mit verzerrtem Gesicht. Banshee setzte sich vor Kenna.

»Du kannst nichts dafür.«

Kennas Licht, das aus ihrer Brust kam, wurde schwächer. Auch sie bemerkte es und wischte sich über die Augen, bevor sie sich an Banshee wandte, die uns aufmerksam beobachtete. Die dunklen Seelen rückten näher, als der Lichtkegel sich verkleinerte.

Banshee jaulte auf und sprang vor Kenna herum, drehte sich im Kreis und strahlte vor Freude.

Kenna schmunzelte. Das Licht aus ihrer Brust wurde heller, der Lichtkegel vergrößerte sich und die Seelen zogen sich fauchend zurück.

Ich verstand nun, was es bedeutete. Wir bestimmten anhand unserer Gefühle, ob unsere Seele uns vor der Dunkelheit schützte. Wenn wir die traurigen Emotionen zuließen, verdunkelte sie sich und das Licht verschwand. Auch Kenna verstand.

»Danke, Banshee«, murmelte sie.

Meine Hündin bellte als Antwort, drehte sich um, und machte ein paar Schritte, bis sie schwanzwedelnd wartete.

»Wir sollen ihr folgen«, sprach ich das Offensichtliche aus und setzte mich in Bewegung.

Kenna ergriff meine Hand, stand auf und sah sich nervös um. Die dunklen Seelen zogen nach, hielten sich jedoch am Rand des Lichtkegels auf.

Banshee bliebt vor einer Wand stehen und wartete, bis wir da waren. In dem Stein war ein Handabdruck eingelassen, der aufleuchtete, als ich mich ihm näherte.

»Wir probieren es aus«, murmelte ich und legte meine Hand in die Kuhle. Der Stein war kalt und rau. Es geschah nichts. »Ich will doch nur die Seele des verdammten Henkers.«

Augenblicklich glühte ein helles Licht auf und meine Hand wurde von einer verblüffend lebendigen Wärme umfangen. Ich keuchte auf, als sie sich zur Hitze verdichtete und zurücktrat. Der Stein, indem der leuchtende Handabdruck glühte, zog sich leicht zurück und rastete mit einem lauten *Rumms* ein. Zuerst runzelte ich verwirrt die Stirn. Dort schwebte eine desorientierte kohlrabenschwarze Seele in unseren Lichtkegel.

»Hat die Mauer gerade die Seele des Henkers ausgespuckt?«, fragte Kenna ungläubig.

»Scheint ganz so«, murmelte ich, öffnete widerwillig den Mund und saugte sie mit einem unangenehmen Gefühl im Magen ein. Ich hätte sie am liebsten ausgekotzt, so widerlich schmeckte sie auf meiner Zunge. Nach Blut, Verwesung und Schmerz. So einen ekelhaften Geschmack hatte ich noch nie in mir gehabt. Ich presste mir die Faust vor den Mund und unterdrückte das Würgen. Mein Ring leuchtete auf und zeigte mir, dass ich die Seele des Henkers nun in mir trug. Grauenhaft.

Banshee beobachtete mich genauestens, als würde sie nur darauf warten, dass ich meinen Mageninhalt erbrach.

»So schlimm?«

»Du willst es gar nicht wissen«, murmelte ich zwischen zwei Rülpsern und schüttelte mich. Mit einer weiteren Übelkeitswelle, die in meinem Magen rumorte, tippte ich auf den glühenden Totenkopf an meinem Finger. Jetzt hatte ich diesen Bastard, um ihn zur Strecke zu bringen oder besser gesagt: damit Break ihn zur Strecke bringen konnte.

»Gehts?« Kenna musterte mich von der Seite.

Ich zuckte die Schultern. »Kann sein?« Stellte ich ihr gerade wirklich eine Frage, wie es mir ging? So sehr beeinflusste mich der widerwärtige Geschmack des Henkers. »Oder auch nicht.«

Sie legte mir eine Hand auf die Schulter. »Wir haben ihn! Jetzt können wir ihn töten.«

Vorfreude breitete sich in mir aus.

»Du hast recht, jetzt können wir ihm etwas von seinen Taten zurückgeben.« Vielleicht war er nicht moralisch vertretbar, so zu denken, aber ich freute mich darauf, dabei zuzusehen, wie Break diese Seele zerfetzte.

»Jetzt müssen wir nur noch hier raus«, murmelte Kenna und deutete auf die dunklen Seelen, die sich dicht an dicht drängten, um ja dem Lichtkegel zu entkommen.

Banshee bellte und spurtete voraus, Kenna und ich folgten ihr. An einer Steintreppe blieb sie stehen und wartete, bis wir sie erreicht hatten. Wir folgten ihr hinauf.

Mit jeder Ebene, die wir erklommen, wurde die Seelen heller und heller. Das mussten die Wissenden sein. Die Menschen.

Kennas Atem schlug gegen meinen Nacken, so dicht war sie hinter mir.

Die Seelen waren nun glänzend und schimmernd. Wir hatten die dunklen Ringe des Abgrunds hinter uns gelassen.

Banshees Bellen riss mich aus meinen Gedanken und mein Blick schärfte sich. Derselbe Bogen ragte vor uns auf, durch den wir vorhin gegangen waren. Dahinter lag nichts, dichter Nebel versperrte mir die Sicht.

»Ich glaube, wir müssen jetzt gehen. Du bleibst hoffentlich nicht hier unten.«

Banshee schnaubte, als wäre ich jetzt vollkommen übergeschnappt. Hieß, sie würde an einen schöneren Ort als diesen gehen. Sie kratzte mit der Pfote nach mir und schmiegte ihren Kopf an mein Bein.

»Auf Wiedersehen«, murmelte ich gegen ihr Fell und musste mich wirklich zusammenreißen, um nicht in Tränen auszubrechen.

»Machs gut, Banshee.« Kenna schniefte und winkte ihr zu.

»Wir sollten los«, sagte ich. Womöglich war es eine Flucht vor meinen Gefühlen, immerhin war das meine Banshee und sie war tot. Ich würde sie nicht wiedersehen. »Ich vermisse dich.«

Sie jaulte auf und sprang an mir hoch, bis sie ihre Vorderbeine auf meinen Schultern abgelegt hatte und mit ihrer Zunge über mein Gesicht leckte.

»Ach, Banshee«, schluchzte ich und strich ihr über das glatte Fell, das sich so weich und ebenmäßig anfühlte.

Sie schnüffelte an mir und drückte ihre kalte Schnauze gegen mich. Dann ließ sie von mir ab und trat einen Schritt zurück, um Sitz zu machen und uns aus ihren treuen braunen Augen anzustarren. Sie deutete mit ihrer Schnauze auf den Eingang und brummte auffordernd. Wir sollten gehen.

»Komm«, meinte Kenna und griff nach meiner Hand. Dieses Mal ließ ich sie vorausgehen.

Banshee folgte uns mit ihrem Blick. Ich wollte sie nicht verlassen, aber ich wusste, dass ich nichts tun konnte. Wenigstens hatte ich mich verabschieden können.

»Bis bald«, sagte ich. Banshee löste sich zu einem Lichtball auf und sprang um uns herum. Mit einem Mal war sie verschwunden.

Ich zog die Augenbrauen zusammen. Mein Licht wurde schwächer, je trauriger ich wurde.

»Komm, Asher.«

Ich ließ mich von Kenna mitziehen, kaum traten wir durch den Bogen, wurde ich von den Füßen gerissen und verlor erneut ihre Hand.

»Kenna!«, brüllte ich. Ich wollte nicht noch mal in irgendeinen Seelenverhau, in dem sich zwielichtige Wesen rumtrieben wie im Abgrund. Kaum hatte ich meinen Gedanken zu Ende gedacht, kam ich auf meinem Allerwertesten auf und blinzelte.

»Autsch«, murmelte Kenna neben mir, die sich den Po rieb. Erleichtert atmete ich aus.

»Was eine unterhaltsame Zeit das doch war!« Die Knochensammlerin klapperte begeistert mit den Kiefern und rumpelte über ihren Knochenhaufen. »Fantastisch.«

Kenna richtete sich auf. »Du hättest uns warnen können!«

»Das war aber nicht Teil der Abmachung.«

»Welcher Teil der Abmachung war es denn, dass du mir das Knochenmesser gibst?«

»Das war keine Abmachung. Das war reine Herzensgüte … so heißt das doch, wenn man etwas Nettes für jemanden tut, oder?« Sie gackerte so belustigt von ihren eigenen Worten, dass jedem klar war, wie unehrlich sie diese meinte.

»Du hast mir das Messer nur gegeben, weil du die Hoffnung hattest, dass du deine Seele zurückbekommst!«

»Aber natürlich. Ich muss auch sehen, wo ich bleibe«, rechtfertigte sich die Knochensammlerin.

»Wegen uns hast du deine blöde Seele, dann hättest du wenigstens …«

»Kenna, lass gut sein«, schaltete ich mich ein. »Lass uns nach Hause. Wir haben alles, was wir brauchen.« Die Seele des Henkers fühlte sich in meinem Brustkorb wie eine extreme Grippe an, mit allem Ekligen, was dazugehörte. Fieber, Übelkeit …

»Und ich war nicht dabei!«, rief Break aufgebracht und warf die Hände in die Luft. »Ihr wart im Abgrund? *Dem* Abgrund? Asher, du schuldest mir irgendwas, einfach nur, weil ich nicht dabei war. Das kann ja gar nicht sein, dass ich schon wieder den ganzen Spaß verpasse.«

Break fuhr sich durch seine rostbraunen Haare und funkelte mich wütend an. Dabei konnte ich sein Entsetzten nicht einmal annähernd nachvollziehen, weil ich es alles andere als cool fand, beinahe meine Seele an die dunklen Seelen verloren zu haben.

»Glaub mir, du hättest da nicht hingewollt«, meinte Kenna und betrachtete Break verständnislos.

»Doch! Du hast ja keine Ahnung, wie besonders dieser Ort ist! Viele Sensen wissen nicht einmal, wo sich der Abgrund befindet. Das ist ein richtig krasser Insider und du warst dabei. Aber ich nicht! Das ist … unmöglich.« Break stampfte mit dem Fuß auf wie ein kleines Kind, das nicht das bekam, was es wollte.

»Ja, aber …«, versuchte ich Breaks Tirade zu unterbrechen.

»Nein, nichts *aber*. Ich habe deinem Bruder nachgestellt, nur damit er jetzt hier zu Hause hockt und eine Online-Vorlesung hat, während ihr einfach im Abgrund wart. Ihr habt mich beim spannendsten Teil nicht mitmachen lassen. Weißt du, wie beschissen sich das anfühlt? Asher, das kannst du mir nicht antun.« Jetzt war er nicht nur leidig, sondern theatralisch.

Ich verdrehte die Augen. »Kannst du mal deinen Mund halten und mir für eine Sekunde zuhören?«

Break hielt inne und schmollte. »Was willst du denn? Lass mich genervt sein, weil du so ein …«

»Break!«, funkte Kenna dazwischen und richtete sich ein wenig auf.

»Jetzt du auch noch.«

»Wir haben die Seele!«

»Die Seele?«, fragte Break mit leuchtenden Augen.

»Ja, die Seele!«

»Des Henkers?«

»Ja!«, rief Kenna.

Ich hielt ihm den Ring unter die Nase und zeigte ihm das Leuchten.

»Neeeee.« Ungläubig starrte er den Ring, Kenna und mich an. »Beim Seelenschlund, ihr seid ja krass!«

»Ach wirklich, ich dachte, du wolltest dich darüber beschweren, wie schlimm wir doch sind«, meinte ich und schenkte ihm ein provozierendes Lächeln.

»Ja, ein bisschen, aber ich habt ja auch etwas geschafft, also will ich mal nicht so sein und mich beschweren.« Er winkte ab und strich sich über die Stirn, als würde er jeden Gedanken, den er noch dahinter rumschwirren hatte, abschütteln.

»Das ist aber gütig von dir«, murrte Kenna ein wenig muffig und warf ihm einen Seitenblick zu, den er fühlen musste. So intensiv war er.

»Manchmal kann ich das auch«, stimmte er ihr zu und nickte anerkennend. »Geil, das heißt, wir können die Seele zu den Seelenfressern bringen, damit sie darüber richten können.«

Ich sah Kenna von der Seite an.

Sie zuckte mit den Schultern.

»Wir wollten dich fragen, ob du nicht über ihn richten könntest, damit wir die Seele gleich zerstören können.«

Break zog die Augenbrauen hoch. »Ihr wollt, dass ich ihn töte?«

»Ja.«

Rache

Kenna

Er musterte mich eingehend, bevor sich ein Lächeln auf seinen Lippen bildete. »Ja, aber natürlich werde ich ihn richten, gib schon her, seine Seele, damit ich sie in die Stücke zerreißen kann.« Break klatschte voller Vorfreude in die Hände, beinahe wie ein Seehund.

Asher breitete die Arme aus. »Wenn du es gleich hier machen möchtest.«

»Ja, komm, hätte er eine richtige Zeremonie des Seelenfressens verdient? Sehe ich nicht so. Außerdem müssen wir nicht in den Seelenschlund, um seine Seele zu zerreißen.«

Ich verfolgte das Gespräch der beiden mit ein wenig Skepsis, weil ich nicht wusste, wie es sein würde, wenn Break eine verdammte Seele zerriss. Hatte er überhaupt so viel Fingerkraft?

»Bereit?« Asher atmete tief durch, bevor er die Seele durch seinen Ring rief und sie Break hinhielt. Dieser balancierte sie vorsichtig auf den Händen und drehte sie hin und her.

»Die ist aber … dunkel.«

»Es ist der Henker, was hast du erwartet?«, fragte Asher, als sich die Seele ruckartig hin und her bewegte.

»Ist sie vielleicht ein wenig nervös?«, vermutete ich.

»Du wärst mit Sicherheit auch nervös, wenn du getötet werden solltest«, hielt Break dagegen und ein vorfreudiges Lächeln erschien auf seinen Lippen, während er noch damit kämpfte, die Seele in Schach zu halten.

»Deshalb mache ich nichts Böses, dann werde ich auch nicht vorzeitig sterben.«

Break und Asher sahen sich lange an.

»Was denn?«, fragte ich und rieb nervös über meine Hose.

Asher schluckte und konnte mir in die Augen blicken. Warum war er denn so seltsam?

Bevor ich ihn darauf ansprechen konnte, mischte Break sich ein: »Na ja, du hast dem hier den Kopf abgeschnitten.« Er hielt die Seele hoch.

»Aber der ist doch wieder angewachsen.«

Break kicherte los. »Da hast du wiederum recht.«

»Ja, also, das ist wie mit den Schwänzen von Salamandern, die werfen ihn auch ab, wenn sie sich erschrecken, aber dann wachsen sie nach. Der Henker hat sich auch erschrocken, hat sich seinen verdammten Kopf wiederbesorgt und hat ihn sich anwachsen lassen. Ein richtiger Salamander.«

Break lachte auf die Seele zwischen seinen Händen nieder. Doch Asher war gar nicht zu Lachen zumute. Er starrte nur starr geradeaus und hatte die Arme vor der Brust verschränkt.

»Was ist mit dir los?«, fragte ich ihn.

»Nichts, alles in Ordnung.« Am liebsten hätte ich ihm irgendetwas um die Ohren geworfen, weil ich wusste, dass er mir verdammt dreist ins Gesicht log.

Break zog die Augenbrauen zusammen und deutete mit seinem Kinn auf die dunkle Seele in seinen Händen. »Also ich würde mal zur Tat schreiten.« Er holte sich ein Nicken von uns ab und atmete tief ein.

Verwirrt stellte ich mir vor, was gleich passieren würde, als aus seinen Fingerspitzen dunkle Wolken quollen, die die Seele einkreisten.

Sie wehrte sich und versuchte, vor den dunklen Schatten zu fliehen, die munter aus Break flossen wie bei einem Wasserfall. Er zog mit seinem Zeigefinger Kreise, formte einen Ring.

Mehr dunkle Wolken zog Break mit seinen Bewegungen hinter sich her und bildete einen Wall um die Seele des Henkers, die deutlich unruhiger wurde. Sie gab seltsame Laute von sich.

Ich spannte mich automatisch an, als Breaks Augen glühten und sich seine Fingerspitzen dunkel verfärbten und spitzer wurden, als hätte er Krallen. Sanft strich er um die Seele herum und legte den Kopf schief, als spürte er irgendetwas.

»Gleich haben wir es geschafft«, murmelte er, fasste nach der Seele und hielt sie zwischen seinen Fingern, kurz davor, sie wie ein Blatt Papier auseinanderzureißen. »Nur noch ein bisschen mehr.«

Break war wahrlich gruselig, wenn er mit glühenden Augen und krallenartigen Fingern vor einem stand, während dunkle Wolken aus ihm stiegen. Das war nicht so, wie ich es mir vorgestellt hatte.

Break spannte seine Schultern an. »Ich richte über dich und deine Seele, Henker.« Seine Augen wurden trüb und er schluckte, als er von einem Zittern erfasst wurde.

Verwirrt wandte ich mich an Asher, der mir signalisierte, dass es nichts Schlimmes war.

Breaks Blick huschte haltlos im Raum hin und her, aber er fokussierte nichts, seine Augen blieben trüb und beinahe leblos. So, als wäre er an einem ganz anderen Ort und nicht hier in Ashers Zimmer.

»Ich sehe, was du getan hast, und verurteile dich zur Seelenspaltung.« Mit einem Schlag wurden Breaks Augen klar und er blinzelte hektisch, bis er seinen Blick einigermaßen fokussieren konnte. Dann zog er an der Seele, die ein schrilles Quietschen von sich gab, Je mehr er zog, desto lauter wurde das Geräusch, bis ich mir die Ohren zuhalten musste, weil ich es nicht mehr aushielt. Doch Break war erbarmungslos und riss an der Seele. Das schwarze Etwas wies glühend helle Risse auf, die sich von der Dunkelheit abhoben.

»Kämpf nicht dagegen an«, murmelte Break und zog fester an der Seele, die sich bis auf den hellen Kratzer nicht weiter lädieren ließ.

Break wurde mit den verstreichenden Sekunden sichtlich unruhiger und spannte seine Arme bis aufs Äußerste an, vergrub seine Krallen in der Seele, ignorierte das hohe Kreischen und zog an ihr herum, sodass ich vermutete, sie würde gleich entzweigerissen werden. Doch diesen Gefallen tat sie keinem von uns. Sie blieb hartnäckig.

Ich verzog missmutig den Mund. Auf Breaks Stirn sammelte sich Schweiß und seine leuchtenden Augen bargen eine gewisse Wut in sich.

»So eine kleine widerwillige Seele«, murmelte er. Seine Versuche wurden aggressiver, bis er irgendwann das dunkle Ding in seinen Händen anschrie.

Asher trat einen Schritt zurück, um ihm ein bisschen mehr Platz für seinen Wutausbruch zu geben.

»Das kann doch wirklich nicht wahr sein, dass dieses blöde Ding, nicht stirbt!«, rief er und zerrte und riss an der Seele. Ohne Erfolg. Frustriert griff er nach dem Küchenmesser, das neben dem Obstkorb lag.

»Break, du kannst meine Bude nicht kaputt machen«, rügte Asher seinen Freund, der die Seele zu filetieren versuchte. Er wirkte wie ein wildgewordener Serienmörder, den das Gefängnis aus Versehen hatte entkommen lassen.

»Dieses Ding wird sterben!«

»Ja, natürlich wird es das, aber es klappt nicht auf diesem Weg.«

»Aber es klappt doch mit allen Seelen! Das ist … unmöglich, dass ich diese Seele nicht zerstören kann!«

Asher hob die Hände und kam beschwichtigend auf Break zu, der mit erhobenem Messer vor uns stand. »Bitte leg das Messer weg.«

Break seufzte und warf es klirrend auf den Tisch. »Ich sollte das können, weil ich meine verdammte Ausbildung als Seelenfresser bestanden habe! Deshalb habe ich auch den Platz bei Aldrick bekommen!« Er umklammerte die Seele mit seiner Faust wutentbrannt. »Warum funktioniert das nicht?«

»Das kann ich dir nicht beantworten«, erwiderte Asher, während seine Aufmerksamkeit auf die Seele in Breaks Hand gelenkt war. »Ich bin kein Seelenfresser. Von Seelenrichtung habe ich keinen Plan.«

»Eigentlich weiß ich, was ich machen muss, deshalb verstehe ich nicht, wieso ich das nicht hinbekomme.« Break atmete angespannt aus und knirschte mit den Kiefern, was mich augenblicklich an die Knochensammlerin erinnerte. »Zum Seelenschlund noch mal!«

»Ich hole uns was zu trinken, vielleicht hebt das die Stimmung.«

»Ich komme mit«, beschloss Break und verließ mit Asher das Wohnzimmer. Die Seele nahmen sie mit. Doch statt zurückzukehren, blieben sie fort. Ich konnte sie durch die angelehnte Tür flüstern hören.

Ich folgte ihnen.

»Es ist morgen. Morgen ist der Todestag …«, zischte Asher gerade. »Ich habe keine Ahnung, was ich machen soll.«

Break grummelte etwas Unverständliches. Die Schritte der beiden kamen näher und ich zog mich rasch zurück. Ganz offensichtlich wollten sie nicht, dass ich mitbekam, worüber sie sprachen. Aber das würde ich nicht auf mir sitzen lassen.

Asher betrat zuerst das Wohnzimmer.

»Wessen Todestag ist morgen?«, fragte ich direkt.

Er blieb auf der Stelle stehen, wodurch Break in ihn hineinrannte, ein Ächzen von sich gab und etwas von seinem Bier verschüttete.

»Todestag?«, fragte Break und spähte über Ashers Schulter hervor.

Ashers Gesicht wurde blasser und Breaks dafür immer roter. Was stimmte denn auf einmal nicht?

»Ja, Todestag.«

Asher räusperte sich. »Der Todestag meiner Mom ist morgen und ich bin dann meistens ein bisschen … gestresst.« Er wich meinem Blick aus.

Scheiße, da hatte ich einen wunden Punkt getroffen.

»Das tut mir leid, wie taktlos von mir. Ich war so neugierig«, brachte ich nach einigen Anläufen heraus.

Break sah von Asher zu mir und hatte die Augen weit aufgerissen. Es war ein Blick, der mir verriet, dass ich ganz dünnes Eis betreten hatte.

»Alles gut, das ist ja nichts, was ich verstecke«, murmelte er und schluckte hart.

»Aber ich hätte daran denken sollen. Es war wirklich blöd von mir. Entschuldige«, murmelte ich und senkte den Blick auf meine Hände.

Asher umschloss sanft mein Kinn und hob meinen Kopf an. Seine dunklen Augen waren mit so viel Schmerz gefüllt, dass sie mich in ihre Abgründe zogen und ich das Gefühl hatte, daran zu ersticken. »Du hast es nicht gewusst und es ist nichts, was ich dir vorhalte. Alles ist in Ordnung, okay?«

Ich atmete tief ein und aus. Seine Finger berührten meine Haut ganz sanft, bevor er sie von mir löste und auf das Knochenmesser in meinem Hosenbund deutete.

»Lass es uns damit probieren«, meinte er und strich mir über den Arm. »Vielleicht müssen wir die Seelen ein bisschen sticheln, damit sie aufgibt.«

Ich nickte.

Break trat neben mich, die dunkle Seele in seiner Hand. Das kleine, sich windende Ding gab hohe Geräusche von sich, die in meinen Ohren grenzwertig schmerzhaft waren.

»Vielleicht schafft es ja das tolle Messer, diese kleine Seele zum Sterben zu bewegen.« Er grinste mich breit an und hielt mir das Ding vor die Nase.

»Kann ich sie berühren?«

»Das nicht, aber vielleicht kann es das Knochenmesser.«

Ich deutete auf den Tisch, damit Break die Seele mit seinen Fingern fixierte.

»Wehe, du hackst mir den Finger ab«, grummelte er und warf mir einen warnenden Seitenblick zu.

»Der wächst wieder an«, murmelte ich, holte aus und stach zu.

Break zuckte zusammen, aber nicht, weil ich seinen Finger getroffen hätte, sondern eher, weil ich die Seele genau in ihrer dunklen Mitte durchbohrt hatte. Mit einem seltsamen Gefühl im Magen zog ich das Knochenmesser aus ihr heraus.

Asher trug ein Lächeln auf den Lippen, allerdings verblasste es innerhalb weniger Sekunden.

Das Loch in der Seele, das ich mit dem spitzten Knochen in sie hineingestochen hatte, schloss sich. So, als wäre sie komplett unzerstörbar und als würde es keine Möglichkeit geben, sie in irgendeiner Weise zu verletzen oder gar zu zerstören.

»Aber wie ist das denn möglich?«, fragte ich.

Das dunkle Ding, stieß erneut einen hohen Quietschton aus.

»So sollte das nicht sein«, meinte Asher, der hinter mich trat und über meine Schulter blickte.

»Ich sage doch, dass da etwas komisch ist und ich in der Lage hätte sein müssen, sie zu zerstören.« Break klang noch ziemlich mitgenommen.

»Halt sie fest, ich versuche es gleich noch mal«, sagte ich mit kühler Stimme und umklammerte den spitzen Knochen fester, damit er mir nicht aus den schweißnassen Fingern glitt.

Break drückte die Seele auf den Tisch. Irgendwie tat sie mir ja leid, aber dann erinnerte ich mich daran, zu wem sie gehörte und was diese Person getan hatte und noch tun wollte. Wir sollten schleunigst zusehen, dass wir diese verdammte Seele loswurden.

Ich holte aus und stach erneut auf die Seele ein. Wieder und wieder, so lange, bis ich keine Kraft mehr hatte. Mit schwerem Atem zog ich mich zurück und inspizierte die zerhackte Seele, die nun einem schwarzen Klumpen Matsch glich. Ein triumphierendes Lächeln breitete sich auf meinem Gesicht aus und ich wollte schon in die Hände klatschen, so wie Break es getan hatte, als sich der Matschhaufen bewegte und erneut zu einem Ganzen zusammenschloss. Es dauerte ein paar Sekunden, dann war von den Löchern nichts mehr zu sehen und sie quietschte so unzufrieden und schmerzvoll wie zuvor.

Genervt schloss ich die Augen, deutete auf das Ding und sagte: »Was machen wir jetzt damit?«

Break und Asher zuckten mit den Schultern.

Die Seele des Henkers kam erst mal zu Break, bis er sich eine passende Geschichte zurechtgelegt hatte, warum ausgerechnet er diese Seele bei sich trug und sie zu den Seelenfressern brachte. Die Story würde ich zu gerne hören wollen.

Ich blieb bei Asher und konnte kein Auge zu machen. Wie sollte ich schlafen, wenn ich wusste, dass der Henker zurück war und Jagd auf uns machte? Es war nicht unwahrscheinlich, dass er schon bald hier auftauchen würde. Ich strich über den Ring von Ashers Mutter, den ich noch immer trug. Fuhr die Grabblumen, sowie den Totenkopf nach.

»Guten Morgen«, murmelte Asher und küsste mich auf die Nasenspitze, als ich mich zu ihm herumdrehte. »Lass uns aufstehen.« Dass ich nicht geschlafen hatte, war für ihn keine Überraschung. Immerhin wusste ich, dass es ihm genauso ergangen war.

Ich hatte den Knochen die ganze Nacht festgehalten, weil er mir einen Eindruck von Sicherheit verschaffte, während Asher seinen Arm um meine Taille geschlungen hatte. Warum die Seele des Henkers sich nicht töten ließ, blieb ein verdammtes Rätsel, das jeden von uns eingehend beschäftigte. Sie musste sterben, damit der Henker starb.

»Guten Morgen«, erwiderte ich und nahm Ashers Hand. Heute war der Todestag seiner Mutter. »Wie geht es dir?«

Asher blinzelte mich ein wenig verständnislos an. »Wie soll es mir gehen?« Ein unsicheres Lächeln bildete sich auf seinen Lippen.

»Na ja, wegen deiner Mom.« Ich sprach die Worte langsam und behutsam aus, weil ich Angst davor hatte, in seinen Augen den Schmerz hervorzubringen, der wie zerbrochene Träume schimmerte.

Er öffnete den Mund, machte ihn wieder zu und nickte. »Ja, du hast recht.«

»Kann ich dir irgendwie helfen?«, fragte ich und setzt mich auf, legte meine Hand an seine Wange und strich vorsichtig über sein Gesicht.

Er schüttelte den Kopf. »Solange du einfach da bist, ist das schon hilfreich genug.«

Die Sorgenfalte auf seiner Stirn wurde mit jeder Minute tiefer und tiefer, als würde sie sich in seine Haut fressen. Vorsichtig legte ich meinen Finger darauf und strich behutsam drüber, um sie verschwinden zu lassen.

»Was machst du?«, fragte Asher und schielte zu seiner Stirn hinauf. Der verwirrte Ausdruck auf seinem Gesicht war wirklich süß und ich fragte mich, was nur in seinem Kopf vor sich ging.

»Ich versuche, dir deine Sorgen zu nehmen. Aber ich glaube, so richtig funktioniert das nicht.« Leider.

Er lächelte selig, während er die Augen schloss. »Mach ruhig weiter.«

Galten all seine Sorgen seiner Mutter oder auch Blazon und dem Henker? Banshee? Mir?

»Deine Mom ist bis morgen im Krankenhaus«, murmelte er.

»Danke, dass du auf ihrem Plan nachgesehen hast. Ich bin erleichtert, dass sie an einem sichereren Ort ist.«

»Das ist gut. Du solltest nicht so viele Sorgen haben.«

»Du auch nicht«, gab ich zurück und küsste ihn.

Asher setzte zu einer Antwort an, doch kam nicht weit, denn die Tür wurde aufgerissen.

Mom stand im Zimmer. »Guten Morgen. Kenna und …« Sie wartete.

Asher setzte sich auf. »Asher. Mrs. Allen. Ich bin Asher.«

Mom zog eine Augenbraue in die Höhe. »Hallo, schön dich kennenzulernen, auch wenn es unter diesen … unüblichen Umständen ist.«

Ich wollte im Erdboden versinken. Oder noch besser, mich bei der Knochensammlerin verstecken, wo mich niemals jemand finden würde. Das war mehr als unangenehm. »Mom. Was machst du hier?«

»Ich habe spontan freibekommen. Die ganzen Überstunden der letzten Wochen waren anstrengend und heute hat sich die Möglichkeit ergeben. Die musste ich gleich nutzen und ich dachte, ich könnte mit meiner Tochter frühstücken. Jetzt werde ich mit meiner Tochter und dem jungen Mann in ihrem Bett frühstücken. Ich bereite alles vor, wir sehen uns gleich.« Sie warf mir einen ernsten Blick zu, der keine Diskussionen zuließ, und schloss die Tür.

»Das war …«

»So peinlich«, jammerte ich und ließ mich auf den Rücken fallen.

Asher lachte. »Ich habe sie nicht kommen gehört. Keine Ahnung, wann ich mich das letzte Mal so erschrocken habe. Das war erstaunlich erfrischend.« Er stand auf und zog sich an, während ich mir die Decke über mein Gesicht stülpte. »Nicht verkriechen. Deine Mom macht uns Frühstück und ich will keinen schlechten Eindruck hinterlassen. Es wird eh schon schwer, die erste Begegnung von gerade eben zu retten.«

Die Decke wurde mir weggerissen und ich stöhnte auf. »Ich will nicht.«

»Wenigstens ist deine Mom nicht alleine zu Hause.« Er zog sein Handy aus der Tasche. »Break ist an Blazon dran.«

»Gut.« Ich stand widerwillig auf, zog mich an und kämmte meine Haare. Den Knochen steckte ich in meine hintere Hosentasche.

Asher inspizierte derweil mein Zimmer und blätterte sich durch meine Skizzenblöcke. Bis er bei meiner Korkwand hängen blieb. »Die kannte ich noch nicht.« Er meinte damit das Bild von Dad und Granny. »Die Großmutter deiner Freundin und dein Vater?«

Ich nickte. »Sie lagen lange in meiner Schublade, ich habe es nicht ertragen, sie zu sehen, aber jetzt ist es … besser. Sie haben es verdient, gesehen zu werden.«

»Sie sind gut. Du hast die Wellen von deinem Vater.« Er nahm eine Strähne zwischen die Finger.

»Genauso wie meine Nase.«

»Das kann ich sehen.« Er fuhr mit seinem Daumen von meinen Augenbrauen, über meinen Nasenrücken, bis er bei meinen Lippen anhielt und dort verharrte. Mein Herz machte einen Satz.

Er löste seinen Finger, küsste mich und strich mir eine Strähne aus dem Gesicht, bevor er wieder auf meine Zeichnungen deutete. »Die hier sind neu.« Er deutete auf den Henker mit seinem Hut und den fettigen Haaren und Blazon mit dem verkniffenen Ausdruck.

»Ich hatte die Hoffnung, dass wenn ich sie lange genug anstarre, ich die Angst vor ihnen verliere.«

»Und hat es geklappt?« Er fuhr mit den Fingern über die sauberen Linien.

»Ich weiß nicht so recht.«

»Sie sind gut geworden.«

Stolz machte sich in meiner Brust breit und ließ mich lächeln. »Danke. Ich bin auch ganz zufrieden.«

»Du hörst auch nicht auf, bis du nicht zufrieden bist, habe ich recht?«

Ich nickte.

Asher trat zurück. »Ganz meine Kenna.« Er legte seinen Arm um mich und zog mich zur Tür. »Können wir?«

»Wenns sein muss.«

»Ach komm, das wird nett.«

»Weißt du nicht, dass *nett* die kleine Schwester von *scheiße* ist?«

Asher verdrehte die Augen und kniff mich in die Seite, was mich zum Quietschen brachte.

Der Duft von Pancakes, angebratenem Bacon und Eiern hing im Treppenhaus. Die Pfanne brutzelte laut, als Mom eine Ladung Eier hineinkippte und sie mit einem Schaber umrührte. Sie drehte sich zu uns.

»Setzt euch.« Sie deutete auf den gedeckten Tisch. Hatte sie da etwa Zimtschnecken im Ofen? Es war fast schon erschreckend, was für einen Aufriss sie veranstaltete.

Asher stellte sich vor und schüttelte meiner Mom die Hand. »Kann ich Ihnen bei etwas helfen, Mrs. Allen?« Er trat an den Herd heran.

»Ich bin gleich fertig, danke für das Angebot.« Das verzückte Lächeln auf ihren Lippen zeigte mir, dass sie ihn sympathisch fand.

Ich berührte sie am Arm. »Soll ich noch was holen?«

Mom winkte ab.

Ich ließ mich Asher gegenüber nieder und rieb meine Finger an meiner Hose. Das war so seltsam. Meine normale Welt und Ashers übernatürliche prallten mit einem Mal so ersichtlich vor meinen Augen aufeinander, dass ich nicht wusste, wie ich mich fühlen sollte. War ich froh, dass sie sich endlich kennenlernten? Oder hatte ich Bedenken, weil es der schlechteste Zeitpunkt hierfür war?

Reifenquietschen ließ mich aufhorchen.

»Ah, da ist sie ja.«

Sie? Bei dem starken Bremsvorgang konnte es sich nur um eine Person handeln.

»Hi Laurena«, rief Liz von der Haustür.

»Komm rein, ich hab schon gedeckt.« Erst jetzt realisierte ich, dass ein vierter Teller am Tisch stand.

Liz kam in die Küche und grinste breit. »Hi, ich bin Liz.« Sie streckte Asher die Hand entgegen und fixierte ihn wie das letzte Markenkleid im Sommerschlussverkauf.

Er stand auf und nahm ihre Hand in seine. »Asher, freut mich.« Ihm machte das hier viel zu viel Spaß. Was gut war, denn er schien sich nicht unwohl zu fühlen, doch ich tat es ein wenig, weil ich mich nicht darauf hatte vorbereiten können. Es war einfach passiert. Wie ein Unfall.

»Ich habe leider noch nicht viel von dir gehört«, murrte Liz und legte mir ihre Hand an die Schulter, »weshalb, weiß ich gar nicht.« Sie blinzelte mich an.

»Hi Liz«, sagte ich.

»Na, Kenny. Was hab ich alles verpasst?« Sie holte sich ein Glas aus dem Schrank und füllte sich selbstverständlich Wasser ein. »Eigentlich dachte ich, ich komme zu einem Frühstück mit dir und deiner Mom, doch auf einmal sitzt hier … dein Freund?«

»Liz«, sagte ich mahnend.

Sie breitete die Arme aus. »Was denn? Du erzählst ja nichts.«

Mom stellte eine Schale mit Rühreiern an den Tisch. »Ich kann dich beruhigen, Liz, da bist du nicht die Einzige.«

»Das ist ja noch skandalöser«, schnaufte sie und legte sich die Hand an die Brust. Sie war genauso theatralisch wie Break. Das hatten die beiden wirklich drauf.

»Vielleicht lag das auch ein bisschen an mir. Ich mag es nicht so gerne, meine Beziehungen an die große Glocke zu hängen«, schob Asher ein und nahm Mom einen der zwei Pancake-Teller ab.

Liz trank einen Schluck Wasser. »Weil die Presse sowieso so viel über deine Familie schreibt? Mit dem Artikel über euch hatte sie aber recht. Offensichtlich, sonst würdest du nicht hier in einem gewöhnlichen Haus sitzen, sondern in eurem Wolkenkratzer, richtig?«

Ich trat nach ihr.

»Autsch«, zischte sie. »Deine Freundin tritt mich.« Sie deutete auf mich.

Asher lachte auf. »Womöglich hatte die Presse recht, ja.«

Ich mischte mich ein: »Aber Liz sollte gar nicht so unhöflich sein und solche Fragen stellen.«

Liz stützte das Kinn in die Handfläche. »Was soll ich sonst machen? Etwas in die Richtung: Asher, wie findest du denn das Wetter heute? So schön bewölkt und feucht wie an jedem anderen Tag hier?« Ihre Stimme war belustig überzogen.

Asher stieg drauf ein, lehnte sich mit verschränkten Armen zurück und wandte sich zum Fenster. »Es ist altbekannt und doch so erfrischend, dass es ein wahrlicher Traum ist, durchaus.«

»Interessant, interessant. Ist dir auch schon aufgefallen, dass sich die Bäume so sanft im Wind wiegen?«

Asher grinste nun breit, wodurch seine Grübchen hervortraten.

Mom lachte leise vor sich hin, während sie sich an den Tisch setzte.

Ich wollte nur noch zur Knochensammlerin, sie verhöhnte mich wenigstens nicht so wie Liz.

Asher brummte. »Das habe ich bemerkt, aber hast du auf das Gras geachtet? Es dreht kleine Kreise. Wie Tornados.«

Das wurde mir hier definitiv zu bunt.

Ich hob die Hände. »Halt, stopp! Keiner spricht mehr über das Wetter, Bäume oder Gras. Können wir einfach essen?«

»Das ist eine gute Idee«, pflichtete Mom mir bei. »Wer möchte was?«

Sie gab jedem etwas auf den Teller und zum Schluss sich selbst.

Liz schnitt den Pancake-Haufen rabiat entzwei. »Weißt du, mein Bruder hat Kenna vor dir gewarnt. Das war ziemlich witzig. Da hat er den großen Bruder raushängen lassen, ansonsten kann er das nur bei mir. Hat er mit seiner Meinung über dich recht? Dass du kein guter Kerl bist?«

Asher zog die Augenbrauen hoch. »Ich für meinen Teil würde behaupten, dass ich eine recht passable Partie bin.«

»Auch für eine Heirat? Das wäre eine krasse Feier!« Liz schob sich eine Gabel mit Eiern in den Mund.

»Erstens kann ich Ashers Aussage bestätigen, zweitens findet Jackson niemanden für dich passend«, hielt ich dagegen. »Bei ihm kannst du es nur falsch machen, indem du überhaupt jemanden mitbringst.«

»Du hast leider recht.« Sie deutete mit der Gabel auf mich, als würde sie mich damit erdolchen wollen.

»Na wenigstens das.«

»Mrs. Allen, sie arbeiten im Krankenhaus?« Asher setzte sich aufrecht hin.

»Richtig, ach bitte, nenn mich Laurena.«

»Gerne, Laurena. Wie ist die Arbeit dort?«

»In den letzten Wochen hatten wir viele Unfälle, die nicht so ... glimpflich ausgingen.«

Liz schluckte.

»Aber jetzt ist es ruhiger und nicht mehr so extrem anstrengend. Ich habe viele Überstunden aufgebaut, weil wir auch in unserer Besatzung einige, na ja, sagen wir, Ausfälle haben.«

»Ich habe großen Respekt vor Ihrer Arbeit, Sie leisten da etwas Großartiges, was leider viel zu wenig geschätzt wird.«

»Da muss ich deinem Freund recht geben.« Liz spießte ein Stück Bacon auf. »Was machst du Asher? Außer mit meiner besten Freundin auszugehen und dich mit ihr zu verstecken?«

»Liz«, zischte ich.

Asher wollte gerade zu einer Antwort ansetzen, als es an der Tür klopfte.

Mom wollte aufstehen, doch ich winkte ab und schob meinen Stuhl zurück. »Ich gehe. Erwarten wir noch jemanden?«

»Vielleicht ist es Jackson«, sagte Liz scherzhaft.

»Dann würde er auch Pancakes bekommen.«

Ich öffnete die Tür, nur um dem Henker gegenüber zu stehen, der mir prompt ins Gesicht schlug, was mich unkontrolliert zurücktaumeln ließ. Verdammt.

Warmes Blut floss aus meiner Nase.

Mom und Liz schrien auf. Stühle kratzten über den Boden.

»Ding Dong«, sagte der Henker. »So viele Seelen hier.«

Er lachte, bevor er seinen Hut zurechtrückte und noch mal ausholte, um mir erneut ins Gesicht zu schlagen. Ich war nicht schnell genug, um meinen Kopf zur Seite zu ziehen.

»Du bist nicht Jackson«, murmelte ich und hielt mir die Nase, aus der Blut sprudelte.

»Kenna«, rief Asher alarmiert. Seine Schritte hallten auf dem Boden, als er aus der Küche stürmte.

»Sie wagen es, meine Tochter zu schlagen?«, schrie meine Mom den Henker an. Sie wollte auf ihn zugehen, doch ich hielt sie mit meinem Arm zurück.

»Nein, nicht, Mom.«

»Ich rufe auf der Stelle die Polizei«, sagte Liz und zog ihr Handy hervor.

Ich schnappte es ihr aus der Hand und schüttele den Kopf.

»O Menschenmädchen, ich bin hier, um dich zu holen. Dein Duft ist zwar schwach, aber ich habe ihn mir eingeprägt. Du kannst ihn nicht mehr vor mir verstecken, egal, wo du auch bist. Ich werde dir genauso den Kopf abreißen, wie du es bei mir getan hast.« Er hob den Zeigefinger. »Nein, noch besser, ich reiße euch allen den Kopf ab«, kündigte er an und entblößte beim Grinsen seine gelben, halb verfaulten Zähne.

Ich zog ich den Knochen aus der Hosentasche, umklammerte ihn fest und trat seitlich neben Asher, der mir einen warnenden Blick zuwarf.

»Kenna, was hast du da? Was ist hier los?« Die Stimme von Liz war voller Panik.

Mom wollte mich zurückziehen, so wie ich es bei ihr getan hatte, doch ich blieb an Ort und Stelle.

»Heute wirst du sterben, deine Seele wird mir zu lästig, Menschlein«, sagte der Henker und seine toten Augen funkelten voller Vorfreude auf. Doch dieses Mal stand nicht nur meine Seele auf dem Spiel.

Kenna

Verschwindet hier«, sagte Asher, machte einen Satz vor und schleuderte den Henker in der nächsten Sekunde gegen die Wand. Die Bilderrahmen klapperten.

»Unterschätz mich nicht. Das Mädchen ist viel wert.« Er leckte sich über die Lippen, obwohl Asher ihn an die Wand gepresst hielt.

»Finger weg von ihr oder ich breche dir jeden einzelnen Knochen in deinem Körper und lasse dich mit Haut und Haaren von den Seelenfressern verspeisen«, donnerte er. »Du wirst ihr kein Haar krümmen.«

»Wie … süß. Du glaubst wirklich, mir Angst machen zu können? Ich bin stärker und älter als du. Du bist ein verdammter Jüngling. Frischfleisch für meine Zahnlücken.«

Ich packte Mom und Liz und schleifte sie hinter mir her. »Wir müssen weg.«

»Du wirst sehen, dass du es noch bereuen wirst, jemals den Auftrag von meinem Bruder angenommen zu haben.« Ashers Stimme war erfüllt von Zorn.

»Ihr Heriotzas seid schon seit Generationen treue Kunden.« Der Henker schubste Asher beiseite, doch der gab nicht nach. Sie krachten auf den Boden.

Wir liefen die Veranda herunter.

»Liz, bitte sag, du hast deinen Autoschlüssel!«

Sie hatte die Augen vor Schock weit aufgerissen, nickte schnell.

»Gut. Wir müssen los!«

Liz kramte in ihrer Hosentasche und zog ihn mit zittrigen Fingern hervor.

»Kenna, was geht da vor sich, warum bleibt Asher bei dem Fremden? Wir müssen die Polizei holen!« Mom drehte sich zum Haus um.

Ich drängte sie weiter, bis wir bei Liz' Auto waren und dirigierte Mom auf die Rückbank. Liz stieg vorne ein. Ihre Finger zitterten, als sie sich anschnallen wollte.

»Egal, wir müssen hier einfach weg. Liz. Hörst du mich?«

Sie starrte auf den Schlüssel.

»Liz!«

Meine Freundin zuckte zusammen und hob den Kopf.

Der Henker hatte Asher am Kragen gepackt und schmetterte ihn auf die Treppe der Veranda.

»Wir müssen hier weg! Sofort!«, rief ich energisch und schüttelte sie.

»O Gott«, murmelte sie, wollte den Schlüssel ins Zündschloss stecken, doch rutschte ab.

Asher blieb liegen, während der Henker sich aufrappelte, seinen schiefgelegten Kopf geraderückte, sodass ich das Knacken bis ins Auto hörte, und auf uns zukam.

»Liz, bitte konzentrier dich!«

Ich umklammerte das Knochenmesser fester, falls ich uns verteidigen musste. »Du musst so schnell fahren, wie du noch nie gefahren bist! Sonst weiß ich nicht, ob wir das hier überleben.«

Sie nickte, rammte den Schlüssel in die Zündung und startete den Wagen. Hastig legte sie den Rückwärtsgang ein und schoss von unserem Grundstück. Sie drehte sich um, blickte nun nach hinten, rangierte an dem Auto meiner Mom vorbei, während sie weiterhin aufs Gas drückte.

Der Henker rannte, er war schnell und brauchte nur noch wenige Schritte, um den Wagen zu erreichen.

Ich spannte mich an, bereit zu handeln, falls er uns erwischen sollte.

Liz bremste scharf ab, legte den ersten Gang ein und fuhr an, zweiter Gang. Der Henker hatte aufgeholt. Sein Grinsen war durch das Fenster nicht zu übersehen. Mein Herz rutschte mir in die Hose.

Mom umklammerte meine Hand. »Kenna, wo bist du nur hineingeraten?«

»Nicht jetzt.«

Der Henker streckte seine Hand nach der Ladefläche des Pickups aus. Gleich würde er uns erwischt haben und den Wagen, mit uns darin, wie einen Karton zerquetschen.

»Liz!«

Sie trat aufs Gas, der Motor heulte auf und sie schaltete energisch in den nächsten Gang. Die Bäume rauschten an uns vorbei. »Ich bin dabei!« Liz klang gefasst, ihre Miene war hochkonzentriert, während sie fortwährend den Rückspiegel abcheckte. Ich schnallte Liz an, während sie fuhr.

Der Henker verlor den Anschluss und als Liz in den fünften Gang schaltete, wurde er kleiner im Rückspiegel.

»Oh, er ist weg! Der gruselige Typ ist weg! Was war das?« Liz drehte sich zu mir.

»Guck auf die Straße«, fuhr ich sie an.

Mom legte ihre gefalteten Hände auf ihrem Kopf ab. »Kenna, bei allem, was hätte passieren können. Was war das? Wieso? Wer?« Sie stammelte vor sich hin, fand nicht die richtigen Worte.

»Wir sind noch nicht außer Gefahr.«

»Nicht außer Gefahr«, höhnte Liz, »Was soll das denn heißen? Wir haben ihn abgehängt, wie soll er wiederkommen?«

Mom atmete erschrocken ein. Schweiß stand auf ihrer Stirn. »Wir müssen die Polizei rufen, was, wenn er Asher etwas antut?«

Die Sorge um ihn rührte in meinem Inneren, aber Asher war eine Sense, er würde es schaffen, sich wegzuteleportieren. Aber das konnte auch der Henker wieder.

»Nein! Keine Polizei! Das darf nicht passieren.«

»Sag mal spinnst du, Kenny?«, rief meine Freundin und drosselte das Tempo.

»Werde ja nicht langsamer!«

»Warum, Kenna?«

Sie verstanden nicht, aber wie viel konnte ich ihnen sagen? Was würden sie vergessen können? Würden ihre Seelen dann auch verdammt sein? So wie es meine war? Würden sie in den Abgrund zu den boshaften Seelen gesteckt werden? Das durfte auf keinen Fall geschehen!

»Bitte, ihr müsst mir einfach glauben. Ich kann es euch nicht sagen.«

Mom schnaubte. »Kenna Allen, dir wurde von einem fremden Mann zweimal ins Gesicht geschlagen, wir haben deinen Freund zurückgelassen, wurden verfolgt und du willst uns nicht sagen, *wieso*?«

Ich schluckte und nickte.

»Ich verlange eine Erklärung!«

»Die kann ich dir aber nicht geben ...«

Liz schrie und risse das Lenkrad herum. Mitten auf der Straße tauchte der Henker aus einer dunklen Wolke auf. Sein Mantel wehte, als er auf frontal auf uns zustürmte.

Mom krallte sich an mir fest, während Liz auf die Bremse trat.

Der Wagen kam schlitternd zum Stehen und mein Schädel schlug gegen die Scheibe. Autsch. »Liz, nicht stehen bleiben!« Wir standen dem Henker gegenüber.

Seine Schritte waren entschlossen.

»Was soll ich machen? Ihn umfahren?«

»Ja, verdammt!«

Liz schnaubte ungläubig. »Ich kann doch nicht ...«

»Dann fahr außen rum!« Liz schaltete in den ersten Gang, gab Gas, ließ die Kupplung los, zweiter Gang.

Der Henker kam näher. Sie steuerte direkte auf ihn zu, um in letzter Sekunde das Lenkrad nach links zu reißen, um einen Zusammenstoß zu vermeiden. Die Reifen quietschten. Kaum hatte der Wagen eine gerade Position eingenommen, gab Liz wieder Gas.

Nächster Gang.

»Warum ist er hier? Liz hat ihn doch abgehängt gehabt?« Mom drehte sich um.

Der Henker war nicht mehr auf der Straße.

Ich knetete meine Finger. Ging es Asher gut? Sorge fraß an mir.

»Weil ...« Keine Ahnung, was ich sagen sollte.

»Da ist er schon wieder«, hauchte Liz.

Er trat aus einer dunklen Wolke hervor und wartete auf uns.

Liz würde das Tempo nicht mehr drosseln können, um anzuhalten, aber waren wir schnell genug, um an ihm vorbeizukommen?

Ich hielt die Luft an.

Der Henker schoss vom Straßenrand los, streckte die Hand nach dem Wagen aus und bekam die Ladefläche zu fassen. Ein Ruck ging durch das Auto, als wir zum Stillstand gebracht wurden und der Gurt schmerzvoll in meinen Hals schnitt. Mir war schlagartig schlecht. Er klopfte an meine Fensterseite. »Aussteigen«, befahl er mit haarsträubendem Grinsen.

Mom krallte sich an meine Hand und wollte mich daran hindern, der Aufforderung des Henkers nachzukommen. »Kenna.«

»Ich hab keine Wahl, Mom.« Mit einem Klicken löste sich der Gurt.

Der Henker zog an der Tür, eine Sekunde später knallte sein Schädel gegen die Scheibe. Eine sichtbare Fettspur blieb zurück, als er sich nach hinten stemmte und auf seinen Angreifer losging.

Asher. Er riss ihn vom Auto weg.

Der Henker teleportierte sich vor den Wagen.

Asher folgte ihm, stellte sich ihm in den Weg.

Liz atmete ungläubig ein. »Sie tauchen einfach auf.«

Mom nickte, der Rest von ihr war paralysiert.

»Und verschwinden einfach. Was zur …«

Asher knallte den Henker auf den Boden. Lange konnte er das nicht aushalten. Sein Gegner war älter als er und wirklich stärker. Selbst mit Break an seiner Seite hatte er Probleme gehabt.

Der Henker riss Asher beiseite und schleuderte ihn auf den Teer, teleportierte sich zu mir und öffnete brachial die Tür. »Aussteigen«, blaffte er, zerrte mich aus dem Auto und stieß mich auf die Straße.

Ich kroch vor ihm zurück und umschloss das Messer in meiner Hand.

»Pack das Ding weg. Mach es uns doch beiden einfach.«

Ich schüttelte den Kopf.

Mom sprang aus dem Auto. »Gehen Sie von meiner Tochter weg!« Ihr Kreischen hallte über die Straße.

Der Henker verdrehte nur die Augen.

»Mom, steig ein!« Sorge brauste in mir auf und ich hoffte der Henker würde an mir dranbleiben.

Asher hatte sich mittlerweile aufgerappelt und teleportierte sich, um hinter dem Henker aufzutauchen und seinen Oberkörper zu umschließen.

Ich sprang auf und rammte ihm das Messer in den Bauch.

Liz kreischte und ich glaubte, dass Mom taumelte, allerdings konnte ich nicht darauf achten.

Der Henker brüllte und biss nach mir, doch Asher hielt ihn zurück.

»Dreckiges Menschenmädchen«, schrie er.

Ich zog ihm das Messer über dir Brust. »Asher, wir müssen hier weg!«

Er nickte mir zu. Sein Gesicht war mit dunklem Blut überzogen und sein Auge geschwollen, doch es heilte bereits. »Hol Liz und deine Mom.«

Ich lief zu den beiden, brachte Liz dazu, das Auto in der Parkbucht, in die sie gefahren war, abzusperren, und legte einen Arm um Mom.

»Wieso steigen wir aus? Ich will nicht sterben!« Tränen liefen ihr die Wangen herunter und sie schniefte.

»Das werden wir auch nicht, Asher wird uns helfen.« Er wollte uns teleportieren. Es gab keine andere Möglichkeit.

»Du hast auf den Mann eingestochen«, wisperte Mom. Sie starrte auf ihre Hände und zitterte.

Mitleid rührte in meinem Bauch. Sie mussten in Sicherheit gebracht werden. Nur das zählte.

»Ich weiß, Mom, das war Notwehr. Er ist sehr stark.« Das war alles, aber keine Begründung, um jemandem ein Messer in den Bauch zu rammen.

Der Henker brüllte wie ein wütendes Tier.

Asher spießte ihm den Stamm einer jungen Tanne durch den Körper.

Liz kreischte und sprang zur Seite.

Mom weinte. »Kenna, was ist hier bloß los?«

»Er wird uns helfen, hier wegzukommen, okay?«

Liz atmete schwer, sie war leichenblass und ein zarter Schweißfilm lag auf ihrer Stirn.

Der Henker rührte sich.

Ich sah zu den Sensen.

»Asher, pass auf!«, rief ich.

Er drehte sich um und hielt den Henker ab, ihn mit einem Stein zu erschlagen. Sie stürzten zu Boden.

Ich trieb Mom und Liz fort. Mit festem Griff umschloss Asher den Kopf des Henkers und schlug ihn auf den Boden, bis ein Knacken erklang. Blut verdunkelte den Teer. Asher hatte seinen Schädel geknackt wie die Schale einer Walnuss.

Der Henker verdrehte die Augen und blieb reglos liegen. Asher hatte ihn für den Moment außer Gefecht gesetzt, doch die Heilung musste bereits begonnen haben. Es war nur eine Frage der Zeit, bis er sich erholt hatte und erneut angriff.

»Schnell jetzt!« Asher kam auf uns zu.

Mom weinte, ihr Körper zitterte, als hätte sie keinerlei Kontrolle mehr über sich. Liz' Fingernägel krallten sich in meine Hand und hinterließen ein taubes Gefühl.

»Schaffst du uns alle auf einmal?«

»Muss ich«, sagte er und hielt meine Hand. »Berührt ihr euch alle?«

Weder Liz noch Mom antworteten.

Ich nickte und zog sie näher an mich.

»Wird Asher uns auch den Schädel spalten?«, fragte Liz und schluckte.

»Ich musste ihn nur aufhalten, damit wir wegkommen.«

»Und wie soll das funktionieren? Wir werden alle sterben«, jammerte Liz.

»Halt dich einfach gut an Kenna fest.« Asher verstärkte seinen Griff und teleportierte uns fort. Wir wurden vom Wind davongetragen. Schwarze und violette Schlieren waberten um uns.

Liz kreischte und wollte sich von mir losmachen.

Ich hielt sie bei mir. »Alles gut, dir wird nichts passieren.« Der Wind wurde heftiger und Ashers Augen funkelten intensiver. Wir kamen strauchelnd an und Mom wäre beinahe zu Boden gefallen, hätte Asher sie nicht gestützt.

Sie nickte ihm dankend zu.

Hatte er uns wirklich hierher gebracht? Wir standen vor dem *Bones & Beans*, in dem Sesta arbeitete. Wir waren vor Ladenöffnung da.

»Ist Sesta schon hier?«

Asher nickte, trat an die Tür und klopfte.

»Soll ich Break rufen?«

»Nein, er muss an Blaze dranbleiben. Wir können ihn nicht aus den Augen lassen.«

Liz drehte sich um. »Wir müssen zur Polizei, die ist nicht weit weg …«

Ich packte ihre Schultern. »Nein, Liz. Das geht nicht.«

»Aber Kenna, dein Freund hat einem Mann den Schädel eingeschlagen. Und der hat uns verfolgt und hat dich geschlagen! Das muss zur Anzeige gebracht werden!« Sie blinzelte. »Wie sind wir überhaupt hierhergekommen?«

»Ich glaube, das war … ein Blackout.« Moms Stimme zitterte. Sie wollte es auf einer logischen Ebene erklären, aber das funktionierte hier nicht. Das hier war übernatürlich.

Eine verwirrt dreinblickende Sesta öffnete die Tür. »Asher? Kenna? Was ist los?«

»Wir brauchen Hilfe«, sagte Asher und trat in den Laden.

»Bei was?« Sesta wartete, bis ich meine Mom und Liz mitgeschliffen hatte. »Warum bist du voller Blut? Warum hast du Menschen im Schlepptau?«

Asher fuhr sich durch die Haare. »Wann macht der Laden auf?«

»In einer Stunde.«

»Gut, ich muss Grabblumen besorgen.«

»Wird er uns töten?« Liz erbleichte.

Sesta horchte auf. »Habt ihr den Henker erledigt?«

Mom schnappte nach Luft. »War das derjenige, der Kenna geschlagen hat?«

Liz schüttelte sich und atmete tief ein und aus. »Ich muss hier raus.« Sie rannte auf die Tür zu, doch bevor sie diese öffnen konnte, hatte Asher sich davor teleportiert und schüttelte den Kopf.

»Tut mir leid, aber ich kann dich nicht gehen lassen.«

Liz schniefte auf. »Ich will nicht sterben.«

Ich wusste, wie sie sich fühlte, ich war auch schon mal in dieser Situation gewesen und hatte geglaubt, Asher würde mir mein Leben nehmen. »Liz, hör mir zu.« Ich zog sie zu mir. »Mom.« Als ich sie auf Stühle verfrachtet hatte, kniete ich mich vor sie und legte jeder von ihnen eine Hand aufs Bein. »Ich weiß, das ist furchtbar verwirrend und bereitet euch mit Sicherheit eine Scheißangst, aber ich kann euch mit allem, was ich habe, schwören, dass Asher euch nichts antun wird. Wirklich.«

Mom zögerte. »Hat er dich unter Drogen gesetzt oder dich bedroht?«

»Nein, Mom. Nichts davon. Das hier ist einfach ...« Ich drehte mich zu Asher und Sesta. »Wie viel kann ich sagen? Werden sie alles vergessen, wenn sie die Grabblumen haben?«

Die beiden nickten mir zu. Okay, sie würden sich an nichts erinnern, also konnte ich ihnen die Wahrheit erzählen, wenigstens ein Mal.

Ich räusperte mich. »Asher ist ein Sensenmann.«

Meine Mom und Liz blinzelten.

Ich fuhr fort: »Und der gruselige Typ ist auch so ein Sensenmann. Aber ein böser. Er wurde beauftragt, mich zu töten.«

Liz' Mund zuckte, bis er sich zu einem Grinsen verzog und sie in schallendes Gelächter ausbrach.

Mom schien nur verwirrt. Wahrscheinlich hielt sie an der Drogensache fest.

»Ich weiß ja nicht, aber das klingt wirklich irre, Kenny.« Liz fuhr sich über das Gesicht. Tränen der Überforderung liefen über ihre Wangen.

»Verstehe ich. Aber es ist leider wahr. Ich wollte nie, dass jemand von euch da mitreingezogen wird.«

»Sensenmänner? Ernsthaft, Kenny? Die bringen Leute um!«

»Das ist nicht so wie in deinen Filmen. Sie holen nur die Seelen von den Menschen ab, die gestorben sind.«

Liz riss die Augen auf. »Also auch von Granny?«

»Und Susan?«, warf Mom ein und schluckte hart bei dem Namen ihrer verstorbenen Freundin.

»Genau. Asher hat Granny geerntet, als ihre Seele aus dem Körper aufstieg. Da habe ich ihn das erste Mal gesehen.«

Liz blick richtete sich auf ihn. »*Er* hat sie umgebracht?«

»Granny ist einen natürlichen Tod gestorben. Asher hat ihr Frieden gegeben. Er hat sie auf ihrer letzten Reise begleitet.«

»Und das hast du gesehen?«

Ich nickte.

»Ich will das alles gar nicht glauben, aber du erzählst es so … als wäre es Wirklichkeit.«

»Weil es so ist.«

Mom legte mir eine Hand an die Wange. »Jemand will dich töten?«, fragte sie.

Ich wischte ihr die Tränen weg. »Mom, ich komme klar. Asher passt auf mich auf.« So gut, wie er eben konnte.

»Oh, Kenna. Dir darf nichts passieren, hast du verstanden? Wir können sofort umziehen. Ich kriege in einem neuen Krankenhaus einen Job, du kommst hier weg, niemand wird dich mehr verfolgen.« Sie stand auf und wollte mich mitziehen. »Komm, wir müssen packen. Wir nehmen nur das Nötigste und …«

»Mom«, seufzte ich und hielt sie zurück. »Das wird nicht funktionieren. Die Sensen können sich teleportieren. Das hat Asher auch gemacht, um uns hierher zu bringen.«

Ihr Blick huschte zu ihm. »Kenna«, beharrte sie, »ich muss dich schützen, wir müssen weg hier.« Tränen standen in ihren Augen. »Er ist der Tod. Ich kann dich nicht an den Tod verlieren.«

Das hatte sie schon längst.

»Asher ist nicht der Tod.«

»Aber, falls das alles auch nur einen Funken Wahrheit beinhaltet, ist er ein … ein Sensenmann. Für mich ist das der Tod.« Sie zog die Augenbrauen zusammen. »Der Tod ist kein Liebender.«

O doch, das war er.

»Mom, du wirst daran nichts ändern können.«

Sie schüttelte den Kopf.

»Kenny, vielleicht hat deine Mom recht.« Liz hielt meine Hand. Sie würden es nicht verstehen. Wie auch? Furcht war das Gefühl in ihrer Brust. Aber ich hatte es wenigstens einmal ausgesprochen. Ihnen die Wahrheit gesagt. Liz wusste von ihrer Granny. Und Mom das von Asher.

»Ich hab euch beide unendlich lieb, aber ihr müsst das alles vergessen.«

»Dein Ernst?« Liz lachte ungläubig auf.

Asher trat neben mich und reichte mir zwei Grabblumen.

»Ich bitte euch, mir zu vertrauen, und ich verspreche, es wird gleich so, wie es war.«

Mom setzte sich. »Ich weiß nicht, ob ich das will.«

»Kenny, was meinst du damit?«

»Ich wünschte, ich könnte euch zeigen, dass es nicht so ist, wie ihr denkt, aber wir können nicht länger warten.« Ich achtete darauf, mit meinem Gesicht nicht zu nah an die Blumen zu kommen. Auf Gedächtnisschwund oder höllische Kopfschmerzen konnte ich getrost verzichten.

»Jeder von euch bekommt eine. Sie sind schön, nicht?«

Liz nahm die Blume. »Das ist richtig crazy, Kenny. Was zum Teufel?«

Mom drehte sich zwischen den Finger, die Augenbrauen grübelnd zusammengezogen.

»Sie riechen auch gut«, murmelte ich mit tränenerstickter Stimme.

Liz senkte den Kopf gen Blüte und schnupperte. Ein leichter Glitzernebel stieg auf.

Mom roch ebenfalls an der Blume. »Sind das diese Drogen, die er dir …« Sie stoppte mitten im Satz. Beide blinzelten. Die Grabblumen in ihren Händen verloren ihr Schimmern und Glitzern, die Farbe schwand, bis sie schwarz und verwelkt waren. Mit einem Mal waren sie weggetreten, ihre Körper wurden schlaff und träge. Sie drohten, umzukippen. Asher half mir, sie zu stützen.

»Geht es ihnen gut? Bitte sag ja.« Ich ließ meine Tränen laufen.

»Mach dir keine Sorgen. Sie werden sich an nichts mehr erinnern. Wenn sie aufwachen, dann denken sie sich nur noch an das letzte natürliche Ereignis, das sie erlebt haben.«

»An unser gemeinsames Frühstück.«

Asher nickte.

»Okay, gut. Ich hatte so Angst um sie«, schniefte ich und wischte mir hektisch die Tränen vom Gesicht. »Bist du schlimm verletzt worden?«

»Alles gut, bin schon geheilt. Ich werde sie jetzt nach Hause bringen. Der Henker folgt deinem Duft, wir sollten also zusehen, dass du weit weg von ihnen bist.«

»Beeil dich«, murmelte ich, als er Liz hochhob und in einer dunklen Wolke verschwand.

Sesta kniete sich neben mich. »Du hast das gut gemacht, Kenna.« Sie legte mir ihre Hand auf die Schulter und drückte leicht zu.

»Sie hatten so viel Angst …«

»Aber jetzt nicht mehr.«

Ich erwiderte nichts, strich meiner Mom nur die Haare aus dem Gesicht und hoffte, es würde alles glattgehen.

»Ich mach dir einen Kaffee«, beschloss Sesta und stellte mir kurze Zeit später eine Tasse und einen Teller mit einem Stück Kuchen auf den Tisch, an dem Mom schlaff saß.

»Danke, das ist lieb.«

»Kann ich dir helfen? Soll ich sie halten? Ich würde dir ja anbieten, sie zu teleportieren, aber das kann ich leider noch nicht.«

Da tauchte Asher neben uns auf und ging in die Knie. »Ich musste das Auto noch zu Liz bringen, sonst wäre es aufgefallen.« Er hob Mom hoch. »Bin gleich zurück.«

Ich schluckte, als er sie durch den schwarzen Nebel mitnahm.

»Du bist stärker, als ich es von einem Menschen erwartet hätte«, sagte Sesta und schob die Stühle an ihren Platz, um anschließend die verwelkten Blumen vom Boden aufzuheben und zu entsorgen.

»Ich glaube, ich bin stärker, als ich es jemals von mir selbst erwartet hätte.«

Asher

Kenna hatte die Augen geschlossen.

Ich hatte uns in mein Stockwerk teleportiert, damit sie kurz entspannen konnte, bevor wir weitermachten.

»Alles okay?«, fragte ich.

»Na ja, es war ja abzusehen, dass der Henker kommt, da wir seine Seele nicht zerstören konnten. Er muss damit irgendwas gemacht haben. Aber ich habe nie die Möglichkeit durchgespielt, was passiert, wenn meine Mom und Liz dabei wären, weil allein die bloße Vorstellung so verdammt Furcht einflößend war. Und jetzt ist es passiert.«

Ich strich ihr über den Arm. »Du bist so ruhig geblieben. Das hast du gut gemacht.« Heute war ihr Todestag, deshalb hatte ich sofort gedacht, dass ihr Ende mit dem Henker gekommen war. Doch sie hatte überlebt. Ihr Name im Buch war verblasst. Hieß das, sie war sicher? Oder würde sie noch sterben? Hatte sich nur die Art ihres Todes verändert?

Während Kenna für eine paar Stunden Schlaf nachholte, hatte ich den Seelenschlund besucht und Bücher gewälzt über das System der Erntebücher, doch ich hatte keinen Erfolg gehabt.

Danach hatte ich mich wieder zu ihr gelegt.

Mein Handy vibrierte in meiner Hosentasche und ich zog es heraus, nahm ab, ohne hinzusehen, und war verdammt erleichtert, als es Break war. »Du wirst nicht glauben, was passiert ist«, grüßte ich ihn.

»Nein, *du* wirst nicht glauben, was *gerade* passiert.« Seine Stimme war absolut angespannt und er flüsterte so leise, dass ich mich wirklich anstrengen musste, um ihn zu verstehen.

»Was ist?«, fragte ich alarmiert.

»Blazon. Es ist Blazon.«

Ich spannte mich an. »Was ist mit ihm?«

Break grummelte unverständlich, bevor er weitersprach. In der Zwischenzeit hatte ich auf Lautsprecher gestellt und an Kenna gerüttelt, damit sie mitbekam, was los war.

»Blazon ist auf dem Weg zum Friedhof. Wir sind gleich da.«

Kenna und ich warfen uns einen langen Blick zu. »Er will bestimmt zu Celine«, murmelte Kenna, als müsste sie sich Breaks Lautstärke anpassen.

»Ja, ganz bestimmt macht er das. Break, bleib dran, wir kommen!«

Er brummte zustimmend. Hoffentlich würde er nichts Dummes machen, bevor wir eintrafen.

Kenna drückte meine Hand. »Das schaffen wir doch, oder?«

»Klar. Wir *müssen* Blazon aufhalten, damit der Rat dann über ihn richten kann. Es ist mir zwar zuwider, wenn ich daran denke, ihn zu verletzten, aber in Anbetracht der Dinge, die wir herausgefunden haben, bleibt uns keine Wahl. Den Henker, den müssen wir komplett erledigen. Aber nicht Blaze.«

Ich strich über ihren Handrücken, bevor ich meine Kraft rief und uns zum Friedhof brachte. In mir machte sich das Gefühl breit, dass etwas Endgültiges heute auf dem Friedhof geschehen würde. Bald war das Ende gekommen. Dabei hoffte ich, dass es sich nicht um das Ende von Kenna handelte.

Kenna hielt während der gesamten Teleportation die Augen offen und strahlte schon beinahe, als der Wind an ihren Haaren riss. Sie hatte sich an diese Art des Reisens gewöhnt. Sie sogar liebgewonnen.

Wir kamen hinter einem dunklen Grabstein an, der mit Efeu überwuchert war. Sofort zog ich Kenna in Deckung und spähte über den Stein, um Break zu finden, doch er zeigte sich nicht. Deshalb schrieb ich ihm eine Nachricht, wobei ich beim Absenden inständig hoffte, dass er seinen Ton auf stumm gestellt hatte.

Kennas Atem schlug gegen meinen Hals. Einige Sekunden später bekam ich eine Antwort. *Rechts von euch.* Tatsächlich, hinter einem großen Grabstein kam eine Hand hervor, die uns zuwinkte, und ich musste mir doch sehr das Grinsen verkneifen.

»Komm, lass uns rüber«, wisperte Kenna gegen meine Lippen und lächelte mich vorsichtig an. Damit wollte sie mir versichern, dass alles gut werden würde, doch leider konnte sie mir das nicht garantieren. Ich hoffte inständig, dass es nicht ihr Tod war.

»Asher?«, fragte Kenna vorsichtig und zog mich mit sich.

Ich nickte ihr zu und folgte ihr. Gemeinsam schlichen wir zu Break, der bereits ungeduldig hinter dem Grabstein wartete.

»Da seid ihr ja endlich. Er ist vor ein paar Sekunden da reingegangen.« Break deutete auf das Familienmausoleum, in dem wir erst vor Kurzem Banshee beerdigt hatten. Der Name *Heriotza* prangte dort genauso wie auf den ganzen Immobilien meines Vaters.

»Liegt Celine etwa bei euch im Grab?«

»Sie hatte keine Familie, also hat Break dafür gekämpft, dass sie zu unserer durfte.«

»Das ist nett von ihm gewesen.« Sie atmete hörbar aus, dann straffte sie sich. »Wie lautet der Plan?«

Ich spürte ihren Blick auf meiner Wange. Zwar fiel es mir schwer, mit meinem Bruder zu reden, aber jetzt führte kein Weg mehr drumherum, einen Ausweg gab es nicht. Ich konnte ihn nicht einfach grün und blau prügeln, bevor ich nicht wenigstens versucht hatte, mit ihm zu sprechen.

»Ich möchte zuerst mit ihm reden, vielleicht kann ich ihn abhalten, bevor er beginnt. Dann sehen wir, was passiert und wie wir reagieren müssen.« Ich brachte es nur schwer über die Lippen, aber wer konnte schon sagen, was geschehen würde? Noch nicht einmal der verdammte Tod war sich sicher, was er mit Kenna machen sollte, dass merkte ich überdeutlich an ihrem verblasstem Namen in meinem Buch.

»Okay, dann geh.« Break sah mich prüfend an.

»Pass auf Kenna auf, der Henker ist zurück, er war bei ihr zu Hause.«

Break verdrehte die Augen und senkte resigniert den Kopf. »Ach ne, auf den habe ich ja gar keine Lust. Daher deine blutige Lippe.«

»Okay, ich gehe jetzt«, sagte ich und drückte Kennas Hand.

»Pass auf dich auf.«

»Du auch.«

»Mache ich doch immer!«

Ich verzog die Augenbrauen und musterte sie kritisch. »Sicher?«

»Todsicher.« Mit diesem kleinen Ritual löste ich mich von ihr und ließ die beiden hinter dem alten Grabstein sitzen.

Meine Fingerspitzen kribbelten vor Aufregung, als ich dem Mausoleum näher kam. Mein Bruder würde dort drinnen sein und was auch immer mit den Seelen machen. Mir wurde ganz schlecht.

Das Mausoleum war aus dunklem Stein gebaut und wurde von zwei großen Sensenstatuen gestützt, die den Eingang bewachten.

Ich nahm einen tiefen Atemzug, bevor ich mich dazu durchringen konnte, einzutreten. Meine Augen brauchten ein paar Sekunden, bis sie sich an die Dunkelheit gewöhnt hatten.

»Blazon?«

Mein Bruder wandte sich zu mir. »Asher, was machst du hier?«

Ich machte einen Schritt auf ihn zu. »Die Frage ist doch, was machst du hier? Solltest du nicht zu Hause sein? Oder in der Uni?«

»Ich habe heute keine Uni, alles gut.« Er winkte ab.

Ich bereitete mich innerlich darauf vor, dass er sich gleich auf mich stürzen und mir meine Seele entreißen würde.

»Du musst das nicht tun, was du vor hast.«

Blazon schien verwirrt. »Von was redest du?« Er tat doch tatsächlich so, als hätte er keine Ahnung, was ich von ihm wollte, aber so leicht würde ich es ihm nicht abkaufen.

»Du weißt ganz genau, wovon ich spreche. Also hör auf so zu tun, als wärst du unschuldig!«

Blazon kniff die Brauen zusammen. »Alter, ich weiß wirklich nicht, wo dein Problem ist, geht es dir gut, Asher?«

»Nein.«

Er seufzte. »Ich glaube sofort, dass dir die Sache mit Kenna zu schaffen macht. Sich damit abzufinden, ist nicht leicht.« Blazon machte einen Schritt auf mich zu.

»Bleib sofort stehen!«, herrschte ich ihn an, was ihm nur ein ungläubiges Lachen entlockte.

»Was soll das denn? Glaubst du, ich steche dich ab?« Er lachte, wurde jedoch still, als ich nichts darauf antwortete. »Das denkst du wirklich«, stellte er schockiert fest und die Furche auf seiner Stirn wurde tiefer. »Wieso solltest du denken, dass ich dir etwas tue? Was ist los, Asher? Komm, sag es mir! Ich kann mir vorstellen, dass es dir gerade richtig beschissen geht, da war ich auch schon mal. Wie kann ich dir helfen?« Er klang zwar aufrichtig, aber es passte nicht ins Bild.

»Du sollst aufhören. Sag mir, warum du hier bist?«

»Warum?« Blazon hatte ein Grinsen im Gesicht, das eine Mischung aus Verwirrung, Entsetzten und Belustigung war.

»Ja, verdammt! Sag mir, was du hier suchst!« Meine Stimme hallte durch das stille Mausoleum, bis hinaus zum Friedhof.

Blazon zuckte zusammen. Tränen sammelten sich in seinen Augen und er schluckte schwer, sodass er für einer Sekunde die Lider schloss. »Was ich hier mache, fragst du? Ist das dein Ernst?«

Ich starrte ihn bloß an.

Warum weinte er?

»Siehst du die hier?«, fragte Blazon und deutete hinter sich.

Erwartungsvoll hielt ich nach den Seelen Ausschau, doch fand nur rote Rosen auf einem der Särge, die so schön und prächtig waren, dass sie ein halbes Vermögen gekostet haben mussten.

Blazons Gesicht war vor Schmerz und Trauer verzerrt. Alles an ihm schrie nach Verlust. Heute war nicht der Todestag meiner Mutter, wie ich Kenna erzählt hatte, sondern …

»Heute ist Celines Todestag. Du warst doch dabei, Asher. Wie kannst du nur so herzlos sein? Ich bräuchte dich als Unterstützung, aber du schreist mich nur an und beschuldigst mich wegen … keine Ahnung. Irgendetwas, das ich nicht getan habe!« Wutentbrannt deutete er auf mich. »Was soll das?«

»Aber Blazon, du hast die Seelen geerntet, sie versteckt, die verfaulte Zeit gesammelt und den Henker auf Kenna angesetzt.« Ich starrte ihm in die schimmernden Augen.

»Ich soll *was* getan haben?« Seine Augenbrauen wanderten bis zu einem Haaransatz und er rührte sich einige Sekunden nicht, vor Schock, bevor er stotterte: »Du … ich … Henker? Kenna? Seelen? Was?«

Er wirkte so verwirrt, dass mir langsam Zweifel kamen.

Was, wenn er es gar nicht war?

»Denkst du wirklich, dass ich Kenna von einem Henker umbringen lassen würde? Weswegen? Sie bedeutet dir etwas, das könnte ich dir doch niemals antun, weil ich weiß, wie es sich anfühlt, seine Liebe zu verlieren.« Tränen liefen über seine Wangen und mein Herz zog sich krampfhaft zusammen, um den Schmerz, den ich ausgelöst hatte, in meine Adern zu verteilen, damit ich ihn in jedem kleinsten Winkel meines Körpers wahrnahm. In diesem Moment hasste ich mich dafür, dass ich meinem Bruder so ersichtliche Schmerzen bescherte.

»Du hast dich für ihren Tod ausgesprochen, gesagt, dass ich mich damit abfinden soll. Ich dachte, dass du …«

»Dass ich ein verdammter Mörder und Psychopath bin?« Seine Stimme triefte vor Zorn. Die Mauern des Mausoleums brachten seine Worte in einer markerschütternden Lautstärke zu mir. »Ich wollte lediglich, dass du dir keine Hoffnungen machst, die dich nirgendwohin bringen außer in dein eigenes emotionales Grab, denn glaub mir, ich habe mich noch immer nicht aus meinem befreien können! Und das ist das Letzte, was ich dir wünsche! Aber den Henker beauftragen? Menschen *töten*? Seelen horten?«

Ich spannte die Schultern an und presste die Kiefer aufeinander, als Blazon einen Schritt auf mich zumachte.

»Wie konntest du nur so etwas von mir denken? Ich bin dein Bruder!«

»Seit Celine nicht mehr da ist, bist du anders. Wir reden kaum noch miteinander und wenn, dann ist es verklemmt und … seltsam. Es hätte sein können, dass du total durchdrehst und sie zurückholen willst!«

»Warum sollte ich das tun? Wie soll das überhaupt gehen?«

»Ich habe in deinem Zimmer das Buch gefunden, das im Seelenschlund vermisst wird! Darin war ein Ritual zum Zurückholen von Toten! Kenna hat das Grabblumenelixier gesehen, dass für das Ritual benötigt wird. Es war in deinem Schrank!«

»Was macht Kenna in meinem Bad? Ihr habt meine Zimmer durchsucht? Ehrlich, Asher?«

»Die Sachen waren bei dir, wer soll es sonst dort hingelegt haben?

Blazon warf die Arme in die Höhe. »Ich habe keine Ahnung, aber ich war es definitiv nicht, also hör auf, mir das unterzujubeln!«

»Das tue ich nicht! Aber ich habe es gesehen! Wieso tust du das?«

»Ich habe gar nichts getan! Asher, wieso willst du mir nicht glauben?«

»Weil es keinen Sinn ergibt! Wieso waren die Seelen in deinem Poolhaus, das Ritual in deinem Schlafzimmer und wieso hat der Henker deinen Namen bestätigt, als ich ihn auf dich angesprochen habe?«

Blazons Augen flammten auf. »Seelen? Ich habe keine Seelen geerntet, die nicht auf meiner Liste standen! Und warum das bei mir war, weiß ich nicht! Warum kannst du mir denn nicht glauben?«

»Weil ich selbst da war!«

Blazon lachte emotionslos.

Ich wollte noch etwas sagen, doch rechts neben mir knackte etwas und kaum hatte ich mich umgedreht, stürzte sich der Henker auf mich.

Er riss mich zu Boden und ich prallte mit meinem Hinterkopf hart auf. Sofort ging er auf Blazon los und schleuderte ihn gegen die steinerne Wand, es krachte laut und mein Bruder schrie auf. Da waren eindeutig irgendwelche Knochen gebrochen. Der Henker drückte ihn auf die steinernen Gräber, die in der Mitte des Raumes standen. Blazon röchelte und schlug nach dem Henker, um ihn von seinem Hals zu vertreiben, doch mein Bruder hatte keine Chance.

Ich rappelte mich auf, ignorierte den Schwindel, der mich erneut zu Boden schicken wollte, und rammte meinen Körper gegen den des Henkers, um ihn von Blazon zu bekommen.

Der Henker taumelte.

Blazon lag reglos da.

Ich wurde am Kragen gepackt und hinter dem Henker her geschliffen. Zwar wollte ich aufstehen, doch er zog mich erbarmungslos aus dem Mausoleum heraus und warf mich die Treppen hinunter, bis ich auf dem feuchten Gras lag.

»Ich sagte doch, dass wir noch nicht fertig miteinander sind.« Der Henker verzog das Gesicht zu einer hässlichen Fratze, während ich mich hochkämpfte. Die Schritte, die über den Boden donnerten, verrieten mir, dass Kenna und Break aus ihrem Versteck gekommen waren.

»Hände weg«, rief Kenna, schnappte sich meinen Arm und hievte mich mit sich. Ein paar Schritte fort vom Henker.

»Oh, du wirst gleich sehen, wo ich meine Finger noch haben werde, kleines Menschenmädchen.«

Bei dieser Aussage knurrte Break, er baute sich neben mir auf. Er hatte noch nicht mal annähernd das gezeigt, was in ihm steckte.

»Zurück«, zischte er und dunkle Rauchwolken schlossen sich um den Henker, die ihm in alle Körperöffnungen krochen. Zuerst merkte ich keine Veränderung, doch, als der Henker in der Bewegung stockte und verwirrt an sich heruntersah, lächelte Break.

»Was soll denn das?«

Break antwortete nicht, sondern ließ mehr Dunkelheit aus seinen Fingern steigen, die direkt in den Henker schoss und ihn von innen vergiftete.

»Das hilft bei mir nicht, Seelenfresser, ich habe nichts, was von deinen Fähigkeiten angegriffen werden könnte. Dadurch kannst du mich nicht aufhalten.«

Kenna umklammerte den Knochen fester.

Break schnaubte. »Aber es macht dich langsamer.«

Der Henker taumelte auf uns zu und schlug Break mit der Faust ins Gesicht, sodass sofort Blut heraussspritze und mein Gesicht sprenkelte. Die beiden gingen zu Boden und ich stürzte hinterher, um den Henker von Break runterzuholen. Der Hut des Henkers, den er aus unerfindlichen Gründen immer wieder aufsetzte, fiel zu Boden und ich trat drauf. Ein kleines Buch fiel heraus. Es sah so aus wie mein Auftragsbuch. War das vom Henker? Vielleicht war ihm deshalb der Hut so wichtig, weil das sein Aufbewahrungsort war. Für das Buch mit all den Sensen, die einen Rippa beauftragt hatten …

Der Lärm schwoll an und ich zog an dem Berg von Mann, um ihn von Break zu bekommen. Obwohl er nicht so schwer und auch nicht so stark wirkte, war er all das. Ich hatte Mühe, gegen ihn anzukommen, aber ich schaffte es mit genug Anstrengung und Schlägen, ihn auf den Boden zu befördern.

»Dachtest du Jungfleisch, dass dieser lächerliche Tresor mich aufhält, in den du meinen Finger gepackt hast?«, fragte er und streckte uns seine Hand entgegen, an der die fünf Finger vereint waren. »Wo ist mein Ring?«

Break wischte sich mit dem Ärmel über das blutverschmierte Gesicht.

»Er ist weg«, sagte Kenna. »Aber wie ich sehe, hast du bereits einen neuen.«

»Ich will aber den alten.« Der Henker brüllte und wollte sich auf sie stürzen, doch ich stellte mich in seinen Weg. »Wer hat den Ring?«, schrie er voller Zorn und funkelte uns an.

»Niemand von uns«, erwiderte ich und schubste ihn nach hinten.

»Wer dann?«

»Er ist bereits bei seiner rechtmäßigen Besitzerin.« Break zuckte zusammen, als der Henker knurrte und seine gelben Zähne bleckte.

»Bei der Knochensammlerin«, stieß er fassungslos aus und schüttelte den Kopf. »Aber hat sie …«

»Uns verraten, wo deine Seele ist?«, fragte ich. »Ja, hat sie.«

Die bleiche Hautfarbe des Henkers wurde rot und es hatte den Anschein, als würde tatsächlich noch etwas Leben in ihm stecken.

»Diese undankbare alte knochige Sense!«

»Du möchtest bestimmt wissen, ob wir sie gefunden haben«, meinte Kenna, wobei sie ihren Knochen hob.

»Nun sag schon«, herrschte er sie an.

»Natürlich haben wir sie.«

Der Henker brüllte animalisch auf, weil er sich bewusst wurde, welche Möglichkeiten wir nun hatten. Also beinahe, wenn wir diese Möglichkeiten hätten nutzen können.

»Aber ihr werdet sie niemals zerstören können!« Er griff nach Kenna, schubste Break und mich zur Seite. Würde sie jetzt sterben?

Ich fiel, konnte nicht sehen, was geschah, ich hörte Kennas gurgelnden Schrei. Nein. War sie tot?

Kenna

Der Henker funkelte mich an. Legte seine Hände um meinen Hals. »Du wirst heute sterben!« Sein stinkender Atem schlug mir entgegen und ich hielt meinen an, so intensiv war der Geruch. »Du kleine quälende Seele.«

Dieses Mal würde ich meinen Knochen nicht fallen lassen wie vorhin. Ich hielt ihn fest umschlossen, holte aus und stach dem Henker in seinen geöffneten Mund, bis ich das schmatzende Geräusch hörte und mir durch sein Gurgeln sicher war, dass er seinen Mund sowie den Nacken durchbohrt hatte. Das Zischen des Fleisches klang wie Musik in meinen Ohren. Genauso das grauenvolle Stöhnen und Schreien, das ganz tief aus seinem Schlund drang.

Ich beugte mich über ihn, als er zu Boden ging, zog den spitzen Knochen heraus und stach erneut zu.

Er konnte sich gerade noch wegdrehen, bevor ich sein Auge traf. »Du …« Mehr konnte er nicht sagen, da seine Stimme in einem unverständlichen Gurgeln unterging.

Ich ließ ihm keine Zeit, sondern rammte ihm den Knochen in den Bauch, drehte ihn so lange, bis seine Eingeweide rissen, erst dann zog ich ihn heraus.

»Ich bring dich um!« Seine Stimme ließ meine Ohren klingeln.

»Oh, das habe ich schon wirklich oft von dir gehört, bis jetzt bin ich aber noch da.«

»Und ich höre oft von dir, das du nicht sterben wirst. Lange wird das nicht mehr so bleiben.« Der Henker richtete sich auf, während ich dabei zusah, wie sich die Wunde in seinem Rachen schloss. Er stürmte auf mich zu, doch Asher stellte sich ihm in den Weg, fing ihn mit seinem Körper ab und wurde vom Henker wie eine Puppe durch die Luft geschleudert. Er zerbrach dabei mehrere Grabsteine, die laut barsten und überall Brocken zurückließen.

Ich starrte Asher stumm hinterher. Mich durchflutete die Angst, dass er ernsthaft verletzt sein könnte, bis mich die Gewissheit wachrüttelte und mir ins Gedächtnis rief, dass er so etwas wie unsterblich war. Aber nicht hundertprozentig kugelsicher.

Asher rappelte sich auf. Er wischte sich einige Gesteinsbrocken aus den Haaren und brachte sich in Angriffsposition, als der Henker sich davon teleportierte. Seine Miene veränderte sich und er riss die Augen auf und aus dem geöffneten Mund kam kein Ton hervor.

Verwirrt trat ich einen Schritt auf ihn zu.

Ashers Füße streckten sich, bis sie nicht mehr den Boden berührten, sondern in der Luft schwebten. Was zur?

Hinter Asher stand der Henker, eine Hand in seinem Rücken. Sie verschwand in seinem Brustkorb und mit jeder Bewegung, die er machte, stöhnte Asher gequält auf.

Mein Herz zog sich zusammen und es fühlte sich an, als hätte es jemand mit Nadeln durchlöchert.

Break reagierte sofort und teleportierte sich zu den beiden hin, die drei Grabreihen vor uns waren.

»Deine Seele ist mein«, flüsterte der Henker und lachte auf, als er seine Hand in Ashers Brustkorb drehte. Das Stöhnen seines Opfers war grauenvoll.

Als der Henker seine Hand hinauszog und Ashers Seele in der Hand hielt, schrie ich. So laut und markerschütternd, dass es in meinen Ohren schrillte.

Asher stürzte zu Boden und rang nach Luft, während der Henker und Break jeweils versuchten, die Seele zu ergattern.

Ich eilte zu Asher, ließ mich neben ihn fallen und griff nach seinem Gesicht. Er suchte meinen Blick und fand ihn.

»Alles wird gut«, murmelte ich und strich über seine Wangen. Der zitternde Atem war so grausam in meinen Ohren wie Kettenrasseln auf Steinböden. Asher stöhnte und hielt sich die Brust. »Ich weiß, es tut mir leid, Asher!« Mein Blick landete auf Break und dem Henker, die sich stetig wegteleportierten und über den ganzen Friedhof sprangen.

»Du bekommst die Seele deines Freundes im Austausch für meine«, rief der Henker mit einem gefälligen Ton in der Stimme. Das Grinsen konnte ich hören, auch wenn ich es nicht gesehen hätte.

Break knurrte und öffnete seine Hand. Darin war die Seele des Henkers.

Eine Seele gegen eine Seele, das war ein leichter Handel. Aber wer sagte, dass dieser Handel fair war? Dass jede Seele einen gleichen Wert besaß, obwohl sie unterschiedlicher nicht sein konnten? Während die Seele des Henkers schwarz und dunkel war, schimmerte die von Asher, hell und wärmend.

Er holte sich mein stummes Einverständnis ab, bevor er den Henker ansprach: »Ich will die Seele von Asher zuerst.«

Der Henker lachte. »Aber natürlich.«

Break kam zu uns und beugte sich über Asher, um ihm etwas zuzuflüstern, dass ich nicht verstehen konnte. Als er sich aufrichtete, warf er mir einen letzten Blick zu, der mir etwas versprach. Was genau das war, konnte ich nicht sagen.

In Breaks Hand waberte die dunkle Seele des Henkers, während Ashers solch einen drastischen Kontrast dazu darstellte.

Ich hielt den Atem an, als der Henker mit einem dreckigen Grinsen Ashers Seele zu Break schweben ließ. Genau zu diesem Zeitpunkt ließ auch Break die Seele des Henkers los und schnappte sich mit einem schnellen Griff die seines Freundes. Er spurtete zu uns und rammte ohne Vorwarnung seine Faust in Ashers Brustkorb.

Asher drückte meine Hand so fest, dass einige Finger kurz vorm Bersten standen. Er schrie und brüllte, als ein helles Licht aus seiner Brust brach und mich dazu zwang, die Augen zu schließen. Schmerz explodierte hinter meinen Lidern und ich wandte mich von Asher ab. Kaum konnte ich etwas erkennen, half Break Asher hoch, der sich auf seinen Freund stützte und die Brust hielt. Der Henker hielt seine Seele in der Hand und musterte sie mit einem gierigen Blick.

»Ihr seid solche dummen Frischlinge«, meinte er.

»Ach, wirklich?«, fragte Break und auf seinen Lippen bildete sich ein triumphierendes Grinsen.

Der Henker betrachtete seine Seele, die sich mit jeder Sekunde, die verstrich, mehr und mehr in Rauch auflöste, bis nichts mehr von ihr übrig war. Er atmete schwer.

»Überraschung«, meinte Asher und grinste.

Ich wischte mir die Tränen von den Wangen und verbannte meine Angst. Asher ging es gut. Vorerst. So leicht konnte er nun wirklich nicht sterben. Dabei wusste ich genau, wie es sich anfühlte, wenn die Seele einem aus der Brust gerissen wurde. War kein angenehmes Gefühl.

»Ihr Kleinen …« Der Henker brüllte auf.

Asher teleportierte sich hinter den Henker, umschlang seinen Hals und riss ihn zurück, während er eine Faust formte und ihm in den Rücken rammte. Genauso wie es der Henker bei ihm getan hatte, mit dem einzigen Unterschied, dass seine geschlossene Hand vorn aus dem Brustkorb herausbrach.

Break umschloss die Faust von Asher, aus der dunkle Wolken hervorquollen. Wieso hatte Asher auf einmal die Seele des Henkers? Wann war das passiert?

Die beiden nickten sich zu und rammten ihre beiden Fäuste in die Brust zurück, was den Henker brüllen ließ.

Die jungen Sensen starrten sich an und ihre Augen leuchteten unheilvoll, so, als hätten sie sich ihr Leben lang auf diesen Moment vorbereitet.

»Nein! Warum habt ihr sie mir eingesetzt?« Er zerkratzte die Arme von Break und Asher, versuchte, sich aus der Haltung herauszuwinden, aber die beiden hielten ihn unerbittlich genau dort, wo er war. Dunkle Wolken umringten die drei und ließen die Szene noch bedrohlicher wirken.

»Damit du endlich sterben kannst, alte Sense«, sagte Asher.

Die Seele brauchte den Kontakt zum Körper, damit sie zerstört werden konnte? Erschien mir logisch. Da die Seele nicht im Henker gewesen war, hatten wir sie nicht zerstört bekommen.

Eine Gänsehaut überkam mich, als Asher Break fragend ansah und dieser mit einer eiskalten Stimme antwortete: »Überlass ihn mir.«

Asher stellte sich breitbeinig hin und nickte ihm zu.

Was jetzt geschehen würde, war … tödlich. So hoffte ich doch. Gespannt verfolgte ich jede kleinste Bewegung und freute mich, als der Henker verzweifelter wurde, ihm weniger Wörter über die Lippen kamen und dafür mehr Schreie.

Breaks Finger wurden zu den Klauen, die ich bereits kannte. Seine gesamte Gestalt war von einer dunklen Aura umgeben, die in Form von schwarzen Nebelschwaden auftauchte. Er knurrte, sodass ich zusammenzuckte und einen Schritt zurückmachte, als er seine Hand aus dem Henker hinauszog und ihn zu Boden fallen ließ. Dieser atmete schnell und abgehackt, während Asher zurücktrat.

Der Henker kroch über den Boden, um zu entkommen, aber Break war noch nicht fertig mit ihm. Er kam mit festen Schritten auf ihn zu, griff nach seinem Bein, drehte ihn herum und beugte sich über ihn. Dabei traf sein Blick den meinen und ich hielt die Luft an. Seine Augen waren schwarz, dunkle Adern zogen sich über seine Wangen bis zum Kinn. Seine Zähne waren spitz. Er wartete beinahe genüsslich, bevor er seine Krallen in des Henkers Brust schlug und dessen Fleisch auseinanderriss. Mit einem Knacken zerbrach er den schützenden Brustkorb. Blut spritzte in Breaks Gesicht, doch das machte ihm nichts aus und hielt ihn nicht davon ab, tiefer vorzudringen. Auch die unvorstellbaren Todesschreie des Henkers hielten ihn nicht auf.

Break kannte kein Halten. Ein paar lose Rippen flogen an mir vorbei, die er ihm entrissen hatte. Fleisch schmatzte, Blut spritzte, Knochen brachen und gellende Schreie hallten über den Friedhof. Aus dem Augenwinkel nahm ich eine Bewegung wahr, aber meine Aufmerksamkeit galt dieser brutalen Szene vor mir.

Asher nahm meine Hand. Keine Ahnung, wann er neben mir aufgetaucht war, doch das war jetzt egal.

Break war im Brustkorb des Henkers und hatte sein ganzes Gesicht darin vergraben. Dieser wollte ihn mit rudernden Armen aus sich hinausschaffen, aber Break war wie im Blutrausch. Er riss mit seinen Zähnen Fleischfetzen ab und spuckte sie aus, brach mehr Rippen ab und zerkaute die Knochen mit einem Biss. Er machte weiter und weiter, bis er schließlich die Seele erreichte. Sie mit seinen Krallen dort herausriss, wo er sie zuvor eingesetzt hatte, und sie in seiner Hand wie ein Insekt zerquetschte und schließlich mit seinen Zähnen zerteilte. Er kaute darauf herum, bis nichts mehr davon übrig war.

»Die Seele musste in ihn rein?«

»Der letzte Kontakt von Seele und Körper war zu lange her. Jahrhunderte womöglich. Doch Break und ich haben seine Seele in ihm fixiert. Sie musste sich mit ihm verbinden. Jetzt kann er sterben.«

Der Henker schrie ein letztes Mal, bis er sich schließlich nicht mehr rührte und kein Laut aus seinem Mund drang. Break stand schwer atmend über seinem Opfer und ballte die Fäuste. Der Henker war tot. Dort lag sein Körper, seine Hülle, aber seine Seele war nun endgültig fort.

»Break. Es ist alles okay.« Asher wollte auf ihn zugehen, doch ich hielt ihn zurück.

Asher strich mir über den Rücken. Mit einem Nicken versicherte er mir, dass alles in Ordnung war.

Er trat mit erhobenen Händen an seinen Freund heran und wartete auf eine Reaktion seinerseits.

»Du bist okay. Du kannst loslassen. Du hast deine Aufgabe erledigt.«

Break knurrte Asher an und blähte die Nasenflügel auf.

»Das ist in Ordnung. Du bist in Ordnung. Du hast Kenna und mich beschützt, indem du den Henker getötet hast. Es ist alles gut. Du darfst loslassen.«

Break rümpfte die Nase, als könnte er nicht von einem Gedanken abkommen, der ihn gefangen hielt. Er war wie in einer anderen Realität. So kam es mir zumindest vor, als würde er nicht wissen, was echt war.

Asher machte einen Schritt auf seinen Freund zu, als Break herumfuhr und nach Asher griff. Seine Krallen bohren sich in Ashers

Arm und ich spannte mich an, zückte bereits meinen Knochen. Egal, was es kostete, ich würde Asher beschützten, mit allem, was ich hatte.

»Ich bin dein Freund, Break, und du hast es richtig gut gemacht«, meinte Asher und legte seine Hand auf die blutverschmierte seines Freundes. Er drückte leicht und strich vorsichtig darüber, als hätte er ein verwundetes Tier und keinen Seelenfresser vor sich stehen.

»Du … ich … tot … Henker.« Breaks Augen flackerten wild, wobei sie zwischen seinen Sensenaugen und den menschlichen dauerhaft hin und her wechselten. So, als würde das Bild von einem alten Achtzigerschinken verschwimmen, um flackernd wieder zum Leben zu erwachen.

»Ja, du hast den Henker erledigt! Du hast es geschafft und jetzt wirst du es auch schaffen, zu mir zurückzukommen. Hast du mich verstanden?« Ashers Ton wurde ernster und dominanter, als ich es von ihm gewohnt war.

Doch Break war noch gefangen. Er fletschte die Zähne.

»Komm schon, ich brauch doch meinen Freund.« Asher umklammerte seine Schultern. »Meinen Bruder.«

Breaks Augen flimmerten.

»Ich brauche dich.«

»Bruder«, wisperte Break und presste seine Finger zusammen.

»Ja, Break, du bist mein Bruder, warst es schon immer und wirst es auch immer bleiben.«

Er atmete zittrig aus, bevor er seinen Arm von Asher entfernte und somit auch seine Krallen aus ihm herauszog.

»Das machst du super«, motivierte Asher ihn.

Break knurrte unverständlich, während seine Krallen langsam, aber stetig zu Fingern wurden und die dunklen Wolken um ihn herum verblassten.

Ich stand da und folgte dem Spektakel, das ich so nicht hatte kommen sehen. Unter Seelenfressern hatte ich mir etwas anderes vorgestellt, aber nicht einen wortwörtlichen Seelenfresser, der die Brustkörbe seiner Opfer spaltete und die Seele aß. Ein Schauder überkam mich und als hätte Break meine Reaktion bemerkt, huschte sein beinahe panischer Blick zu mir, wobei seine Augen wieder menschlich waren. Er zog die Augenbrauen zusammen und schniefte.

»Tut mir leid«, sagte er mit heiserer Stimme und senkte den Kopf. »Ich wollte dir keine Angst machen.«

Ich wusste nicht, ob und was ich antworten sollte. Sollte ich sagen, es sei okay? Oder, dass ich keine Angst vor ihm hatte?

»Danke.«

Break hob den Blick.

»Danke, dass du uns das Leben gerettet hast. Danke, dass du mich nicht sterben hast lassen. Danke, dass du ihn für mich getötet hast!« Mit jedem Danke ging ich einen Schritt näher auf ihn zu und betrachtete ihn von oben bis unten. Er war voller Blut und Innereien, doch das war egal. In seinen Augen konnte ich denjenigen erkennen, der er war.

Break. Es war noch der Break, den ich kennengelernt hatte. Der Break mit seinen lustigen Sprüchen und dem großen Herzen. Derjenige, der mich zum Lachen brachte und mit dem ich mich auf liebevolle Weise zanken konnte.

»Danke?«, fragte er vorsichtig. Eine Träne lief seine Wange hinunter und bahnte sich einen Weg durch das Blut.

»Danke, Break. Danke.« Die Krallen verschwanden gänzlich und auch von den restlichen Merkmalen war nichts mehr zu sehen.

Asher zog Break an sich und klopfte ihm auf die Schulter. »Du warst genial!«

Break verzog das Gesicht. »Ich kam nicht allein aus meiner Mordlust raus.«

Ich griff nach seiner Hand. Dass sie voller Blut war, störte mich nicht. »Du bist wieder hier, oder?«

»Ja, bin ich.«

»Das ist das Einzige, was zählt«, sagte ich und umarmte ihn. Mein Blick lag dabei auf der Leiche des Henkers. Eine gewaltige Last fiel von meinem Herzen und meiner Seele, die er nun nicht mehr bekommen würde. Nie wieder.

Asher

Break atmete weiterhin schwer.

Kenna schloss ihn in ihre Arme. Doch was mich noch viel mehr erleichterte, war, zu sehen, dass der Henker dort lag und mit jedem vorbeiziehenden Lufthauch mehr zu Staub zerfiel. Ich blickte so lange auf ihn herab, bis nichts mehr von ihm übrig war. Das Einzige, was blieb, war sein Hut, mitsamt dem kleinen Auftragsbüchlein und der Gewissheit, dass es ihn einmal gegeben hatte.

»Okay, zurück zu Blazon«, murmelte ich und machte mich auf den Weg ins Mausoleum. Break und Kenna folgten mir.

»Blazon«, rief ich und stürmte in das Mausoleum. Kaum hatten sich meine Augen an die Dunkelheit gewöhnt, sah ich ihn in genau derselben Position liegen wie zuvor. Ich schüttelte an seinen Schultern und klatschte ihm ins Gesicht, doch er wachte nicht auf. Anschließend checkte ich seinen Puls. Ich wusste, dass er nicht tot war, so funktionierte das nicht. Besorgt war ich dennoch.

Er lag auf Celines Grab, stellte ich mit einem harten Schlucken fest, das nicht gegen den Kloß in meiner Kehle ankam.

Break stand hinter mir, aber er sagte nichts. Er war vollkommen ausgelaugt, was ich verstehen konnte, wenn ich bedachte, was er in seiner Seelenfresserform geleistet hatte.

»Asher!« Der gellende Schrei, der durch die Ruhestätte hallte, ließ mich augenblicklich die Luft anhalten. Das war doch …

»Sesta?«, fragte Break und schloss zu mir auf. Sein Körper war augenblicklich angespannt und schien vollkommen bereit zu sein, noch jemandem die Seele rauszureißen.

Ich lief in die Richtung, aus der die Stimme gekommen war, trat durch den steinernen Torbogen, der in einen weiteren Raum führte. Was ich vor mir hatte, hätte ich mir niemals vorstellen können.

Dort lag Sesta, die Hände und Füße gefesselt, das Tape hatte sie sich vom Mund gerissen, es klebte nur noch ein klein wenig an ihrem Gesicht. Ihr Blick fand meinen und schließlich den von Break.

»Helft mir«, wimmerte sie und versuchte, sich aufzurichten.

Break und ich rannten auf sie zu, um ihr zu helfen, als wir beide am Nacken gepackt und nach hinten gerissen wurden.

Ich schlug so hart an der Wand auf, dass ich ein paar Sekunden brauchte, bis meine Augen wieder richtig fokussieren konnten. War Blazon auf den Beinen? Wie konnte er unserer Schwester so etwas antun?

»Das sollte ein bisschen anders ausgehen.« Die leise, aber feste Stimme ließ mich erstarren und nur mit viel Überwindung konnte ich meinen Kopf drehen.

»Dad?«, hauchte ich ungläubig, sodass meine Stimme als ein leises Wispern zwischen meinen Lippen hervordrang.

»Asher, hör mir zu …« Er trug seinen maßgeschneiderten Anzug und seine Lederschuhe, die über den grauen Steinboden donnerten. Seine Haare waren ordentlich frisiert und er entblößte seine perfekten Zähne. Seine Finger wanderten zu seiner Anzugjacke, die er mit einer geschmeidigen Bewegung auszog und über einen der drei weiteren Steinsärge legte, damit sich keine Falte in den Stoff verirrte. Als Nächstes knöpfte er das weiße Hemd auf und rollte die Ärmel hoch. Alles davon hatte etwas Schreckliches an sich. Etwas, das ich nicht verstehen konnte. Etwas, das ich zuvor noch nie an meinem Vater gesehen hatte.

»Dad?«, unterbrach ich ihn und gewann langsam die Kontrolle über meinen Körper zurück.

Ich schob mich automatisch vor Kenna, deren hektischer Atem gegen meinen Nacken schlug. »Was tust du hier?«

Dad blieb stehen. »Wir holen Mom zurück.« Er sagte es so beiläufig, als wäre es die Information, was es heute zum Essen gab.

»Was?«, fragte ich.

»Wir holen Mom zurück«, sagte er erneut.

Break richtete sich neben mir auf. »Mr. Heriotza, was soll das denn?«

»Ich werde mich kein drittes Mal wiederholen.«

Ich dachte an das Ritual, dessen Anleitung wir unter Blazons Bett gefunden hatten. Hieß das, es war gar nicht Blazons Versteck, sondern Dads gewesen? All die Zeit über. »Sag mir nicht, dass du all das warst.« Mein Herz zog sich zusammen.

Dad zuckte mit den Schultern. »Ich weiß zwar nicht genau, was du meinst, aber womöglich ja. Immerhin versuche ich, unsere Familie zusammenzubringen.«

»Wie soll das bitte gehen, wenn Sesta da hinten in der Ecke geknebelt liegt?«, rief ich und deutete auf meine Schwester, die mittlerweile aufrecht saß.

»Manchmal müssen Opfer gebracht werden«, murmelte Dad mit traurigem Blick.

»Bitte was?«, stieß sie aus. »Was hast du vor Dad?«

»Ihr seid meine Kinder, da kann ich ja wenigstens erwarten, dass ich Sachen nicht zehnmal sagen muss. Dumm seid ihr nicht und das weiß ich, weil ich mit euch eure Hausaufgaben gemacht habe!« Seine Stimme nahm einen scharfen Unterton an, der durch das Mausoleum donnerte.

Einige Sekunden war es totenstill, bevor ich sprach.

»Hast du die Seelen geerntet? Die faule Zeit gesammelt, die nicht für dich bestimmt war?«

Dad nickte und ein Lächeln, gepaart aus Trauer und Vorfreude, erschien auf seinen Lippen. »Natürlich. Glaubst du ernsthaft, Blazon wäre dazu imstande gewesen? Es war feinste Arbeit, das alles zu managen und nebenbei noch ein Imperium aufzubauen.«

»Hast du den Henker auf Kenna angesetzt?«

Er sah mir direkt in die Augen: »Natürlich, sie muss sterben, so steht es geschrieben. Du weißt doch, der Rat hat Einblick in die Erntebücher, aber der Zeitpunkt war mir ein bisschen zu spät. Der

Henker war schon lange im Dienst unserer Familie. Seit Generationen. Euer Großvater war sein bester Kunde.«

»Geschrieben?«, fragte Kenna und klammerte sich an meinem Arm fest.

Ich wollte schon dazwischenfunken, damit Dad nichts wegen ihrem Namen in dem Buch sagte, denn ich traute ihm allemal zu, dass er davon wusste. Irgendwie war er an diese Information gekommen.

»In den Regeln der Sensen«, erwiderte er stattdessen und ich konnte mir einen erleichterten Seufzer nicht verkneifen. »Jeder Mensch, der Wissen über die verborgene Welt der Sensen erlangt, muss zum Vergessen gebracht werden, sollte das nicht funktionieren, hilft nur der Tod, um uns zu schütztem. So, wie er es immer tut.«

»Aber sie sagt niemandem etwas«, hielt ich dagegen.

»Das kannst du nie wissen, mein Junge. Aber da der Henker seine Aufgabe nicht erfüllt hat, müssen wir es eben tun, damit sie zu keiner Gefahr wird.« Dad hatte einen mitleidigen Tonfall Kenna gegenüber. »Tut mir aufrichtig leid, dass es für dich so enden muss, du bist eine sympathische junge Dame.«

Kenna reckte das Kinn.

»Für sie wird gar nichts enden«, sagte ich.

»Aber sicher. Es ist verboten, jemanden mit zu viel Wissen frei herumlaufen zu lassen.«

»Das ist mir egal.«

»Ja, das sehe ich. Aber mir nicht. Ich möchte noch lange leben und wenn dieses Menschenmädchen dem in die Quere kommt, wäre das überaus unerfreulich.« Er verzog missbilligend den Mund und zog einen Dolch aus seiner Hose hervor, der tödlich funkelte. »Deshalb halten wir uns an die Regeln.« Dad schwenkte den Dolch und schnellte zu Kenna herum, um nach ihr zu greifen, aber ich schubste ihn beiseite und baute mich wie eine Wand vor ihr auf.

Dad taumelte zurück und knallte dabei an die Särge. »Sie muss sterben!«

»Nein, muss sie nicht.«

Break löste sich neben mir aus seiner Starre, wollte meinen Vater niederringen, wurde jedoch von dem Dolch getroffen und fiel zu

Boden. Die Wunde war nicht groß, sie zog sich lediglich über den Arm, doch Break schrie auf und presste die Hand auf den Schnitt. Er robbte fort von meinem Vater und kam neben Sesta zum Stillstand. Seine Hände zitterten und Schweiß trat nach wenigen Sekunden auf seine Stirn. Was passierte nur mit ihm? Bevor ich etwas sagen konnte, verdrehte er die Augen und brach zusammen.

»Was zum Seelenschlund ist das?«

»Sensengift. Hält nur ein paar Minuten, wirkt aber schnell.«

Mein Blick wanderte zu meiner kleinen Schwester, die an Break rüttelte. Dass sie hier war – wie sie hier war –, konnte nur eines bedeuten. Mir war speiübel. Ich brachte die Worte kaum raus. »Du willst Sesta als Hülle verwenden?« Ich erinnerte mich an das Ritual, daran, was darin beschrieben stand. Dass für die Rückkehr einer Sense eine Hülle benötigt wurde, die ebenfalls eine Sense war, aber noch vor ihrer Vollendung stand. Jemand, der noch kein vollwertiges Mitglied war, deren Fähigkeiten noch nicht gereift waren. Jemand wie Sesta. Ich schüttelte den Kopf, als Dad eine wegwerfende Handbewegung machte.

»Jeder muss Opfer bringen.«

»Das kannst du doch nicht ernst meinen!«

»Natürlich! So kriegen wir Mom!«

»Und verlieren Sesta!«

»Du willst mich umbringen?«, fragte Sesta mit piepsiger Stimme. Die Augen weit aufgerissen, der Mund leicht geöffnet und die Haut leichenblass. Der Unglaube darüber, dass ihr Vater so etwas mit ihr tun würde.

»Deine Mom hätte noch nicht sterben sollen und du bist die einzige Sense, die noch vor ihrer Vollendung steht, deshalb gibt es keine andere Wahl«, murmelte Dad, ging auf Sesta zu und strich ihr sanft über die Wange.

Mom hätte noch nicht sterben sollen? Aber sie hatte sich doch das Leben genommen.

Bevor Dad noch irgendetwas anderes sagen konnte, teleportierte ich mich zwischen ihn und Sesta, packte ihn am Nacken und schlug sein Gesicht auf den Sarg nieder. Etwas knirschte. Vielleicht seine Zähne?

»Du wirst weder Sesta opfern noch Kenna töten oder die unschuldigen Seelen verwenden!«

Dad stemmte sich gegen mich, doch ich drückte ihn hinunter. Was war nur mit Mom geschehen? Ich wollte es wissen, so unbedingt, dass mir heiß wurde und sich meine Magie in mir rührte. Er musste mir sagen, was er über Moms Tod wusste! Ich presste seinen Kopf härter auf den Stein, befeuert von der Wut und dem Zorn.

»Was ist passiert? Mit Mom?«, zischte ich ihm ins Ohr und legte meine zweite Hand an seine Stirn. Kaum berührte mein Finger seine Haut, spielten sich Bilder vor meinem inneren Auge ab, die sich zu etwas zusammenfügten. Meine Adern waren auf einmal mit Brausepulver versetzt und ich atmete überrascht ein, als ich meinen Dad und meine Mom sehen konnte, wie sie sich gegenüberstanden. Fest presste ich meine Finger auf die Haut meines Dads.

»Joana«, sagte Dad und machte einen Schritt auf meine Mom zu, die sich augenblicklich zurückzog.

»Nein, Dean, du kannst das nicht tun! Wie lange geht das schon so? Wie lange bestiehlst du die Menschen und versicherst ihnen, dass sie nicht sterben werden? Du weißt, dass das Betrug ist! Sie werden so oder so sterben! Wenn du sie nicht holst, tauchen sie auf der Liste einer anderen Sense auf! Was soll das? Hast du denn keinen Stolz?« Mom deutete auf Dad.

»Der Tod ist ihnen sicher, das stimmt, doch so profitieren wir davon.«

Mom fuhr sich mit den Händen durchs Haar. Unglaube lag in ihrem Gesicht. »Das kannst du doch nicht ernst meinen. Wie lange?«

Dad blähte die Nasenflügel auf.

»Wie lange, habe ich gefragt!« Sie wurde wütender und ihre blonden Haare wehten nach hinten, als sie einen Schritt auf ihn zumachte.

»Seit zwanzig Jahren«, gestand er.

Mom starrte ihn regungslos an, bis ein leises Krächzen ihren Mund verließ. »Was?«

»Was glaubst du, wie ich mein Imperium aufbauen konnte? Wie ich es geschafft habe, all das hier für uns zu errichten?« Er machte eine einschließende Handbewegung und deutete auf das Büro, in dem die beiden standen. »Ohne Geld sind wir nichts in dieser Welt.«

»Und deshalb hast du Menschen erpresst? Während sie Todesangst hatten?«

»Joana«, bat mein Vater sie.

Mom atmete heftig. »Ich werde dich melden müssen, außer du gibst mir dein Sensenbuch und wirst dich nie wieder an irgendwelchen Menschen vergreifen!«

»Das kann ich nicht machen. Ich habe dadurch schon so viel ...«

»Unrecht getan? Ja, hast du! Und ich verstehe nicht, wie ich nie etwas davon mitbekommen konnte! Du hast das bereits gemacht, bevor wir uns kennengelernt haben, und hast nie damit aufgehört? Was glaubst du, werden unsere Kinder von dir halten, wenn sie es herausfinden?«

»Das werden sie nicht, Joana.« Die beiden starrten sich an.

Ich spürte einen Sog an mir und wurde direkt in die nächste Szene hineinkatapultiert.

»Du kannst keinen von den Seelensteinen klauen«, zischte Mom, die Dad von einem kleinen lila Kristall wegzog und den Kopf energisch schüttelte. Vor den beiden standen zwei lange Tische, auf denen jeweils sechs Seelensteine lagen.

»Sie werden doch extra gezüchtet, um benutzt zu werden. Irgendwann mal.«

»Ja, aber du entscheidest nicht, wer einen Stein bekommt!«

»Es wird keinem auffallen.«

»Wofür willst du ihn denn haben? Wir brauchen so etwas nicht. Du solltest dich lieber darauf konzentrieren, dass die Kinder morgen pünktlich zur Schule kommen.« Moms Augen blitzten Dad mahnend an.

»Wir wissen nie, wofür wir ihn benutzen können.«

»Wozu solltest du ihn brauchen?«

»Für zu früh geerntete Seelen.« Dad beugte sich über einen der Steine und ein unersättliches Grinsen bildete sich auf seinen Lippen.

»Wieso solltest du das tun?«, fragte Mom nun wachsam.

»Da gibt es verschiedene Gründe.«

»Hast du noch mal Geld gestohlen? Ich dachte, du hättest aufgehört! Und was willst du jetzt tun? Den Leuten ihre Seelen aussaugen, wenn sie dir das Geld übergeben haben?«

»Ich sammle viel Zeit und Geld!«

Mom wich zurück Richtung Ausgang. »Das kannst du nicht tun«, murmelte sie und griff nach der Türklinke. »Du hast mir versprochen, damit aufzuhören. Dean, wer bist du? Ich erkenne dich gar nicht.«

Dad trat auf Mom zu und packte ihren Arm, bevor sie dir Tür öffnen konnte.

»Lass mich sofort los. Ich hätte dich augenblicklich melden sollen, als ich es erfahren habe.«

»Du wirst nichts von alldem tun. Wir werden beide kein Wort darüber verlieren, wir sind doch eine Familie.« Dad strich über Moms Haare und lächelte sie liebevoll an.

»Aber ich werde das nicht unterstützen«, sagte sie und riss sich von ihm los, stieß ihn zur Seite und rannte zur Tür. Gerade, als sie hinaus auf den Gang fliehen wollte, riss Dad sie zurück.

Mom taumelte an ihm vorbei und fiel.

Dad schrie. »Nein, Joana!« Doch da war es bereits zu spät und Mom stürzte direkt auf den Seelenstein. Augenblicklich zog er ihre Seele aus dem Körper und nahm sie mit einem Aufleuchten in sich auf. »Nein!«

Moms Körper sackte mit starren Augen zu Boden und schlug hart auf dem Boden auf. Sie rührte sich nicht mehr, nur der Seelenstein leuchtete glühend auf, er pulsierte wie ein Herzschlag.

Dad kniete sich hin, griff nach ihr und schüttelte sie, riss an ihr, flehte sie an, wiederzukommen, doch ihre Augen hatten jeglichen Glanz verloren. Ihr Herz würde langsam aufhören zu schlagen und nach ein paar Wochen würde auch der Verwesungsprozess ihrer Leiche beginnen.

»Joana? Ich wollte das nicht! Joana! Bitte komm zurück. Es tut mir so leid«, rief er und hielt Mom, die er hin und her wiegte wie eine Mutter ihr Neugeborenes. Dad schluchzte auf, strich ihr über die Haare und umklammerte ihre Hand. »Ich werde dich zurückholen, okay? Ich werde einen Weg finden! Irgendeine Möglichkeit muss es geben. Für dich werde ich alles tun, alles, sogar den Tod austricksen.« Er presste Mom einen Kuss auf die Stirn.

Das Bild verblasste vor meinen Augen und ich kam langsam in meinem eigenen Körper an. Spürte meine Hände und Füße, roch den feuchten Geruch des Mausoleums und hörte Stimmen im Hintergrund. Verwirrt blinzelte ich, als ich meine Lider bewegen konnte. Mein Sichtfeld schärfte sich und mein Blick fokussierte sich.

Break und Kenna saßen gefesselt an der Wand gegenüber. Als ich mich bewegen wollte, um den beiden zu helfen, stellte ich fest, dass auch meine Füße und Hände fest verschnürrt waren. Doch nicht mit einem normalen Seil, so wie es bei Kenna verwendet worden war, sondern mit einer Eisenkette, deren Glieder sich schmerzhaft um meinen Körper schlossen.

Break trug genau die gleiche.

Ich spannte meine Arme an und zog daran, um mich von ihr zu befreien, doch ich konnte sie nicht zersprengen, so wie ich es mir gewünscht hätte. Was war geschehen? Langsam sickerten die Szenen, die ich zwischen meinen Eltern gesehen hatte, in mein Bewusstsein und ich stellte nüchtern fest, dass mein Dad meine Mom umgebracht hatte.

Er war es gewesen. Er hatte all das hier getan.

Und er war bereit, noch mehr zu tun.

Sesta lag bewusstlos auf einem der Särge.

»Dad?«, fragte ich.

»Ja, Asher?«

»Hör auf damit!«

»Das geht nicht. Ich muss das tun. Außerdem ist sie nicht mein Kind, sie war mein Ass im Ärmel. Mein Plan B. Die Rückversicherung für unsere Familie.«

»Was?«, fragte ich. »Du bist nicht Sestas Dad?«

»Nein, war ich nie.« Sie war nicht seine Tochter? Aber sie war noch immer meine Schwester und er würde sie nicht einfach umbringen!

»Aber sie *ist* unsere Familie!«

»Sie ist die beste Lösung, fertig. Ich habe geschworen, deine Mutter zurückzuholen.«

»Ich weiß, ich habe es gesehen.«

Dad runzelte die Stirn und nickte mir anschließend stolz zu. »Wir haben also einen Seeer in unserer Familie, ein gutes Talent.«

Ich zog die Augenbrauen zusammen. »Einen was?«

»Einen Seeer oder auch Seher, jemand der Erinnerungen von Menschen sehen kann, im Speziellen die, die etwas mit dem Tod oder der Todesursache zu tun haben. Eine Gabe, die nicht jeder Sense zuteilwird. Also kannst du wirklich stolz drauf sein. Ich bin es.« Er legte einige Sachen parat, die er für das Ritual benötigte.

»Du hast Mom getötet«, rief ich »Es ist mir egal, ob du stolz bist!«

»Das war ein Unfall und genau deswegen holen wir sie zurück.« Er betrachtete mich eingehend. »Und danach werden wir deine kleine Freundin dort drüben töten.« Er deutete auf Kenna, die kaum merklich zusammenzuckte.

»Sie können es gerne versuchen, ich fürchte den Tod nicht!« Kennas Stimme hallte durch das Mausoleum. »Nicht mehr.«

Kenna

Das war die größte Lüge, die ich jemals erzählt hatte. Das Adrenalin überschattete die Furcht und ließ mich die Worte aussprechen, als wäre es das Einfachste der Welt, so etwas zu behaupten. Meine Stimme war fest und ich stemmte mich gegen meine Fesseln, auch wenn sie dadurch nicht abgehen würden.

Mr. Heriotza wandte sich zu mir, weg von seiner Tochter, die bewusstlos dort lag. »Das halte ich für ein Gerücht.« Er tat, als wäre es keine große Sache, dass er mich und seine eigene Tochter umbringen wollte.

»Sie haben meinen Vater ermordet!« Tränen brannten in meinen Augen, während ein Zittern durch meine Gliedmaßen jagte.

Wut, so viel Wut, die ich nicht kontrollieren konnte und es auch nicht wollte.

»Ermordet ist vielleicht ein bisschen zu heftig, ich würde sagen, ein bisschen früher geerntet. Waren ja nur ein paar Jahre.« Er machte eine wegwerfende Handbewegung.

»Für Sie sind es vielleicht nur ein paar Jahre, aber für meinen Vater und mich war es so viel mehr! Sie haben ja keine Ahnung, was Sie uns genommen haben!« Ich schrie ihn an, brüllte so laut, dass Break, der noch in seiner Ohnmacht gefangen war, leicht zuckte, als würde er gleich aufwachen.

»All das wird nicht mehr wichtig sein, da du eh sterben wirst, nachdem ich das hier vollendet habe!« Er lächelte mich so freundlich an, als würde er mir in einer schön verpackten Schachtel einen Haufen Kuhscheiße schenken.

»Ich werde heute nicht sterben«, wiederholte ich die Worte, die über die Zeit hinweg zu einem richtigen Mantra geworden waren.

»Jaja«, murmelte Mr. Heriotza und verließ den Raum. Stein knarzte. Ich beugte mich vor. Er öffnete einen der Särge.

Asher suchte meinen Blick.

»So, da haben wir es ja.« Mr. Heriotza kam mit dem Halsband von Banshee hineinspaziert und hielt es wie einen Schatz zwischen den Fingern.

»Was willst du mit Banshees Halsband?«, fragte Asher seinen Vater. »Du wusstest, dass der Henker Banshee ermordet hat?«

»Sie war im Weg. Er hatte meine Erlaubnis dazu.«

Asher schüttelte entsetzt den Kopf. »Sie hat zur Familie gehört!«

»Na ja«, murmelte sein Vater und legte das Halsband neben Sesta. »Es war nur ein Hund.«

»Ist das der Seelenstein?« Ashers Augen spiegelten blanken Hass wider.

»Ja, schön, nicht wahr?«

»Wieso hat er unsere Seelen nicht eingesaugt, so wie Moms? Wir haben auch mit Banshee gekuschelt. Das Halsband hatte Körperkontakt mit uns.«

»Er wurde mir ihrem Blut versiegelt, so wie bei all den Sensenschmuckstücken.«

»Der Seelenstein?«, fragte ich verwirrt. Der stand doch im Seelenschlund.

Asher erzählte, wie Mr. Heriotza seine Frau getötet hatte. Ich erwartete schon, dass Ashers Dad ihm zum Schweigen bringen würde, auf welche Art und Weise auch immer, aber das war nicht der Fall. Er schien noch nicht einmal zuzuhören, sondern trällerte irgendein Lied vor sich her, während ich von seinen Taten erfuhr.

Als Asher endete, wollte ich ihn in den Arm nehmen und trösten. So viel Schmerz stand in seinen Augen über das Wissen, wie seine Mutter von ihm gegangen war.

»Es tut mir leid, Asher«, flüsterte ich mit brüchiger Stimme.

»Mir auch«, murmelte er.

Wir wiederholten das stumm, was wir uns versichert hatten zu tun. Den Seelen, die zu früh geerntet worden waren, Frieden zu geben und den Mörder all dieser aufzuhalten. Wir mussten ihn stoppen, bevor er seinen Plan in die Tat umsetzen konnte und Sesta von innen heraus verfaulen würde, so wie es geschrieben stand.

Ich tastete nach dem Knochen, den ich in den Bund meiner Hose gesteckt hatte, bevor Mr. Heriotza mich gefesselt hatte. Mit großer Mühe konnte ich meine Arme so weit verrenken, dass ich mit den Fingern den Ansatz des Knochens erreichte. Mit kleinen, ruckartigen Bewegungen zog ich ihn heraus. Ich drehte mich nach links und schob die Spitze durch die Fesseln, mit denen meine Arme hinter dem Rücken zusammengebunden waren. Das Seil rieb langsam an der scharfen Kante und wurde spröder.

Asher verfolgte meine fokussierten Bewegungen und ich hoffte nur, dass Mr. Heriotza nichts mitbekommen würde, denn sonst wäre ich gewiss sofort tot.

»Also dann, fangen wir doch mal an«, meinte er und klatschte in die Hände, bevor er den Zettel von dem Ritual aufklappte.

»Du hast die Hinweise nur bei Blazon platziert?«

Mr. Heriotza nickte. »Niemals die Hinweise bei dir lassen. Wichtige Lektion.« Er griff in einen halb geöffneten Sarg und holte das nun randvolle Glas heraus, in dem die Seelen und Seelensteine schimmerten. »Außerdem mussten die Seelen in der Nähe des Todes sein, genauso wie das Ritual, lange hätten sie nicht ohne Sensenanwesenheit überlebt. Blazon hat oft Online-Unterricht und ist regelmäßig im Haus. Und nur er geht bei diesen Temperaturen schwimmen. Es war einfach perfekt.«

»Deshalb waren die Seelen im Poolhaus. Weil Blaze gerne schwimmt? Warum hast du sie nicht bei dir im Büro gehabt?«

»Alte Sensen spüren Seelen, vor allem so eine große Ansammlung, und das eines der Ratsmitglieder einfach so bei mir vorbeischneit ist nicht ungewöhnlich.«

»Ich habe Blazon für den Mörder gehalten, ihn verurteilt und niemals darüber nachgedacht, dass auch du jemanden verloren hast, der dir wichtig war.«

Ich konnte mir ein scharfes Einatmen nicht verkneifen, als ich mir mit dem Knochen in das Fleisch schnitt.

Mr. Heriotza musterte mich knapp, bevor er das leuchtende Glas direkt neben Sesta stellte. Die Seelen darin pressten sich an die Scheibe und ihre schrillen Töne wurden zunehmen lauter.

So viele Leben. Den Knochen fest umklammert sägte ich und hoffte, dass ich bald das Seil durchtrennt hatte.

»So meine Liebste, jetzt bist du dran«, murmelte er und nahm das Halsband von Banshee, das er auf Sestas Brust legte.

»Du hast Moms Seele in Banshees Halsband aufbewahrt?«

»Nur dafür habe ich dieses Tier überhaupt geholt. Sie war eine gute Wache. Aber für mehr brauchte ich sie nicht.«

»Dad, das kannst du doch nicht ernst meinen. Wieso bist du so?«

»Ich weiß, wem ich meine Liebe gebe, und verschenke sie nicht an jedermann. Wir müssen in dieser Welt kalt sein, damit wir das bekommen, was wir wollen.« Er rieb seine Finger aneinander und erzeugte dunkle Wolken, die sich über Sestas bewusstlose Gestalt verteilten. Seine Magie war angsteinflößend, sie hatte nichts Bewundernswertes wie die von Asher.

Mr. Heriotza war noch gruseliger als Break. Sehr viel mehr. Es war nicht das Aussehen eines Seelenfressers, was mich in Angst und Schrecken versetzte, sondern seine Taten. Nichts anderes.

Ich spürte, wie das Seil kurz vorm Reißen war, und machte so schnell wie möglich weiter. Zwar erinnerte ich mich nicht mehr genau daran, wie viele Handlungen nötig waren, um das beschissene Ritual zu vollziehen, aber er sollte nicht zum finalen Zug kommen.

Mr. Heriotza holte einen Dolch hervor, den er sich über das innere Handgelenk zog und Adern und Venen durchtrennte. Dunkles Blut sprenkelte den Steinboden, bevor er den Blutstrahl auf seine Tochter lenkte. Sie war innerhalb weniger Sekunden blutüberströmt, genauso wie das Glas mit den Seelen, die sich beim Aufprall der Flüssigkeit vom Glas zurückzogen. Zuvor hatten sie sich daran gepresst, als würden sie die Freiheit schmecken.

Ashers Vater hätte ausbluten müssen. Doch nach weiteren Minuten zeigte er keine Anzeichen für den hohen Blutverlust. Mir war schon klar, dass er ein Sensenmann war, aber es war trotzdem … skurril. Das weiße Hemd hatte sich am linken Ärmel mit dem Blut vollgesogen und klebte an der Haut. Auch Asher hatte angeekelt das Gesicht verzogen.

»Mit Blut verbunden«, murmelte er und nickte anerkennend, als der Sarg, vor dem er stand, mit so viel Blut getränkt war, dass es an den Ecken und Kanten hinuntertropfte. »Das Elixier.« Aus der Hosentasche holte er die kleine Glasflasche hervor, die ich bei Blazon im Bad entdeckt hatte.

Endlich riss das Seil. Langsam wand ich mich mit den Händen heraus und konnte meine Füße binnen weniger Sekunden befreien. Nun war die nächste Frage, ob ich zuerst zu Asher hechtete, und versuchte, diese massiven Ketten von ihm abzukriegen, oder, ob ich mich auf Mr. Heriotza stürzte, der mich vermutlich in der Luft zerreißen würde. Wenn er mich erwischte, bevor ich Asher helfen konnte, war das ziemlich scheiße, also musste ich ihn wenigstens für ein paar Minuten unschädlich machen. Irgendwie …

Ich richtete mich langsam auf, schlich mich mit großen Schritten an und holte mit meinem Knochen aus. Das Messer würde ihm zusetzen, so wie es das auch beim Henker getan hatte.

Ashers Dad wandte sich blitzschnell um, weshalb ich nicht seinen Rücken traf, sondern den seitlichen Rippenbogen. Er schrie auf, ich hörte trotzdem, wie sich mein Knochen in seinen Körper ätzte. Hoffentlich würde er auch einige Rippen beschädigen, sodass es ein paar Minuten dauerte, bis sie nachwuchsen.

Ich riss den Knochen aus ihm heraus und zog ihm die Spitze übers Gesicht. Die Haut zerteilte sich geschmeidig und klaffte von seinen Knochen hinunter. Die Fettschicht, genauso wie die Muskeln, Nerven und Sehnen waren durchtrennt und baumelten lose hin und her.

Er brüllte und presste sich die Hände vors Gesicht, um die herunterhängenden Fleischlappen daran zu hindern, noch mehr abzureißen. Schnell hechtete ich um den Sarg herum, rutschte beinahe auf der Blutlache aus und kam schlitternd vor Asher zum Stehen.

Ich suchte den Anfang der Kette, an der ich sie öffnen konnte, doch ich musste feststellen, dass seine Fesseln mit einem verdammt großen Vorhängeschloss zusammengefasst waren. Ich hoffte, dass der Knochen in meiner Hand helfen würde. Er zerteilte Sensenmänner wie warme Butter, da würde er hoffentlich nicht Halt machen vor ein bisschen Metall. Also holte ich aus und schlug auf das Schloss ein. Funken peitschten um mein Gesicht und ich zuckte zurück. Erneut stach ich zu, mehr Funken. Die Kette löste sich nicht.

»Hack mir die Hand ab!«

»Was?« Fassungslos starrte ich Asher an. »Das kann nicht dein Ernst sein.«

»Ich bin eine Sense, sie wächst wieder an.«

»Nein, Asher, ich werde ganz bestimmt nicht …«

»Du musst, hörst du? Wir haben keine andere Wahl. Tu es. Jetzt! Bevor Dad wieder zu sich kommt und …«

»Nein, ich …«

»Kenna«, sagte Asher warnend, doch da wurde ich bereits an den Füßen gepackt und von ihm weggezogen. Ich glitt durch das dunkle Blut, das sich überall auf meinem Körper verteilte und drehte mich währenddessen.

Mr. Heriotza, dessen Hautlappen noch von seinem Gesicht hingen, funkelte mich wutentbrannt an.

Ich bäumte mich auf und stach mit dem Knochen in seinen Fuß, zog ihn begleitet von Schmerzensgeschrei heraus und schlitzte die Hand auf, mit der er mich gepackt hielt. Mehr Schreie, doch er ließ mich nicht los. Sein Griff war erbarmungslos, also atmete ich tief durch, bevor ich ihm den Knochen erneut hineinrammte und ihn jeweils nach links und rechts zog, bis sich die Hälfte seiner Hand von seinem Körper löste und zu Boden fiel, womit ich augenblicklich frei war.

Ich schaute nicht zurück, sondern rannte zu Asher und ließ mich auf den Boden fallen, um erneut den Knochen auf das Schloss niedersausen zu lassen. Schweiß klebte in meinem Nacken und ich wusste nicht, ob ich es ohne Asher schaffen würde, länger als diese eine Minute gegen seinen Vater am Leben zu bleiben. Ich starrte auf Ashers Hand.

»Vertrau mir, Kenna. Du kannst das!«

»Aber …«

»Du hast es schon einmal geschafft!«

»Das war ein Finger, Asher, keine Hand!«

»Und ein Kopf.«

»Ja, aber das war …« Ich hatte Angst davor.

»Los jetzt«, schrie er, als ich eine Bewegung aus dem Augenwinkel wahrnahm.

Mr. Heriotza richtete sich stöhnend auf. Nicht mehr lange und er würde erneut angreifen.

»Ich halte das aus«, wisperte Asher. »Für dich. Für Sesta. Für die Seelen.«

»Für Dad«, flüsterte ich, griff nach Ashers Hand, zögerte ein letztes Mal und setzte dann das Knochenmesser an. Asher schrie, seine Muskeln verkrampften sich, aber er hielt still, während ich mich durch Haut, Sehen, Fleisch und Knochen arbeitete.

»Es tut mir leid«, wisperte ich und ertrug die Laute, die er ausstieß, kaum. Dunkles Blut lief über meine Finger und bildeten eine Pfütze.

Asher biss sich auf die Lippe. Dann fiel seine zuckende Hand mit einem Platschen in sein eigenes Blut.

Ich zog das Messer zurück, wollte ihm mit zittrigen Fingern aufhelfen, als sich eine Hand in meinen Haaren vergrub und mich zurückriss.

Ich schrie auf, als ein scharfer Schmerz über meine Kopfhaut zuckte. Kaum war er gekommen, so war er auch schon weg, als von mir abgelassen wurde und ich mit einem lauten Rums zu Boden fiel.

Asher, dessen Hand wieder dort saß, wo sie sein sollte, schlug mit der schweren Kette nach seinem Dad. Er war frei.

Ich robbte mich aus der Schlagzone der beiden raus, brachte mich hinter Asher in Sicherheit und rannte zu dem blutüberlaufenen Altar, von dem ich die Seelen und das Blatt mit dem beschriebenen

Ritual nahm. Ich lief zu dem bewusstlosen Break und rüttele an ihm, als er sich nicht rührte, zog ich aus seiner Hosentasche das Sturmfeuerzeug, das er benutzte, um seine Zigaretten anzuzünden. Wenn ich das Ritual verbrannte, war wenigstens Sestas Leben gesichert und die Freiheit der Seelen. Ich klappte das Feuerzeug auf und hielt es unter das Blatt, bis es Flammen fing und vor meinen Augen verkokelte. Erleichtert sah ich dabei zu, wie die Flammen die Schrift verzehrten und schließlich nur noch Asche übrig blieb.

»Kenna, pass auf!«, brüllte Asher und kaum hatte ich mich gedreht, rammte mir Mr. Heriotza sein Knie ins Gesicht. Augenblicklich schmeckte ich Blut und fiel nach hinten.

»Wo ist es?«, fragte er.

»Verbrannt«, antwortete ich und schniefte, während ich rückwärts von ihm weg robbte.

»Das meinte ich nicht, du dummes Ding. Ah, da seid ihr ja.« Er griff nach dem Glas mit den Seelen, das ich hinter einen Sarg gestellt hatte, und umklammerte es fest. »Ich habe hunderte Kopien von dem Ritual, du kannst sie gerne alle verbrennen. Das Ritual ist hier drinnen.« Er tippte sich gegen den Kopf.

Asher kam blutüberströmt auf uns zu. Sofort blieb mein Herz stehen und ich musste mich daran erinnern, dass er ein Sensenmann war und nicht so leicht sterben konnte! Vor wenigen Minuten noch hatte der Henker ihm seine Seele entrissen und er lebte trotzdem.

Mr. Heriotza packte mich am Arm und stieß mich hart gegen den Steinsarg. Ich zischte schmerzerfüllt auf. Seine Hand legte sich wie ein Schraubstock um mein Handgelenk und ich wusste, dass es kurz davor war, zu brechen.

Asher teleportierte sich hinter seinen Vater, umschloss dessen Hals mit beiden Armen und zog ihn von mir weg. Er ließ los und ich rannte, um meinen Knochen zu holen, der neben Break lag.

Ich packte ihn fest.

»Asher, so langsam, aber sicher, ist es genug des Guten.«

Asher schlug nach seinem Vater, dessen Gesicht nun keinerlei Wunden mehr aufwies, auch seine Hand war an dem vorhergesehenen Platz angewachsen.

Break und Sesta waren noch ohnmächtig und zeigten keinerlei Regung, dass sie bald aufwachen würde.

»Ganz sicher nicht«, erwiderte Asher, tauchte unter dem Arm seines Vaters weg, rammte ihn gegen die Wand, wurde jedoch in der nächsten Sekunde über den Sarg gepfeffert.

Ich blieb schockiert stehen.

Asher stand sofort auf, als wäre nichts gewesen.

»Also jetzt reicht es mir!«, rief Mr. Heriotza und dunkle Magie drang aus seinen Händen, die sich in Nebelschwaden durch den Raum zogen und um die Särge krochen. Sie zwängten sich in den Stein hinein und ich zuckte zusammen, als die Särge bebten. Sesta, die noch auf einem lag, bewegte sich unfreiwillig mit ihnen.

Asher kam zu mir.

»Was tust du?«

»Du störst mich bei meiner Arbeit«, erwiderte sein Dad.

Mir lief es eiskalt den Rücken hinunter, als sich die Deckel der Särge bewegten. Ich grub meine Nägel in Ashers Arm und hielt den Atem an. Mit einem Knarzen schob sich ein Schädel aus dem Sarg hervor, drehte sich hin und her, bevor das gesamte Skelett hervorkam. Es bewegte sich von selbst.

»Du benutzt Tote?«

»Das sind unsere Vorfahren, unsere Familie. Die meisten davon Sensen, deshalb kann ich sie kontrollieren.«

Der einzige Sarg, der verschlossen blieb, war der auf dem Sesta lag. Also vermutlich menschliche Gebeine. Ich konzentrierte mich auf das Skelett, das auf mich zukam. Es war mit lila glühenden Blumen übersäht, die es wie einen Mantel umschmiegten.

»Das ist so verrückt«, raunte ich Asher zu.

Er stimmte mir mit einem Brummen zu und hob die Eisenkette, die er rasselnd in der Hand schwang.

Eines der Skelette kam auf uns zu und schlurfte dabei mit seinen Knochenfüßen über den Boden. Dass diese Dinger überhaupt zusammenblieben, konnte wirklich nur an der Kontrolle von Mr. Heriotza liegen, da sie keine Sehnen oder Muskeln mehr hatten, welche die einzelnen Knochen miteinander verbanden.

Es streckte die Arme aus und griff nach Asher, der es augenblicklich mit seiner Kette in Stücke zerschlug. Die Knochen kamen klappernd auf dem Boden auf, doch es dauerte keine zehn Sekunden, da setzte es sich zusammen und kam erneut auf uns zu. Einem der Skelette fehlte eine Elle, dem anderen ein Schienbein. Die Knochen, die Asher für die Knochensammlerin geholt hatte.

Ich schluckte gegen den Kloß an. Mittlerweile hatte ich nun wirklich viel gesehen, aber zombieartige Skelette waren mir absolut neu. Inklusive glitzernden Blumen. Verdammte Scheiße. Die Knochensammlerin hatte wenigstens ihr eigenes Wissen und Handeln, aber diese Dinger wurden einzig und allein durch Mr. Heriotza gesteuert!

Eines der Skelette kam aus dem Vorraum und packte Asher, der es gerade rechtzeitig niederschlug.

Ich konnte mich nicht hinter ihm verstecken, ich musste auch in Aktion treten. Mit einem letzten tiefen Atemzug hechtete ich auf meine Gegner zu und stieß einem weiteren knöchrigen Skelett meinen Knochen in die Augenhöhle. Kaum hatte ich es berührt, zerfiel es zu Staub.

»Asher, es tut mir wirklich leid, dass ich deine Vorfahren einäschere!«, rief ich über die Schulter hinweg und zuckte zusammen, als sich auch aus dem nächsten Sarg eines hinausquälte.

»Egal, mach weiter damit. Anscheinend habe ich wirklich viele Verwandte.« Er klang erschöpft. Die Skelette wankten auf uns zu. Seine Schwester lag ohnmächtig da. Sie schien nichts vom Kampf mitzubekommen. Es würden mehr Skelette kommen und es grauste mich bei dem bloßen Gedanken daran.

»Komm her meine Liebste«, sagte Mr. Heriotza und hielt seine Hand geöffnet, damit die Seele von Ashers Mom herauskommen konnte. Langsam löste sie sich mit einem hellen Strahlen und setzte sich gehorsam wie ein trainierter Hund auf seine Hand. Ihre Seele waberte an den Rändern und projizierte wunderschöne Muster auf die Haut von Mr. Heriotza.

Ein Skelett griff nach mir und so rammte ich den Knochen auch in seinen Schädel. Der schrille Ton des Knochenaufpralls klingelte in meinen Ohren und hinterließ eine Gänsehaut auf meinen Armen.

Asher zerschlug derweil weitere drei Skelette, die aus den Nebengruften herbeigetorkelt waren. Wir mussten seinen Vater aufhalten, bevor er den halben Friedhof auf uns hetzte und nebenbei dieses bescheuerte Ritual vollendete.

»Jetzt fehlt nur noch das hier, Joana, gleich bist du wieder hier.« Mr. Heriotza stand bei Sesta und presst etwas Kleines, Unscheinbares in die Seele von Joana. Diese leuchtete hell auf und zuckte ein wenig hin und her, bevor sie ruhiger wurde. Währenddessen schrillten die Seelen im Glas laut, als würden sie fühlen, dass es mit ihnen bald zu Ende ging. Irgendwo unter ihnen war auch Dad. Er durfte nicht benutzt werden. Die Seele mit seiner verbleibenden Zeit durfte nicht so enden!

Ich spannte mich an, zerschlug ein weiteres Skelett und lief auf den Sarg zu, während Mr. Heriotza die Seele seiner Frau über Sesta hielt und irgendetwas murmelte, bevor er sie langsam nach unten sinken ließ. Eine leichte Brise fuhr durch das Mausoleum und wurde stetig stärker, sodass mir die Haare aus dem Gesicht gefegt wurden und ich die Augen zusammenkneifen musste. Der Wind drückte mich zurück und ich traf den Blick von Asher. Uns beiden war klar, dass es gleich zu spät sein würde, um Sesta zu retten. Aber das durfte nicht sein, sie war seine Tochter und sollte geopfert werden?

Das würde ich nicht zulassen! Ich stemmte mich gegen den Wind und machte einen Schritt nach dem anderen, wobei Mr. Heriotzas Hand unaufhörlich zu seiner Tochter hinunterwanderte, um ihr die verdammte Seele ihrer Mutter einzusetzen, die sie von innen verfaulen lassen würde. Ich war nur noch einen Schritt entfernt, machte einen großen Satz, hechtete über den Tisch und entriss Mr. Heriotza die Seele seiner Frau.

Ich hätte nicht gedacht, dass es funktionierte. Hätte ich dazu dem Tod nicht so nah sein müssen wie die Sensen, damit ich sie berühren konnte? Egal. Ich hatte sie.

Er brüllte auf und der reißende Wind um uns verpuffte mit einem Schlag. Meine Haare klatschten auf meine Schultern und ich taumelte einige Schritte zurück, während ich den Knochen hob und schützend vor mich hielt.

»Gib sie mir zurück«, befahl Mr. Heriotza.

»Nein«, hielt ich dagegen und warf die Seele zu Asher, bevor Mr. Heriotza sich zu mir teleportierte. Ich schlug mit dem Knochen nach ihm und hörte das befriedigende Aufzischen.

Er knurrte bestialisch, als er realisierte, dass ich die Seele nicht mehr in den Händen hielt, und teleportierte sich zu seinem Sohn, der jedoch verschwunden war, als er dort ankam, wo Asher gerade noch gestanden hatte. Von links kam ein Skelett, geschmückt mit hunderten Blumen, auf mich zu, schnell drehte ich mich unter dem Schlag weg und rammte meinen Knochen an sein Brustbein. Es zerfiel zu Staub, das Einzige, was übrig blieb, waren die Grabblumen, die zu Boden schwebten und sachte landeten, wobei sie ein wenig Glitzerstaub auf der Asche verteilten.

»Kenna!«, brüllte Asher und warf die Seele seiner Mutter zu mir.

Ich sprang, öffnete das Glas, fing sie darin auf, rollte mich über den Boden, stand auf und rannte um die Särge. Joanas Seele vermischte sich mit den anderen, die schon darin gefangen waren. Mr. Heriotza wurde von Asher festgehalten. Mit einer hektischen Bewegung schüttelte ich das Glas.

»Was tust du da? Du dummes Mädchen!«, rief Ashers Vater und schlug seinem Sohn mit dem Ellenbogen ins Gesicht, sodass augenblicklich dunkles Blut aus seiner Nase spritzte, dass nicht nur Ashers Gesicht, sondern auch Mr. Heriotzas Ärmel zierte.

Asher knallte an die Wand, doch ich konnte nicht auf ihn achten, dazu hatte ich keine Zeit.

»Das nennt sich Karten mischen, Mr. Heriotza«, sagte ich und lief noch mal um den Sarg herum.

Er würde sich gleich zu mir teleportieren. Also warf ich mich auf den blutigen Sarg, wodurch sich meine Klamotten augenblicklich mit dem klebrigen Zeug vollsogen. Als ich das Halsband von Banshee umklammert hielt, ließ ich das Glas am Rand des Sargs zurück und wartete, bis Mr. Heriotza vor mir erschein.

Ich trat einen Schritt zurück und wusste genau, was ich als Nächstes tun würde. Innerlich bereitete ich mich darauf vor, ignorierte meine schwitzigen Hände, genauso wie das Rauschen in meinen Ohren, das mich beinahe nichts anderes hören ließ.

Mr. Heriotza tauchte vor dem Sarg auf und packte mit einem Kichern das Glas mit den Seelen. Mir war klar, dass er die Seele seiner Frau wiederfinden konnte. So blöd war ich nun auch nicht, dass ich wirklich glaubte, ihn damit aufgehalten zu haben, aber vielleicht mit dem, was ich nun tun würde. Ashers Mutter war gestorben, weil der Seelenstein ihre Seele aufgesaugt hatte. In den Steinen von Banshees Halsband war keine Seele mehr. Sie waren frei. Durch Joana waren die Steine versiegelt gewesen, doch nun waren sie es nicht mehr. Ich nahm Anlauf, sprang auf den Rücken von Mr. Heriotza und umschlang seinen spürbar muskulösen Körper mit meinen Beinen.

Er drehte sich ruckartig um, doch ich klammerte mich mit all meiner Kraft fest und drehte das Halsband so, dass die weintraubengroßen Seelensteine zu mir blickten.

»Runter von mir«, zischte er. Es war sein Fehler, mich zu unterschätzen. Das würde sein Todesurteil sein.

Ich presste das Halsband von Banshee gegen seinen Hals und verschloss die Schnalle.

Mr. Heriotza ächzte und schrie gequält auf, als die Steine seine Haut berührten. Er fasste nach hinten, wollte die Schnalle lösen, doch ich schob seine Finger beiseite. Nach so kurzer Zeit war er schon so geschwächt, dass er mich noch nicht einmal hinunterstoßen konnte.

»Runter … sofort!«, röchelte er verzweifelt. Er fiel auf die Knie. Dunkle Wolken stiegen aus seiner Brust auf und erst nach dem zweiten Hinsehen realisierte ich, dass es sich dabei um seine Seele handelte. Sie war genauso dunkel wie die des Henkers und wurde Stück für Stück in die Seelensteine des Halsbandes gesogen.

»Das hier …«, flüsterte ich in sein Ohr, »… ist meine Rache.« Ein befriedigendes Röcheln drang aus seinem Mund. »Für meinen Vater, Banshee und all die anderen, die wegen deiner Taten ihr Leben verloren haben.« Die Skelette polterten mit einem lauten Knall zusammen und blieben als Knochenhaufen liegen, ich wusste, dass es gleich vorbei sein würde. Mit kribbelnden Fingern presste ich den Seelenstein noch ein wenig fester gegen seinen Hals. Gleich war es vorbei.

Gleich, gleich, gleich.

Mein Blick fand den von Asher, der sich das Blut vom Gesicht wischte. Mr. Heriotza atmete stockend ein und verdrehte die Augen. Ein lautes Scheppern ließ mich zusammenzucken. Etwas Helles schoss wie ein geölter Blitz auf die dunklen, beinahe vollkommen aufgesaugten Wolken von Mr. Heriotzas Seele zu und umschloss sie. Saugte sie seinerseits auf und zog mehr davon aus dem Seelenstein zurück.

»Nein!«, rief ich. »Aufhören, nicht die Seelen zurückholen!«

Doch das helle Etwas, das ich nun als Seele identifizierte, hörte nicht auf, sondern zog die dunkle Seele Stück für Stück aus dem Stein heraus. Ich schlug nach ihr, doch sie wich meiner Hand geschickt aus und mit einem kraftvollen Zug hatte sie sich um die komplette dunkle Seele geschlossen und sie damit aus dem Seelenstein befreit. Sie waren zusammen doppelt so groß wie einzeln, und bevor ich irgendwie reagieren konnte, flog der große Ball wie ein Geschoss auf die Brust von Mr. Heriotza zu. Der Aufprall war so hart, dass ich von ihm geschleudert wurde und über den Boden schlitterte, bis ich zu Ashers Füßen lag. Das Halsband von Banshee hatte ich so fest umklammert, dass es abgerissen war und ich es nun in der Hand hielt. Meine Finger bluteten.

Asher beugte sich zu mir. »Alles okay?

Ich hielt mir den Kopf und richtete mich auf. »Was zur Hölle war das denn?«

»Keine Ahnung«, sagte Asher und ging einen Schritt auf den Körper seines Vaters zu, der sich nicht rührte. Wind kam auf und wehte zuerst als leichte Brise durch das Mausoleum, bevor er innerhalb weniger Sekunden zu einem reißenden Sturm wurde, der mir die Haare aus dem Gesicht peitschte.

Der Körper von Mr. Heriotza schwebte über dem Boden und begann zu leuchten. Als Erstes brach es aus der Brust heraus, dann aus jeder erdenklichen Stelle des Körpers. Seine Augen blieben geschlossen, doch ich zog trotzdem meinen Knochen und hielt ihn einsatzbereit vor mich. Verdammte Scheiße, was war das?

Asher schirmte mich ab.

Ashers Vater wurde fahl und mit jeder Sekunde verlor sein Haar an Farbe, bis es vollkommen ergraut war. Falten gruben sich tiefer in sein Fleisch.

»Er altert«, stellte ich fest und riss die Augen auf, als sich seine Haut von seinem Fleisch trennte und Stück für Stück zu Boden fiel. Mir wurde schlecht, als weder Klamotten noch Haut an seinem Körper verblieben, es war ein Körper, der nur aus rotem, rohen Fleisch bestand, das von dunklem Blut glasiert war. Und als ich schon glaubte, das wäre es gewesen, verfärbte sich das saftige Rot zu einem vergammelten Braun. Es wurde dunkler und rutschte flatschend zu Boden. Das Fleisch schälte sich Stück für Stück, vergammelte, bis die Knochen zum Vorschein kamen.

Asher drückte meine Hand, als wollte er sicherstellen, dass wir uns in der Realität befanden, und das taten wir. Immerhin sahen wir dabei zu, wie der Körper seines Vaters verfaulte, vor unseren Augen.

Als nur noch das Skelett übrig war, dachte ich, dass was auch immer hier abging, beendet sei, doch das Skelett schwebte weiterhin inmitten des Mausoleums. Zwischen den Rippen schimmerte die Seele. Aber war das nur eine Seele?

»Und was jetzt?«, flüsterte ich.

Asher zuckte mit den Schultern, als sich über die Knochen neue Muskeln und Sehnen spannten.

Ich schnappte nach Luft, weil es noch viel absurder war als das Verfaulen. Schicht um Schicht legte sich über den Körper, bis sich Haut darüber zog und alles zusammenschloss, was sich gerade materialisiert hatte. Haare wuchsen innerhalb von Sekunden aus dem Kopf und wurden stetig länger, während sich der gesamte Körperbau verschob und keinerlei Ähnlichkeit mehr mit dem vorherigen hatte. Es waren mehr Rundungen vorhanden, mehr … Weiblichkeit.

»Das ist wirklich gruselig und ich bin mir sicher, das werde ich nicht zweimal in meinem Leben sehen.« Ashers Stimme war kratzig. Klamotten schoben sich wie selbstverständlich über den Körper, als wären sie schon immer hier im Raum gewesen. Die Haare wurden blond und auch das Gesicht nahm nun Kontur an, ausgeprägtere Wangenknochen, eine schmale Nase und hohe Augenbrauen, die dichter wurden. Volle Lippen, lange Finger und eine schlankere Gestalt.

In Ashers Augen schimmerten Tränen. »Unmöglich.« Ein Lachen entfuhr seiner Kehle und ich zog verwirrt die Augenbrauen zusammen.

»Was denn?«, fragte ich. Aber er antwortete nicht. Erst da erkannte ich sie. Seine Mutter. Das vor uns war Joana Heriotza, Ashers Mutter, die den Körper von ihrem verdammten Ehemann übernommen hatte. Es war ihre Seele gewesen, die ihren Mann umschlungen hatte. Sie hatte sich aus dem Glas befreit.

Ich strich Asher über den Arm.

Joanas Körper schwebte sacht zu Boden und Asher trat zu ihr, um sie zu stützen, da sie noch nicht die Augen aufschlug. Er umschlang ihre Hüfte und brachte sie in eine sitzende Position.

»Mom«, flüsterte er gegen ihre Wange und strich ihr die blonden Haare aus dem Gesicht.

Mein Herz hüpfte in meiner Brust und eine Welle der Freude durchspülte mich.

»Das ist meine Mom«, schluchzte er und deutete mit seiner freien Hand auf sie.

»Ich weiß«, erwiderte ich. »Ich sehe die Ähnlichkeit.«

Seine Augen strahlten so hell, als wäre Braun nicht seine Augenfarbe, sondern Sternenstaub.

Joana zuckte zusammen und schlug mit einem scharfen Einatmen die Augen auf. Grüne Augen starten mich direkt an.

»Mom«, sagte Asher.

Joana folgte seiner Stimme und wandte den Kopf zu ihm.

Asher

Asher?«, fragte meine Mom und betrachtete mich eingehend, als würde sie herausfinden wollen, ob sie träumte.

»Ja, ich bin es. Du bist hier!«

»Es hat geklappt? Ich habe seinen Körper genommen?«

»Ja, das hast du. Wieso hat das funktioniert? Woher wusstest du …?«

»Ich kannte seine Pläne, seine widerliche Vorstellung, meine geliebte Tochter«, Mom wandte den Kopf und schluchzte auf, »zu opfern. Das hätte ich niemals zugelassen. Mein Plan war es von Anfang an, ihn aufzuhalten. Ich habe Banshee den Weg zu den Seelen geführt, damit sie gefunden werden. Sieh sie dir nur an.« Sie deutete auf das Glas, das zu Sestas Füßen stand. »Sie hätten nicht sterben sollen. Es tut mir leid, dass dein Vater unter ihnen ist, Kenna.«

»Woher …?«

»Ich habe im Stein einiges mitbekommen. Auch wenn ich nur eine Seele war.«

»So was … funktioniert?«

»Wir sind übernatürlich. Da ist vieles möglich.«

»Es ist nicht Ihre Schuld. Das mit meinem Dad.«

»Irgendwie schon«, murmelte meine Mom.

»Sie können nichts für die Taten ihres Mannes.«

Mom lächelte sie an. »Danke.«

»Können wir ihm Frieden geben? Allen Seelen? Sie wurden doch nicht für die Umwandlung verwendet, oder?« Kenna lief zum Glas und hob es hoch. Die Seelen schimmerten genauso wie zuvor.

Meine Mom nickte. »Sie sind genau da, wo sie waren. Ich habe meine Seele um seine geschlungen. Er war geschwächt, konnte sich nicht gegen meine Kraft wehren und seine Sensenzeit, die er noch gehabt hätte, habe ich auf meine Seele umgemünzt. Die Seelen hatten damit nichts zu tun und das ist gut so. Wir werden ihnen Frieden geben, das ist das Mindeste, was wir tun können.«

Meine Freundin versteckte die Erleichterung auf ihrem Gesicht nicht.

»Du bist groß geworden. In Banshees Halsband habe ich zwar viel mitbekommen, aber nicht wirklich gesehen, wie groß du bist. So stark.« Mom musterte mich und augenblicklich schossen Tränen in ihre Augen, die keinen Moment später über ihre Wangen liefen. »Mein Junge.«

Kenna trat an den Sarg, löste mit ihrem Knochen die Fesseln von Sesta und strich ihr anschließend behutsam die Haare aus dem Gesicht. Danach schlug sie auf die Fesseln von Break ein, bis sie auch diese sprengte. Doch beide wachten nicht auf, so sehr Kenna auch an ihnen rüttelte.

»Aber Dad war doch keine Sense vor der Vollendung.« Ich verstand nicht, wie sie seinen Körper übernehmen hatte können, wenn auf dem Ritual etwas ganz anderes gestanden hatte.

»Diese Regel gilt nicht für Seelen, die sich schuldig gemacht haben. Sensen, die ihre Pflicht verraten haben. Mit jeder Tat, die ungerechtfertigt ist, verfärbt sich die Seele Stück für Stück. Eine helle Seele besiegt eine dunkle in den meisten Fällen, so hatten wir es schon in unseren Gute-Nacht-Geschichten gelernt. Deshalb konnte ich seine Seele absorbieren, obwohl er so eine starke Sense war. Dabei hat es mir wahnsinnig geholfen, dass Kenna ihm seine Kraft durch den Seelenstein genommen hat. Ich weiß, wie sich das anfühlt.« Ihre Augen wurden trüb, bevor sie mich anblinzelte. »Danke.«

»Natürlich, Mom.« Ich schloss sie fest in die Arme und wusste, jetzt konnte nichts mehr passieren, jetzt würde alles gut werden!

Kenna würde nicht sterben und meine Schwester würde nicht geopfert werden. All die Seelen bekamen den Frieden, den sie verdienten.

Alles war gut.

Sie löste sich von mir und eilte zu Sesta, um ihr über die Wange zu streichen. Kenna kam auf mich zu, zog mein Gesicht zu sich hinunter und küsste mich, dabei schlang sie ihre Arme um meinen Nacken und fuhr mit ihren Fingern in meine Haare.

»Ich liebe dich«, murmelte sie.

»Sicher?«, erwiderte ich.

»Todsicher.«

Ich grinste und lehnte meine Stirn gegen ihre, bevor sie sich neben mich stellte und sich an mich lehnte.

Auch, wenn die Gefahr beseitigt war, musste ich meine Mom fragen.

»Vielleicht ist das jetzt zu schnell, aber ich will etwas wissen.«

»Alles, mein Liebling«, erwiderte Mom und bedeutete mir mit einer auffordernden Handbewegung weiterzureden.

»Was bedeutet es, wenn ein Name in meinem Buch ausgebleicht ist, also nicht wirklich schwarz, sondern …«

»… ein bisschen transparent wirkt?«

Ich nickte ihr zu.

Kenna runzelte die Stirn. »Davon hast du mir ja gar nichts erzählt.«

Gleich würde ich ihr sagen können, dass ich gedacht hatte, sie müsste sterben, sie es aber doch nicht musste.

»Das bedeutet, dass der Tod durch etwas Übernatürliches geschieht.« Mom zuckte mit den Schultern.

Ich holte mein Erntebuch hervor. Dad war fort, der Henker ebenfalls, es ging keine übernatürliche Gefahr mehr von ihnen aus, was hieß, dass Kenna leben würde! Aufgeregt schlug ich die Seite auf, in dem Glauben, Kennas Name sei verschwunden.

Ich erstarrte.

Er stand noch dort und nun wusste ich, wann sie sterben würde.

In wenigen Minuten.

Mom lächelte und beugte sich über mein Buch. »So eine Seele darfst du nicht oft ernten, wen hast du denn auf deiner Liste?«

Mein Lächeln fiel in sich zusammen und Eiseskälte kroch meine Wirbelsäule hinauf, bis sie sich unter meinen Rippenbogen quetschte und mein Herz vergiftete. Nein! Was sollte denn jetzt noch Übernatürliches passieren? Alle unsere Feinde waren tot?

Mom richtete sich neben mir auf. »O nein.«

Kenna räusperte sich. »Was ist denn los? Mr. Heriotza ist tot, die Seelen, Sesta und ich sind vor ihm gerettet und deine Mom ist wieder da! Freu dich«, sagte sie, umfasste meine Schultern und rüttelte daran.

Ich konnte nichts sagen, nicht denken, sondern nur starren. In Kennas Augen. All die Hoffnung, die ich mir selbst gemacht hatte, war zerstört und ich wurde mit solch einer heftigen Welle von Angst überspült, dass sie mich wortwörtlich lähmte.

»Achtung«, rief Mom.

Sofort reagierte mein Körper, wie im Reflex wandte ich mich zu den Skeletten um, die sich auf uns stürzten. Sie bauten sich alle, Knochen für Knochen, wieder zusammen. Aus den Händen meiner Mom quollen dunkle Wolken, die sie panisch wegzuschüttelte. »Verdammt.«

Ich hob den mit Sensengift überzogenen Dolch vom Boden, der meinem Vater gehört hatte, und schlug dem ersten Skelett den Schädel ab. Das hier war übernatürlich und damit gefährlich für Kenna.

Kenna sprang über einen der Särge und hackte auf ein weiteres Skelett ein, das in Asche und Blumenregen aufging.

Ich mähte mich durch die weiteren Skelette, die aus allen Ecken des Mausoleums krochen, keine Ahnung, wie viele Räume es mit Särgen gab, aber es waren viele. Zu viele. »Mom«, rief ich panisch.

»Ich bin aus der Übung. Etwas von deinem Vater ist noch aktiv und ich komme nicht dagegen an.« Dann hatte ihre Seele die dunkle von ihm doch noch nicht ganz verschlungen? Scheiße!

Ich rammte das nächste Skelett mit der Schulter beiseite und trennte ihm beide Arme ab. Kenna war rechts und zerschlug ein Skelett nach dem anderen, wobei sie geschickt den spitzen Knochenfingern auswich, die sie zerreißen wollten.

Mein Herz raste, weil die Panik mich erstickte und ich nicht wusste, was ich tun sollte. »Kenna, komm her«, rief ich.

Sie drehte sich an dem Skelett vorbei, um ihm dabei den Knochen über dessen Nackenwirbel zu ziehen. *Poof*, Staub landete auf dem Boden.

Kenna war gleich bei mir und ein Lächeln bildete sich auf ihrem Gesicht.

Ein weiteres Skelett stürmte von links herbei und ich riss es herum. Es fauchte mich an und wollte mit seinem klappernden Kiefer nach mir schnappen, deshalb stieß ich ihm gegen die Brust.

Kenna würde es gleich zerschlagen.

»Mom, mach, das es aufhört«, rief ich und schaffte es nicht, meinen schweren Atem zu kontrollieren.

»Ich gebe mein Bestes!« Die Panik in ihrer Stimme verriet mir ganz genau, dass sie wusste, wer auf meiner Liste stand. Ihr Blick hatte sie verraten, sie wusste, dass es hier passieren würde. Genauso wie ich.

Das Skelett rumpelte gegen mich und nutze meine Unaufmerksamkeit, um mich gegen die Wand zu pressen. Gesicht voraus. Seine knochigen Finger lösten sich von meinem Kopf und ich holte mit dem Dolch aus, um die Wirbelsäule unter den freiliegenden Rippen zu treffen.

Ich drehte mich und stach zu. Es schmatzte, Blut spritzte und ich blickte in die Augen von Kenna, die sich vor Schock weiteten. Ich hatte die Frau, die ich liebte, erstochen.

Nein …

Kenna

Ich blickte Asher direkt in die Augen, als er mir den Dolch in den Bauch rammte und ihn herumdrehte, sodass meine Eingeweide zerrissen. Heute war also der Tag, an dem ich sterben würde. Ich fiel auf die Knie, den Dolch im Körper steckend.

Das laute Klappern um mich herum verriet mir, dass die Skelette in sich zusammenbrachen, und so lösten sich auch die knochigen Finger von meinen Schultern, die mich einige Momente zuvor noch an sich gerissen hatten. Ich war das Schutzschild für den Tod gewesen, damit ich nun dasselbe Schicksal erleiden musste: Ich würde sterben.

»Kenna?«, fragte Asher panisch und ließ sich fallen.

Ich blinzelte ihn träge an.

»Nein!« Sein Schrei war so markerschütternd, dass ich zusammenzuckte. Sofort stöhnte ich auf, da sich das Messer schmerzvoll in meinem Bauch bewegte.

Seine Hände umfingen mein Gesicht und er legte mich in seine Arme, blickte auf mich nieder. Die Strähnen seines Haares hingen ihm ins Gesicht.

Ich hing mich krampfhaft an alle Kleinigkeiten, die mir an ihm auffielen, weil ich nicht fühlen wollte, wie der Schmerz sich in meinem Körper verteilte, meine Beine lähmte und mir den Atem raubte. Meine Finger waren von Blut getränkt, das viel heller als das von Asher war.

»Kenna! Nein!«, murmelte er hektisch und wollte mit zitternden Händen nach dem Dolch in meinem Bauch greifen. Wenn er ihn herauszog, würde ich nur schneller verbluten.

»Es ist okay.« Ich betrachtete sein schönes, schönes Gesicht, das voller Schmerz verzerrt war.

»Ich stand in deinem Buch«, stellte ich nun fest. Deshalb hatte er sich so seltsam verhalten. Deshalb der Schmerz in seinen Augen, das Wispern und Flüstern. »Du sagtest, wir sterben zusammen«, zog ich ihn auf und schenkte ihm ein schwaches Lächeln. Mit jeder Sekunde spürte ich, wie mich meine Kraft mehr verließ und ich schwächer wurde. Wie lange ich wohl noch hatte?

Asher wusste es, doch ich wollte es nicht wissen. Es bereitete mir Probleme, meine Hand zu heben, doch ich führte unter einem schmerzhaften Stöhnen meine Fingerspitzen an seine Lippen.

»Ich weiß«, murmelte er.

»Aber du wirst ein langes, großartiges Leben haben. Mit deiner Familie. Blaze, Break, Sesta. Deiner Mom. Ich hoffe, du weißt, dass ich das Versprechen, das du mir geben wolltest, niemals eingefordert hätte. Ich empfinde so viel für dich, dass ich dich … loslassen kann. Du wirst jemanden finden, der dich liebt. So wie ich es getan habe …«

Asher schüttelte den Kopf.

»Da bin ich mir todsicher«, murmelte ich.

Sein Mundwinkel hob sich ein wenig. Mein Herz hüpfte. »Gib dir nicht die Schuld, du hast alles getan.«

»Nicht genug.«

»Der Tod holt sich immer, was ihm zusteht«, zitierte ich ihn und zuckte schwach mit den Schultern. Meine Beine konnte ich nicht mehr fühlen, während mein Oberkörper kribbelte. »Sag es meiner Mom, okay? Kümmere dich um sie, sorg dafür, dass es ihr gut geht und sie das übersteht. Gib meinem Dad Frieden und den anderen Seelen, so wie wir es geplant hatten. Okay?« Tränen trübten mein Blickfeld. »Okay?«

»Versprochen.« Eine seiner Tränen tropfte auf mein Gesicht und vermischte sich mit meinen. »Was kann ich tun?«, fragte er.

»Bleib bei mir, geh nicht weg.«

»Niemals.« Er küsste meine Stirn. Ich fühlte mich leicht.

War der Tod so schön?

War er sanft? Zärtlich?

Ich hatte ihn mir nie so vorgestellt, aber gerade wirkte er wie die Erlösung. Wie die Umarmung eines Liebenden.

»Kenna?« Ashers Stimme drang an mein Ohr. »Mach die Augen wieder auf. Mach sie auf!«, rief er und etwas schüttelte an mir.

Wann hatte ich sie geschlossen?

Ich murrte und ein wilder Schmerz zuckte durch mich hindurch.

»Ich will nicht, dass du stirbst«, wisperte er mit so viel Schmerz in der Stimme, dass ich meine Lider ein Stückchen hob. Er war verschwommen, kniete über mir und lächelte, auch wenn er trauerte. Es war ein schönes Bild, das ich für immer in meiner Seele tragen würde.

»Ich liebe dich«, murmelte ich, lehnte meinen Kopf an seine Brust und spürte im nächsten Moment seine Lippen auf meinen. Ganz sanft und vorsichtig, als wollte er mich nicht verletzen.

Diese Liebe war zum Sterben geboren worden. Es hatte vielleicht nie sein sollen. Das mit Asher und mir. Mit letzter Kraft, die ich aufbringen konnte, öffnete ich die Augen und sah ihn an. Prägte ihn mir ein, versuchte, in dem Bruchteil dieser Sekunde an all das Schöne zu denken, an all die Gefühle, die ich für ihn hatte. An alles, was ich erfahren hatte, daran, dass ich meinen Vater vor einem Schicksal gerettet hatte und er Frieden erhalten würde. »Gib meinem Dad die Freiheit.«

»Das werde ich.« Ashers Stimme brach. »Kenna?«

»Ich werde heute sterben«, murmelte ich, lächelte ihn an und schloss die Augen.

»Kenna!« Seine Stimme drang kaum noch durch den schweren Nebel in meinem Kopf. In diesem Moment wusste ich, dass ein Teil von ihm starb, so wie er es versprochen hatte. So wie der Tod es uns vorherbestimmt hatte.

»Bitte verlass mich nicht!«

Ich überließ meine Seele dem Ende.

Überließ sie Asher, der sie ernten würde.
Meinem persönlichen Untergang.
Meiner Liebe.
Meinem Tod.

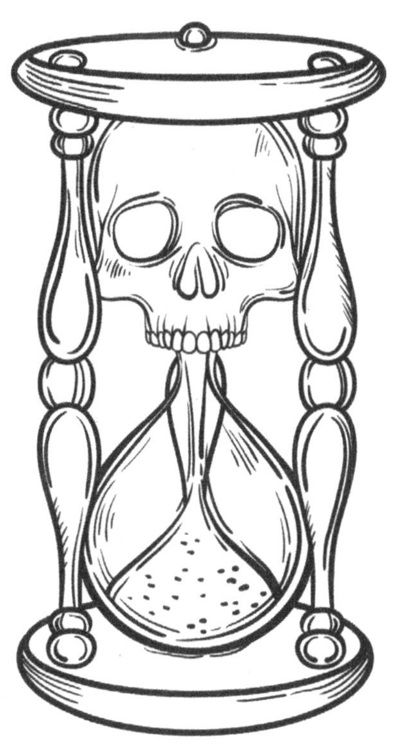

Afterlife

Kenna

Als Erstes hörte ich das markerschütternde Weinen eines Mannes, dann fühlte ich, dass etwas in mir steckte. Es zwickte unangenehm in meinem Bauch. Blind tastete ich danach und zog es heraus. Mit einem lauten Scheppern fiel es auf den Boden. Augenblicklich verstummte das Weinen und ich schlug langsam die Augen auf, gewöhnte mich an das Licht und begutachtete meine Finger, an denen ein Ring steckte. Der Ring von Ashers Mutter, den ich seit einigen Stunden trug. Er leuchtete hell auf, beinahe magisch. Meine Adern kribbelten und als ich zu meinem Bauch blickte, schloss sich die blutbenetzte Haut. Es kitzelte, während sich das verletzte Fleisch miteinander verband.

Ich keuchte.

»Kenna?« Asher zog meinen Blick auf sich.

»Ja?«, fragte ich und stemmte mich auf.

»Du …« Er blinzelte. »Deine Seele ist nicht aufgestiegen … Ich … Du …«

Verwirrt betrachtete ich ihn und dann mich, sah das Blut, erinnerte mich, woher es kam, und verstand nicht.

Verstand gar nichts.

Ich sollte tot sein.

Ich stand auf Ashers Ernteliste.

Ich war seine Seele.

Aber ich war hier.

Er umfasste mein Gesicht und strich mir über die Haare, meine Schultern und Arme hinab. »Du lebst!«, stellte er fest. »Du bist geheilt.« Verwirrt zog er die Augenbrauen zusammen.

Ich ballte die Fäuste und spürte etwas in mir kribbeln, es war wie … Macht, die durch mich hindurchrauschte. »Ich bin nicht tot?«

Er schüttelte den Kopf.

»Was bin ich dann?«, fragte ich, obwohl ich die Antwort bereits kannte. Der Tod floss durch meine Adern. Eine Bestimmung durch meine Seele. Freude durch mein Herz.

»Du bist eine Sense.«

Ich schüttete ungläubig den Kopf, doch wusste, dass er recht hatte. Irgendwann bildetet sich ein Lächeln auf meinen Lippen. »Ich bin eine Sense?« Ich lachte. »Ich bin eine Sense!«, rief ich und warf mich in Ashers Arme, der mich auffing und an sich presste. »Ich lebe.«

»Irgendwie ja.« Asher lachte auch. Leise und erstickt. »Ich liebe dich«, murmelte er gegen meine Lippen.

»Und ich dich.«

»Sicher?«, fragte er.

»Todsicher!« Dann küsste ich ihn und wusste, dass ich zum Sterben geboren worden war. Genau hierfür. Für diesen Moment und die Unendlichkeit, die folgen würde.

ENDE

DANKSAGUNG

Hallöchen!

Wie schön euch erneut zu einer meiner Danksagungen begrüßen zu dürfen! Mittlerweile zu meiner Fünften. Wahnsinn wie schnell die Zeit doch vergeht. Wie immer gilt, ohne die nachfolgenden Menschen würde es dieses Buch nicht geben. Ich persönlich lese bei den Büchern in meinem Regal die Danksagungen immer zuerst! Macht das noch jemand? Na ja, starten wir mit dieser, bevor ich euch noch mehr seltsame Angewohnheiten von mir erzähle …

Danke Lana. Du hast mich mit deinem Lied »Born to die« zu diesem Buch inspiriert. Mir ist klar, dass du das hier niemals lesen wirst, aber ich finde, du hast einen Platz in der Danksagung verdient. <3

An die Person, der dieses Buch gewidmet ist. Es war schon immer für dich bestimmt, nur jetzt mit einer anderen Bedeutung.

Alex! WAS IST DAS FÜR EIN COVER?! OMGGGGG! Es ist sooooo genial und ich liebe es so SO sehr! Ich glaube, es ist eines meiner Favoriten für alle Zeiten! Wirklich. Hiermit beweist du einfach, wie genial dein Handwerk ist. Danke für das Meisterwerk!

Julia, du hast mir geholfen die beste Version der Geschichte rauszuholen und ich bin dankbar, dass du mir mit all deinen Mitteln zur Seite gestanden hast. Die Arbeit mit dir war intensiv, witzig und hat mir viel beigebracht. Glaube mir, ich habe viele deiner Kommentare in mein Das-musst-du-noch-lernen-Buch geschrieben, damit ich sie ja nicht vergesse. Durch dich sind Kenna, Asher, Break und die anderen so viel … runder und einfach besser! Ich bin glück-

lich, die Sensen mit dir gemeinsam zu dem gemacht zu haben, was sie jetzt sind. Ein richtig gutes Leseerlebnis und eine unvergessliche Geschichte.

Astrid, du weißt, danke für das hier, die Bücher zuvor, die Bücher danach und all das, was nichts mit Geschichten zu tun hat.

Danke an Lillith für die korrigierten Fehler, sie sich zwischen den Seiten von den Sensen herumgetrieben haben.

Caro, meine Heldin. Was würde ich nur ohne dich tun? Ehrlich, ich weiß es nicht, egal ob du spontan als Testleserin einspringst, mir aufbauende Worte schenkst, dir mein Mimimi anhörst oder dich mit mir freust, danke. Wie froh ich bin, dich zu kennen. Dich möchte ich nicht missen!

Genauso wenig wie meine Guu Lagoon Girls! Caro, Becci, Chiara, Lisa, Ney, Maja. Danke für euren Support, egal in welcher Form. Ob gemeinsames schreiben, über den Plot zu reden oder einfach nur zu hypen, wie sehr ihr euch auf das Buch freut, ich hätte es nicht ohne euch geschafft. Und das ist nicht einfach so gesagt, sondern wirklich gemeint. Ich glaube ihr wisst gar nicht, was für einen großen Einfluss ihr auf mein Leben habt und ich es sehr vermissen würde, wenn wir uns nicht begegnet wären. Ich bin froh euch zu haben; sehr.

Becci, Vanilla Lachs, du bist mein unangefochtener Cheerleader! Bist immer bereit, mich aufzumuntern oder über Dinge zu reden, die mich beschäftigen. Du bist mir eine verdammt gute Freundin und ich bin arg dankbar, dich in meinem Leben zu haben!

♥

Kathi, deine Begeisterung, als ich dir das erste Mal von meinen Sensen erzählte, war so schön und freut mich bis jetzt. Hoffentlich gefallen dir die Sensen auch, wenn du sie in den Händen hältst. Maria, du hast prophezeit, dass die Sensen dein Lieblingsbuch von mir werden, ich hoffe sie gefallen dir! Ansonsten haben wir ein Problem … :D

Chiara, ohne dich wären nicht nur meine Geschichten, sondern auch ich anders. Ich freue mich, dich an meiner Seite zu wissen, egal um was es sich handelt, du bist da! Das ist nicht selbstverständlich. Danke, dass du da bist und auch die unterm schreibtisch-liegen-Phasen mit mir überstehst.

Ian, ich freue mich so sehr dich kennengelernt zu haben, endlich jemand der genauso obsessed mit Taylor und dem Schreiben ist, wie ich. Unsere Schreibdates geben mir immer so viel und es macht so viel Spaß,mit dir zu Taylor abzugehen!

Wie immer danke an meine Familie. Mama, Papa, Oma, Oma, Opa, Michael, Manuela, meinen Onkel und Mechthild. Meine Freunde, weil ihr einfach immer da seid, egal was gerade passiert und los ist.

Meine wundervollen Patreons! Und meine ehrenhaften Zirkelmitglieder! Miri, J.C., Melina, Van, Julia, Rose, Käthi und Cat Lin. Danke für eure Unterstützung, ich freue mich so sehr, dass ihr mich auf diese Art und Weise unterstützt. Tausend Dank! Das hätte ich mir niemals erträumen können. <3

Meine Leser*innen. Ich bin froh, dass ihr schon wieder zu einem meiner Bücher gegriffen habt. Vielleicht seid ihr auch ganz neu und habt noch nie etwas von mir gelesen. Ich bin auf jeden Fall dankbar darüber, dass Kenna und Asher ihre Geschichte erzählen durften.

♥

Hoffentlich hattet ihr Spaß zwischen all den Sensen und Seelen. Habt ihr anstatt eurer eigenen Seele vielleicht euer Herz an jemandem aus der Geschichte verloren? Ja? Verratet mir sehr gerne an wen, ich habe jetzt schon Vermutungen. Oder sollten wir es lieber Hoffnungen nennen? Immerhin schlägt mein Herz für eine ganz spezielle Sense oder spezieller einen Seelenfresser. Vielleicht hat er ja auch noch eine Geschichte zu erzählen …
Über eine Rezension zu dem Buch freue ich mich immer, genauso wie über Nachrichten und Bilder!
Danke, dass ihr mit mir an meinen Traum glaubt. Ohne euch, ohne mich.

Damit verabschiede ich mich und wünschte euch nur das Beste. Lasst euch nicht von heißen Sensen ernten!

xoxo und sensentastische Grüße,

Janina, September 2024

Janina Schneider-Tidigk

Lotusschwur & Fuchsmagie

ISBN: 978-3-95991-821-3, exklusive Verlagsausgabe

Als May merkwürdige Fähigkeiten an sich entdeckt, wird sie in eine versteckte Realität voller Legenden, dämonischen Feinden und magischen Verstrickungen gezogen. An ihrer Seite ist der junge Krieger Damien, der sie nicht nur beschützen, sondern auch unterrichten soll. Dabei kribbelt es zwischen den beiden mehr, als es sollte, doch May weiß nicht, ob sie ihm wirklich vertrauen kann. Ablenkungen kann sie nicht gebrauchen, denn May muss eine uralte Kreatur aufhalten, die ihr nach dem Leben trachtet.